grafit

Mehr von Andreas Hoppert und Marc Hagen:
Menschenraub. ISBN 978-3-89425-340-0
Schwanengesang. ISBN 978-3-89425-397-4
Die Mandantin. ISBN 978-3-89425-427-8
Der Zahlenmörder. ISBN 978-3-89425-453-7

© 2018 by GRAFIT Verlag GmbH
Chemnitzer Str. 31, 44139 Dortmund
Internet: http://www.grafit.de
E-Mail: info@grafit.de
Alle Rechte vorbehalten.
Umschlaggestaltung: © Nele Schütz Design
unter Verwendung von shutterstock/lassedesignen
Druck und Bindearbeiten: CPI – Clausen & Bosse, Leck
ISBN 978-3-89425-575-6
1. 2. 3. / 2020 19 18

Andreas Hoppert

Ein eindeutiger Fall

Kriminalroman

Der Autor

Andreas Hoppert wurde 1963 in Bielefeld geboren. Nach dem Jurastudium war er zunächst wissenschaftlicher Mitarbeiter an der Uni/GHS Siegen, seit 1990 ist er Richter am Sozialgericht in Detmold. Mit dem Politthriller *Der Fall Helms* debütierte Hoppert im Jahr 2002 als Schriftsteller. Zahlreiche Romane um den Anwalt Marc Hagen folgten. Zuletzt erschien *Der Zahlenmörder*.

Für Tatjana

Kapitel 1

Der Anruf, der sein gesamtes Leben ändern sollte, erreichte Marc Hagen an einem Montagabend um einundzwanzig Uhr.

Er hatte es sich gerade auf seiner Couch bequem gemacht und eine *Dallas*-DVD eingelegt, als der schrille Ton des Telefons die Stille durchschnitt. Ärgerlich schälte er sich aus seiner Decke, stand auf und nahm den Hörer von der Station. »Hagen«, sagte er in einem Ton, der dem ungebetenen Anrufer gleich deutlich machen sollte, dass er störte.

»Guten Abend, Herr Hagen«, meldete sich am anderen Ende eine männliche Stimme. »Mein Name ist Dr. Bartholdy. Ich nehme an, das sagt Ihnen was.«

Das tat es tatsächlich. Dr. Bartholdy war der Vorsitzende der ersten großen Strafkammer des Landgerichts Bielefeld.

Marc wechselte den Hörer in die andere Hand. »Was verschafft mir die Ehre Ihres Anrufs?«, fragte er.

»Oh, ›die Ehre Ihres Anrufs‹. So bin ich schon lange nicht mehr begrüßt worden. Aber ich kann nicht sagen, dass es mir missfällt. Entschuldigen Sie, dass ich so spät anrufe, aber die Angelegenheit duldet keinen Aufschub. Wir verhandeln gerade den Fall Rainer Höller. Sie wissen, wovon ich rede?«

Marc hielt unwillkürlich den Atem an. »Nur das wenige, was ich in der Zeitung gelesen habe. Höller soll seine sechzehnjährige Tochter getötet haben.«

»Das ist korrekt. Der Prozess gegen ihn hat vor drei Wochen begonnen. Genauer gesagt, der zweite Prozess. Der erste ist vor einem halben Jahr geplatzt, weil eine Schöffin längerfristig erkrankt ist. Leider ist heute wieder etwas sehr … Unangenehmes passiert. Ich habe vor vier Stunden die Nachricht erhalten, dass Höllers Verteidiger, Norbert Vogel, ganz plötzlich verstorben ist. Herzinfarkt.«

»Oh«, war alles, was Marc dazu einfiel.

»Na ja, er war ja schon über siebzig«, fuhr der Richter fort. »Und einen schöneren Tod kann man sich eigentlich nicht vorstellen. Er war wohl gerade dabei … na, Sie wissen schon.«

»Nein, weiß ich nicht.«

Bartholdy seufzte. »Also, er hat den Geschle…«

»*Jetzt* habe ich verstanden.«

»Schön. Nun stellt uns Vogels Tod natürlich vor erhebliche Probleme. Irgendwie scheint auf diesem Verfahren eine Art Fluch zu liegen. Der Prozess steht kurz vor seinem Abschluss, aber ohne Verteidiger können wir natürlich nicht weitermachen.« Er machte eine dramatische Pause. »Und da kommen Sie ins Spiel. Sie sind doch noch als Rechtsanwalt zugelassen, oder?«

»Das bin ich. Es hängt sogar noch ein Messingschild mit meinem Namen neben der Haustür. Allerdings übe ich den Beruf derzeit praktisch nicht aus.«

»Ja, davon habe ich gehört und das ist – ehrlich gesagt – auch der Grund meines Anrufs. Denn dann haben Sie Zeit! Zeit, sofort einzuspringen und Rainer Höllers Verteidigung zu übernehmen.«

Marc hatte so etwas Ähnliches bereits erwartet, aber als er das Angebot jetzt aus Bartholdys Mund hörte, merkte er, wie seine Kehle trocken wurde. »Ihnen ist aber bekannt, dass ich nicht gerade ein Strafrechtsspezialist bin?«, gab er zu bedenken.

»Sie haben in der Vergangenheit doch schon Strafverteidigungen übernommen, oder? Und soweit ich mich entsinne, sogar in Mordprozessen.«

»Das ist richtig, aber Jahre her.«

»Ach, so was verlernt man nicht. Das ist wie Fahrradfahren. Herr Hagen, Sie würden uns wirklich sehr helfen, wenn Sie Höllers Verteidigung übernehmen könnten. Sie wissen ja, dass wir den Prozess maximal drei Wochen unterbrechen können. Sonst platzt er erneut und wir müssen wieder ganz von vorn anfangen und sämtliche Zeugen noch mal vernehmen. Das ist natürlich etwas, was ich unter allen Umständen vermeiden möchte. Ich denke, drei Wochen müssten für den neuen Verteidiger reichen, um sich einarbeiten zu können. Der Fall ist nicht sonderlich kompliziert.«

»Trotzdem«, erwiderte Marc. »Drei Wochen Vorbereitung für einen Mordprozess?«

»Totschlagprozess«, korrigierte der Richter sofort. »Höller ist nicht wegen Mordes angeklagt, weil die Staatsanwaltschaft meinte, keine Mordmerkmale nachweisen zu können. Ich schlage vor, Sie machen sich einfach selbst ein Bild und nehmen Akteneinsicht. Anschließend sehen wir weiter.«

»Mhm. Der wievielte Anwalt bin ich, den Sie anrufen?«

Unbehagliches Schweigen folgte, dann drang ein leises Lachen durch die Leitung. »Sie waren nicht unbedingt der, an den ich als Erstes gedacht habe«, gab Bartholdy zu. »Wie Sie ja selbst gesagt haben, sind Sie kein klassischer Strafverteidiger und praktizieren seit ein paar Jahren nicht mehr. Aber das ist jetzt auch so etwas wie der entscheidende Vorteil, denn Sie können – im Gegensatz zu Ihren Kollegen – sofort übernehmen!« Bartholdy zögerte. Einige Sekunden später hörte Marc seine zaghafte Stimme wieder. »Sie haben doch Zeit, oder?«

»Zeit hätte ich schon«, antwortete Marc. »Aber zuerst müsste ich natürlich mit Höller sprechen. Was sagt der eigentlich dazu?«

»Ich habe bereits mit ihm in der JVA telefoniert. Er meint, da er außer Vogel keinen Rechtsanwalt kennt, solle ich den neuen Verteidiger für ihn aussuchen. Was ich hiermit mache. Vogel war sein Pflichtverteidiger, und falls ich Ihr endgültiges Okay bekomme, würde ich Sie auch zu Höllers Pflichtverteidiger bestellen. Wie sieht es aus? Sind Sie grundsätzlich dabei?«

Marc schwieg einen Moment, als müsse er sich die Sache durch den Kopf gehen lassen. Dabei hatte er sich längst entschieden. Bartholdy ahnte wohl nicht einmal ansatzweise, wie sehr er mit seinem Anruf offene Türen bei Marc eingerannt hatte. Endlich mal wieder ein richtiger Fall, endlich ein Ende der Eintönigkeit, die seit über zwei Jahren sein Leben bestimmte. Marc sehnte sich schon lange danach, wieder aktiv werden zu können.

Und dann gab es da noch einen ganz anderen Grund, warum ihn gerade dieser Fall besonders interessierte. Aber den brauchte der Richter ja nicht unbedingt zu wissen.

»Ich bin dabei!«, sagte er also.

Kapitel 2

1993

Marc blickte zur Seite – und da war sie wieder. So ging es jetzt schon seit einigen Wochen jeden Samstag, wenn Marc den *Soundgarden*, eine der größten Diskotheken Ostwestfalens, besuchte.

Er kam meist um kurz nach Mitternacht und stellte sich auf die ›Affenfels‹ genannten Stufen direkt neben dem Diskjockey. ›Affenfels‹, weil hier hauptsächlich Männer standen, die sich aus der erhöhten Position eine bessere Sicht auf die weiblichen Diskothekenbesucher auf der großen Tanzfläche direkt unter ihnen versprachen.

Aber es hielten sich eben nicht *nur* Männer auf dem Affenfelsen auf.

An einem Samstag vor zwei Monaten war sie ihm zum ersten Mal aufgefallen. Ein dunkelhaariges, schlankes, äußerst attraktives Mädchen, das er auf etwa zwanzig schätzte. Sie sah aus wie ein Fotomodell und bewegte sich mit einer Selbstsicherheit, als sei ihr das auch vollkommen bewusst. Wenn sie die Tanzfläche betrat, wichen die anderen Tänzer beinahe ehrfürchtig ein wenig zurück, als wollten sie ihr eine Bühne für ihren großen Auftritt bieten. Und so entstand um sie herum jedes Mal eine kleine Insel in der wogenden Masse, wenn sie mit ihrem sehr kurzen Rock, den sehr langen Beinen und den sehr hohen Schuhen wie ein Star im Rampenlicht tanzte und dabei die schwarzen Haare fliegen ließ.

Marc konnte seine Augen nicht von ihr abwenden. Und wenn er sich umblickte, stellte er fest, dass es den anderen Männern auf dem Affenfelsen nicht anders ging.

Und noch etwas fiel Marc auf: Sie kam immer allein.

Dann war der Samstag gekommen, an dem sie zum ersten Mal neben ihm stand. So nah, dass sich ihre Arme berührten. Dieser Vorgang wiederholte sich von da an wie ein Ritual von Woche zu Woche. Marc war immer zuerst da, irgendwann kam das schwarzhaarige Mädchen und stellte sich neben ihn. Ab und zu ging sie auf die Tanzfläche und kehrte danach wie selbstverständlich an ihren Platz genau neben ihm zurück.

Mittlerweile wusste er bereits einiges über sie. Welche Musik sie mochte (Ace of Base), was sie trank (ausschließlich Mineralwasser) und welche Zigarettenmarke sie rauchte

(Marlboro). Aber das war es dann auch schon. Sie wechselte nie ein Wort mit ihm, sie lächelte ihn nie an, ja, sie sah nicht einmal zu ihm herüber. Stand einfach nur so da, Woche für Woche, Samstag für Samstag.

Nach kurzer Zeit war es um Marc geschehen gewesen und er hatte sich unsterblich in die unbekannte Schöne verliebt. Doch er hätte sich nie getraut, sie anzusprechen, obwohl er nichts mehr ersehnte, als dieses Mädchen endlich kennenzulernen. Zum einen war er in so etwas nicht sonderlich geschickt. Zum anderen war ihm klar, dass er sich ohnehin einen Korb einfangen würde. Schließlich bekam Marc hautnah mit, dass die Männer Schlange bei ihr standen. Kein Wunder: Ein Mädchen, das so aussah und immer alleine kam, zog das andere Geschlecht natürlich an wie das Licht die Motten. Und so waren es jeden Abend mindestens drei oder vier Typen, die sich bei ihr eine Abfuhr holten. Marc bekam wegen der lauten Musik zwar nicht mit, was geredet wurde, aber länger als zwei, drei Minuten dauerte kein Gespräch mit der Unbekannten. Dann zogen die Männer den Schwanz ein und trotteten betont lässig wieder ab, bemüht, sich einen Rest an Würde zu bewahren.

An diesem Abend wollte er es endlich wagen. Besser ein Ende mit Schrecken als ein Schrecken ohne Ende. Er merkte, dass diese Frau seinen Kopf blockierte. Sie war abends sein letzter Gedanke, bevor er einschlief, und morgens der erste, nachdem er aufgewacht war. Mittlerweile war es so schlimm geworden, dass schon sein Jurastudium darunter litt.

Deshalb würde er heute Nägel mit Köpfen machen, hopp oder topp, barfuß oder Lackschuh. Nachdem er sich die zu erwartende Abfuhr geholt hatte, würde er einfach ein paar Monate nicht mehr in den *Soundgarden* gehen und sie irgendwann vergessen haben. Das hoffte er zumindest.

Zur Vorbereitung seiner Aktion hatte er sich Mut in Form von ein paar Bier angetrunken. Vielleicht half das ja, seine Schüchternheit zu überwinden und seine Zunge zu lockern.

Am Anfang lief auch alles wie geplant. Irgendwann an diesem Abend stand sie neben ihm. Marc merkte, wie ihm der Schweiß ausbrach. Er öffnete probehalber den Mund, stellte aber sofort fest, dass der staubtrocken war.

Nein, so ging es nicht. Er musste zuerst noch ein Bier trinken, um seine Kehle und die Lippen anzufeuchten.

Als er mit seinem Getränk von der Bar auf den Affenfelsen zurückkehrte, stellte er fest, dass ihm ein Konkurrent zuvorgekommen war und bereits mit seiner Angebeteten sprach.

Verdammt, dachte Marc. Er trank in hastigen Schlucken und warf dabei immer wieder verstohlene Blicke zur Seite. Einerseits hoffte er, dass sie den Typen schnell abfertigen würde. Andererseits wünschte er sich aber auch, das Gespräch möge endlos dauern. Dann hatte er wenigstens eine Ausrede, sie nicht ansprechen zu müssen. Vielleicht gingen die beiden ja auch zusammen weg, in dem Fall hätte sich das Thema ohnehin erledigt.

Tatsächlich dauerte es diesmal fast zehn Minuten, bis der Typ endlich abzog. Marc fuhr sich mit der Zunge über die Lippen und merkte, dass sein Mund schon wieder wie ausgetrocknet war. Es half alles nichts, es musste noch ein Bier her.

Er ging zu der nächstgelegenen Bar. Als er nach einigen Minuten zurückkam, war das Mädchen verschwunden. Marc erschrak, doch dann entdeckte er es auf der Tanzfläche.

Nach zwei Liedern stellte sie sich wieder neben ihn. Marc kippte den Rest seines Bieres herunter. Jetzt oder nie. Er atmete einmal tief durch und drehte sich halb zur Seite, doch in dem Moment, als er den Mund öffnen und die Unbekannte ansprechen wollte, kehrte der Typ von eben zurück und fing an, sie wieder vollzulabern.

Das Mädchen betrachtete den jungen Mann von oben bis unten, als habe es ein ekliges Insekt vor sich, und dann sagte sie vier Worte, die Marc trotz des Lärms genau verstehen konnte: »Hau ab, du nervst!«

Der Typ guckte erst etwas ungläubig, doch nach einigen Sekunden schien er endlich zu begreifen, dass hier nichts zu holen war. Er machte auf dem Absatz kehrt und verschwand in der Menge.

›Hau ab, du nervst!‹, ging es Marc immer wieder durch den Kopf. Zum ersten Mal hatte er ihre Stimme gehört! Eine dunkle, rauchige Stimme. Gut, das, was sie gesagt hatte, war nicht sehr freundlich gewesen. Aber wenn man jeden Abend zigmal angesprochen wurde, blieb einem wahrscheinlich nichts anderes übrig, als dem Gegenüber irgendwann ein für alle Mal klarzumachen, was Sache war.

Marcs frisch angetrunkener Mut sackte endgültig in sich zusammen. ›Hau ab, du nervst!‹ Von einem ›Nein, danke‹ hätte er sich ja vielleicht nicht sofort entmutigen lassen. Aber wenn sie ihn mit denselben Worten abfertigte wie diesen Typen, wäre die nächsten Tage und Wochen nichts mehr mit ihm anzufangen, das wusste er aus Erfahrung. Also war es vielleicht besser, einfach gar nichts zu machen. Aber so, wie es bisher gelaufen war, ging es auch nicht weiter. Er beschloss, den *Soundgarden* vorerst nicht mehr zu besuchen, um das Mädchen aus seinem Kopf zu vertreiben.

Trotzdem erschrak er, als sie einen Blick in ihre Handtasche warf, so wie sie es immer machte, kurz bevor sie ging. Sie wollte schon los? Aber sie war doch gerade einmal eine

Dreiviertelstunde da gewesen! Offenbar hatte sie für heute die Nase voll. Verdammt, dachte er. Das war es dann also. Er würde sie nicht wiedersehen.

Marc seufzte schwer und starrte auf die Tanzfläche. Im selben Augenblick wurde er am Arm angestoßen. Er wandte sich nach links und schaute direkt in das Gesicht der unbekannten Schönen. Sie hatte einen Zettel in der Hand, den sie Marc in die Hand drückte.

»Ruf mich doch mal an«, sagte sie. Dann war sie weg.

Marc hatte vor Schreck aufgehört zu atmen. Erst nach geschlagenen fünf Minuten wagte er es, den Zettel auseinanderzufalten. *Ilka* stand da. Und eine Telefonnummer.

So fing es an.

Kapitel 3

Am nächsten Morgen saß Marc um Punkt zehn Uhr in der Sprechzelle der Justizvollzugsanstalt Bielefeld und wartete auf seinen neuen Mandanten. Fünf Minuten später wurde Rainer Höller hereingeführt.

Marc wusste aufgrund einer Internetrecherche, die er gestern Abend nach Bartholdys Anruf durchgeführt hatte, dass der Häftling sechsundvierzig Jahre alt war. Höller war schlank und knapp ein Meter neunzig groß. Man sah ihm an, dass er einmal ein gut aussehender Mann gewesen sein musste. Allerdings machte er jetzt einen verlebten und verhärmten Eindruck, woran wahrscheinlich auch die langen Monate, die er in der Untersuchungshaft verbracht hatte, einen nicht unerheblichen Anteil hatten. Obwohl er als Untersuchungshäftling nicht dazu verpflichtet war, trug er die blaue Anstaltskleidung.

Marc erhob sich von seinem Platz und reichte Höller die Hand, die der zögernd ergriff.

»Mein Name ist Hagen«, stellte er sich vor. »Ich bin Rechtsanwalt.« Er deutete in Richtung des Stuhls auf der anderen Seite des Tisches und wartete, bis Höller sich gesetzt hatte. »Sie wissen ja, dass Ihr Verteidiger, Herr Rechtsanwalt Vogel, gestern ganz überraschend verstorben ist.«

»Hab ich gehört. Er war ja nicht mehr der Jüngste. Und als Verteidiger auch nicht gerade eine Granate. Was ist mit Ihnen? Sind Sie gut?«

»Es gibt Bessere«, gab Marc zu.

»Warum bekomme ich dann keinen von denen?«

»Weil Sie sich die nicht leisten können. Es steht Ihnen natürlich frei, sich zuerst selbst nach einem neuen Verteidiger umzusehen. Aber wenn ich Dr. Bartholdy richtig verstanden habe, haben Sie ihm die Auswahl überlassen.«

Höller winkte müde ab. »Ja, ja. Ist doch eh alles egal.«

»Sie haben also keine Einwände, dass ich Ihre Verteidigung übernehme?«

Höller schüttelte stumm den Kopf.

»Gut, aber zunächst müssen wir noch etwas klären: Der Richter möchte, dass das Verfahren spätestens in drei Wochen weitergeht, damit der Prozess nicht wieder platzt. Für mich ist jedoch nicht entscheidend, was das Gericht will, sondern vielmehr, was Sie wollen. Ich könnte beantragen, den Prozess abzubrechen, damit ich mich erst in die Akten einlesen kann. Bei einem Kapitalverbrechen hätte die Kammer wahrscheinlich gar keine andere Möglichkeit, als dem stattzugeben.«

»Auf gar keinen Fall!«, wehrte Höller sofort ab. »Ich sitze jetzt seit fast einem Jahr in diesem Bau. Ich halte es nicht länger aus. Der Prozess musste schon einmal von vorn beginnen, ein zweites Mal stehe ich das nicht durch. Ich kann einfach nicht mehr!«

»Gut. Dann werde ich als Nächstes in die Kanzlei von Rechtsanwalt Vogel fahren und mich in den Fall einarbeiten. Ich weiß bisher praktisch nur, dass Sie Ihre Tochter getötet haben sollen.«

Höller hob verzweifelt die Hände. »Aber das ist doch absurd! Herrgott, ich bin Monjas Vater! Ich bringe doch nicht mein eigen Fleisch und Blut um!«

»Das ist ein schlechtes Argument«, entgegnete Marc. »In Deutschland werden jedes Jahr etwa einhundert Kinder von ihren Eltern getötet und in neunzig Prozent dieser Fälle ist der Vater der Täter.«

»Aber welchen Grund hätte ich denn haben sollen, meine Tochter zu töten?«

»Wie gesagt, ich kenne den Fall bisher nur aus der Zeitung und aus dem Internet. Wenn ich mich recht entsinne, sollen Sie heftigen Streit mit Ihrer Tochter gehabt haben.«

»Na und, welcher Vater hat den nicht ab und zu mit seiner Tochter? Monja war sechzehn, da sind Mädchen oft nicht ganz einfach. Und für Monja galt das in ganz besonderem Maße.«

»Ich habe auch eine Tochter etwa in dem Alter«, bestätigte Marc seufzend.

»Dann wissen Sie, was ich meine. Manchmal könnte man sie mit dem Kopf gegen die Wand klatschen, aber das setzt man doch nicht in die Tat um. Ich habe meine Tochter nicht ermordet!«

»Sie sind nicht wegen Mordes, sondern nur wegen Totschlags angeklagt«, erinnerte Marc ihn.

»Ja, ja, ich weiß«, erwiderte Höller matt. »Aber was macht das schon für einen Unterschied?«

»Nach meiner Schätzung ungefähr zehn Jahre Knast.«

»Das meine ich nicht!«, brauste Höller auf. »Was macht das *moralisch* für einen Unterschied? Glauben Sie, die Leute interessiert es, ob ich wegen Totschlags oder wegen Mordes angeklagt bin? Für die bin ich der Mörder meiner Tochter. Punkt. Aber ich war es nicht!« Er starrte Marc aus blutunterlaufenen Augen an. »Glauben Sie mir?«

»Meine Meinung ist irrelevant«, erwiderte Marc zurückhaltend. »Entscheidend ist, wie die Richter den Fall sehen, denn die fällen das Urteil über Sie.«

»Ich will aber, dass mein Verteidiger mir glaubt!«

Marc lehnte sich zurück. »Wieso sollte ich das tun? Ich kenne Sie doch gerade mal zehn Minuten. Wenn ich in meinem bisherigen Leben eines gelernt habe, dann, dass man aus dem Äußeren und dem Verhalten eines Menschen keinerlei Rückschlüsse ziehen kann. Ich habe schon die charmantesten und sympathischsten Mandanten gehabt und hinterher hat sich herausgestellt, dass sie mich von A bis Z belogen haben.«

Höller nickte resigniert. »Na ja, Sie sind wenigstens ehrlich.«

»Wer könnte Monja denn Ihrer Meinung nach getötet haben?«, versuchte Marc, seinen Mandanten auf andere Gedanken zu bringen. »Haben Sie irgendeinen Verdacht?«

Höllers Kopf ruckte nach oben. »Einen Verdacht? Nein! Ich weiß es!«

»Sie wissen es?«, wiederholte Marc erstaunt.

»Jawohl, ich weiß es. Monja wurde von Andreas Bartels ermordet, dem neuen Freund meiner Exfrau. Meine Ex und ich haben uns vor drei Jahren getrennt und seitdem ist sie mit Bartels zusammen. Ich bin aber davon überzeugt, dass zwischen den beiden vorher schon was lief. Egal, das gehört hier jetzt nicht her. Monja hat Bartels nie als den neuen

Lebensgefährten ihrer Mutter akzeptiert. Sie hat ihn regelrecht gehasst. Sie haben dauernd gestritten und diese Auseinandersetzungen waren wesentlich schlimmer als die Differenzen mit mir. Bartels hat sie auch geschlagen. Er durfte ja nicht mal mit meiner Ex zusammenziehen, weil Monja das nicht wollte. Und dann hat meine Tochter mir noch etwas erzählt: Bartels hat sie sexuell belästigt! Wenn sie ihn angezeigt hätte, wäre er erledigt gewesen, das wusste Bartels. Deshalb hat er sie ermordet!«

Marc machte sich ein paar Notizen auf seinem Block. Als er wieder aufsah, fragte er: »Und wie kommt es dann, dass Sie vor Gericht stehen und nicht dieser Bartels?«

»Ganz einfach: Bartels ist Polizist und gegen so einen wird natürlich nicht ermittelt. Da hackt die eine Krähe der anderen kein Auge aus.«

»Das kann aber nicht der einzige Grund sein«, meinte Marc. »Wenn Bartels ernsthaft als Täter in Betracht kommt, muss gegen ihn ermittelt worden sein. Dafür wird schon die Staatsanwaltschaft gesorgt haben.«

Höller schnaubte höhnisch. »Polizei, Staatsanwaltschaft, das ist doch alles dieselbe Bagage! Angeblich hat Bartels für die Tatzeit ein Alibi. Drei seiner Kollegen haben ausgesagt, sie seien zu der Zeit, als Monja ermordet wurde, mit ihm zusammen gewesen. Es soll auch eine Videoaufnahme existieren, die das belegt. Aber diese Kollegen haben allesamt gelogen und die Videoaufnahme ist gefälscht.«

»Und das können Sie beweisen?«

»Nein, das ist ja mein Problem!«

Marc nickte verstehend. »Sie mögen Bartels nicht besonders, oder?«

»Ist Ihnen das aufgefallen?«, fragte Höller sarkastisch zurück. »Nein, ich mag den Mann, der mir die Frau ausgespannt, der meine Tochter ermordet und der dafür gesorgt hat, dass ich jetzt im Knast sitze, nicht besonders. Aber eines kann ich Ihnen garantieren: Wenn ich hier rauskomme, werde ich für Gerechtigkeit sorgen! Eigentlich sollte der Prozess nächste Woche mit Bartels' Zeugenvernehmung fortgesetzt werden. Ich habe all meine Hoffnung in diesen Tag gesetzt. Und jetzt ist Vogel tot.«

»Nun, Sie werden sich noch ein wenig gedulden müssen, bevor der Prozess weitergehen kann. Denn zunächst mal muss ich mich gründlich in den Fall einarbeiten. Aber ich denke, es ist auch in Ihrem Interesse, dass ich Sie bestmöglich vertrete.«

»Natürlich. Aber dann will ich, dass Sie Bartels fertigmachen.«

Marc holte tief Luft. Ja, davon träumten alle Angeklagten. Dass ihr schneidiger Verteidiger mit wehender Robe den gegnerischen Zeugen in der Luft zerriss. Allerdings kam so etwas – außer in Hollywood-Filmen und Gerichtsshows – in der Realität fast nie vor.

»Ich werde mein Bestes tun«, versprach er trotzdem. »Allerdings gibt es da noch etwas, was Sie wissen müssen.« Er zögerte. Jetzt würde sich entscheiden, ob er dieses Mandat behielt oder nicht. Also raus damit. »Ich kenne Ihre Exfrau.«

Höller starrte ihn an. »Was soll das heißen?«, fragte er scharf.

»Also genauer gesagt, *kannte* ich Ihre Frau«, präzisierte Marc. »Wir waren mal zusammen. Das ist aber eine Ewigkeit her, fast ein Vierteljahrhundert. Ich hoffe, das ist kein Problem für Sie. Ich kann Ihnen versichern, dass ich Ihre Frau seit 1993 nicht mehr gesehen habe und wir auch keinerlei Kontakt hatten.«

Höller blies die angestaute Luft langsam zwischen den Lippen hervor. Offenbar brauchte er Zeit, diese Information zu verarbeiten.

»Nein«, sagte er schließlich und Marc hielt unwillkürlich den Atem an. »Wenn es so war, wie Sie sagen, habe ich damit kein Problem. Schließlich kannte ich Ilka 1993 noch gar nicht. Und als ich sie kennengelernt habe, war mir natürlich klar, dass ich nicht ihr erster Freund bin.« Er rang sich ein schwaches Lächeln ab. »Und wissen Sie was? Ich kann sehr gut nachvollziehen, dass man sich in Ilka verliebt. Ist mir schließlich auch passiert. Na, dann haben wir ja sogar was gemeinsam.«

Marc atmete erleichtert durch. »Schön, dass Sie es so sehen.«

»Wie sollte ich es sonst sehen?« Höller klatschte in die Hände. »Gut, wäre das geklärt. Wie geht es weiter?«

»Ich werde jetzt zuerst in die Kanzlei von Rechtsanwalt Vogel fahren und mir seine Akten über Ihren Fall besorgen. Danach melde ich mich wieder bei Ihnen.«

Kapitel 4

1993

Marc drückte die Klingel neben dem Namensschild *Köhler* und sah sich unbehaglich um. Der Stadtteil Baumheide galt als das verrufenste Viertel Bielefelds. Hier lebten Sozialhilfeempfänger, Ausländer und Spätaussiedler; Drogenrevierkämpfe, Schießereien, Schlägereien und Polizeieinsätze waren an der Tagesordnung. Triste Plattenbausiedlungen dominierten das Straßenbild – und in einem dieser Plattenbauten wohnte auch Ilka.

Nachdem sie ihm in der Diskothek den Zettel zugesteckt hatte, hatte Marc noch volle drei Tage gebraucht, bis er endlich den Mut gefasst hatte, sie anzurufen. Aber dann war alles ganz schnell gegangen. Sie war gleich am Apparat gewesen und schien sich tatsächlich darüber zu freuen, dass er sich meldete.

Schon für den nächsten Nachmittag hatten sie sich bei ihr zu Hause verabredet. Marc hatte aus dem kurzen Gespräch herausgehört, dass Ilka noch bei ihren Eltern wohnte. Da es seiner Meinung nach nicht schaden konnte, Ilkas Mutter auf seiner Seite zu haben, hatte er einen Blumenstrauß besorgt, den er jetzt in der Hand hielt.

Marc hörte den Summer und die Tür sprang auf. Er betrat ein gefliestes Treppenhaus, in dem es nach Essen roch, und machte sich daran, die Stufen hochzusteigen. Währenddessen zerrte er nervös das Papier von dem Strauß, zerknüllte es und steckte es in seine Jackentasche.

Als er im zweiten Stock ankam, öffnete sich eine Tür und Ilka trat heraus.

Marc hätte sie fast nicht erkannt. Im *Soundgarden* trug sie äußerst kurze Röcke und sehr hohe Schuhe, jetzt war sie vollkommen ungeschminkt und mit Jeans, einem schlabberigen Pullover und dicken Wollsocken bekleidet. Marc konnte kaum glauben, dass es sich um dieselbe Frau handelte. Ilka wirkte auf einmal so ... jung.

Sie strahlte ihn aus ihren blauen Augen an. »Hallo, Marc«, sagte sie mit ihrer rauchigen Stimme. »Komm rein. Oh, sind die für mich?« Sie deutete auf die Blumen.

Marc betrat den schmalen Flur. »Äh, nein. Um ehrlich zu sein, hatte ich die für deine Mutter gekauft.«

Anstatt enttäuscht zu sein, lachte Ilka. »Das ist gut, ich hasse Blumen.«

»Du hasst Blumen? Ich dachte, alle Frauen lieben Blumen.«

»Du wirst schon noch merken, dass ich nicht ›alle Frauen‹ bin«, sagte sie. »Ich kann mit Blumen einfach nichts anfangen. Sie mögen noch so schön sein, nach ein paar Tagen sind sie verwelkt und man muss sie wegschmeißen. Ich finde, man sollte sein Herz nicht an Dinge hängen, die so schnell vergänglich sind. Aber du hast Glück, meine Mutter sieht das ganz anders.«

Sie drehte sich um und rief nach hinten: »Mama, kommst du mal?«

Ein paar Sekunden später hörte Marc, dass sich eine Tür öffnete und schlurfende Schritte den Flur herunterkamen. Als er Ilkas Mutter dann erblickte, zuckte er unwillkürlich zusammen.

Die Frau hatte ein rotes, von dicken Adern und Falten durchzogenes Gesicht und war unbestimmbaren Alters, irgendwo zwischen fünfzig und siebzig. Wenn Marc nicht gewusst hätte, dass es sich um Ilkas Mutter handelte, hätte er sie eher für ihre Oma gehalten. Sie schwankte beim Gehen bedenklich hin und her. Sein Verdacht bestätigte sich, denn als sie vor ihm stand, schlug ihm eine Alkoholfahne mitten ins Gesicht. Marc warf Ilka einen unsicheren Blick zu, aber die tat so, als sei das alles vollkommen normal.

Er riss sich zusammen. »Hallo, Frau Köhler, mein Name ist Marc, schön, Sie kennenzulernen.« Er streckte seine Hand aus und hielt ihr den Strauß entgegen. »Die sind für Sie!«

Ilkas Mutter nahm ihm die Blumen ab und betrachtete sie einen Moment mit abwesendem Blick. Dann öffnete sie einen zahnlosen Mund. »Die sind aber schön«, nuschelte sie. »So was hat mir schon lange keiner mehr geschenkt.« Mit diesen Worten watschelte sie davon.

»Mein Zimmer ist dahinten«, sagte Ilka.

Marc folgte ihr den Flur entlang in einen winzigen, etwa acht Quadratmeter großen Raum, der mit einem Bett, einem Schreibtisch samt Stuhl, einem schmalen Kleiderschrank, einem Bücherregal und einem kleinen Schminktisch vollgestellt war. An der Wand hingen Poster von Euro-Dance-Stars.

»Setz dich doch«, sagte Ilka und zeigte auf den Schreibtischstuhl, die einzige Sitzgelegenheit außer dem weißen Bett, auf dem Ilka Platz nahm. »Möchtest du was trinken?«

Marcs Blick fiel auf eine Colaflasche auf dem Schreibtisch. »Ja, eine Cola wäre gut.«

Sie goss ihm ein Glas ein, das sie ihm anschließend reichte.

Marc sah sich in dem Zimmer um. »Schön hast du's hier«, sagte er, nur um etwas zu sagen.

»Na ja, ein bisschen klein. Aber es geht schon.«

»Ich wollte mich noch bei dir bedanken, Ilka.«

»Bedanken? Wofür?«

»Für den Zettel. Ich glaube, ich hätte es nie gewagt, dich anzusprechen.«

Ilka lachte. »Ja, den Eindruck hatte ich auch. Eigentlich bin ich da ziemlich altmodisch und meine, der Mann sollte den ersten Schritt machen. Aber dann hätte ich wahrscheinlich bis zum Ende meiner Tage warten können, oder?« Sie zögerte. »Warum hast du mich eigentlich nie angesprochen? Habe ich einen derart furchterregenden Eindruck auf dich gemacht?«

»Nein, ganz im Gegenteil. Aber ich habe im *Soundgarden* wahrscheinlich zu viele Typen kommen und schnell wieder gehen sehen.«

Ilka grinste breit. »Ja, es waren eine ganze Menge. Aber fast alles Idioten. Du hättest mal hören sollen, was die zum Teil für Sprüche draufhatten.«

»Was war der beste?«

Ilka dachte einen Moment nach. »Darf ich bitten oder wollen wir erst tanzen?«

Sie lachten beide.

»Nein, ehrlich«, fuhr Ilka fort. »Und als ich dem Typen meine Meinung gesagt habe, war er auch noch beleidigt.«

Es entstand Schweigen und keiner wusste, wie er die Stille ausfüllen konnte.

»Und was machst du so, Ilka? Studierst du?«

»Nein.« Sie sah ihn erstaunt an. »Ich bin doch erst siebzehn!«

Marc hätte sich fast an seiner Cola verschluckt. »Siebzehn?«, hustete er. »Ich hätte dich für mindestens drei Jahre älter gehalten.«

»Das macht die Schminke«, antwortete Ilka, als sei es das Natürlichste auf der Welt.

»Ich fürchte, dann muss ich erst mal prüfen, ob ich überhaupt hier sein darf«, sagte Marc und grinste etwas unbeholfen. »Ich studiere Jura und möchte keinen Ärger bekommen.«

»Wie alt bist du denn?«

»Einundzwanzig.«

»Und du studierst Jura? Hier in Bielefeld?«

»Ja, aber ich bin noch ziemlich am Anfang. Im vierten Semester.«

»Was willst du mal werden?«

»Das weiß ich noch nicht. Das wird sich wahrscheinlich erst während des Referendariats herausstellen. Da durchläuft man alle Stationen: Gericht, Staatsanwaltschaft, Rechtsanwalt, Verwaltung. Spätestens danach werde ich klarer sehen.«

»Warum hast du überhaupt angefangen, Jura zu studieren?«

»Gute Frage! Wahrscheinlich aus demselben Grund, aus dem die meisten meiner Kommilitonen Jura studieren: Weil sie nicht so genau wissen, was sie wollen. Mein Vater ist auch Jurist. Da lag ein Jurastudium wohl nahe. Und was machst du so? Gehst du noch zur Schule?«

»Ich mache gerade meinen Realschulabschluss und beginne am ersten August eine Lehre als Krankenschwester. Ich habe schon ein paar Praktika bei der DLRG und in Kliniken gemacht. Aber ich will diesen Beruf nicht mein ganzes Leben ausüben. Eigentlich möchte ich Model werden.«

»Ich kenne mich da zwar nicht so aus, aber wenn du mich fragst: Meiner Meinung nach hast du sehr gute Chancen.«

»Danke. Ich habe mich schon bei ein paar Agenturen beworben, aber die haben mir gesagt, ich sei mit meinen ein Meter siebzig zu klein. Außerdem sei mein Busen zu groß. Für den Laufsteg sei ich deshalb nicht geeignet, aber vielleicht für Fotoaufnahmen. Na ja, man wird sehen.«

»Was sagen deine Eltern dazu?«

Ilka zuckte die Achseln. »Mein Vater ist schon vor meiner Geburt abgehauen und meiner Mutter ist es egal, was ich mache. Sie interessiert sich nur dafür, wie sie die nächste Flasche Schnaps bezahlen kann.«

Marc zögerte, bevor er seine nächste Frage stellte. »Ist deine Mutter der Grund, warum du nur Mineralwasser trinkst?«

»Woher weißt du …? Ach ja, natürlich, aus dem *Soundgarden*. Du bist ein guter Beobachter.«

»Nur bei Menschen, die mich interessieren.«

»Ich habe nicht gemerkt, dass du an mir interessiert bist.«

»Ich bin nicht nur ein guter Beobachter, ich bin auch sehr gut darin, meine wahren Absichten zu tarnen.«

»Und was sind deine wahren Absichten?«

Marc merkte, wie Hitze in seinen Nacken stieg. »Also … äh … ich würde dich sehr gerne näher kennenlernen.«

Ilka stand von ihrem Bett auf und setzte sich auf Marcs Schoß. Ein leichtes Lächeln umspielte ihre Lippen. »Na, dann fang mal an.«

Zwei Stunden später schaute Marc auf seine Uhr.
»Ich fürchte, ich muss leider los«, sagte er. »Ich habe gleich noch ein Seminar.« Er hielt inne. »Mir hat der Nachmittag sehr gut gefallen. Das sollten wir unbedingt wiederholen.«
Ilka gab ihm einen Kuss. »Unbedingt!«, bestätigte sie. »Du meldest dich dann?«
Marc nickte und griff routinemäßig in seine Jackentasche, um zu kontrollieren, ob sein Autoschlüssel noch da war. Dabei fühlte er das Packpapier, das er vor der Haustür bloß achtlos von dem Blumenstrauß abgezogen hatte und nun herauszog.
»Kann ich das Papier irgendwo entsorgen?«, fragte er Ilka.
»Klar, in der Küche steht ein Mülleimer, ganz hinten rechts.«
Als Marc den Eimer öffnete, glaubte er, seinen Augen nicht zu trauen. Zwischen Taschentüchern und leeren Pizzaschachteln lag … sein Blumenstrauß.
Marc seufzte, dann packte er sein Papier obendrauf. Egal, dachte er. Das war trotzdem mit Abstand der beste Tag seines Lebens!

Kapitel 5

Die Kanzlei von Rechtsanwalt Vogel lag in der Nähe des Bielefelder Landgerichts in einer zweistöckigen Gründerzeitvilla unterhalb der Sparrenburg. Marc stellte seinen Alfa

Romeo direkt davor ab, durchschritt einen kleinen Vorgarten und öffnete die Eingangstür.

An einem hüfthohen Tresen direkt dahinter saß eine Frau, die sich erhob, als sie Marc erblickte. Ihm stockte unwillkürlich der Atem.

Sie war Mitte zwanzig, etwa ein Meter achtzig groß und Marc konnte ihr – da sie Schuhe mit zehn Zentimeter hohen Absätzen trug – direkt in die himmelblauen Augen schauen. Ihre lange blonde Löwenmähne fiel ihr bis weit auf den Rücken. Alles an ihr schien unecht zu sein, was ihr das Aussehen einer Barbiepuppe verlieh: die winzige Stupsnase, die vollen Lippen, die gebleachten Zähne und die glatte, hohe Stirn.

Sie trug eine weiße Bluse, deren oberste drei Knöpfe geöffnet waren und den Blick auf ein üppiges Dekolleté freigaben. Kurz gesagt: Diese Frau war ein fleischgewordener Männertraum.

Marc fühlte sich unwillkürlich an Anna Nicole Smith erinnert, das texanische Fotomodell, das in den Neunzigerjahren einen neunundachtzigjährigen Milliardär geheiratet und ihm die letzten Lebensmonate versüßt hatte.

Marc räusperte sich. »Frau Schwuch?«, fragte er. »Mein Name ist Hagen, wir hatten telefoniert.«

Sie strahlte ihn an. »Kimberly Schwuch«, bestätigte sie. »Aber meine Freunde nennen mich Kimmy. Ich habe Sie schon erwartet.«

»Freut mich, Sie kennenzulernen. Frau Schwuch, ich …«

»Kimmy«, korrigierte sie ihn sofort.

»Also gut, Kimmy. Ich hatte Ihnen ja schon am Telefon gesagt, dass ich Herrn Vogels Handakten im Fall Rainer Höller benötige. Haben Sie die schon für mich rausgesucht? Ich habe nicht allzu viel Zeit.«

Kimmy lächelte nachsichtig. »Ja, ich weiß, Anwälte haben nie Zeit. Aber wollen Sie sich nicht erst mal alles ansehen? Ich führe Sie gerne herum.«

»Das wird nicht nötig sein. Geben Sie mir einfach die Akten und dann bin ich auch gleich wieder weg.«

Sie sah ihn irritiert an. »Wie ›weg‹? Sie leiten von nun an doch Herrn Vogels Kanzlei, oder?«

»Das muss ein Missverständnis sein. Ich übernehme ausschließlich den Fall Höller.«

»Aber ... aber wie soll es denn hier weitergehen? Jetzt, wo Herr Vogel tot ist.«

»Das kann ich Ihnen leider auch nicht sagen. Ich vermute, die Anwaltskammer wird einen Kollegen bestellen, der die Geschäfte provisorisch fortführt. Letztendlich müssen natürlich die Erben entscheiden, was aus der Kanzlei wird. War Herr Vogel verheiratet?«

»Ja, er hatte eine Frau und zwei Kinder, die allerdings längst erwachsen sind. Herr Vogel war ja schon vierundsiebzig.«

»Trotzdem hat er noch als Anwalt gearbeitet?«

»Ja, aber er hat nur die Fälle übernommen, an denen er interessiert war. Er hatte ziemlich viel Geld und hätte eigentlich gar nicht mehr arbeiten müssen. Aber mal unter uns.« Kimmy senkte die Stimme und beugte sich verschwörerisch nach vorn, sodass Marc perfekte Sicht auf ihren Busen hatte. »Ich glaube, er war hauptsächlich deshalb hier, um nicht zu Hause sein zu müssen. Er und seine Frau haben sich wohl nicht besonders gut verstanden. Dabei war Herr Vogel ein so toller Mann. Und jetzt ist er tot.«

Kimmys blaue Augen füllten sich mit Tränen und Marc war für einen Moment versucht, seinen Arm um sie zu legen. Stattdessen reichte er ihr ein Taschentuch, das sie dankbar annahm. »Sie haben Ihren Chef sehr gemocht, nicht wahr?«, fragte er behutsam.

Kimmy zog schniefend die Nase hoch. »Ja. Wir haben sehr eng zusammengearbeitet. Und dann dieser Schock. Ich war bei ihm, als er gestorben ist.«

Marc zuckte zusammen. »Aber ... oh.«

»Ja, es ist nicht schön, einen Menschen sterben sehen zu müssen, vor allem nicht, wenn man ihn so gern hatte.« Sie schüttelte verloren den Kopf und sah Marc an. »Aber was wird denn jetzt aus mir?«

Marc breitete hilflos die Arme aus und ließ sie wieder sinken. Nach dem, was er soeben erfahren hatte, sahen Kimmys Zukunftsaussichten in der Kanzlei wohl nicht allzu rosig aus. »Wie gesagt, das müssen Vogels Erben entscheiden. Aber selbst dann, wenn es für Sie hier nicht weitergehen sollte, müssen Sie sich keine Sorgen machen. Qualifizierte Rechtsanwalts- und Notarfachangestellte werden immer gesucht.«

»Ich bin aber nicht qualifiziert«, erwiderte Kimmy leise. »Ich habe keine Ausbildung, ich habe nicht mal einen Schulabschluss. Ich bin mit sechzehn von der Schule abgegangen, um Model zu werden. Das hat aber irgendwie nicht geklappt. Ich meine, ich hätte durchaus viel Geld verdienen können, mit Nacktaufnahmen und Pornos und so. Aber das wollte ich nicht. Ich bin nicht so eine.«

Sie sehen aber so aus, hätte Marc fast gesagt.

Kimmy hatte inzwischen schon weitergesprochen. »Irgendwann hatte ich die Nase voll von den ganzen schmierigen Typen. Ich habe mir selbst das Tippen beigebracht.« Sie wedelte mit ihren langen rosa Krallen vor Marcs Nase hin und her. »Mittlerweile schaffe ich fast zweihundert Anschläge in der Minute. Und ich werde immer besser. Dann habe ich mich als Sekretärin beworben. Erst ohne großen Erfolg, aber bei Herrn Vogel hat es schließlich geklappt, obwohl ich überhaupt keine Erfahrung hatte. Er hat mich Vollzeit eingestellt, dabei gibt es hier eigentlich gar nicht so viel zu tun.«

Marc nickte langsam. Er konnte sich nur zu gut vorstellen, aus welchen Gründen Kimmy die Stelle bekommen hatte.

»Was ist mit Ihnen?«, fragte Kimmy. »Ich glaube, Sie sind nett. Können Sie nicht eine Sekretärin gebrauchen?«

»Ich fürchte, nicht. Ich habe derzeit zwar keine Sekretärin, aber ich brauche auch keine, weil ich keine Mandanten habe.«

Kimmy stand die Verwirrung ins Gesicht geschrieben. Von einem solchen Rechtsanwalt hatte sie offenbar noch nie gehört. »Sie haben doch jetzt Herrn Höller«, beharrte sie. »Da müssen doch bestimmt Schriftsätze geschrieben werden. Ich kann Ihnen aber auch helfen, wenn Sie mal was recherchieren müssen.«

Marc dachte darüber nach. »Okay, dann arbeiten Sie zunächst weiter für mich, bis das Verfahren gegen Rainer Höller abgeschlossen ist. Einverstanden?«

Kimmy strahlte über das ganze Gesicht. »Einverstanden!«, bestätigte sie. »Und wer weiß: Vielleicht sind Sie ja so zufrieden mit mir, dass wir unsere Beziehung irgendwann mal vertiefen können.«

Kapitel 6

1993

Die nächsten Wochen waren die schönsten seines Lebens.

In der Uni ließ Marc sich fast gar nicht mehr blicken und verbrachte stattdessen fast jede freie Minute mit Ilka. Sie gingen shoppen, ins Freibad und ins Kino. Von den ersten drei Filmen, die sie sich gemeinsam im *Astoria* ansahen, bekam Marc nichts mit, weil sie die ganze Zeit herumgeknutscht hatten wie verliebte Teenager – der Ilka ja auch noch war.

Aber dann schlug sie vor, in jenen Streifen zu gehen, der gerade für weltweite Diskussionen sorgte: *Ein unmoralisches Angebot* mit Robert Redford und Demi Moore. Schon nach fünf Minuten fand Marc die Handlung langweilig und vorhersehbar, zumal er im Vorfeld einiges dazu gelesen und gehört hatte, und ließ seine Hand zu Ilkas Knie hinüberwandern. Doch zu seinem Erstaunen wurden seine Annäherungsversuche diesmal abgewiesen.

Mit sanftem Nachdruck legte Ilka seine Hand in seinen Schoss zurück. »Lass mal, das interessiert mich«, sagte sie.

Die nächsten zwei Stunden beobachtete Marc sie immer wieder, wie sie mit fasziniertem Gesicht gebannt auf die Leinwand starrte.

Als sie anschließend wieder in seinem Golf saßen, sagte er: »Der Film scheint dich ja mächtig beeindruckt zu haben.«

»Ja, das hat er«, bestätigte Ilka. »Man kommt ins Nachdenken.«

Marc warf ihr vom Fahrersitz aus einen schnellen Seitenblick zu. Er rang noch einen Augenblick mit sich, dann fragte er: »Würdest du, also rein hypothetisch, so ein Angebot annehmen und für eine Million Dollar mit einem fremden Mann schlafen?«

Auf Ilkas Lippen machte sich ein breites Grinsen breit. »Wieso ›rein hypothetisch‹?«, fragte sie zurück. »Was meinst du, wie viele von diesen Angeboten ich schon bekommen habe? Es war zwar keine Million, aber vierstellige Beträge waren schon dabei.«

Marc starrte durch die Windschutzscheibe nach vorn. Er wagte kaum, seine nächste Frage zu stellen. »Und?«, brachte er schließlich mit belegter Stimme hervor. »Wie ... äh ... wie hast du reagiert?«

Ilka warf ihm einen belustigten Blick zu. »Was glaubst du?«

»Du hast natürlich empört abgelehnt!«

»Was macht dich da so sicher?«

»Nun ... äh ... ich meine, wir sind zwar erst ein paar Wochen zusammen, aber ich denke, ich kenne dich inzwischen ein bisschen. Und wie man es auch dreht und wendet: Letztendlich handelt es sich um Prostitution.«

»Da scheinst du dich ja auszukennen. Warst du schon mal in einem Bordell?«

Marc spürte, dass er feuerrot anlief. »Äh ... nein. Das heißt ja ... Also jein.«

Ilka grinste. »Du musst dich schon entscheiden.«

Marc atmete tief aus. Dieses Gespräch nahm gerade eine Wendung, die ihm nicht gefiel. Für einen Moment war er versucht, Ilka einfach anzulügen, entschied dann aber, dass Ehrlichkeit gerade zu Beginn einer Beziehung vielleicht doch der bessere Weg war. »Ich bin nach einer Uniparty stockbesoffen mit zwei Kommilitonen im Eros-Center gelandet«, sagte er. »Mit einer der Damen bin ich mir auch handelseinig geworden und habe sie bezahlt.«

»Die Antwort ist also ein klares Ja!«, stellte Ilka fest.

»Ganz so einfach ist die Sache nicht. Ich war so betrunken, dass ich sofort eingeschlafen bin, als ich auf ihrem Bett lag. Es ist also nichts passiert. Ich weiß nicht, wie lange ich geschlafen habe, aber irgendwann wurde ich von einem muskelbepackten Herrn mit einem Kopf wie eine Bowlingkugel geweckt. Er meinte, meine halbe Stunde sei nun um und ich müsse das Zimmer räumen. Als ich nicht sofort reagiert habe, hat er mich ziemlich unsanft vor die Tür gesetzt.«

Ilka musste lachen. »Wie auch immer«, meinte sie. »Auf jeden Fall scheinst du der Prostitution nicht grundsätzlich ablehnend gegenüberzustehen.«

»Wie gesagt, ich war betrunken«, versuchte Marc, sich zu verteidigen.

»Nach meiner Erfahrung macht man im betrunkenen Zustand nichts, was man nüchtern nicht auch tun würde«, erwiderte Ilka ernst. »Es fallen nur die Hemmungen weg.«

»Vielleicht hast du recht«, sagte Marc nach einer kurzen Pause. »Aber es ist doch wohl ein Unterschied, ob ich zu einer professionellen Dame gehe oder ob meine Freundin so ein Angebot bekommt.«

»Aha, für dich macht es also einen Unterschied, ob man einer Professionellen oder einer ›normalen‹ Frau so ein Angebot macht. Hast du schon mal einer Frau etwas zu trinken ausgegeben, um sie anzusprechen?«

»Ja, aber wenn du damit andeuten willst, dass das schon etwas mit Prostitution zu tun hat, geht das wohl ein bisschen weit.«

»Und was ist, wenn ein Mann eine Frau zum Essen einlädt? Wenn er ihr Blumen schenkt? Oder Schmuck? Läuft nicht im Endeffekt alles auf dasselbe hinaus? Der Mann investiert Geld, um die Frau ins Bett zu bekommen. Ist es da nicht ehrlicher, wenn man sich gleich auf einen Preis einigt, das Geschäft wird erledigt, am Ende sind alle zufrieden und man geht wieder seiner Wege?«

Marc sah sie zweifelnd an. »So siehst du das also?«

»Ich stelle nur Fragen.«

»Und wo bleibt die Liebe?«

Ilka lachte. »Als Robert Redford Demi Moore das Angebot macht, geht es nicht um Liebe, es geht um Sex. In dieser Gesellschaft läuft es doch so: Wenn eine Frau von einem Mann teure Geschenke bekommt und irgendwann mit ihm ins Bett geht, ist das in Ordnung. Wenn eine Frau Bargeld nimmt, ist sie eine Prostituierte. Diese Moralvorstellung gilt aber nur in Bezug auf Frauen. Stell dir mal vor, Demi Moore würde dich fragen, ob du mit ihr schläfst. Und wenn du nicht innerhalb von zwei Sekunden Ja sagst, bietet sie dir zusätzlich noch einen Haufen Geld. Erzählst du diese Story anschließend deinen Freunden, wird dich jeder beglückwünschen und dich für einen tollen Hecht halten. Bekommst du dieses Angebot jedoch als Frau von Robert Redford, wirst du als Nutte beschimpft.«

»Da ist vielleicht was dran. Aber wenn Demi Moore mich fragen würde, ob ich Sex mit ihr will, würde ich trotzdem sofort Nein sagen, solange ich mit dir zusammen bin. Egal, ob mit oder ohne Geld.«

Ilka sah ihn lange von der Seite an, dann legte sie ihre Hand auf sein Knie. »Das ist lieb von dir.«

Es entstand eine Pause. »Du hast meine Frage noch nicht beantwortet«, sagte Marc in die Stille.

»Welche Frage?«

Marc seufzte. »Du meintest, du hättest schon derartige Angebote bekommen. Hast du sie angenommen oder nicht?«

Ilka musterte ihn von der Seite. »Das ist wichtig für dich, oder?«

»Vielleicht. Aber es ist auf jeden Fall möglich, die Frage klar mit Ja oder Nein zu beantworten. Ich war ehrlich zu dir, jetzt bist du dran.«

Ilka ließ sich Zeit. »Nein«, sagte sie schließlich. »Ich habe diese Angebote nicht angenommen. Das bedeutet aber nicht, dass ich zu so einem Angebot immer Nein sagen würde. Du hast leicht reden. Deine Eltern haben Geld. Du weißt nicht, wie es ist, wenn deine Mutter ihre gesamte Rente versäuft, wenn buchstäblich nichts mehr da ist, um sich etwas zu essen zu kaufen, wenn man hungert. Du denkst vielleicht, dass es das in diesem Land nicht gibt, aber glaub mir, Marc, das ist die Realität!« Sie sah ihn eindringlich an. »Ich habe mir eines geschworen: Ich will nicht so enden wie meine Mutter.«

Marc nickte langsam. Ihm war nicht ganz klar, ob es ihm gefiel, was Ilka gerade gesagt hatte. Aber er wusste ihre Ehrlichkeit zu schätzen. Und noch etwas wusste er: Er liebte diese Frau. So sehr, wie er noch nie einen Menschen geliebt hatte.

Kapitel 7

Mit Vogels Handakten im Kofferraum fuhr Marc zu seinem Reihenhaus zurück. Dort packte er die vier dicken Ordner aus, trug sie in sein Arbeitszimmer im ersten Stock und begann sofort, sie durchzuarbeiten. Vier Stunden später hatte er eine erste Durchsicht beendet und sich das Wichtigste aufgeschrieben.

Nach Lage der Akten stellte sich der Fall wie folgt dar: Monja Höller, die sechzehnjährige Tochter von Ilka und Rainer Höller, hatte die Wohnung ihrer Mutter am 2. Juli letzten Jahres, einem Samstag, um etwa neunzehn Uhr verlassen, um sich mit Freunden zu treffen. Vorher hatte sie ihrer Mutter hoch und heilig versprochen, um Punkt dreiundzwanzig Uhr wieder zu Hause zu sein. Um Viertel nach acht war Monja auch tatsächlich im *Bijou*, einer Kneipe im

›Neuen Bahnhofsviertel‹, erschienen und hatte sich dort mit einem befreundeten Pärchen getroffen. Man hatte etwas gegessen und getrunken. Fünf Minuten nach dreiundzwanzig Uhr erhielt Monja einen Anruf von ihrer Mutter, die sich erkundigte, wo ihre Tochter stecke und warum sie entgegen der Absprache noch nicht zu Hause sei. Nach einer kurzen Diskussion versprach Monja, sofort aufzubrechen, und verließ das *Bijou* auch tatsächlich gegen zwanzig nach elf.

Danach verlor sich Monja Höllers Spur. Im Neuen Bahnhofsviertel gab es aus Datenschutzgründen fast keine Überwachungskameras und die Polizei konnte daher nicht feststellen, wohin Monja vom *Bijou* aus gegangen war. Auch die Auswertung ihrer Handydaten führte nicht weiter, da das Mädchen sein Smartphone ausgeschaltet hatte.

Als Monja um Mitternacht noch immer nicht zu Hause war, versuchte ihre Mutter, sie zu erreichen. Als ihr das nicht gelang, rief sie das Pärchen an, das ihr mitteilte, Monja habe die Kneipe schon vor fast einer Stunde verlassen.

Anschließend kontaktierte Ilka Höller ihren Exmann und sämtliche Freundinnen ihrer Tochter. Rainer Höller ging nicht ans Telefon, die Freundinnen, die sie erreichen konnte, teilten ihr mit, sie wüssten nicht, wo Monja sei.

Ilka Höller hoffte zu dem Zeitpunkt immer noch, dass ihre Tochter bald nach Hause kommen würde. Es war schließlich nicht das erste Mal gewesen, dass Monja eine Verabredung nicht eingehalten hatte. Doch als Monja um drei Uhr morgens noch immer nicht aufgetaucht war, alarmierte Ilka Höller schließlich die Polizei. Als die Beamten Monjas Alter vernahmen und von den Umständen ihres Verschwindens hörten, beschwichtigten sie die Mutter zunächst. Ihre Tochter sei bestimmt in einer der zahlreichen Diskotheken des

Neuen Bahnhofsviertels gelandet und werde in den nächsten Stunden wieder zu Hause auftauchen.

Um sechs Uhr morgens rief Ilka Höller erneut die Polizei an. Dort begann man endlich, die Sache ernst zu nehmen, und schickte eine Beamtin bei Ilka Höller vorbei. Die Beamtin nahm Monjas Personalien auf, ließ sich ein Foto geben und versprach, sich um die Sache zu kümmern.

Um vier Uhr nachmittags erschien die Polizistin erneut bei Ilka Höller, diesmal in Begleitung eines Psychologen und mit einer entsetzlichen Nachricht: Monjas Leiche war gegen Mittag in der Nähe eines Parkplatzes im Teutoburger Wald nur ein paar Meter neben einem Wanderweg von einem Pilzsammler gefunden worden.

Der Täter hatte die Leiche regelrecht drapiert: Sie war vollständig bekleidet, lag kerzengerade auf dem Rücken, die langen Beine ausgestreckt und eng nebeneinander platziert, die Hände waren auf dem Bauch gefaltet und hielten eine Rose.

Marc erinnerte sich an einen Zeitungsbericht, in dem es zwei Tage später geheißen hatte, das Mädchen habe mit seinen langen schwarzen Haaren, der blassen Haut und den rot geschminkten Lippen wie das schlafende Schneewittchen gewirkt.

Todesursache war – wie sich später bei der Obduktion herausstellte – ein einziger Messerstich ins Herz gewesen, der zu Monjas sofortigem Tod geführt hatte. Als Todeszeitpunkt wurde Mitternacht, plus/minus eine halbe Stunde, angegeben.

Bei der Obduktion stellte sich noch etwas anderes heraus: Monja war zwar keine Jungfrau mehr gewesen, hatte aber in den Stunden vor ihrem Tod keinen Geschlechtsverkehr gehabt. Auch sonst deutete nichts auf ein Sexualdelikt hin.

Ein Raubmord schied ebenfalls aus, denn sowohl der Schmuck als auch die Geldbörse und das Handy wurden bei Monjas Leiche gefunden. Da keine Kampf- oder Blutspuren entdeckt werden konnten, gingen die Ermittler davon aus, dass der Fundort der Leiche nicht der Tatort war und der Täter das Opfer in den Wald gebracht haben musste. Die Polizei fand zudem weder die Tatwaffe noch verwertbare Spuren, weil es in der Nacht ab drei Uhr morgens mehrere Stunden heftig geregnet hatte.

Bei der Suche nach dem Täter war sehr schnell Monjas Vater, Rainer Höller, ins Visier von Polizei und Staatsanwaltschaft geraten. Ein alter Grundsatz der Ermittler lautete: Schau dich zuerst in der Familie um. Hier wird am innigsten geliebt, aber auch am tiefsten gehasst. Kein anderer kann einen so sehr verletzen wie der Mensch, der einem am nächsten steht.

Auch ein hinzugezogener Profiler äußerte sofort die Vermutung, der Täter müsse das Opfer gekannt haben. Dafür spreche neben der auffälligen Drapierung der Leiche mit einer Rose in den Händen vor allem auch die Statistik: Bei Mord und Totschlag handelte es sich in neunzig Prozent der Fälle um Beziehungstaten. Der ominöse schwarze Mann, der aus dem Busch springt, sich ein Mädchen schnappt und anschließend tötet, war eine ganz seltene Ausnahme. Deshalb lag die Aufklärungsrate, was Mord betraf, auch bei fast einhundert Prozent. Meist musste die Polizei den Täter nur noch einsammeln, weil der mit einem blutverschmierten Messer neben dem Opfer saß und mit leerem Blick umherstarrte.

Ganz so einfach war es bei Rainer Höller nicht, obwohl alles auf ihn hindeutete. So berichtete Ilka Höller der Polizei, ihr Mann sei insbesondere zum Zeitpunkt ihrer Trennung vor zwei Jahren emotional extrem instabil gewesen. Er habe mehrfach geäußert, zuerst Monja und dann sich selbst zu töten. Derartige Drohungen habe er zwar später nicht mehr ausgestoßen, es habe aber die ganze Zeit nach der Trennung erhebliche Schwierigkeiten zwischen Rainer Höller und seiner Tochter gegeben. Rainer Höller sei alkoholkrank und spielsüchtig und kümmere sich entweder gar nicht um sein Kind oder zu viel. So habe es Phasen gegeben, in denen er sich in den Kopf gesetzt habe, seine Tochter regelrecht überwachen zu müssen. Es sei permanent zu heftigen Streiten zwischen den beiden gekommen. Auch Höllers Nachbarn berichteten von häufigen lauten Auseinandersetzungen in Rainer Höllers Wohnung, wenn Monja zu Besuch war. Diese Streitigkeiten arteten teilweise derart aus, dass einige Anwohner kurz davor gewesen waren, die Polizei zu rufen.

Als die Ermittler Rainer Höller am Sonntagabend das erste Mal in seiner Wohnung aufsuchten, fielen ihnen sofort Kratzspuren an seinen Unterarmen auf. Zudem war Höller sturzbetrunken gewesen. Die Polizei teilte ihm mit, Monja sei ermordet aufgefunden worden, woraufhin Höller in Tränen ausbrach und anfing zu jammern, es sei alles seine Schuld, er habe sein kleines Mädchen auf dem Gewissen. Er sei überhaupt an allem schuld, auch am Scheitern seiner Ehe.

Als er wieder nüchtern war, gab er an, er habe selbstverständlich kein Geständnis ablegen wollen. Er sei betrunken gewesen und habe mit Monjas Tod nichts zu tun. Die Kratzspuren an seinen Armen konnte er allerdings nicht erklären. Er beteuerte, die Kratzer stammten nicht von Monja. Er habe seine Tochter weder am Samstag noch am Sonntag gesehen.

Höller behauptete, den ganzen Samstagabend und die Nacht allein zu Hause gewesen zu sein. Allerdings gab es niemanden, der das bestätigen konnte. Zudem gab Höller an, er habe ferngesehen und sei früh ins Bett gegangen. Die Polizei fand jedoch sowohl auf dem Anrufbeantworter seines Festnetzanschlusses als auch auf der Sprachbox seines Handys mehrere Nachrichten von Personen, die vergeblich versucht hatten, ihn am Samstagabend zu erreichen. Drei Anrufe einer Evelyn Korbach, die Höller um 22.37 Uhr, 23.19 Uhr und 23.44 Uhr angerufen hatte, und ein Anruf seiner Exfrau Ilka um ein Uhr morgens.

Höller hatte auf keinen Anruf reagiert. Nach Auffassung der Polizei, weil er zu der Zeit gar nicht zu Hause gewesen war, während Höller behauptete, tief und fest geschlafen zu haben.

Die Beamten glaubten ihm kein Wort und besorgten sich einen Durchsuchungsbeschluss für seinen Wagen und für seine Wohnung.

In Höllers Opel Astra wurde zwar kein Blut, aber Monjas DNA auf dem Beifahrersitz gefunden. Höller gab an, dass Monja selbstverständlich in seinem Wagen gesessen habe, schließlich habe sie ihn auch nach der Trennung regelmäßig an den Wochenenden besucht und sie hätten gemeinsam mit dem Auto Ausflüge unternommen. Am Tatwochenende sei das jedoch nicht der Fall gewesen.

Weitaus schwerer fiel es Höller dagegen, einen weiteren Fund der Polizei zu erklären: die Überreste einer verbrannten Jeans und eines roten Sweatshirts in seinem Kaminofen.

Höller behauptete, er habe sich bei einer Autoreparatur aus Versehen mit Öl beschmiert und die Kleidungsstücke deshalb entsorgt, aber an deren Überbleibsel waren keine Ölrückstände zu finden gewesen.

Dann bekamen die Ermittler auch noch heraus, dass Rainer Höller vor einem Jahr in einer Kneipe festgenommen worden war, als er in alkoholisiertem Zustand einen anderen Gast mit einem Messer bedroht hatte. Höller hatte damals behauptet, stets ein Messer mit sich zu führen, um sich notfalls verteidigen zu können. Als Autohändler sei er schon häufig in brenzlige Situationen geraten, weil er oft Bargeld mit sich führe, um irgendwo einen Wagen zu kaufen. Als die Polizei ihn nach Monjas Tod bat, das Messer vorzuzeigen, behauptete Höller, er habe es verloren.

Die Auswertung von seinem Handy ergab, dass es sich tatsächlich die ganze Nacht in Höllers Wohnung befunden hatte, was natürlich nicht bewies, dass er selbst ebenfalls zu Hause gewesen war. Höller blieb steif und fest dabei, seine Wohnung den ganzen Abend und die ganze Nacht nicht verlassen zu haben, mit Monja habe er keinerlei Kontakt gehabt.

Kurz darauf aber stellten die Ermittler fest, dass Monjas Handy sich am Samstagabend um neunzehn Uhr dreißig in eine Funkzelle eingeloggt hatte, die nur achtzig Meter von Höllers Haus entfernt war. Da Monja in dieser Gegend sonst niemanden kannte, musste sie also bei ihrem Vater gewesen sein.

Höller gab daraufhin zu, seine Tochter sei am Samstagabend um halb acht tatsächlich kurz bei ihm zu Besuch gewesen, habe ihn aber nach einer guten Viertelstunde wieder verlassen. Es habe keinerlei besondere Vorkommnisse gegeben.

Schließlich machte die Polizei den entscheidenden Fund: Die Rechtsmediziner hatten bei der Obduktion unter Monjas Fingernägeln Hautpartikel gesichert. Aufgrund dessen gingen die Ermittler davon aus, Monja habe sich gegen ihren Mörder gewehrt und ihn in ihrem verzweifelten Abwehrkampf verletzt. Sie erinnerten sich an die Kratzspuren, die sie auf den Unterarmen von Rainer Höller bemerkt hatten, suchten ihn erneut auf und nahmen eine Speichelprobe von ihm. Eine anschließend durchgeführte DNA-Analyse bewies mit einer Wahrscheinlichkeit von 99,9 %, dass die unter Monjas Fingernägeln gefundenen Hautpartikel tatsächlich von ihrem Vater stammten.

Mit dem Ergebnis der DNA-Analyse konfrontiert, änderte Höller seine Geschichte ein weiteres Mal. Er sei mit Monja bei ihrem Besuch am Samstagabend in Streit geraten. Als er seiner Tochter das Handy habe wegnehmen wollen, habe sie ihn gekratzt. Da er nicht unter Verdacht geraten wollte, habe er das nicht sofort gesagt.

Aber zu dem Zeitpunkt war es bereits zu spät. Niemand nahm Rainer Höller seine neue Version der Geschehnisse mehr ab und schon am nächsten Tag wurde Haftbefehl gegen ihn erlassen.

Höller landete in der JVA Bielefeld, beteuerte aber weiterhin seine Unschuld. Nicht er sei der Mörder, sondern Andreas Bartels, der neue Lebensgefährte seiner Exfrau Ilka Höller. Bartels habe ständig Streit mit Monja gehabt, weil die ihn nicht als neuen Partner ihrer Mutter akzeptiert habe. Monja habe verhindert, dass Bartels mit Ilka Höller und ihr zusammenziehen konnte, weil das Mädchen für den Fall mit Selbstmord gedroht habe. Außerdem habe seine Tochter ihm erzählt, dass Bartels sie sexuell belästigt habe.

Die Polizei überprüfte routinemäßig das Alibi des Mannes und stellte dabei fest, dass Bartels, der bei der Schutzpolizei im Streifendienst arbeitete, an besagtem Samstag bis acht Uhr abends Dienst gehabt hatte. Aufgrund eines schweren Unfalls, den er und seine Kollegen aufnehmen mussten, endete ihre Schicht erst um kurz vor zweiundzwanzig Uhr.

Anschließend lud Bartels drei seiner Kollegen zu sich nach Hause ein, um sein fünfundzwanzigjähriges Dienstjubiläum zu begießen. Die Männer bestätigten unisono, die Nacht von Samstag auf Sonntag bis halb drei morgens zusammen mit Bartels verbracht zu haben. Als Beleg für ihre Aussagen konnten sie zudem noch eine Videoaufnahme vorweisen, die an dem Abend angefertigt worden war. Damit war Andreas Bartels endgültig aus dem Schneider und Rainer Höller blieb als einziger potenzieller Täter übrig.

Kapitel 8

1993

Wenn Marc darüber nachdachte, was ihn an Ilka störte, fiel ihm eigentlich nur eine Sache ein: ihre notorische Unpünktlichkeit.

Und so saß er auch an diesem Tag wieder in seinem Golf und tat das, was er seit zwei Monaten regelmäßig tat – er wartete auf Ilka. Sie wollten ins Freibad und Ilka hatte ihn gebeten, sie aus der Stadt abzuholen, wo sie shoppen gewesen war.

Normalerweise machte ihm die Warterei nicht allzu viel aus, aber Bielefeld wurde seit einigen Tagen von einer Hitzewelle in Atem gehalten. Obwohl Marc beide Türen seines Golfs weit geöffnet hatte, um Durchzug zu bekommen, war es im Wageninneren heiß wie in einem Backofen, weil die Luft förmlich stand.

Es brachte aber auch nichts, im Freien zu warten, wo das Sonnenlicht auf die Straße brannte und von dem schwarzen Asphalt zurückgeworfen wurde. Also blieb er im Auto sitzen. Hier war er wenigstens etwas vor der gleißenden Sonne geschützt und konnte Musik aus dem Radio hören. Er musste nur darauf achten, die Batterie nicht allzu sehr zu beanspruchen.

Fünf Minuten später kam sie endlich. Ilka trug nichts als ein bauchfreies Trägertop, abgeschnittene Jeans, die ihre langen Beine betonten, und Flip-Flops. Auf ihren Ohren saß ein Kopfhörer und Marc sah, dass sie die Augen halb geschlossen hatte und ihr Kopf im Rhythmus der Musik nickte.

Noch immer schaffte es Ilkas Anblick, seine Lungen einen Atemzug überspringen zu lassen. Er konnte es nicht fassen, dass diese wunderschöne Frau ausgerechnet mit ihm zusammen war.

Marc winkte und rief ihren Namen, aber sie schien ihn nicht wahrzunehmen. Offenbar war sie ganz bei der Musik, die sie auf ihrem Walkman hörte.

»Ilka!«, rief Marc noch einmal, erntete aber keine Reaktion. Geistesabwesend ging Ilka einfach weiter auf die Straßenbahngleise zu.

Marc wandte den Kopf nach links. Und dann sah er das Unheil kommen: Eine Straßenbahn steuerte genau auf die Stelle zu, an der Ilka die Straße überqueren wollte. Seine Freundin ahnte offenbar nichts von der tödlichen Gefahr, in der sie schwebte. Tief in Gedanken versunken, schlenderte sie weiter und sang dabei leise vor sich hin. Wenn sie in dem Tempo weiterging, würde es unweigerlich zu einem Zusammenstoß zwischen ihr und der Bahn kommen.

Marc öffnete den Mund, aber der Schrei blieb ihm buchstäblich im Hals stecken. Er war vor Angst wie gelähmt. Nur noch fünf Meter, vier Meter, drei …

Endlich kehrte das Leben in Marc zurück und sein Gehirn ließ seinem Körper wieder Signale zukommen. Er drückte wie ein Irrer auf die Hupe und schrie gleichzeitig mit aller Kraft: »Ilka, pass auf!«

Er beobachtete, wie sie endlich hochsah und instinktiv stehen blieb. Im selben Moment rauschte die Straßenbahn an ihr vorbei.

Wenige Sekunden später, als das Fahrzeug die Stelle schließlich passiert hatte, stand Ilka wie zur Salzsäule erstarrt am Straßenrand und blickte Marc mit großen Augen an.

Sie atmete tief durch und schaute bewusst nach links und rechts, bevor sie auf ihn zulief. Nach ein paar Sekunden hatte sie ihn erreicht. »Puh, das war knapp«, sagte sie grinsend und begrüßte ihn mit einem Kuss.

Marc war kreidebleich. »Das war mehr als knapp!«, erwiderte er erregt. »Wenn ich nicht gerufen und gehupt hätte, wärst du jetzt tot!«

Ilka dachte darüber nach. »Ich glaube, du hast recht«, stimmte sie ihm zu. »Ich habe die Straßenbahn absolut nicht bemerkt.« Ein Lächeln zog über ihr Gesicht. »Das heißt, du hast mir das Leben gerettet, Marc. Und ich habe mal gelesen, dass man für einen Menschen, dem man das Leben gerettet hat, bis zu seinem Lebensende verantwortlich ist.«

Langsam hatte sich Marcs Pulsschlag wieder normalisiert. »Ich habe nichts dagegen«, erwiderte er grinsend.

Ilka stieg auf der Beifahrerseite ein. »Jetzt lass uns endlich schwimmen gehen. Ich habe mir gerade einen neuen Bikini gekauft, ein absolut scharfes Teil. Du wirst staunen!«

Als sie im Freibad ankamen, ging Ilka zur Umkleidekabine, während Marc, der seine Badehose bereits untergezogen hatte, sich auf den Weg zu der großen Liegewiese machte. Die Leiber, die sich in der Sonne bräunten, lagen dicht nebeneinander und Marc hatte einige Schwierigkeiten, einen freien

Platz zu finden. Als er endlich noch einen Quadratmeter Rasen entdeckte, der nicht mit Handtüchern bedeckt war, zog er sich aus, breitete seine Decke aus und machte es sich darauf bequem. Die Luft war erfüllt von fröhlichen Stimmen, Kindergeschrei, Gelächter, Musik aus Kassettenrekordern und Geplantsche. Es roch nach frisch gemähtem Gras, Chlor und Sonnencreme.

Doch fünf Minuten später änderte sich die Atmosphäre auf einmal. Es wurde merklich leiser und eine Art nervöse Anspannung machte sich breit. Auch Marc spürte den Stimmungsumschwung. Irritiert setzte er sich auf und sah sich um. Dabei stellte er fest, dass alle Köpfe in dieselbe Richtung gedreht waren und aufgeregtes Getuschel einsetzte.

Marc konnte den Grund der allgemeinen Erregung zunächst nicht ausmachen, doch dann sah er ihn: Ilka stolzierte kerzengerade, mit den betont großen Schritten und dem coolen Gesichtsausdruck eines Models auf dem Catwalk durch die Menschenmassen und schien sie dabei zu teilen wie Moses das Rote Meer. Alle, ob Männlein oder Weiblein, machten ihr Platz und starrten sie an.

Kein Wunder, dachte Marc. Der ›Bikini‹, den Ilka gekauft hatte, entpuppte sich als eine Art Minitanga, der praktisch keine Frage unbeantwortet ließ.

Ilka jedoch schien die Aufmerksamkeit, die sie erregte, gar nicht wahrzunehmen. Mit der Lässigkeit eines Filmstars auf dem roten Teppich schritt sie weiter, bis sie sich schließlich neben Marc auf die Decke legte.

Ein Wust von widersprüchlichen Gefühlen und Gedanken brandete durch seinen Kopf. Da war zum einen Ärger, weil seine Freundin fast nackt war, aber auch Stolz, weil jeder sehen konnte, dass die Frau mit diesem unglaublichen Körper zu ihm gehörte.

Ilka drehte sich vor ihm hin und her. »Und?«, fragte sie. »Was sagst du zu dem Teil?«

Marc musste sich räuspern, um den Frosch aus seinem Hals zu bekommen. »Du hast nicht zu viel versprochen«, gab er zu. »Aber weniger Stoff dürfte es wirklich nicht sein, wenn du nicht wegen Erregung öffentlichen Ärgernisses festgenommen werden willst.«

Ilka sah ihn mit betont großen Augen an. »Du meinst, ich sei ein ›öffentliches Ärgernis‹? Ich bin mir nicht sicher, ob das jeder hier so sieht.« Sie schaute sich um, bis ihr Blick bei einem Familienvater hängen blieb, der mit seiner Frau und seinen beiden Kindern etwa fünf Meter neben ihnen lag und Ilka immer noch unverhohlen anstarrte.

Fehlt nur noch, dass ihm die Zunge aus dem Hals hängt und er beginnt, laut zu hecheln, dachte Marc.

»Mein Freund meint, ich sei ein öffentliches Ärgernis«, rief Ilka zu dem Fremden hinüber und breitete die Arme aus, um ihre Brüste zu betonen. »Sehen Sie das auch so?«

Der Mann öffnete den Mund, erntete aber in derselben Sekunde einen bitterbösen Blick von seiner Frau und zog es daher vor, nur etwas in sich hineinzugrummeln. Marc konnte zwar nicht genau verstehen, was er sagte, meinte aber, »blöde Schlampe« vernommen zu haben.

Und Ilka schien es auch gehört zu haben. Empört schaute sie Marc an. »Willst du nichts unternehmen?«

»Wie ›unternehmen‹?«

Sie nickte in Richtung des Mannes. »Der geile Bock hat mich gerade eine blöde Schlampe genannt!«

»Und was erwartest du jetzt von mir? Soll ich mich mit ihm prügeln?«

»Du könntest ihm wenigstens die Meinung sagen«, giftete sie aufgebracht.

Marc warf einen abschätzenden Blick auf den Familienvater und versuchte, die Situation mit Humor zu retten. »Würde ich gerne machen. Aber ich glaube, er ist stärker als ich.«

Ilka schüttelte fassungslos den Kopf. »So reagierst du also, wenn deine Freundin beleidigt wird«, stellte sie fest. »Gut zu wissen. Offenbar darf mich also jeder beschimpfen und anglotzen, wie er will.«

»Na ja, du hast es aber auch ein wenig provoziert.«

Ilkas Augen wurden schmal. »Was habe ich? Ich ziehe mich so an, weil ich das will, nicht, um irgendwelche Typen anzumachen. Oder gehörst du etwa auch zu den Männern, die glauben, Frauen, die einen Minirock tragen, seien selbst schuld, wenn sie vergewaltigt werden?«

»Natürlich nicht, aber ...«

»Na also, dann red nicht so einen Scheiß!« Mit einem Ruck stand Ilka auf. »Ich hole mir ein Eis«, ließ sie Marc mit wütender Stimme wissen. »Willst du auch was?«

Marc sah sich unbehaglich um. »Nein, danke. Aber muss es unbedingt sein, dass du die große Ilka-Köhler-Show noch mal abziehst?«

»Ich ziehe überhaupt keine Show ab«, fauchte sie. »Ich will mir nur ein Eis kaufen. Oder willst du mir das verbieten? Wir leben hier schließlich nicht in Saudi-Arabien.« Mit diesen Worten ging sie in Richtung Kiosk davon, wobei sich das Schauspiel vom Hinweg wiederholte.

Marc seufzte schwer und ließ sich mit geschlossenen Augen auf seine Decke zurückfallen. Das war er also gewesen: ihr erster Streit. Zugegeben, nichts Weltbewegendes, aber der bisher rosarote Himmel hatte erste Schlieren bekommen.

Nachdem er ein paar Minuten so dagelegen hatte, merkte er auf einmal, dass ein Schatten auf sein Gesicht fiel. Marc dachte, Ilka sei zurückgekehrt, und öffnete die Augen. Doch anstatt seiner Freundin erblickte er einen etwa zwanzigjährigen blonden Typen, der ihn anschaute.

Marc blinzelte gegen die Sonne. »Gibt es ein Problem?«, fragte er.

Der Blonde schüttelte den Kopf. »Nee, überhaupt nicht. Ich wollte mir nur mal Ilkas neuen Freund ansehen.«

»Das hast du ja jetzt getan und kannst wieder abziehen.«

Aber der Blonde machte keinerlei Anstalten, sich zu entfernen. »Wann ich abziehe, kannst du getrost mir überlassen«, erwiderte er in einem aggressiven Tonfall. »Du solltest froh sein, dass ich dir nicht gleich hier ein paar in die Fresse haue.«

Marc war eher amüsiert als verängstigt. Er hielt eine Hand als Sonnenblende vor die Stirn und fragte: »Du willst dich vor allen Leuten mit mir schlagen? Darf ich vorher wenigstens wissen, was ich dir getan habe?«

Der Blonde schnaubte. »Das weißt du ganz genau! Ich war vor dir mit Ilka zusammen. Hätte mich wahrscheinlich früher misstrauisch machen sollen, dass sie samstags immer alleine in die Disko wollte. Kein Wunder, dass sie da irgendwann an einen Typen wie dich gerät.«

Marc verzog den Mund zu einem leichten Lächeln. »Du bist Nils, oder? Ilka hat mir von dir erzählt ... Ganz ehrlich, ich kann dich verstehen. Wenn mir so etwas wie dir passiert wäre, wäre ich wahrscheinlich auch sauer.«

»Du glaubst, ich sei eifersüchtig?«, fragte der Blonde. »Von mir aus! Am Anfang war ich das vielleicht sogar. Wenn man mit Ilka zusammen ist, ist das wie ein Rausch. Sie ist eine Art Droge, von der man nur schwer wieder loskommt. Man denkt, es könne und müsse ewig so weitergehen. Aber inzwischen habe ich begriffen, dass die Trennung von Ilka das Beste war, was mir je passieren konnte.«

»Na, dann können jetzt ja alle glücklich und zufrieden sein.«

»Ich weiß, du denkst, du bist ein toller Hecht, weil du mit Ilka zusammen bist. Genieß die Zeit, solange sie dauert. Ilka ist …« Er hielt mitten im Satz inne, sah sich hektisch um und verschwand so schlagartig, wie er aufgetaucht war.

Sekunden später nahm Ilka neben Marc Platz und hielt ihm ein Eis hin. »Hab ich dir mitgebracht«, sagte sie und lächelte. »Frieden?«

»Frieden«, bestätigte Marc. »Danke.«

»Was war das denn für ein Typ, mit dem du eben gesprochen hast?«, erkundigte sie sich.

Marc zuckte die Achseln. »Er hat gesagt, sein Name sei Nils und er sei vor mir mit dir zusammen gewesen.«

Ilka nickte langsam. »Hab ich mich also doch nicht getäuscht. Und, was wollte er?«

»Ob du es glaubst oder nicht: Er wollte mich verprügeln!«

»Verprügeln? Was hast du ihm denn getan? Schließlich habe ich Schluss mit ihm gemacht.«

»Das hat wahrscheinlich schon gereicht. Er …« Marc wurde jäh unterbrochen, als die Frau des Familienvaters neben ihnen auf einmal laut losschrie.

»O mein Gott, Rolf! Was ist mit dir?« Sie sprang auf und sah sich panisch um. »Hilfe!«, rief sie. »Kann bitte jemand helfen? Ich glaube, mein Mann stirbt!«

Ilka warf Marc einen schnellen Blick zu. »Sieht so aus, als ob der geile Bock ein Problem hätte.«

Sie stand auf und lief zu der Familie. Marc folgte ihr. Um ›Rolf‹ herum hatte sich bereits ein Kreis Schaulustiger gebildet und Ilka hatte einige Schwierigkeiten, zu ihm vorzudringen. Als sie den Mann schließlich erreicht hatte, lag er reglos auf dem Rücken.

»Was ist passiert?«, fragte Ilka seine Frau.

»Ich weiß nicht genau!«, schrie sie hysterisch. »Rolf hat mir vor einer Minute gesagt, er sei von einer Wespe gestochen worden. Auf einmal hat er keine Luft mehr bekommen. Und dann ist er auch schon bewusstlos geworden.«

Ilka nickte verstehend. Sie rüttelte an den Schultern des Mannes und sprach ihn an. Keine Reaktion. Schließlich beugte sie sich über ihn, hielt ihr Ohr ganz dicht über seinen Mund und legte eine Hand auf seine Brust. »Er atmet nicht mehr«, stellte sie schließlich fest und sah sich um. Neben ihr stand ein etwa zwölfjähriger Junge. »Du rennst jetzt, so schnell du kannst, zum Bademeister und sagst ihm, er soll sofort den Notarzt anrufen! Schaffst du das?«

Der Junge nickte eifrig und lief davon.

Ilka blickte in die Runde. »Ist ein Arzt oder Rettungssanitäter anwesend?«, fragte sie, erhielt aber nur Schweigen als Antwort.

Sie seufzte. »Dann bleibt es wohl an mir hängen.«

Sie legte ihre Handballen übereinander mittig auf den Oberkörper des Mannes und begann mit einer Herzdruckmassage, indem sie schnell und kräftig auf den Brustkorb des Bewusstlosen drückte. Nachdem sie das etwa dreißigmal in rascher Folge wiederholt hatte, machte sie eine Pause, hielt die Nase des Mannes mit einer Hand zu, fasste das Kinn mit der anderen, öffnete seinen Mund, umschloss ihn mit ihren Lippen und blies ihm gleichmäßig Luft in den Rachen. Anschließend fuhr Ilka mit der Herzdruckmassage fort.

»Er atmet!«, schrie ein Kind und tatsächlich hob und senkte sich der Brustkorb des Mannes jetzt wieder.

Ilka brachte ›Rolf‹ in eine stabile Seitenlage. Im selben Moment kam auch schon der Bademeister und kurz darauf der Notarzt, der die weitere Behandlung übernahm, indem er einen Zugang in die Vene legte, verschiedene Medikamente verabreichte und dem Bewusstlosen eine Sauerstoffmaske überzog. Schließlich wurde der Familienvater mit dem Rettungswagen abtransportiert und Marc und Ilka kehrten zu ihrer Decke zurück.

Fünf Minuten später gesellte der Bademeister sich zu ihnen und wandte sich an Ilka. »Mir wurde gesagt, Sie haben den Mann wiederbelebt«, sagte er. »Wo haben Sie das gelernt?«

Sie zuckte die Achseln. »Ich habe mal ein Praktikum bei der DLRG gemacht. Ich will Krankenschwester werden.«

»Sie haben sich offensichtlich für den richtigen Beruf entschieden. Wie es aussieht, haben Sie ihm das Leben gerettet.«

Ilka wurde rot. »Das hätte doch wohl jeder gemacht.«

»Leider nicht. Sie haben es doch gesehen: Es standen mindestens zwanzig Leute um ihn herum, aber Sie waren die Einzige, die gehandelt hat. Noch einmal vielen Dank für Ihre Hilfe.« Mit diesen Worten entfernte er sich.

Marc sah seine Freundin an. »Da hast du es«, sagte er. »Du bist jetzt ein Held!«

»Wenn schon, dann eine Heldin.«

»Okay. Aber etwas hast du nicht bedacht, als du Rolf das Leben gerettet hast.«

Ilka musterte ihn erstaunt. »Was denn?«

»Du bist jetzt bis zu deinem Lebensende für den geilen Bock verantwortlich.«

Ilka musste lachen. »O Gott, stimmt ja! Das kommt dabei heraus, wenn man nicht richtig nachdenkt, bevor man etwas tut. Aber jetzt lass uns das Thema endlich abhaken.« Mit diesen Worten streckte Ilka sich lang aus, setzte ihren Walkman und eine Sonnenbrille auf und schloss die Augen.

Marc lag noch eine ganze Weile einfach so da und schaute sie an. Dann lächelte er. Das Leben mit Ilka war ganz schön aufregend, aber er konnte und wollte sich kein anderes mehr vorstellen.

Mit diesem Gedanken schlief er ein.

Kapitel 9

Marc legte die Akten zur Seite.

Auch wenn es keine unmittelbaren Tatzeugen gab, sah es für seinen Mandanten nicht gut aus. Zwar reichten die einzelnen Beweisanzeichen nicht aus, um Höller verurteilen zu können, die berühmte ›Gesamtschau der Indizien‹ genügte aber zweifelsohne, um ihn für viele Jahre hinter Gitter zu schicken. Höller hatte kein Alibi, er hatte sich dauernd mit seiner Tochter gestritten, er hatte nachweislich mehrmals gelogen, er hatte keine vernünftige Erklärung dafür, warum er seine Kleidung verbrannt hatte, und aufgrund der DNA-Spuren unter Monjas Fingernägeln lagen sogar objektive Beweise gegen ihn vor.

Marc lehnte sich in seinem Drehsessel zurück und überlegte, wie er vorgehen sollte. Es handelte sich weder um ein Sexualdelikt noch um Raub. Blieb also nur eine Beziehungstat. Aber welche von Monjas Bezugspersonen außer Rainer Höller kam als Täter in Betracht? Marc musste sich eingestehen, dass er einfach zu wenig über Monja wusste, und nahm sich vor, mehr über sie herauszufinden.

Momentan war sein einziger Ansatzpunkt Andreas Bartels, aber der hatte ein scheinbar wasserdichtes Alibi.

Marc zögerte.

Oder etwa doch nicht?

Er blätterte bis zu der letzten Seite von Vogels Handakte, die aus einer Klarsichthülle bestand. Darin befand sich eine mit *Party* beschriftete DVD. Marc nahm die silberne Scheibe und legte sie in seinen DVD-Spieler. Dann schaltete er den Fernseher ein und ließ die Aufnahme anlaufen.

Auf dem Bildschirm erschien eine Terrasse mit einem großen Gartentisch, um den drei männliche Personen saßen. Unten rechts waren ein Datum und eine Uhrzeit eingeblendet: *2. Juli, 23.48 Uhr.* Die Veranda war durch eine große Lampe hell erleuchtet, außerhalb des Lichtscheins herrschte völlige Dunkelheit.

Eine der Personen erkannte Marc aufgrund eines Fotos, das er in Vogels Handakte gesehen hatte: Andreas Bartels, Ilka Höllers neuer Lebensgefährte. Bartels war ein dunkelhaariger gut aussehender Mann Mitte vierzig mit dem – Marc musste unwillkürlich lächeln – beinahe obligatorischen Polizistenschnauzer. Die beiden anderen Männer mussten Bartels' Kollegen sein, auch wenn sie keine Uniform, sondern Freizeitkleidung trugen. Es war offenbar eine warme Nacht, denn sie waren nur mit dünnen Hemden bekleidet.

Die Stimmung war gelöst. Auf dem Tisch standen Aschenbecher, Bierflaschen, Gläser und Schalen mit Chips. Als Nächstes hörte Marc eine Stimme aus dem Off, wahrscheinlich von demjenigen, der die Kamera bediente: »So, jetzt wollen wir doch mal sehen, ob dieses Teil auch funktioniert. Sagt mal was!« Sofort schauten die drei anderen in die Kamera, prosteten ihr mit ihren Getränken zu, streckten ihr den Mittelfinger entgegen und redeten dummes Zeug. Und so ging es weiter. Sie zogen über die Figuren bekannter Sängerinnen und Schauspielerinnen her, erzählten sich Herrenwitze, die zusehends unappetitlicher wurden, und stießen zwischendurch immer wieder grölend mit ihren Biergläsern an. Nach genau vier Minuten und achtundvierzig Sekunden endete die Aufnahme auf einmal.

Marc beugte sich vor. Nach dem Zeitstempel war die Aufnahme am zweiten Juli letzten Jahres zwischen 23.48 Uhr und 23.53 Uhr gemacht worden. Wenn das stimmte, hatte Bartels ein bombensicheres Alibi, denn Monja Höller war nach dem Obduktionsbefund um Mitternacht plus/minus eine halbe Stunde getötet worden.

Aber vielleicht konnte er irgendetwas finden, was bewies, dass die Aufnahme nicht zu der angegebenen Zeit angefertigt worden sein konnte. Vielleicht nur ein winziges Detail, das Bartels übersehen hatte. Marc war sich sicher, dass er es finden würde – wenn es denn da war.

Er sah sich das Video anschließend noch viermal an, konnte aber nichts Auffälliges feststellen. Marc seufzte resigniert. Wahrscheinlich fand er deshalb nichts, weil es schlicht und einfach nichts zu entdecken gab.

In dem Moment spürte er eine Bewegung hinter sich. Er fuhr herum und erblickte seine Tochter. Wie fast jedes Mal, wenn er Lizzy sah, wunderte er sich, wie sehr sie sich verändert hatte, seitdem er sie vor neun Jahren kennengelernt hatte. Mittlerweile war sie fünfzehn, einen Meter achtundsiebzig groß, hatte lange braune, lockige Haare, die ihr bis auf die Hüften fielen, und ein bildhübsches, sommersprossiges Gesicht. Viele Mädchen träumten davon, Model zu werden, aber wenn eine von ihnen eine Chance hatte, dann war es Lizzy. Davon war Marc felsenfest überzeugt.

Allerdings war er im Moment alles andere als gut auf seine Tochter zu sprechen. »Herrgott, musst du mich so erschrecken!«, fuhr er sie an.

»Wieso erschrecken?«, fragte sie mit einem unschuldigen Gesichtsausdruck zurück. »Ich wohne zufällig hier.«

»Das ist noch lange kein Grund, sich von hinten an mich ranzuschleichen!«

»Ich habe mich keineswegs an dich rangeschlichen«, versetzte sie mit der Ernsthaftigkeit eines Teenagers. »Ich bin lediglich ganz normal hereingekommen. Aber du warst so gefesselt von diesem Video, dass du nichts anderes mehr mitbekommen hast. Was ist das eigentlich für eine Aufnahme?«

Marc langte nach der Fernbedienung und schaltete den Fernseher aus. »Nichts, was dich etwas angehen würde«, erwiderte er mürrisch. »Das ist rein beruflich.«

»Beruflich? Aber du arbeitest doch überhaupt nicht!«

»Ich arbeite sehr wohl. Zum Beispiel, indem ich den Haushalt führe und auf dich aufpasse.«

Lizzy verzog spöttisch den Mund. »Wie du auf mich aufpasst, hat man ja eben gesehen. Du merkst ja nicht mal, wenn ich nach Hause komme.«

»Nicht, wenn du dich von hinten an mich ranschleichst«, erwiderte Marc. Dann lenkte er ein. »Diese Aufnahme spielt eine Rolle in dem neuen Fall, den ich übernommen habe, okay?«

Lizzy riss die Augen auf. »Ein neuer Fall? Das heißt, du arbeitest wieder als Anwalt?«

»Was ist daran so merkwürdig? Wie du eigentlich wissen solltest, bin ich immer noch als Rechtsanwalt zugelassen. Mein neuer Mandant steht derzeit wegen Totschlags vor Gericht. Der zuständige Richter hat mich gestern angerufen und gefragt, ob ich den Mann verteidigen will.«

Lizzy ließ sich neben Marc auf das Sofa fallen. »Cool! Und ich dachte schon, du verbringst den Rest deines Lebens auf dieser Couch und schaust dir amerikanische Serien an. Was hat der Prozess mit der Aufnahme zu tun?«

Marc seufzte schwer. »Wie gesagt: Das ist beruflich und deshalb darf ich mit dir auch nicht darüber reden. Du weißt, dass ich als Anwalt der Schweigepflicht unterliege. Abgesehen davon könnte ich dir die Aufnahme sowieso nicht zeigen. Die Männer, die darauf zu sehen sind, gebrauchen zum Teil sehr unanständige Worte und du bist noch minderjährig.«

»Du brauchst mir den Film nicht mehr zu zeigen«, konterte Lizzy. »Ich habe ihn schon zweimal gesehen, seitdem ich hier bin. Und ich weiß, was eine ›Fotze‹ und was ein ›Gangbang‹ ist. Also sag schon: Warum ist die Aufnahme so wichtig?«

Marc dachte nach. Er wusste aus jahrelanger Erfahrung, dass Lizzy ihn jetzt so lange löchern würde, bis sie eine befriedigende Antwort erhalten würde. Also beschloss er, das Ganze abzukürzen und ihr die Wahrheit zu sagen.

»Mein Mandant behauptet, das Video sei eine Fälschung«, erklärte er. »Es sei nicht, wie auf dem Zeitstempel zu sehen, am zweiten Juli um kurz vor Mitternacht angefertigt worden, sondern zu einem späteren Zeitpunkt, um einem der Männer ein Alibi zu verschaffen. Das Opfer, um das es in dem Fall geht, ist letztes Jahr in der Nacht vom zweiten auf den dritten Juli gegen Mitternacht getötet worden. Mein Mandant behauptet, nicht er sei der Täter, sondern der dunkelhaarige Mann mit dem Schnauzer auf dem Video. Wenn mein Mandant recht hat, muss die Aufnahme gefälscht worden sein.«

»Verstehe«, nickte Lizzy. »Ist der Film mit einem Handy aufgenommen worden?«

»Mit einer Digitalkamera.«

»Kann man nicht anhand der Bilddaten feststellen, ob die Zeit manipuliert wurde?«

»Das hat mein Vorgänger bereits veranlasst, aber ohne Erfolg. Jeder, der ein bisschen davon versteht, kann belastende Daten löschen. Die Kamera war ganz neu und ist an dem Tag das erste Mal in Betrieb genommen worden. Da kann man natürlich jedes beliebige Datum und jede beliebige Zeit eingeben.«

»Okay. Warum schaust du dir die Aufnahme immer wieder an?«

»Ich suche nach Anzeichen dafür, dass mit ihr irgendetwas nicht stimmt.«

Wenn Marc gedacht hatte, er habe die Neugier seiner Tochter damit befriedigt, sah er sich getäuscht. »Das ist ja wie in *CSI*«, sagte Lizzy mit glänzenden Augen. »Hast du schon was gefunden?«

»Bisher nicht«, musste Marc zugeben.

»Dann lass uns das Ganze doch noch einmal zusammen ansehen. Vielleicht kann ich dir helfen!«

»Das kommt überhaupt nicht infrage!«

»Und warum nicht?«

»Weil du jetzt deine Hausaufgaben machen sollst!«

»Hab ich längst erledigt. Ich hätte also Zeit.«

»Trotzdem«, beharrte Marc. »Ich kann dir das Video nicht zeigen. Es geht immerhin um ein Kapitalverbrechen.«

»Aber ich habe es bereits gesehen! Jetzt komm schon, Marc. Vier Augen sehen mehr als zwei. Vielleicht entdecke ich ja etwas, was dir bisher entgangen ist.«

Marc ließ sich das durch den Kopf gehen. Er musste zugeben, dass Lizzys Argumentation etwas für sich hatte. Und was war, bei Lichte betrachtet, schon dabei? Zum einen kannte Lizzy die Aufnahme inzwischen sowieso, zum anderen war sie unverfänglich und hatte mit der eigentlichen Tat nichts zu tun.

»Also gut«, sagte er schließlich und seufzte. »Du hast gewonnen.« Er warf ihr einen nachdenklichen Blick zu. »Aber das mit dem Modeln solltest du dir übrigens noch mal überlegen, finde ich. So, wie du Menschen das Wort im Munde verdrehen kannst, wärst du eine hervorragende Anwältin.«

Marc hatte eigentlich mit einer verächtlichen Antwort gerechnet. Doch zu seinem Erstaunen reagierte Lizzy vollkommen ernst. »Darüber habe ich in der Tat schon nachgedacht. Ich glaube, ich will Jura studieren.«

»Ach! Das ist ja das Neueste, was ich höre. Dann habe ich bei deiner Erziehung also doch nicht vollständig versagt. Ich dachte immer, du wolltest nächstes Jahr bei dieser Sendung von Heidi Klum mitmachen.«

»Quatsch«, winkte Lizzy verächtlich ab. »Bei *Germany's next Topmodel* werden die Frauen doch nur ausgebeutet und vorgeführt, um Quote zu machen. Und damit die Kosmetikindustrie ihre Produkte besser an junge Mädchen verkaufen kann.«

»Wer hat dir das denn erzählt?«

»Cassies Mutter. Und die kennt sich zufällig aus.«

»So, tut sie das? Okay, Heidi Klum ist also scheiße. Und was ist mit diesen Filmchen auf YouTube, die du den ganzen Tag guckst und in denen gestylte Mädchen pausenlos irgendein Make-up anpreisen?«

»Das ist etwas anderes! Das sind echte Mädchen, die die Produkte, die sie empfehlen, selbst verwenden und die sie selbst getestet haben.«

»Ja, weil sie dafür bezahlt werden. Wenn …«

»Was ist denn nun mit dieser Aufnahme?«, fiel Lizzy ihm ins Wort. »Soll ich dir jetzt helfen oder nicht?«

Marc seufzte und schaltete den Fernseher wieder ein. »Dann wollen wir mal.«

»Auf was muss ich achten?«, wollte Lizzy wissen.

»Auf alles, was da ist, aber eigentlich nicht da sein dürfte.«

»Das verstehe ich nicht.«

»Also: Die Aufnahme ist angeblich am zweiten Juli letzten Jahres gegen Mitternacht gemacht worden. Wenn man auf dem Tisch eine Zeitung sehen könnte, die erst vier Tage später erschienen ist, dann wüssten wir, dass die Aufnahme gefälscht sein muss. Okay?«

»Okay!«

»Es gibt auch noch andere Dinge, anhand derer zu erkennen ist, dass ein Foto oder eine Videoaufnahme keinesfalls zu der behaupteten Zeit angefertigt worden sein kann. Zum Beispiel wenn der Sonnenstand oder der Schattenwurf nicht passen.«

»Aber auf dem Video ist es doch Nacht!«

»Das waren ja auch nur Beispiele. Wir müssen auf Dinge achten, die nicht zu der angegebenen Zeit passen: eine Uhr im Hintergrund, die etwas anderes anzeigt als der Timer, der unten mitläuft. Oder ein Kalender, der einen falschen Tag angibt. Oder die Männer unterhalten sich über ein Ereignis, das zu dem entsprechenden Zeitpunkt noch gar nicht stattgefunden haben kann. Wenn sich zum Beispiel Personen auf einer Aufnahme, die 1996 gemacht worden sein soll, über Falcos Tod bei einem Autounfall unterhalten, wäre damit nachgewiesen, dass die Aufnahme nicht von 1996 stammen kann, weil Falco da noch gelebt hat. Verstehst du?«

»Wer ist Falco?«

»Das ... egal. Aber das Prinzip hast du begriffen, oder?«

Lizzy nickte eifrig. »Ja, alles klar. Leg los!«

Marc richtete die Fernbedienung auf den DVD-Spieler und ließ die Aufnahme erneut anlaufen. Lizzy starrte die ganze Zeit wie gebannt auf den Bildschirm.

»Und?«, fragte Marc anschließend. »Etwas gefunden?«
Lizzy schüttelte den Kopf. »Noch mal!«, befahl sie.
Sie schauten sich die Aufnahme weitere dreimal an.

»Bei dem einen Mann ist kurz das Ziffernblatt seiner Armbanduhr zu sehen«, sagte Lizzy anschließend. »Aber das ging zu schnell und ist auch zu weit weg. Vielleicht kann man das Bild an der Stelle anhalten und ranzoomen.«

»Habe ich schon versucht«, gab Marc zurück. »Es ist nichts zu erkennen.«

»Vielleicht hätte ein Profi mehr Erfolg.«

»Das käme in der Tat auf einen Versuch an. Hast du sonst noch etwas entdeckt?«

»Nein, tut mir leid. Aber vielleicht gehen wir auch falsch an die Sache ran und sollten auf etwas achten, was *nicht* da ist, obwohl es eigentlich da sein müsste.«

»Wie meinst du das?«

»Nun, wenn es zum Beispiel am zweiten Juli um kurz vor Mitternacht in Bielefeld geregnet hätte, müsste das auch auf dem Video zu sehen oder zu hören sein. Die Leute sind schließlich draußen auf der Terrasse.«

Marc zeigte mit dem ausgestreckten Zeigefinger auf Lizzy. »Sehr gut! Es hat in der Nacht tatsächlich geregnet, allerdings erst ab drei Uhr morgens. Aber die Grundidee ist ausgezeichnet. Vielleicht geht es auch gar nicht darum, was auf dem Video zu sehen, sondern was darauf zu hören ist.«

»Das verstehe ich nicht.«

»Zum Beispiel das Schlagen einer Kirchturmuhr. Oder ein Kranken-, Feuerwehr- oder Polizeiwagen, der gerade mit Martinshorn vorbeifährt. Vielleicht können wir herausbekommen, dass der Einsatz nicht zu der angegebenen Zeit stattgefunden haben kann. Oder es läuft im Hintergrund irgendwo ein Fernseher und wir können das Programm identifizieren. Wir drehen uns am besten um, dann können wir uns voll auf den Ton konzentrieren. Okay?«

Lizzy nickte, während sie dem Fernseher den Rücken zuwandten. Dann startete Marc die Aufnahme erneut und sie konzentrierten sich nur noch auf die Stimmen der Männer und die Geräusche.

»Und?«, fragte Marc, nachdem das Video zu Ende war.

»Mir ist nichts aufgefallen«, antwortete Lizzy. »Nur dummes Gequatsche und Gläserklirren. Keine Turmuhr, keine Kirchenglocken, kein Krankenwagen, kein Polizeiwagen.«

»Ich habe auch nichts Auffälliges gehört«, stimmte Marc ihr zu. »Lass es uns ein allerletztes Mal versuchen.« Er spielte die DVD noch einmal ab. »Wie sieht es aus?«, fragte er anschließend.

»Immer noch nichts«, erwiderte Lizzy. »Das heißt, in einer Gesprächspause ist mal kurz Vogelgezwitscher zu hören.« Sie lachte. »Aber das bringt uns ja auch nicht wirklich voran, oder? Schließlich kannst du den Vogel nicht als Zeugen vernehmen.«

Marc stimmte in ihr Lachen ein. »Dazu müsste ich ihn erst mal finden. Und dann müsste ich ihn zum Sprechen bringen. Das dürfte bei einem Vogel schwierig werden.«

»Es sei denn, es handelt sich um einen Papagei«, spann Lizzy die Geschichte weiter. »Stell dir mal vor, du hast einen Graupapagei im Zeugenstand, der mit ausgestrecktem Flügel auf den Angeklagten zeigt und krächzt: Das ist der Mörder!«

»Wäre eine Möglichkeit«, meinte Marc lachend. »Aber ich fürchte, der Vogel auf der Aufnahme ist kein Papagei.«

»Nein, wahrscheinlich nicht«, gab Lizzy seufzend zu.

»Ich schätze, das war's dann«, sagte Marc. »Mit der Aufnahme kommen wir momentan nicht weiter. Aber vielen Dank für deine Hilfe. Du hattest ein paar gute Ideen.«

»Gern geschehen.« Lizzy freute sich sichtlich über das Lob. Nach einer kurzen Pause fügte sie hinzu: »Vielleicht kann ich dir sogar noch mehr helfen.«

»Wie meinst du das?«

Sie zögerte. »Geht es bei deinem neuen Mandat um Monja Höller?«, fragte sie zaghaft.

Marcs fuhr herum. »Woher weißt du das?«

»Das war nicht allzu schwer zu erraten.« Lizzy deutete auf die Zeituhr in dem Video. »Ich weiß, dass Monja in dieser Nacht ermordet worden ist. Und so viele Morde gibt es in Bielefeld ja nun auch nicht. Außerdem habe ich mitbekommen, dass ihr Vater deswegen gerade vor Gericht steht.«

»Wie hast du das denn erfahren? Du liest doch überhaupt keine Zeitung.«

Lizzy sah ihn beinahe mitleidig an. »Nein, aber es gibt mittlerweile andere Medien, über die man sich informieren kann. Stichwort: Internet.«

»Okay. Aber was interessiert dich der Prozess gegen Monjas Vater?«

»Immerhin war Monja auf derselben Schule wie ich.«

Marc musterte sie irritiert. Das war ihm bis jetzt entgangen. Oder besser gesagt: nicht in sein Bewusstsein gelangt. Wahrscheinlich hatte er den Namen der Schule, die Monja besucht hatte, irgendwo in den Akten gelesen, dem aber bisher keine Bedeutung beigemessen. »Aber Monja war sechzehn, als sie letztes Jahr getötet wurde, da warst du gerade vierzehn.«

»Sie war ja auch zwei Klassen über mir. Das ändert aber nichts daran, dass sie auch auf dem Geschwister-Scholl-Gymnasium war.«

»Kanntest du Monja?«

»Nur vom Sehen. Jeder kannte Monja. Sie war mit Abstand das hübscheste Mädchen der ganzen Schule.«

»Das kann nicht sein! Das hübscheste Mädchen warst immer schon du.«

»Marc!«, schnaubte sie. »Sag nicht so was! Ernsthaft, Monja war der absolute Star. Alle Jungen waren hinter ihr her.«

»Weißt du, ob sie einen Freund hatte?«

»Keine Ahnung. Ich habe sie ja nicht persönlich gekannt. Nur die Gerüchte, die über sie im Umlauf waren.«

»Ach ja? Welche denn?«

»Sie war noch nicht allzu lange auf unserer Schule. Vorher war sie auf dem Schiller-Gymnasium. Aber das musste sie verlassen.«

»Warum?«

»Sie war wohl schuld daran, dass sich ein anderes Mädchen umgebracht hat.«

Marc war auf einmal wie elektrisiert. »Umgebracht?«, fragte er aufgeregt. Davon hatte er mit Sicherheit nichts in den Akten gelesen. »Wer? Wie? Warum?«

Lizzy seufzte. »Ich weiß es doch nicht. Das war halt so Tratsch, der an der Schule die Runde gemacht hat. Aber wenn du willst, kann ich mehr darüber herausfinden. Auch, ob sie einen Freund hatte und so. Monjas hatte eine beste Freundin, die auch auf das Geschwister Scholl geht. Wenn du willst, kann ich sie ein wenig für dich aushorchen.«

Für einen Moment war Marc versucht, ihr sofort zuzustimmen. Doch dann meldete sich die Stimme der Vernunft. »Nein, das geht nicht«, sagte er. »Du bist fünfzehn und ich kann dich nicht in einem Fall ermitteln lassen, in dem es um ein Kapitalverbrechen geht. Wenn deine Mutter das herausfindet, bringt sie mich um.«

»Aber Mama ist doch gar nicht hier«, versetzte Lizzy. Nach einer Pause fügte sie traurig hinzu: »Eigentlich ist sie das ja nie. Wie sollte sie also davon erfahren?«

»Du kennst doch deine Mutter«, antwortete Marc. »Früher oder später erfährt sie alles. Insbesondere, wenn es um dich geht.«

»Ich schwöre dir, dass ich ihr nichts erzählen werde. Bitte, lass mich doch helfen! Ich glaube, ich könnte viel über Monja herausfinden.«

Marc überlegte. Eigentlich war das genau das, was er im Moment brauchte: so viele Informationen wie möglich über Monja Höller. In dieser Hinsicht war Lizzys Angebot fast wie ein Geschenk des Himmels. »Nein!«, sagte er dennoch bestimmt. »Kommt überhaupt nicht infrage! Und damit Ende der Debatte!«

»Das war ja klar! Mama meint, dass du das immer sagst, wenn du keine Argumente mehr hast.«

»So, tut sie das? Dann richte deiner Mutter doch bitte aus, dass sie da vollkommen falschliegt, wenn du sie zufällig mal siehst. Es geht nicht darum, dass ich keine Argumente mehr habe, sondern darum, dass ich merke, wenn eine sinnlose Diskussion anfängt, sich im Kreis zu drehen. So wie diese jetzt!«

Lizzy verschränkte die Arme vor der Brust und zog einen Schmollmund. »Dann sage ich Mama, dass du den ganzen Tag vor der Glotze hängst und dich nicht richtig um mich kümmerst. Und dass ich jeden Tag Pizza essen muss.«

»Die isst du doch gerne!«

»Ja, ist aber nicht gesund!«

»Wenn du mich bei deiner Mutter verpetzt, verkaufe ich dein Pferd.«

»Machst du ja doch nicht.«

»Ich würde es an deiner Stelle lieber nicht darauf ankommen lassen.«

»Das ist Erpressung!«

»Nein, das nennen wir Juristen eine gerechtfertigte Gegenerpressung und die ist erlaubt. Du kannst gerne im Strafgesetzbuch nachschlagen.«

Lizzy seufzte. »Okay, ich werde Mama nichts sagen.« Sie hob herausfordernd den Kopf. »Aber du kannst mir auch nicht verbieten, mich in der Schule mit einem Mädchen zu unterhalten, das zufällig mit Monja Höller befreundet war.«

Marc musste wider Willen lachen. »Nein, das kann ich wahrscheinlich nicht. Also gut, sprich in drei Herrgottsnamen mit diesem Mädchen. Aber mehr unternimmst du nicht! Denn ich will wirklich nicht, dass du in irgendeine Gefahr gerätst!«

»Ganz bestimmt nicht.« Lizzy strahlte. »Du wirst es nicht bereuen.«

Kapitel 10

1993

Am 20. Juli 1993 feierte Marc seinen zweiundzwanzigsten Geburtstag. Aus diesem Grund hatte er Ilka ins *Da Michele*, das teuerste italienische Restaurant Bielefelds, eingeladen.

Sie bekamen den besten Platz, was allerdings kein Zufall war, sondern daran lag, dass Marc den Ober am Vorabend mit einem Zwanzigmarkschein bestochen hatte. Sie bestellten beide ein Lammgericht, dazu orderte Marc für sich ein Bier und für Ilka eine Flasche Mineralwasser.

Während sie auf das Essen warteten, zog Ilka ein flaches, quadratisches, in buntes Papier eingewickeltes Päckchen aus ihrer Tasche. »Herzlichen Glückwunsch«, sagte sie.

»Danke. Ist es das, wofür ich es halte?«

Marc hatte noch Unmengen Vinylscheiben und sich jahrelang mit Händen und Füßen dagegen gewehrt, auf CDs umzusteigen. Aber irgendwann hatte er feststellen müssen, dass der Vormarsch der kleinen digitalen Silberlinge nicht mehr aufzuhalten war und es die neuesten Alben nur noch in dieser Form gab. Also hatte er sich vor einiger Zeit zähneknirschend dazu entschlossen, sich endlich auch einen CD-Spieler zuzulegen.

Marc riss das Papier auf und hielt Sekunden später tatsächlich eine der kleinen Plastikhüllen in der Hand: *The Lexicon of Love* von *ABC,* seit ihrem Erscheinen vor elf Jahren seine absolute Lieblingsscheibe.

»Ich weiß, dass du die Schallplatte hast«, meinte Ilka. »Aber jetzt kannst du sie schonen und stattdessen die CD abspielen.«

Marc räusperte sich. »Ich weiß gar nicht, was ich sagen soll.«

Ilka lächelte. »Wie wär's mit einem einfachen ›Danke‹?«

»Ja, danke! Danke, danke, danke! Das bedeutet mir wirklich sehr viel!«

»Nun übertreib mal nicht. Ist doch nur eine CD.«

»Nein, es ist *die* CD. Die beste Platte aller Zeiten. Es geht eigentlich nur um ein Thema: Liebe! Martin Fry singt die ganze Zeit davon, wie es einem Mann gelingt, die Frau fürs Leben zu finden.« Marc schaute Ilka intensiv in die Augen. »Und ich glaube, ich habe diese Frau gefunden.« Er griff in seine Hosentasche und zog ein kleines weißes Kästchen hervor. »Eigentlich wollte ich dir das erst nach dem Essen geben. Aber ich denke, jetzt ist der richtige Zeitpunkt gekommen.«

Er überreichte ihr die Schatulle, die Ilka mit einem Kopfschütteln entgegennahm.

»Aber Marc! Heute ist dein Geburtstag, nicht meiner!« Sie klappte die Box auf und ihre Augen wurden noch größer, als sie es von Natur aus schon waren – wenn das überhaupt möglich war. »Oh!«, sagte sie voller Begeisterung. »Der … der ist wunderschön.« Sie griff nach dem funkelnden Diamantring, steckte ihn an ihren Finger und hielt ihn gegen das Licht. »Mein Gott, der war doch bestimmt wahnsinnig teuer.«

Marc holte tief Luft. Ja, hätte er fast geantwortet. Er hatte das gesamte Geld, das ihm bei seiner Konfirmation geschenkt worden war, gespart, weil er immer auf eine besondere Gelegenheit gewartet hatte. Die war jetzt gekommen, fand er. Und einen lupenreinen Halbkaräter gab es nun einmal nicht umsonst. »Ist egal«, sagte er also. »Hauptsache, er gefällt dir.«

»Oh, ich liebe ihn! Aber, Marc … Ich kann ihn auf gar keinen Fall annehmen!«

»Doch, kannst du! Das ist nämlich kein normaler Ring. Eigentlich ist es mehr ein Symbol.« Marc griff nach ihren Händen. »Liebe Ilka«, sagte er feierlich. »Wir sind zwar erst seit drei Monaten zusammen, aber ich bin mir jetzt schon sicher, dass ich den Rest meines Lebens mit dir verbringen möchte. Deshalb frage ich dich: Willst du meine Frau werden?«

Ilka starrte ihn mit großen Augen an. »Aber … ich bin erst siebzehn!«

»Ich weiß. Ich will ja auch nicht, dass wir sofort heiraten. Von mir aus können wir ruhig noch ein paar Jahre warten.

Ich will dir hiermit eigentlich nur zeigen, dass es mir ernst ist. Denn ich weiß einfach, dass du die richtige Frau für mich bist.« Er sah sie erwartungsvoll an.

Anstatt etwas zu sagen, nahm Ilka den Ring wieder von ihrem Finger, legte ihn in das Kästchen zurück und schob es anschließend auf Marcs Tischseite hinüber. »Es tut mir leid, es geht nicht, Marc«, sagte sie stockend. »Ich ... ich kann das nicht annehmen.«

»Aber ich habe dir doch gerade eben erklärt, dass wir nicht jetzt ...«

Sie wich seinem Blick aus. »Du missverstehst das alles, Marc. Ich kann den Ring nicht annehmen, weil ... ach, das ist so schwer.«

»Was ist schwer?«

»Ich kann dich nicht heiraten. Nicht jetzt und nicht in zehn Jahren. Ich ... ich weiß auch nicht, wie ich das sagen soll. Aber ... Die Liebe ist nicht mehr da.«

Marc starrte sie sekundenlang an. Der Schock drang nur langsam in sein Bewusstsein ein. »Die Liebe ist nicht mehr da? Von jetzt auf gleich?«

»Nein, nicht von jetzt auf gleich. Es gab keinen bestimmten Termin. Aber ist doch auch egal. Es ist, wie es ist.«

Marcs Stimme zitterte, als er fragte: »Und daran ist nichts mehr zu ändern?«

»Ich weiß nicht, was man daran ändern könnte. Ich höre einfach auf mein Gefühl. Außerdem ...« Sie zögerte.

»Was?«

Ilka atmete dramatisch aus. »Außerdem gibt es da mittlerweile schon einen anderen.«

Marc hatte das Gefühl, jemand habe ihm ein Messer ins Herz gestochen. Er schüttelte fassungslos den Kopf. »Und wann genau hattest du vor, mir das zu sagen?«

»Irgendwann in den nächsten Tagen. Ich wollte dir deinen Geburtstag nicht versauen.«

Er lachte bitter. »Wenn das dein Ziel war, kann ich dir versichern: Es ist dir definitiv nicht gelungen!«

»Es tut mir wirklich leid, Marc. Aber ganz ehrlich: Zwischen uns lief es doch in letzter Zeit auch nicht mehr so richtig, oder?«

»Den Eindruck hatte ich überhaupt nicht«, stieß er verletzt hervor. »Ich fand, es lief alles hervorragend.«

»Vielleicht ist das ja das Problem. Wir passen halt nicht zusammen. Während du alles toll fandest, habe ich mich überhaupt nicht mehr wohlgefühlt. Ich bin schon länger unglücklich.«

Marc lehnte sich in seinem Stuhl zurück. »Wie hattest du dir denn den weiteren Fortgang dieses Abends vorgestellt? Du wolltest immerhin bei mir übernachten!«

Ilka seufzte. »Ich hätte nach dem Essen Kopfschmerzen bekommen. Aber es ist doch auch vollkommen egal, ob wir dieses Gespräch heute führen oder in drei Tagen. Nun ist es eben jetzt schon raus!«

»Mehr hast du dazu nicht zu sagen?«

»Was soll ich noch sagen, Marc? Ich ahne, wie schwer das für dich sein muss. Aber das kann für mich kein Grund sein, eine Beziehung fortzusetzen, die mich nicht glücklich macht. Es hört sich vielleicht blöd an und wird dir mit Sicherheit jetzt kein Trost sein: Aber auch du wirst dich irgendwann neu verlieben und mich vergessen.« Damit schien das Gespräch für Ilka beendet zu sein. Sie erhob sich von ihrem Platz. »Ich muss mal auf die Toilette«, meinte sie und verschwand.

Marc saß einfach nur da und starrte ins Leere. Sein Gehirn war wie betäubt.

Eine Minute später kam der Ober und stellte einen Teller mit Lammfilet auf den Tisch. »Soll ich das Essen für die Dame noch einen Moment warm halten?«, fragte er.

»Nein«, antwortete Marc. »Sie können alles wieder mitnehmen. Essen Sie es von mir aus selbst. Oder schmeißen Sie es weg. Mir egal.«

»Aber ...«

»Kein Aber! Tun Sie's einfach.«

Der Ober zuckte mit den Schultern und nahm die Teller wieder mit.

Kurz darauf kehrte Ilka zurück. Sie setzte sich gar nicht mehr hin, sondern blieb hinter ihrem Stuhl stehen und hob hilflos die Arme. »Es tut mir leid, Marc, wirklich. Es war eine schöne Zeit. Aber ich muss jetzt gehen.«

Das war das letzte Mal gewesen, dass er Ilka sah oder etwas von ihr hörte. Bis er dreiundzwanzig Jahre später in der Zeitung las, dass man ihre Tochter erstochen aufgefunden hatte.

Kapitel 11

Das Kamphofviertel war ein traditionelles Arbeiterviertel, das sich nordwestlich an den Bielefelder Hauptbahnhof anschloss. Ende des neunzehnten Jahrhunderts hatten sich in dieser Gegend zahlreiche Unternehmen angesiedelt, für deren Beschäftigte dringend Wohnraum benötigt wurde. Und so war rund um die Meller Straße ein ganzes Industrieviertel entstanden. Heute lebten im Kamphof außer der klassischen Arbeiterklientel viele Studenten, da es hier noch halbwegs bezahlbaren Wohnraum gab. Und nicht zuletzt wohnte hier auch Ilka Höller, geborene Köhler.

Marc blickte unsicher an der Front des über hundert Jahre alten, vierstöckigen Mietshauses hoch. Er hatte seinen Besuch zwar telefonisch angekündigt, war sich aber unsicherer denn je, ob das tatsächlich eine gute Idee gewesen war. Er merkte, dass seine Handflächen schwitzten und sein Pulsschlag sich erhöht hatte. Aber wenn er jetzt noch einen Rückzieher machte, würde er wie ein kompletter Idiot dastehen.

Marc fand den Namen *Höller* an oberster Stelle auf dem Klingelbrett und drückte den dazugehörigen Knopf. Sekunden später hörte er einen Summer und die Tür sprang auf.

Er betrat einen muffigen Flur. Eine Holztreppe führte nach oben. Marc atmete noch einmal tief durch und fuhr mit den Fingern über seine Oberschenkel. Dann nahm er die knarzenden Stufen in Angriff. Als er den vierten Stock erreichte, öffnete sich zu seiner Rechten eine Tür und eine Frau erschien in der Öffnung.

Marc blieb fast das Herz stehen, als er sie erblickte.

Ilka Höller musste jetzt einundvierzig sein, wirkte aber zehn Jahre jünger und sah noch immer atemberaubend gut aus. Keine menschliche Barbie-Puppe wie Kimberly Schwuch, eher der Typ Cindy Crawford, eine in Würde älter gewordene klassische Schönheit. Sie hatte nicht ein Kilogramm zugenommen und auch ihre Haare, die sie zu einem Pferdeschwanz gebunden hatte, sahen noch genauso aus wie damals. Nur die dunklen Schatten unter ihren blauen Augen verrieten etwas von dem Schmerz und dem Kummer, den sie in den letzten Monaten durchgemacht haben musste. Sie war ganz in Schwarz gekleidet: schwarzer Pullover, schwarze Jeans, schwarze Sneaker.

Marcs Blick fiel auf ihre Hand.

Kein Ehering.

Natürlich nicht!

»Marc«, rief sie aus und berührte ihn am Arm, als wolle sie sich vergewissern, dass er tatsächlich existierte. »Du bist es wirklich. Als du mich angerufen hast, habe ich es fast nicht geglaubt.«

Marc überlegte, wie er sie begrüßen sollte. Doch noch während er darüber nachdachte, hatte Ilka ihn schon an sich gezogen und umarmt. Er spürte ihren weichen Körper und registrierte irritiert, dass ihre Berührung bei ihm noch immer ein Kribbeln verursachte.

Ilka löste sich und hielt ihn auf Armlänge von sich entfernt, um ihn näher zu betrachten. »Du hast dich kaum verändert«, stellte sie nach eingehender Begutachtung fest.

Marc grinste. »Und du bist eine verdammte Lügnerin«, gab er zurück.

»Nein, ernsthaft«, beharrte Ilka. »Gut, du bist vielleicht ein bisschen dicker und grauer geworden, aber das steht dir. Wenn ich dich auf der Straße getroffen hätte, hätte ich dich sofort erkannt.«

»Danke. Aber das Kompliment kann ich auf jeden Fall zurückgeben. Ich meine, du hast dich nun *wirklich* nicht verändert.«

Ilka nickte spöttisch. »Schon klar. Offenbar hat deine Sehkraft auch um einiges nachgelassen. Meine Krähenfüße kann man selbst mit noch so viel Make-up nicht mehr übertünchen. Aber … Jetzt komm doch erst mal rein.« Sie führte Marc durch einen Flur in ein zwar kleines, aber penibel aufgeräumtes Wohnzimmer und ließ ihn dort auf dem Sofa Platz nehmen. »Möchtest du etwas trinken?«, wollte sie wissen.

»Was hast du denn?«

»Alles.«

»Dann hätte ich gerne ein Glas *Dom Pérignon*.«

»Kommt sofort.«

»Äh … das war ein Scherz!«

Sie lachte. »Von mir auch. Weißt du was, ich bringe dir einfach ein Glas Wasser. Ist das in Ordnung?«

»Klar.«

Ilka verschwand in der Küche und Marc nutzte die Gelegenheit, sich näher umzusehen.

Auf einer Anrichte neben dem Sofa standen jede Menge Fotos, auf denen hauptsächlich Ilka mit einem Mädchen zu sehen war, von dem er annahm, dass es sich um Monja Höller handelte. Von Rainer Höller gab es dagegen keine einzige Aufnahme, aber das hatte Marc auch nicht ernsthaft erwartet.

Er nahm ein Foto zur Hand, auf dem Monja allein zu sehen war. Sie hatte eine fast unheimliche Ähnlichkeit mit ihrer Mutter. Das gleiche volle dunkle lange Haar, die gleichen strahlenden hellblauen Augen, die gleiche gerade Nase, das gleiche Kinn, die gleiche hohe Stirn, die gleiche schlanke Figur. Lizzy hatte recht gehabt: Monja Höller war tatsächlich ein bildhübsches Mädchen gewesen.

»Bitte.«

Marc wurde aus seinen Gedanken gerissen, als Ilka ein Glas auf dem Tisch abstellte und sich in einen Sessel setzte.

»Danke.« Er hielt das Bild hoch. »Ist es okay, dass ich mir das Foto ansehe?«

Ilka lächelte traurig. »Natürlich. Dafür sind die Bilder ja da.«

»Das ist Monja, nicht wahr? Sie ist dir wie aus dem Gesicht geschnitten.«

»Ja, das ist sie. Oder besser gesagt, das war sie. Bis mein Exmann sie ermordet hat.«

Marc stellte das Bild zurück. »Mein Beileid zum Tod deiner Tochter«, erwiderte er, weil er nicht wusste, was er sonst halbwegs Sinnvolles von sich geben sollte.

In Ilkas Augen bildeten sich Tränen. »Danke«, flüsterte sie. »Seit Monjas Tod ist mein Leben die Hölle. Ein einziger Albtraum, aus dem ich nicht mehr aufwachen kann.«

Marc nickte mitfühlend. »Ich weiß oder ahne zumindest, wie schwer das für dich sein muss. Ich habe auch eine Tochter in Monjas Alter.« Er zögerte. »Dir ist aber schon bewusst, dass ich deinen Exmann verteidige?«

Ilka wischte sich die Tränen weg. »Natürlich, das hast du ja am Telefon gesagt.«

»Und du bist deswegen nicht sauer auf mich?«

»Wieso sollte ich?«

»Weil du im Prozess als Nebenklägerin gegen Rainer Höller auftrittst. Mit anderen Worten: Du willst, dass er verurteilt wird, mein Ziel ist ein Freispruch oder zumindest ein möglichst niedriges Strafmaß.«

»Na und? Einer muss ihn ja wohl verteidigen. Warum also nicht du?« Sie hielt kurz inne. »Und was ist mit dir?«

Marc blickte sie fragend an. »Was soll mit mir sein?«

»Bist du noch sauer auf mich? Als wir uns damals das letzte Mal im *Da Michele* gesehen haben, sind wir ja nicht unbedingt als Freunde auseinandergegangen.«

»Das stimmt. Aber es ist eben auch schon ewig her. Ich gebe zu, es hat ein paar Monate gedauert, bis ich über dich hinweg war, aber irgendwann habe ich es geschafft. Die Zeit heilt eben doch alle Wunden.«

Ilka nickte traurig. »Nicht alle Wunden, Marc, glaub mir. Monja ist jetzt fast ein Jahr tot, aber es vergeht keine Stunde, in der ich nicht an sie denke.«

»Entschuldige, dass ...«

»Ist schon okay, Marc«, fiel Ilka ihm ins Wort. Sie schloss für einen Moment die Augen. Als sie sie wieder öffnete, knipste sie ein Lächeln an. »Aber jetzt musst du mir unbedingt erzählen, wie es dir seit 1993 ergangen ist. Wenn ich ehrlich sein soll, hätte ich nicht gedacht, dass wir uns noch mal wiedersehen. Schon komisch, wie das Leben manchmal so spielt, oder? Ich muss zugeben, als du angerufen hast, bin ich entsetzlich neugierig geworden.«

»Da gibt es eigentlich gar nicht so viel zu erzählen. Die Kurzversion lautet: Ich habe mein Juraexamen gemacht, dann habe ich ein paar Jahre als selbstständiger Rechtsanwalt gearbeitet. Seit neun Jahren lebe ich mit meiner Freundin Melanie zusammen. Wir haben eine fünfzehnjährige Tochter, Lizzy. Das heißt, um genau zu sein, ist Lizzy nicht meine leibliche Tochter. Melanie hat sie mit in die Beziehung gebracht. Vor gut zwei Jahren habe ich meine Kanzlei dichtgemacht und arbeite seitdem als Hausmann.«

»Warum nicht mehr als Anwalt?«

Marc zögerte. »Es gab da einen Vorfall. Ich habe mehr oder weniger einen Mandanten an die Staatsanwaltschaft verraten und das sollte man in meinem Job natürlich nicht tun. Zumindest nicht, wenn man weiterhin mit diesem Beruf Geld verdienen will.«

»Warum hast du das getan?«

»Ich will jetzt nicht in die Details gehen, aber ich meinte damals, so handeln zu müssen. Das resultierte letzten Endes jedoch darin, dass ich meine Kanzlei schließen musste. Jetzt kümmere ich mich hauptsächlich um Lizzy.«

»Wie ist das Verhältnis zu deiner Tochter?«

»Neutral, würde ich sagen. Für mich ist sie wie meine richtige Tochter, aber ich glaube, sie nimmt mich nicht ganz für voll. Vielleicht liegt es daran, dass ich nicht ihr leiblicher

Vater bin. Und seitdem ich nicht mehr arbeite, ist es nicht unbedingt besser geworden.«

»Warum suchst du dir nicht einen neuen Job?«

»Das ist nicht so einfach. Ich habe mich mit meiner Freundin vor zwei Jahren auf eine Art Rollentausch geeinigt: Melanie arbeitet und ich kümmere mich um unsere Tochter und den Haushalt. Da kann ich nicht schon nach zwei Jahren wieder sagen: Ätsch, bätsch, wir machen alles wieder rückgängig.«

»Wie alt ist Lizzy, fünfzehn? Da braucht sie dich doch nicht mehr rund um die Uhr, oder? Und für das Haus stellt ihr eben eine Putzfrau ein.«

Marc musste lachen. »Die gibt es längst. Aber du hast recht: Eigentlich geht es nur noch um Lizzy. Ich fürchte nur, es wird schwer, Melanie die Idee zu verkaufen, dass ich wieder arbeiten will. Sie möchte halt, dass jemand zu Hause ist, wenn unsere Tochter mittags aus der Schule kommt. Und der sie anschließend zum Reiten, zum Schwimmen oder sonst wo hinfährt.«

»Aber das lässt sich doch bestimmt alles arrangieren. Ihr werdet garantiert jemanden finden, der Lizzy mittags das Essen kocht und sie anschließend durch die Gegend kutschiert.«

»Mit Sicherheit, aber Melanie will nicht, dass das ein Fremder macht. Sie war als Kind wohl sehr oft allein und möchte ihrer Tochter das unbedingt ersparen. Sie hat sowieso schon ein schlechtes Gewissen, weil sie beruflich dauernd unterwegs ist. Manchmal sehen wir sie wochenlang nicht.«

»Was macht sie denn?«

»Melanie arbeitet für *Luxurystyle.com,* das ist ein Online-Portal für Luxuskleidung, wenn dir das was sagt.«

»*Luxurystyle?*« Ilka hatte fast so laut aufgeschrien, als hätte sie ein *Zalando*-Paket bekommen. »Natürlich, ich liebe es! Das ist ja irre! Ich schaue mir immer die Seiten im Internet an, aber leider kann ich mir keinen Rock für fünfhundert Euro leisten.« Sie machte eine Handbewegung durch den Raum. »Ansonsten würde ich hier nicht wohnen. Aber träumen wird ja wohl noch erlaubt sein! Die Klamotten sind echt super.«

»Ja, weil Melanie sie aussucht. Sie ist Chefeinkäuferin und hat wohl so eine Art untrüglichen Geschmack, was ankommt und was nicht. Sie hatte das Angebot, für *Luxurystyle* zu arbeiten, zuerst abgelehnt, weil der Job es eben mit sich bringt, dass sie die ganze Zeit in der Welt herumreisen muss. Aber als ich meine Kanzlei geschlossen habe, hat sie nachgefragt, ob die Offerte noch gilt, und siehe da, der Inhaber war immer noch ganz heiß auf sie. Sie ist gerade wieder auf irgendwelchen Modemessen in Asien.«

Ilka zögerte. »Es ist mir wirklich unangenehm, das zu sagen, Marc. Aber vielleicht kann deine Melanie ja mal was für mich machen. Als Chefeinkäuferin hat sie doch einen gewissen Einfluss. *Luxurystyle* verkauft hauptsächlich Mode für Frauen über dreißig. Kein Wunder bei den Preisen, die kann sich ja kein Jugendlicher leisten. Also brauchen sie auch ältere Models für ihre Internetseite. Und ich weiß, dass die Firma auch Kataloge rausgibt.«

»Ich kann ja mal nachfragen. Arbeitest du denn nach wie vor als Model?«

»Nur noch selten. Die Konkurrenz ist sehr groß und es wird von Jahr zu Jahr schwerer. Dabei fing alles ganz gut an.«

»Ja, jetzt erzähl mal, wie es dir ergangen ist. Das Letzte, was ich weiß, ist, dass du eine Lehre als Krankenschwester beginnen wolltest und nebenbei gemodelt hast.«

»Die Lehre habe ich tatsächlich zu Ende gemacht, aber nie als Krankenschwester gearbeitet. Ich habe ja schon seit meiner Jugend gelegentlich für Fotografen gearbeitet und bin auf Modeschauen gelaufen, aber kurz nach meinem Examen ging es mit meiner Modelkarriere dann richtig los und ich konnte mich vor Aufträgen kaum noch retten. Eigentlich war ich für den Laufsteg zu klein, aber Mitte der Neunzigerjahre war mein Typ sehr gefragt. Das war die große Zeit von Claudia Schiffer, plötzlich konnte man als Model ruhig ein wenig mehr Busen haben. Ich habe sogar zwei Jahre in New York gelebt und richtig gutes Geld verdient. Aber irgendwann war der Erfolg dort genauso schnell wieder vorbei, wie er angefangen hat. Auf einmal gab es keine Anfragen mehr für mich, als ob jemand den Hahn zugedreht hätte.« Sie zuckte die Schultern. »Ich bin daraufhin zurück nach Deutschland gezogen, aber auch hier lief es nicht mehr richtig. Also habe ich zunächst eine Zeit lang von meinen Ersparnissen gelebt und mir überlegt, wie es weitergehen soll. Ich hatte keine Lust, in einem Krankenhaus zu arbeiten, wusste aber auch nicht, was ich sonst tun sollte. Kurz darauf ist mein Auto kaputtgegangen. Ich hatte damals noch einiges auf der hohen Kante und wollte mir unbedingt einen BMW zulegen. Tja ... und so habe ich Rainer kennengelernt.«

»Rainer Höller.«

»Genau. Ich habe mich damals ziemlich schnell in ihn verliebt. Rainer sah sehr gut aus und war äußerst charmant. Er war zwar erst Mitte zwanzig, aber schon einer der erfolgreichsten BMW-Verkäufer Deutschlands. Ich glaube, er hätte sogar Kühlschränke an Eskimos verkaufen können, so talentiert, wie er war. Dann ging es jedenfalls Schlag auf Schlag. Wir haben geheiratet, Monja kam zur Welt und ab dem Zeitpunkt habe ich mich voll darauf konzentriert, für mein Kind da zu sein. Wir haben ein Haus in Hoberge gebaut und waren glücklich.«

»Aber ich vermute, dabei ist es nicht geblieben.«

»Du vermutest richtig.« Marc sah, dass in Ilkas Augen schon wieder Tränen glitzerten. »Die Ehe mit Rainer war der schlimmste Fehler meines Lebens. Wenn ich diesen Mann nie getroffen hätte, wäre alles anders … besser gelaufen. Das einzig Gute, was er je zustande gebracht hat, war Monja. Und die hat er mir jetzt auch noch genommen.«

»Was ist in den letzten Jahren mit euch passiert?«, hakte Marc behutsam nach.

Über Ilkas Wange rann eine Träne, die sie schnell wegwischte. »Rainer hat immer viel getrunken, auch schon, als ich ihn kennengelernt habe. Aber mit der Zeit wurde es zunehmend schlimmer. Wie gesagt, er war als Autoverkäufer äußerst erfolgreich und hat sehr gut verdient. Aber er hatte auch Zehn- bis Zwölfstundentage und eine Menge Stress. Ich glaube, er brauchte den Alkohol, um wieder runterzukommen. Ich habe alles versucht, um ihn davon abzuhalten, schließlich habe ich ja selbst gesehen, wie es bei meiner Mutter endete. Aber es hat alles nichts genutzt. Rainer hat immer mehr getrunken. Irgendwann musste er deswegen für ein Jahr den Führerschein abgeben – und das als Autohändler! Aber sein Arbeitgeber hielt ihm tatsächlich die Treue und warf ihn nicht raus. Die Firma wusste, was sie an ihm hatte. Rainer war immer noch ein absoluter Topverkäufer. Irgendwann hatte er die Idee, sich mit einem Autohaus selbstständig zu machen. ›Warum soll ich andere reich machen?‹, hat er mich mal gefragt. ›Den Gewinn kann ich auch selbst einstreichen.‹ Also hat er gekündigt und seinen eigenen Laden aufgemacht. Am Anfang lief es bestens, aber dann ging es bergab. Ein guter Verkäufer ist nicht zwangsläufig auch ein guter Kaufmann und das hat Rainer wohl letztlich das Genick gebrochen. Er musste Konkurs anmelden, was wiederum zur Folge hatte, dass er noch mehr getrunken hat. Irgendwann habe ich an einem Sparkassenautomaten gestanden und festgestellt, dass mir kein Geld mehr ausgezahlt wurde. Ich habe mich erkundigt und erfahren, dass das Konto vollkommen überzogen ist. Rainer hatte es komplett leer geräumt. Aber nicht nur unser Geld war weg, sondern auch das, welches wir für Monjas Ausbildung zurückgelegt hatten. Zudem hat er unser Haus bis unters Dach mit Hypotheken belastet.«

»Und was hat dein Mann zu dem verschwundenen Geld gesagt?«

»Er hat behauptet, er habe das Geld gebraucht, um mit Aktien zu spekulieren. Ich müsste nicht mehr lange warten, bald würde er einen Riesengewinn machen. Stattdessen sind irgendwann Typen bei uns aufgetaucht, die ihn bedroht haben. Ich kenne mich in Börsenkreisen zwar nicht so aus, weiß aber, dass die keine tätowierten Schläger losschicken, um Schulden einzutreiben. Rainer hat irgendwann schließlich zugegeben, das ganze Geld verspielt zu haben. Beim Pokern, in Spielhallen, in Spielkasinos. Insgesamt waren es wohl fast fünfhunderttausend Euro.«

»Er hat eine halbe Million einfach so verzockt?«

»Ja, aber bis ich das gemerkt habe, waren wir schon vollkommen pleite. Das Haus wurde zwangsversteigert und wir wurden buchstäblich auf die Straße gesetzt. Also sind wir in eine kleine Mietwohnung umgezogen. Rainer hat immer mehr getrunken. Trotzdem habe ich die Hoffnung nicht aufgegeben, dass sich doch noch alles zum Guten wendet, und wirklich alles getan, um unsere Ehe zu retten, vor allem wegen Monja. Ich habe ihm gesagt, er sei doch noch jung und ein begnadeter Verkäufer, er könne wieder ganz von vorn anfangen und zusammen könnten wir es schaffen. Stattdessen hat er gar nichts mehr gemacht. Außer trinken natürlich.« Ilka machte eine Pause und zögerte einen Moment. »Ja ... und dann hat er irgendwann angefangen, mich zu schlagen.«

»Deshalb hast du ihn verlassen?«

»Nein, nicht sofort. Rainer wurde nur gewalttätig, wenn er getrunken hatte. Wenn er wieder nüchtern war, hat er sich sofort entschuldigt und mich angefleht, bei ihm zu bleiben. Er werde eine Therapie machen und es werde nie wieder vorkommen.«

»Aber es ist wieder vorkommen.«

»Ja, es wurde zunehmend schlimmer. Manchmal habe ich mich tagelang nicht aus dem Haus getraut, weil ich ein blaues Auge hatte.«

»Hat er Monja auch geschlagen?«

»Nein, das hat er nicht. Aber er hat mich verprügelt, wenn Monja zugesehen hat, und das war fast noch schlimmer. Irgendwann habe ich es nicht mehr ausgehalten, habe mir unsere Tochter geschnappt, bin in ein Frauenhaus gezogen und habe die Scheidung eingereicht.«

»Wie hat dein Mann darauf reagiert?«

»Wie immer, wenn es plötzlich ans Eingemachte ging. Erst hat er gebettelt und gefleht, ich solle es mir doch noch mal überlegen. Er werde nie mehr trinken und nie mehr spielen. Was Süchtige eben so sagen. Als er gemerkt hat, dass mein Entschluss feststand, begann der Terror. Rainer hat mich im Frauenhaus ausfindig gemacht, er hat mich gestalkt und bedroht. Wenn ich ihn wirklich verlassen würde, würde er uns alle umbringen. Erst Monja, dann mich und schließlich sich selbst. Deshalb bin ich zur Polizei gegangen. So habe ich Andreas Bartels kennengelernt.«

»Verstehe. Wie ging es dann weiter?«

»Andreas war mir eine große Hilfe und kurz darauf waren wir ein Paar. Rainer hat mich weiter verfolgt und bedroht. Das Ganze wurde noch schlimmer, als er gemerkt hat, dass aus Andreas und mir mehr geworden ist. Denn daraufhin stellte Rainer auch ihm nach: Er werde dafür sorgen, dass er seinen Schwanz nie mehr in die Frauen von anderen Männern steckt, und solche Sachen. Eines Tages hat Andreas sich Rainer zur Brust genommen. Ich weiß nicht genau, was geschehen ist, aber von da an herrschte Ruhe. Ich glaube, Rainer hatte richtig Angst vor Andreas. Nach der Scheidung bin ich mit Monja in diese Wohnung gezogen und habe angefangen, als Verkäuferin in einer Boutique zu arbeiten. Etwas Besseres habe ich nicht gefunden, aber es ist eben auch nicht so einfach, wenn man als Frau mit Ende dreißig sozusagen von einem Tag auf den anderen wieder in den Beruf einsteigen möchte.«

»Wie hat sich das Verhältnis zwischen dir und deinem Exmann nach der Scheidung entwickelt?«, erkundigte sich Marc.

»Wir hatten kaum noch etwas miteinander zu tun. Ich glaube, wenn Andreas nicht gewesen wäre, hätte er mich noch weiter terrorisiert, aber das hat er sich nicht mehr getraut. Ich hatte zu Rainer eigentlich nur noch Kontakt, wenn es um Monja ging. Ich hatte zwar das alleinige Sorgerecht, aber Rainer hat sie manchmal abgeholt oder Monja hat ihn besucht und dann haben sie etwas zusammen unternommen. Aber es gab eben auch oft Streit zwischen den beiden. Monja kam von den Treffen mit ihrem Vater oft früher zurück als verabredet, weil die beiden sich mal wieder gefetzt hatten. Gut, sie war auch nicht ganz einfach, aber das Hauptproblem war Rainer. Er ist halt ein Choleriker und ein Trinker. Und wenn er trinkt, wird er fürchterlich aggressiv. Das habe ich schließlich am eigenen Leibe erfahren müssen.«

»Kam es nach eurer Trennung auch zu Handgreiflichkeiten zwischen Monja und ihrem Vater?«

»Ich weiß es nicht. Monja hat mir zumindest nie davon erzählt, aber ich habe gesehen, dass sie manchmal blaue Flecken hatte, wenn sie von Rainer kam. Ich glaube, irgendwie hat sie ihren Vater immer noch geliebt, trotz allem, was er uns angetan hat.«

»Wie war das Verhältnis zwischen Monja und deinem neuen Freund Andreas Bartels?«

Ilka verzog den Mund. »Nicht gut. Monja hat ihn nicht gemocht und das hat sie ihn auch deutlich spüren lassen. Sie hat gegen ihn opponiert, wo und wann es nur ging. ›Du bist nicht mein Vater!‹ war ihr Standardsatz. Sie hatten dauernd Streit. Andreas wollte so etwas wie der neue Mann im Haus sein, aber Monja hat ihn einfach nicht akzeptiert. Irgendwann hat Andreas vorgeschlagen, dass wir doch zusammenziehen könnten. Er hat ein großes Haus von seinen Eltern geerbt, in dem wir alle Platz gehabt hätten. Doch als Monja das gehört hat, ist sie fast ausgeflippt. Sie wolle direkt in Bielefeld wohnen bleiben und auf keinen Fall in die Einöde ziehen. Alle ihre Freunde lebten in der Stadt und sie habe keine Möglichkeit, von Thesinghausen dorthin zu fahren. Außerdem werde sie ohnehin nie mit Andreas zusammen in einem Haus leben, und wenn er ihr einen Palast mitten auf den Jahnplatz bauen würde. Das hat Andreas ziemlich verletzt. Dabei glaube ich nicht mal, dass Monjas Verhalten etwas Persönliches war. Es hätte jeden neuen Mann an meiner Seite getroffen. Monja wollte mich einfach ganz für sich alleine haben. Das hat sie mir auch gesagt. Sie wollte nicht, dass ich eine Beziehung habe.«

»Und du hast das einfach so hingenommen?«

»Nein, natürlich nicht. Ich habe mich ja nicht von Andreas getrennt, auch wenn Monja das gerne gehabt hätte. Aber bis zu einem gewissen Grad konnte ich sie verstehen, denn sie hatte eine schwere Zeit hinter sich. Sie hat den Niedergang der Ehe ihrer Eltern hautnah mitbekommen. Ein alkoholkranker und spielsüchtiger Vater, der ihre Mutter vor ihren Augen schlägt, wir wurden aus unserem Haus geworfen, hatten am Ende praktisch keinen Cent mehr und wir mussten mehrfach umziehen, von einem Frauenhaus ins andere, weil Rainer uns immer wieder gefunden hat. An einem Tag konnten wir uns noch alles leisten, am nächsten mussten wir von Hartz IV leben. Das würde garantiert bei jedem Kind Spuren hinterlassen.«

»Hat deine Beziehung zu Bartels nicht unter seinen andauernden Streitereien mit Monja gelitten?«

»Doch, natürlich. Aber was hätte ich denn machen sollen? Ich habe Andreas von Anfang an gesagt, dass Monja bei mir an erster Stelle steht und dass es uns nur im Doppelpack gibt. Also haben wir versucht, einen Kompromiss zu finden und uns irgendwie zu arrangieren. Wir haben unsere getrennten Haushalte beibehalten und uns häufig besucht. Aber natürlich war unsere Beziehung durch Monjas Verhalten belastet.«

Marc nickte nachdenklich. »So belastet, dass Bartels eines Tages die Nerven verloren und Monja ermordet hat?«

Kapitel 12

Ilka sah ihn lange an. »Für eine Weile hatte ich fast vergessen, dass du kein Freund bist, bei dem ich mich ausheulen kann, sondern Rainers Verteidiger«, sagte sie. »Aber ich kann dir eines versichern: Andreas hat mit Monjas Tod nichts zu tun und es wird dir nicht gelingen, ihm etwas in die Schuhe zu schieben. Rainer hat Monja getötet, niemand sonst!« Sie rückte ihren Sessel demonstrativ ein Stück nach hinten.

»Ich will niemandem etwas in die Schuhe schieben«, versuchte Marc, Ilka zu beruhigen. »Ich habe das Mandat gerade erst übernommen und gestern das erste Mal mit deinem Exmann gesprochen. Er bestreitet energisch, etwas mit Monjas Tod zu tun zu haben, und ich fand ihn eigentlich auch glaubwürdig.«

Ilka setzte ein bitteres Lächeln auf. »Das ist in der Tat ein Beweis«, sagte sie mit einem sarkastischen Unterton in der Stimme. »Und zwar dafür, warum er ein so guter Verkäufer ist. Die Leute vertrauen ihm einfach.«

»Nein, das tue ich nicht. Aber er scheint nun mal der festen Überzeugung zu sein, Andreas Bartels habe Monja auf dem Gewissen. Dem muss ich als sein Verteidiger nachgehen. Ich versuche nur, mir ein Bild zu machen und mehr über die Hintergründe und insbesondere über Monja zu erfahren.«

Ilka schüttelte resigniert den Kopf. »Rainer hasst Andreas, das ist wahr. Das hat aber nichts mit Monjas Tod zu tun, sondern damit, dass er meint, Andreas habe mich ihm ausgespannt.« Sie ließ ein paar Augenblicke verstreichen.

»›Ausgespannt‹, was für ein Wort! Als ob ich ein Pferd wäre. Auf die Idee, dass ich mit Andreas zusammen bin, weil ich ihn liebe, ist Rainer nie gekommen. Und jetzt noch einmal zum Mitschreiben: Andreas ist ein absolut friedlicher Mensch. Er würde Monja nie etwas antun.«

»Da habe ich etwas anderes gehört«, erwiderte Marc. »Dein Exmann behauptet, Bartels habe Monja geschlagen.«

»Andreas hat Monja nie ›geschlagen‹«, sagte Ilka heftig. »Ihm ist *einmal* die Hand ausgerutscht, weil Monja ihn zur Weißglut getrieben hat. Und in dem Fall hatte ich für Andreas sogar fast Verständnis.«

»Warum?«

Ilka zögerte. »Ich will jetzt nicht ins Detail gehen, aber Monja hat ein paar sehr hässliche Dinge über Andreas in Umlauf gebracht.«

»Dass er sie sexuell belästigt hat?«

Ilka fuhr hoch. »Woher weißt du ... ach ja, natürlich. Das hat dir bestimmt auch Rainer erzählt. Aber das war einfach lächerlich. Ich meine, ja, Monja hat das behauptet, weil sie Andreas vor mir und ihrem Vater schlechtmachen wollte. Ich habe sie sofort zur Rede gestellt und sie hat schließlich zugegeben, sich das alles nur ausgedacht zu haben. Ich habe verlangt, dass sie sich bei Andreas entschuldigt, und das hat sie dann auch getan.«

»Trotzdem müssen diese Anschuldigungen ein harter Schlag für Bartels gewesen sein.«

»Ja, das waren sie in der Tat. Zugegeben, als Monja mir davon erzählt hat, war ich schockiert. Andreas saß da, wo du jetzt sitzt. Er heulte und flehte mich an, ihm zu glauben. Aber als Monja sich bei ihm entschuldigte, akzeptierte er das.«

»Vielleicht nur äußerlich. Vielleicht war es aber auch der Tropfen, der das Fass zum Überlaufen brachte.«

Ilka seufzte schwer. »Du gibst wohl nie auf, was? Lies es mir bitte von den Lippen ab: Andreas Bartels hat Monja nicht getötet! Glaub mir einfach! Du vergeudest deine Zeit, wenn du dich noch länger in diese fixe Idee verbeißt.«

Marc nickte langsam. So kam er nicht weiter. Allerdings hatte er keineswegs vor, die Spur Andreas Bartels vorschnell aufzugeben. Es kam schließlich nicht darauf an, ob der tatsächlich etwas mit Monjas Tod zu tun hatte oder nicht. Marcs Aufgabe bestand vielmehr darin, vor Gericht hinsichtlich der Täterfrage so viele Zweifel zu säen, dass Höller unmöglich verurteilt werden konnte. Und dazu gehörte es eben auch, weitere potenzielle Verdächtige zu präsentieren, wofür Bartels ein guter Kandidat war und blieb. Wenn es Marc denn gelang, sein Alibi zu knacken.

»Okay«, sagte er schließlich, um Ilka zu signalisieren, dass das Thema für ihn beendet war. »Weißt du, ob Monja Feinde hatte, die ihr etwas antun wollten?«

»Du meinst, außer ihrem Vater?«

Marc runzelte die Stirn.

»Ja, ja, ich weiß schon, was du sagen willst. Nein, solche ›Feinde‹ hatte sie bestimmt nicht! Monja war sechzehn! Welche Sechzehnjährige hat Feinde, die ihr nach dem Leben trachten?«

Marc dachte kurz darüber nach, das Gerücht anzusprechen, dass Monja schuld am Tod einer Mitschülerin gewesen sein sollte. Aber darüber wusste er momentan einfach nicht genug. Also beschloss er, zunächst abzuwarten, was Lizzy bei ihren Recherchen in der Schule herausfinden würde.

»Hatte Monja einen Freund?«, fragte er stattdessen.

»Ich kann es dir nicht genau sagen«, antwortete Ilka. »Kann sein, kann auch nicht sein. Wenn ich sie mal gefragt habe, habe ich entweder gar keine oder nur eine ausweichende

Antwort bekommen. Aber ich habe Monja das auch nicht übel genommen. Ich kann mich noch sehr gut an die Zeit erinnern, als ich in Monjas Alter war. Damals habe ich meiner Mutter meine Freunde auch nicht vorgestellt.« Sie hielt einen Moment inne und lächelte Marc an. »Ausnahmen bestätigen die Regel.«

»Ich fühle mich geehrt. Lebt deine Mutter eigentlich noch?«

»Nein, sie ist schon lange tot. Leberzirrhose. Das war mir eine Lehre. Ich trinke fast keinen Alkohol. Rauchen habe ich aufgegeben, als ich erfahren habe, dass ich mit Monja schwanger bin.«

»Monja ist hier also nie mit einem Freund aufgetaucht?«, kam Marc erneut auf das eigentliche Thema seines Besuchs zurück.

»Nein. Und soweit ich weiß, hat sie auch niemandem Zettel zugesteckt.«

Sie mussten beide einen Moment lächeln, als sie diesem Gedanken an längst vergangene Zeiten nachhingen.

»Wie sieht es mit Exfreunden aus? Gab es einen, der besonders eifersüchtig war? Einen, der die Trennung nicht verwunden hat? Hat Monja so etwas mal erwähnt?«

Ilka schüttelte langsam den Kopf. »Nein, hat sie nicht. Aber warum stellst du überhaupt all diese Fragen? Ich verstehe durchaus, dass du verzweifelt nach irgendetwas suchst, was Rainer entlasten könnte. Aber meinst du nicht, dass die Polizei das alles schon überprüft hat?«

»Nein, das meine ich ganz und gar nicht«, widersprach Marc mit Nachdruck. »Ich habe mir die Akten sehr aufmerksam durchgelesen. Die Polizei war sich schon ein paar Stunden, nachdem Monjas Leiche gefunden worden war, sicher, dass Rainer Höller der Täter ist. Sie haben sich vielleicht noch Andreas Bartels ein wenig näher angeschaut, weil der von deinem Exmann ausdrücklich beschuldigt worden ist. Aber diese Prüfung war äußerst oberflächlich. Erstens, weil Bartels ein Kollege ist, zweitens, weil er anscheinend ein Alibi hat, und drittens, weil sie ohnehin schon davon überzeugt waren, den Richtigen zu haben. Deshalb wurde Monjas Umfeld überhaupt nicht mehr untersucht. Das war vonseiten der Polizei natürlich auch konsequent: Wenn sie nach Rainer Höllers Verhaftung weiterermittelt hätte, wäre offensichtlich gewesen, dass sie sich ihrer Sache doch nicht so sicher war, und das hätte ihr ein guter Verteidiger in der Verhandlung auf jeden Fall um die Ohren hauen können.«

Ilka lächelte. »Du meinst, ein so guter Verteidiger, wie du es bist.«

Marc lächelte zurück. »Zum Beispiel.«

»Ich verstehe. Aber du nimmst es mir hoffentlich nicht übel, dass ich weiterhin von Rainers Schuld überzeugt bin.«

»Nein, natürlich nicht.« Marc hielt inne. »Ich hätte allerdings noch eine Bitte.«

»Ja?«

»Ich würde gerne Monjas Zimmer sehen.«

»Das ist prinzipiell möglich«, erwiderte Ilka zögernd. »Das Zimmer ist noch genau in dem Zustand, in dem es war, als Monja es an jenem Abend verlassen hat. Ich habe dort nichts verändert und das werde ich auch nicht tun, solange ich lebe.«

Marc nickte langsam. Von diesem Phänomen hatte er schon oft gehört. Hinterbliebene weigerten sich oft jahrzehntelang, etwas zu verändern, jedes auch noch so winzige Detail war wichtig, weil der geliebte Mensch es genauso hinterlassen hatte. Dass Ilka das Zimmer ihrer Tochter so lange unberührt gelassen hatte, war für Marc ein eindeutiger

Beleg, dass sie Monjas Tod noch immer nicht endgültig akzeptiert hatte.

Ilka hatte inzwischen schon weitergesprochen. »Was hoffst du denn da zu finden?«, fragte sie mit gerunzelter Stirn.

»Einen Zettel, auf dem Monja den Namen ihres Mörders notiert hat? Auch wenn du die Polizisten für Dilettanten hältst, kann ich dir versichern, dass sie Monjas Zimmer noch am Tag ihres Todes gründlich durchsucht haben.«

»Ich glaube dir natürlich. Aber vielleicht haben sie ja irgendwas übersehen. Wie sieht es mit einem Tagebuch aus? Hat Monja so etwas geführt?«

Ilka schüttelte lächelnd den Kopf. »Monja? Ein Tagebuch? Nein, garantiert nicht. Und selbst wenn sie eines geführt hätte, hätten die Polizisten es mit Sicherheit gefunden und mitgenommen. Die haben Monjas Zimmer wirklich von oben bis unten auf den Kopf gestellt und auch diverse Aktenordner und ihren PC mitgenommen.«

»Okay. Also kein Tagebuch. Trotzdem würde ich ihr Zimmer gerne sehen. Und sei es nur, um ein Gefühl für Monja zu bekommen. Wie gesagt, das Einzige, was ich von ihr weiß, stammt aus den Akten und Papier kann einem natürlich keinen Eindruck davon vermitteln, wie sie wirklich war. Ich verspreche dir auch, nichts anzufassen.«

Ilka nickte verstehend und stand auf. »Komm mit.« Sie ging voraus und Marc folgte ihr durch den Flur.

Als er den neben der Haustür gelegenen Raum betrat, fühlte er sich sofort an Lizzys Zimmer erinnert: eine Orgie in Pastell, Poster von Boygroups und Justin Bieber an der Wand, aber auch noch unzählige Kuscheltiere auf dem Fensterbrett. Ein Schreibtisch mit einem Drehstuhl davor, ein Bett, ein Schrank und ein Regal. Darin standen jede Menge Bücher. Er studierte die Buchrücken, entdeckte aber nichts Auffälliges. Die übliche Lektüre eines Teenagers. Marc war sich sicher, das eine oder andere Buch auch in Lizzys Zimmer gesehen zu haben.

Interessanter waren da schon die DVDs. Zu seinem großen Erstaunen entdeckte er neben *High School Musical* auch Filme von Wim Wenders und Krzysztof Kieślowski.

Marc deutete auf die DVDs. »Wie ist Monja denn an so was gekommen?«, fragte er. »Meine Tochter weiß nicht mal, wer Falco ist, und Monja hat sich für Wenders-Filme interessiert?«

Ilka nahm eine der DVD-Hüllen aus dem Regal und betrachtete sie, als habe sie sie nie zuvor gesehen. »Also von mir hat sie die bestimmt nicht«, sagte sie. »Ich schaue mir sonntagsabends gerne mal einen Rosamunde-Pilcher-Film an. Rainer und Andreas stehen mehr auf Stallone und van Damme.« Sie stellte die DVD in das Regal zurück, wobei sie sorgfältig darauf achtete, dass sie exakt ihren alten Platz einnahm. »Tut mir leid, da kann ich dir nicht weiterhelfen. Ist jetzt aber auch nicht so wichtig, oder?«

»Nein, wahrscheinlich nicht.« Marc warf einen letzten Blick in die Runde. »Okay, das war es dann auch schon. Ich fürchte, ich habe deine Geduld ohnehin bereits über Gebühr in Anspruch genommen.«

Ilka schaute auf die Uhr. »Oh, schon so spät! Die Zeit ist ja wie im Fluge vergangen.« Sie lächelte. »Es war wirklich schön, dich wiederzusehen, Marc. Ich hoffe, bis zu unserem nächsten Treffen dauert es nicht wieder vierundzwanzig Jahre. Wir sind bislang leider kaum dazu gekommen, über die alten Zeiten zu plaudern. Vielleicht können wir das demnächst mal nachholen und zusammen essen gehen oder so.«

»Also, um ehrlich zu sein, weiß ich nicht, ob das so eine gute Idee ist«, erwiderte Marc zurückhaltend. »Ich meine, wir stehen ja gewissermaßen auf verschiedenen Seiten in diesem Verfahren, du als Nebenklägerin und ich als Verteidiger deines Exmannes. Da macht es vielleicht keinen besonders guten Eindruck, wenn man uns zusammen in der Öffentlichkeit sieht.«

»Daran habe ich gar nicht gedacht. War ein blöder Gedanke, klar. Aber komischerweise bist du mir immer noch so vertraut. Als du eben vor meiner Tür standest, hatte ich den Eindruck, als befänden wir uns wieder im Jahr 1993 und es hätte sich nichts geändert.«

Marc grinste. »Du wirst lachen, mir ist es genauso gegangen. Ich habe mich auf einmal wieder wie einundzwanzig gefühlt. Komisch, oder?« Dann wurde er wieder ernst. »Aber eine Bitte habe ich noch. Kann ich mich mit dir in Verbindung setzen, falls sich noch irgendwelche Fragen ergeben?«

»Du kannst mich jederzeit anrufen, Marc.« Ilka legte den Kopf schief und lächelte ihn an. »Es gibt nicht viele Menschen, zu denen ich das sage.«

Kapitel 13

Als Marc die Sprechzelle betrat, wartete Rainer Höller bereits auf ihn. Er sprang auf und schüttelte seinem Verteidiger die Hand. »Gibt es was Neues?«, fragte er begierig.

Marc setzte sich und wartete, bis Höller es ihm gleichgetan hatte. »Ich habe mir inzwischen die Akten angesehen und konnte mir ein erstes Bild über den Fall machen«, berichtete er.

»Was meinen Sie? Wie stehen meine Chancen?«

»Wenn Sie meine ehrliche Meinung hören wollen: Es sind schon viele Menschen verurteilt worden, gegen die die Polizei weniger in der Hand hatte.«

Höller nickte resigniert. »Ja, das hat Vogel auch gesagt.«

»Ein eindeutiger Beweis gegen Sie liegt allerdings nicht vor«, versuchte Marc, seinen Mandanten aufzumuntern. »Das Problem ist eher die Vielzahl der Indizien, die gegen Sie sprechen. Und diese Indizien müssen wir uns jetzt vornehmen und versuchen, sie nacheinander zu entkräften.« Marc ließ die Schlösser seines Aktenkoffers aufschnappen und entnahm ihm einen Kugelschreiber und ein Blatt Papier, auf dem er seine Fragen und Anmerkungen notiert hatte. »Punkt eins«, fuhr er fort. »Sie haben für die Tatzeit kein Alibi. Gibt es wirklich niemanden, der Sie in der Nacht vom zweiten auf den dritten Juli zwischen dreiundzwanzig Uhr abends und ein Uhr morgens gesehen hat?«

»Das hat mich Vogel doch alles schon gefragt! Ich habe mich die gesamte Nacht von Samstag auf Sonntag in meiner Wohnung aufgehalten. Ich lebe allein, wer sollte mir also ein Alibi geben? Außerdem war ich pleite und habe von Hartz IV gelebt. Das heißt, ich hatte kein Geld, um auszugehen. Und wenn man kein Geld hat, hat man auch keine Freunde. Es gab also auch niemanden, der mich hätte besuchen können.«

»Es soll aber Leute gegeben haben, die Sie in der Nacht angerufen haben. Zum Beispiel Ihre Exfrau, die sich um ein Uhr nachts erkundigen wollte, ob Monja bei Ihnen ist.«

Höller zuckte die Schultern. »Kann sein. Aber um die Zeit schlafe ich gewöhnlich.«

Marc befragte seine Notizen. »Und was ist mit 22.37 Uhr, 23.19 Uhr und 23.44 Uhr? Zu den Zeiten soll eine Evelyn Korbach versucht haben, Sie anzurufen, und zwar sowohl auf dem Festnetz als auch auf dem Handy. Haben Sie da auch schon geschlafen?«

»Nein, das habe ich nicht. Ich habe Evelyns Nummer auf dem Display erkannt und hatte keine Lust, mit ihr zu sprechen. Wir hatten mal eine kurze Affäre, die ich aber schnell beendet habe. Evelyn konnte sich damit offenbar nicht abfinden und hat mich fast täglich mit Anrufen bombardiert.«

»Am ersten Juli haben Sie aber noch mit ihr telefoniert. Und an zwölf Tagen im Juni auch.«

»Herrgott, ja!«, brauste Höller unvermittelt auf. »Aber an dem Abend hatte ich nun mal keine Lust, mit ihr zu sprechen. Ich hatte etwas getrunken und wollte meine Ruhe haben! Ist man in diesem Land gesetzlich verpflichtet, Anrufe entgegenzunehmen?«

Marc überging die Frage und wandte sich dem nächsten Punkt auf seinem Notizzettel zu. »Dann wären da noch die Reste der verbrannten Kleidung, die in Ihrem Kaminofen gefunden wurden. Die Polizei geht davon aus, dass Sie Ihre Jeans und das Sweatshirt vernichtet haben, weil sich Monjas Blut darauf befunden hat.«

»Eben, ›die Polizei geht davon aus‹! Das sind doch alles unbewiesene Vermutungen! Fakt ist, dass auf der Kleidung kein Blut gefunden wurde!«

»Fakt ist aber auch, dass auf der Kleidung kein Öl gefunden wurde. Das müsste wiederum der Fall sein, wenn Sie die Sachen, wie Sie behaupten, verbrannt haben, weil sie mit Öl verschmutzt waren.«

»Dann war das Öl auf den Teilen meiner Klamotten, die verbrannt sind.«

»Genau das glaubt die Polizei von Monjas Blut!«

»Na, dann steht es in dieser Sache wohl unentschieden.«

»Das würde ich nicht so sehen. Sie müssen sich einfach mal in die Situation der Richter hineinversetzen. Die fragen sich natürlich, warum jemand an einem Sonntag seine Jeans und sein Sweatshirt in einem Ofen verbrennt.«

»Mir ist egal, ob Sonntag ist«, sagte Höller sarkastisch. »Ich war arbeitslos, da ist jeder Tag gleich. Das ist im Knast übrigens genauso. In diesem Land hat jeder Mensch das Recht, mit seiner Kleidung zu machen, was er will. Und wenn ich sie verbrennen will, dann tue ich das halt.«

»Verboten ist das natürlich nicht«, entgegnete Marc. »Aber eben sehr ungewöhnlich. Und die Richter machen sich nun mal Gedanken, wenn ein Tatverdächtiger sich wenige Stunden nach dem gewaltsamen Tod seiner Tochter dermaßen ungewöhnlich verhält.«

»Als ich die Sachen verbrannt habe, wusste ich doch überhaupt nicht, dass Monja tot ist.«

»Trotzdem bleibt es ein äußerst merkwürdiges Verhalten. Wenn beispielsweise ich alte Kleidung habe oder sie mir nicht mehr gefällt, werfe ich sie weg oder gebe sie zur Altkleidersammlung.«

»Nicht, wenn die Kleidung mit Öl verschmiert ist«, widersprach Höller.

»Aber es wurde kein Öl ...« Marc unterbrach sich, als er merkte, dass sie anfingen, sich im Kreis zu drehen. »Okay, nächster Punkt«, sagte er also und befragte ein weiteres Mal seine Liste. »Was ist mit Ihren Hautresten, die unter Monjas Fingernägeln gefunden wurden?«

Höller wurde zusehends aggressiv. »Das habe ich jetzt auch schon tausendmal erklärt.«

»Aber nicht mir!«, insistierte Marc. »Also?«

Höller stöhnte vernehmlich. »Monja war an dem besagten Samstagabend gegen halb acht bei mir. Unangemeldet. Ich war ziemlich überrascht, denn es kam äußerst selten vor, dass Monja mich einfach so besucht hat. Aber meine Überraschung hat sich schnell gelegt. Denn sie wollte das, was sie immer wollte: Geld. Sie sagte, sie sei mit Freunden verabredet und habe ihr Taschengeld für den Monat schon ausgegeben. Am zweiten Juli!«

»Haben Sie Ihrer Tochter Geld gegeben?«

»Wovon denn? Ich war ja selbst vollkommen pleite!«

»Wie hat Monja darauf reagiert?«

»Wie sie jedes Mal reagiert hat, wenn sie nicht bekam, was sie wollte: Sie wurde verletzend. Sie hat mich angeschrien, ich sei ein Versager, der seine gesamte Familie mit seiner Sauferei und Spielerei ruiniert habe. Eigentlich hatte sie damit ja sogar recht, aber ich war wirklich nicht in der Stimmung, das zuzugeben. Stattdessen habe ich sie ebenfalls angebrüllt und so haben wir uns eine Weile gestritten. Ich habe ihr gesagt, wenn sie zu wenig Geld habe, solle sie sich halt etwas dazuverdienen, das machten andere Mädchen in ihrem Alter schließlich auch. Monja hat daraufhin nur noch genervt mit den Augen gerollt und angefangen, auf ihrem Handy rumzuspielen. Als sie mich dermaßen ignorierte, wurde ich noch wütender. Ich habe ihr gesagt, wenn sie wirklich Geld sparen wolle, hätte ich eine gute Idee. Im selben Moment habe ich ihr das Handy weggenommen und ihr gesagt, ohne Smartphone könne sie ihre Kosten gewaltig senken.«

»Was war Monjas Reaktion?«

»Sie war auf einmal vollkommen hysterisch. Wirklich, so etwas habe ich noch nie erlebt. Als ob ich ihr ein Körperteil amputiert hätte. Ohne Vorwarnung hat sie sich auf mich gestürzt, mich geschlagen und gekratzt und versucht, mir das verdammte Gerät wieder abzunehmen. Ich war total überrascht, habe mich aber auch nicht groß gewehrt, denn letztendlich wusste ich ja, dass ich das Handy nicht behalten konnte.«

»Wie ging es dann weiter?«

»Als Monja das Smartphone zurückhatte, hat sie sich schnell wieder beruhigt. Wir konnten sogar noch ein paar halbwegs vernünftige Worte miteinander wechseln, aber sie ist dann relativ schnell abgehauen. Erst als sie weg war, habe ich die Striemen von ihren Fingernägeln auf meinen Unterarmen bemerkt.«

»Monja wurde nicht einmal vierundzwanzig Stunden später tot aufgefunden. Mit Ihren Hautpartikeln unter den Fingernägeln.«

Höller hob die Hände zu einer kapitulierenden Geste. »Was soll ich denn machen? Ich kann nur sagen, wie es war: Ich habe mit Monjas Tod nichts zu tun! Nachdem Monja mich am Samstagabend um kurz vor acht verlassen hat, habe ich sie nicht mehr gesehen!«

»Dafür gibt es aber nur Ihr Wort. Wahrscheinlich wird uns deshalb nichts anderes übrig bleiben, als zur ›EAHG‹-Strategie zu greifen.«

»Was soll das sein?«

»›Ein anderer hat's getan.‹ Wir müssen dem Gericht jemanden präsentieren, der ebenfalls als Täter in Betracht kommt.«

»So eine Person hatte ich Ihnen bereits genannt: Andreas Bartels!«

»Ja, aber wir brauchen jemanden, der die Gelegenheit und ein Motiv hatte, Monja zu töten. Schon bei der Gelegenheit wird es schwierig im Hinblick auf Bartels: Er hat offenbar ein wasserdichtes Alibi. Drei seiner Kollegen schwören, dass er zur Tatzeit bei sich zu Hause eine Party gefeiert hat. Und es gibt zusätzlich zu diesen Zeugenaussagen ein Video von dieser Feier. Ich habe mir die Aufnahme mehrfach angesehen, bisher aber keinerlei Anhaltspunkte für eine Fälschung gefunden.«

»Bartels hat Monja umgebracht!«, beharrte Höller. »Also *muss* das Video gefälscht sein!«

Marc konnte sich ein Lächeln nicht verkneifen. »Ich bin nicht sicher, ob diese Art der Beweisführung vom Gericht akzeptiert wird«, sagte er.

»Es handelt sich eben um eine gute Fälschung. Aber auch eine gute Fälschung bleibt eine Fälschung. Wenn Sie Bartels in diesem Zusammenhang erst mal nichts nachweisen können, müssen Sie eben die Polizisten, die angeblich mit ihm gefeiert haben, als Zeugen vernehmen. Werden die im Zeugenstand richtig bearbeitet, sagen sie früher oder später schon die Wahrheit.«

»So leicht ist es leider nicht. Wenn Zeugen sich erst einmal auf eine bestimmte Geschichte festgelegt haben, werden sie davon nicht mehr einfach so abrücken. Es sei denn, man kann ihnen nachweisen, dass sie in einem bestimmten Punkt gelogen haben. Davon sind wir momentan aber noch weit entfernt. Hinzu kommt, dass wir es hier nicht mit ›normalen‹ Zeugen zu tun haben, sondern mit Polizisten. Die sind es gewohnt, vor Gericht auszusagen, es wird also schwer, sie zu überrumpeln. Eine weitere Besonderheit: Sie üben einen gefährlichen Beruf aus, das heißt, Polizisten bilden eine Art Gefahrengemeinschaft, in der das Zusammengehörigkeitsgefühl und die Solidarität erfahrungsgemäß besonders groß sind, weil man in vielen Situationen aufeinander angewiesen ist. Und dann gibt es noch etwas, was nicht zu unterschätzen ist: die Macht der Uniform!«

»Was meinen Sie damit?«

»Menschen, die eine gemeinsame Uniform tragen, halten zusammen. Egal wo, ob bei der Polizei oder der Armee. Oder auch beim Fußball, denn ein Trikot ist schließlich ebenfalls eine Art Uniform. Ein ehemaliger Kommilitone von mir ist Richter an einem Sportgericht. Dort werden zum Beispiel Schlägereien auf Fußballplätzen verhandelt. Laut ihm sei in den langen Jahren, die er dort schon tätig ist, eines noch nie vorgekommen: dass der Spieler einer bestimmten Mannschaft gegen einen seiner Mannschaftskameraden ausgesagt hat!«

»Sie meinen, das sei bei der Polizei genauso?«

»Nein, es ist noch viel extremer. Als Fußballer können Sie den Verein notfalls verlassen und haben immer noch Ihre anderen Freunde. Polizisten hingegen haben die im Regelfall nicht. Die arbeiten im Schichtdienst, das heißt, sie verlieren irgendwann ihre Kontakte außerhalb der Polizei und haben deshalb fast nur noch Kollegen als Freunde. Sobald sie gegen die aussagen, werden sie als Verräter und Kameradenschwein behandelt und aus der Gruppe ausgeschlossen. Polizisten bekommen dann nicht nur beruflich kein Bein mehr auf den Boden, sondern verlieren auch privat ihren kompletten Freundeskreis. Da überlegt man es sich nicht nur zweimal, sondern tausendmal, ob man das wirklich riskieren will.«

»Sie glauben also, es gibt keine Chance, dass die Polizisten im Zeugenstand umkippen?«

»Nein! Wenn wir wirklich beweisen wollen, dass mit Bartels' Alibi etwas nicht stimmt, bleibt uns nur das Video. Und selbst falls wir nachweisen können, dass das Video gefälscht ist und Bartels kein Alibi hat, ist er damit noch lange nicht überführt. Wo ist zum Beispiel sein Motiv, Monja zu töten?«

»Das hatte ich Ihnen bereits gesagt: Monja hat ihn gehasst. Und Bartels hat sie sexuell belästigt.«

»Das behaupten Sie.«

»Nein, das hat Monja behauptet!«

»Aber die kann nun mal nicht mehr aussagen!« Marc hielt einen Moment inne. »Wie sieht es denn mit anderen möglichen Verdächtigen außer Bartels aus?«, fragte er dann. »Hatte Monja Feinde? Vielleicht einen eifersüchtigen Exfreund, der über die Trennung nicht hinweggekommen ist?«

Höller schüttelte den Kopf. »Ich weiß es nicht. Monja hat bei ihrer Mutter gelebt und ich habe fast nichts mehr von ihrem Leben mitbekommen. Wenn ich sie mal gesehen habe, hat sie kaum etwas von sich erzählt. Das waren nur oberflächliche Gespräche. Wie es in der Schule läuft, in welchem Film sie war. Aber nichts Intimes. Das ist für ein Mädchen in dem Alter wahrscheinlich auch normal. Die besprechen so etwas lieber mit ihren Freundinnen als mit ihren Eltern.«

»Außer Bartels fällt Ihnen also niemand ein, der ein Motiv gehabt haben könnte? Nach allem, was ich bisher gehört habe, war Monja offenbar kein ganz einfacher Mensch, oder?«

»Ja, sie konnte ein ziemliches Biest sein. Aber das ist auch kein Wunder.«

»Wie darf ich das verstehen?«

»Ilka hat Monja von Anfang an völlig verzogen. In Ilkas Augen war ihre Tochter perfekt. ›Meine kleine Prinzessin‹ hat sie sie immer genannt. Der große Traum meiner Frau war es, ein international bekanntes Model zu werden. Als sie gemerkt hat, dass daraus nichts wird, hat sie ihre gesamten Hoffnungen in Monja gesetzt. Am Anfang sah es auch ganz gut aus, denn das Mädchen hat die Schönheit ihrer Mutter geerbt. Schon als Monja noch ganz klein war, ist sie in Werbespots für Babynahrung und Windeln aufgetreten. Als sie acht war, ist Ilka mit ihr nach Frankreich gefahren und hat sie an ›Mini-Miss-Wahlen‹ teilnehmen lassen. Das sind

Schönheitswettbewerbe für Kinder, die in Deutschland verboten sind. Später ist sie mit ihr zu allen möglichen Modelagenturen gefahren und hat versucht, sie dort unterzubringen. Bei ein paar kleineren Jobs hat das auch tatsächlich geklappt. Ilka hat sogar Monjas Hand röntgen lassen, um anhand der Wachstumsfugen festzustellen, wie groß unsere Tochter einmal wird. Das Ergebnis war ein Schock für Ilka: Monja würde über einen Meter zweiundsiebzig nicht hinauskommen und damit gab es für sie praktisch keine Chance auf eine Modelkarriere. Aber Ilka hat immer noch nicht aufgegeben. Fast jede Woche war sie mit Monja bei irgendwelchen Castings, egal ob für Mode, Fernsehen oder Film. Das ging so lange, bis Monja in die Pubertät kam und angefangen hat zu rebellieren. Sie hat sich schlampig gekleidet, sie hat sich nicht mehr gewaschen und sie hat sich geweigert, an diesen Veranstaltungen teilzunehmen.«

»Wie hat Ilka darauf reagiert?«

»Sie hat so getan, als ob sie es akzeptiert. Aber ich glaube, dass sie bis zu Monjas Tod immer noch gehofft hat, unsere Tochter würde ihre Meinung wieder ändern.«

»Dass Monja etwas ›schwierig‹ war, lag aber nicht nur an Ihrer Exfrau, oder? Ich war vorgestern bei ihr und sie hat mir einiges über Sie erzählt. Über Ihre Alkoholprobleme, über Ihre Spielsucht. Und darüber, dass Sie Ilka geschlagen haben, und das sogar vor den Augen Ihrer Tochter.«

Höller senkte den Blick. »Ja, das habe ich getan. Ich war oft betrunken und habe in diesem Zustand Dinge getan, die durch nichts zu entschuldigen sind. Seit dem Tag meiner Festnahme habe ich keinen Tropfen Alkohol mehr angerührt. Ich habe aus meinen Fehlern gelernt, glauben Sie mir.« Er stützte den Kopf in die Hände. »Aber was sollen wir denn jetzt machen?«

»Nun, es gibt noch ein paar Ermittlungsansätze, denen ich nachgehen kann. Aber wir können keinesfalls sicher sein, dass die erfolgreich sein werden. Seit Monjas Tod sind elf Monate vergangen, und wenn ich es richtig sehe, hat auch Vogel nichts entdeckt, was maßgeblich zu Ihrer Entlastung beitragen könnte. Zumindest habe ich in seinen Akten nichts gefunden. Oder hat er Ihnen etwas über seine Strategie verraten?«

»Nein, nichts. Vogel sagte immer nur, er werde sein Bestes tun, könne aber nichts versprechen. Das ändert jedoch nichts daran, dass ich Ihnen die Wahrheit gesagt habe!«

»Ihre Geschichte ist vielleicht wahr. Aber sie ist halt nicht plausibel.«

»Wie kann die Wahrheit nicht plausibel sein?«

»Es gibt Geschichten, die tatsächlich geschehen sind, die aber kein Mensch glauben würde, wenn er sie in einem Roman lesen würde. Für uns ist es entscheidend, dem Gericht einen *plausiblen* Gegenentwurf zur Anklage präsentieren zu können. Wenn uns das nicht gelingt, werden Sie verurteilt werden.«

»Aha. Und wie genau könnte so ein ›plausibler Gegenentwurf‹ aussehen?«

»Plausibel wäre, wenn Sie zugeben würden, dass Sie Monja in der fraglichen Nacht nach ihrem Besuch gegen halb acht noch einmal gesehen haben und erneut mit ihr in Streit geraten sind. Plausibel wäre weiter, dass Sie zu jenem Zeitpunkt betrunken waren und Ihre Tochter Sie wieder einmal so zur Weißglut gebracht hat, dass Sie plötzlich ein Messer in der Hand hielten. Monja ist im Eifer des Gefechts unglücklich gestolpert und Ihnen direkt ins Messer gelaufen. Bevor Sie überhaupt realisierten, was passiert ist, lag Monja schon tot auf dem Boden. Sie sind in Panik geraten, haben sich jedoch nicht getraut, die Polizei anzurufen, weil Sie Angst hatten, dass Ihnen dort niemand glaubt. Deshalb haben Sie Monjas Leichnam im Wald abgelegt. Um deutlich zu machen, dass es Ihnen zutiefst leidtut, was geschehen ist, haben Sie ihr die Rose zwischen die Finger gesteckt. Dann haben Sie das Messer verschwinden lassen. Als Sie hinterher wieder in Ihrer Wohnung waren, haben Sie versucht, die Tatspuren zu beseitigen und Ihre Jeans sowie Ihr Sweatshirt mit Monjas Blut verbrannt.« Marc sah Höller erwartungsvoll an.

Der hatte die ganze Zeit mit offenem Mund zugehört. »Das kann nicht Ihr Ernst sein!«, platzte es schließlich aus ihm heraus.

»Das ist nicht mein Ernst, das ist ein plausibles Szenario«, belehrte ihn Marc. »Eines, bei dem – im Gegensatz zu der Geschichte, die Sie der Polizei erzählt haben – alles zusammenpasst. Und neben der Glaubhaftigkeit hätte das Ganze noch einen weiteren Vorteil: Wenn es so gewesen wäre, würde es sich nicht mehr um Totschlag handeln, sondern allenfalls um fahrlässige Tötung. Dafür würden Sie maximal zwei Jahre bekommen und bei Anrechnung der U-Haft, die Sie bereits abgesessen haben, könnten Sie den Knast wahrscheinlich mit dem Tag der Urteilsverkündung als freier Mann verlassen. Selbst wenn uns die Richter die Fahrlässigkeitsversion nicht abnehmen sollten, bin ich davon überzeugt, dass ich eine Verurteilung wegen eines minder schweren Falls des Totschlags erreichen kann. Sie hatten Alkohol getrunken, außerdem hat Monja Sie gereizt. Nach meiner Einschätzung würden Sie dafür maximal vier Jahre bekommen. Nachdem Sie schon fast ein Jahr in U-Haft gesessen haben, hätten Sie gute Chancen, nach dem Urteil sofort in den offenen Vollzug zu kommen, das heißt, Sie müssten nicht in die JVA zurück und wären bei weiterhin guter Führung nach der Hälfte der vier Jahre, spätestens aber nach zwei Dritteln endgültig raus.«

Höller nickte nachdenklich. »Das würde aber voraussetzen, dass ich die Tat gestehe«, sagte er.

»Ja, das ist so«, bestätigte Marc. »Wenn Sie weiter abstreiten, irgendetwas mit Monjas Tod zu tun zu haben, kann das Gericht keine mildernden Umstände feststellen. Dazu müssten Sie den Richtern in allen Einzelheiten schildern, was passiert ist.«

»Sie meinen, was ›plausibel‹ geschehen ist, auch wenn es nicht der Wahrheit entspricht.« Höller atmete scharf ein. »Ich sage es jetzt zum letzten Mal: Ich habe Monja nicht getötet. Ich habe mit ihrem Tod nicht das Geringste zu tun. Punkt! Aus! Basta! Und ich werde nichts gestehen, was ich nicht getan habe. Schon gar nicht, wenn es um meine eigene Tochter geht!«

»Das ist natürlich Ihre Entscheidung. Aber als Ihr Verteidiger möchte ich, dass Sie mit allen Optionen vertraut sind.«

»Das habe ich verstanden. Aber diese ›Option‹ scheidet nun mal aus. Sie müssen sich also etwas Besseres einfallen lassen!«

Marc seufzte. »Ich werde es versuchen.« Er hielt inne. »Gibt es sonst noch was, was ich im Moment für Sie tun kann? Benötigen Sie etwas? Vielleicht aus Ihrer Wohnung?«

»Nein. Oder … warten Sie mal. Bei meiner Festnahme habe ich eine Nachbarin gebeten, nach meinen Blumen und meiner Post zu sehen. Sie hat mir kürzlich geschrieben, das werde ihr jetzt alles zu viel. Es kommen fast täglich neue Zuschriften und darunter seien auch viele Mahnungen. Können Sie sich darum kümmern?«

»Das gehört eigentlich nicht zu meinen Aufgaben. Ich bin Rechtsanwalt, kein Schuldnerberater.«

»Aber irgendwer muss das doch machen. Ich habe seit fast einem Jahr keine Rechnung mehr bezahlt. Wenn ich hier rauskomme, erwartet mich dort draußen das absolute Chaos. Und ich weiß nicht, wer mir sonst helfen könnte.«

Marc dachte kurz darüber nach. »Ich hätte da vielleicht eine Idee«, sagte er. »Wie komme ich in Ihre Wohnung?«

Höller wirkte sichtlich erleichtert. »Frau Heinemann, so heißt die Nachbarin, hat einen Schlüssel. Klingeln Sie einfach bei ihr. Ich werde ihr schreiben und Sie ankündigen. Haben Sie vielen Dank für Ihre Hilfe.«

Kapitel 14

Nach seinem Besuch in der JVA fuhr Marc zum Landgericht. Als Erstes suchte er Dr. Bartholdy auf und teilte ihm offiziell mit, er sei bereit, Höllers Verteidigung zu übernehmen.

Anschließend nahm er Einsicht in die Gerichtsakten, was den ganzen restlichen Tag bis zum frühen Abend in Anspruch nahm. Dabei stellte er fest, dass Vogels Handakten im Wesentlichen vollständig gewesen waren und er keine zusätzlichen Kopien anfertigen musste.

Am Ende ließ Marc sich noch die Rose zeigen, die in Monjas Händen gefunden worden war. Ein Wachtmeister ging in die Asservatenkammer und kehrte kurz darauf mit einem Plastikbeutel zurück.

Darin befand sich eine ziemlich verwelkte Blume. Marc betrachtete sie von allen Seiten, konnte aber nichts Besonderes daran feststellen. Eine ganz normale rosafarbene Rose. Aber was hatte er auch erwartet?

An diesem Tag kam er erst ziemlich spät nach Hause, wo er Lizzy Nudeln essend vor dem Fernseher vorfand.

»Möchtest du auch?«, fragte sie. »Es sind noch welche in der Küche.«

Marc ließ sich neben seine Tochter auf die Couch fallen. »Nein, danke. Ich habe schon in der Gerichtskantine gegessen. Außerdem bin ich ziemlich fertig. War ein langer Tag.«

»Dann bist du nicht mehr daran interessiert zu erfahren, was ich über Monja herausgefunden habe?«

Marc war mit einem Schlag hellwach. »Doch, natürlich. Ich bin ganz Ohr!«

Lizzy stellte ihren Teller ab und schaltete den Fernseher aus. »Also«, setzte sie bedeutungsvoll an. »Ich habe mich ziemlich lange mit Hannah Süllwald unterhalten. Hannah war Monjas beste Freundin. Sie hat mir einiges Interessantes erzählt.«

Marc trommelte mit den Fingerspitzen ungeduldig auf der Armlehne des Sofas herum. Als Lizzy nicht weitersprach, fragte er: »Auf was wartest du?«

»Auf ein Angebot. Ich war doch als eine Art Detektiv für dich unterwegs. Und die arbeiten normalerweise nicht umsonst.«

»Doch, wenn es sich um Familienmitglieder handelt, die sowieso ein nicht unerhebliches Taschengeld erhalten.«

»Das von Mama finanziert wird.«

»Also gut, ich lade dich auf eine Pizza ein.«

»Die gibt es hier doch sowieso fast jeden Tag.«

Marc seufzte schwer. »Okay, was willst du?«

Lizzy setzte sich aufrecht hin. »Zeit. Ich möchte, dass wir mehr Zeit zusammen verbringen.«

»Aber ich bin doch fast den ganzen Tag zu Hause.«

»So meine ich das nicht. Ich möchte, dass wir zu dritt mehr unternehmen. Mama, du und ich.«

Damit hatte Marc nicht gerechnet. Offenbar litt Lizzy doch mehr unter Melanies Abwesenheit, als er gedacht hatte.

»Ähm ... Das dürfte momentan etwas schwierig sein«, antwortete er vorsichtig. »Wie du ja weißt, ist deine Mutter nicht da und ich habe auch keine Ahnung, wann sie gedenkt, hier mal wieder aufzutauchen.«

»Irgendwann wird sie zurückkommen.«

»Davon ist in der Tat auszugehen. Wo möchtest du denn mit uns hin?«

»Das ist mir egal. Hauptsache, wir machen mal wieder etwas zu dritt. So wie früher, als du noch die Kanzlei hattest und Mama von zu Hause aus gearbeitet hat.«

»An mir soll es nicht liegen. Sobald deine Mutter wieder hier ist, werde ich mit ihr sprechen. Also, was hast du herausgefunden?«

Lizzy machte ein geheimnisvolles Gesicht. »Zuerst mal zu diesem Gerücht. Ich hatte dir doch erzählt, dass an unserer Schule gemunkelt wird, Monja habe Schuld am Tod eines anderen Mädchens gehabt.«

»Ja, was ist damit?«

»Es handelt sich dabei tatsächlich um ein richtiges Gerücht, das heißt, ein bisschen davon stimmt, aber eben nicht alles. Monja hat an ihrer alten Schule ein Mädchen, eine Katharina von Burgsdorf, gemobbt. Das Mädchen hat sich allerdings nicht umgebracht. Sie hat es zwar versucht, jedoch überlebt.«

»Aha, und was ist genau passiert?«

»Hannah wusste keine Einzelheiten. Die Sache ist ja nicht an unserer Schule passiert, sondern auf dem Schiller-Gymnasium. Nach dem Vorfall musste Monja die Schule verlassen und ist zu uns gekommen. Das war etwa zwei Jahre vor ihrem Tod. Sie hat sich mit Hannah angefreundet, ihr aber auch nicht sehr viel über die Geschichte erzählt. Nur, dass diese Katharina das Ganze wohl mächtig aufgebauscht hat. Aber wenn du willst, kann ich noch ein paar andere Schüler fragen.«

»Das wird nicht nötig sein.« Marc griff nach einem Blatt Papier und einem Kugelschreiber. »Das Mädchen hieß also Katharina von Burgsdorf und war auf dem Schiller-Gymnasium. Das müsste erst mal reichen. Okay, sonst noch was? Hatte Monja einen Freund?«

»Das wusste Hannah auch nicht so genau.«

»Ich dachte, sie war Monjas beste Freundin. Die erzählen sich doch normalerweise alles.«

»Das stimmt, aber Hannah und Monja hatten wohl kein normales Verhältnis, wie Freundinnen das sonst haben. Monja war der Chef und Hannah hat das getan, was Monja gesagt hat. Ohne groß nachzufragen, ohne Widerworte. Das wiederum weiß ich natürlich nicht von Hannah, sondern von Lisa. Die kenne ich aus dem Reitverein. Sie ist in dieselbe Klasse wie Hannah und Monja gegangen und meinte, Hannah sei so etwas wie Monjas Beistellpferd gewesen.«

»Was ist denn ein ›Beistellpferd‹?«

»Beistellpferde sind Pferde, die nicht mehr geritten werden, weil sie zum Beispiel alt oder krank sind. Sie heißen so, weil sie manchmal nervösen Pferden an die Seite gestellt werden, um sie zu beruhigen. Lisa meinte, Monja sei manchmal sehr aufbrausend, unberechenbar und aggressiv gewesen.«

»Aha. Hannah hat also beruhigend auf Monja gewirkt. Aber Hannah war doch weder alt noch krank, oder?«

»Nein, natürlich nicht. Eigentlich ist das mit dem Beistellpferd auch ziemlich gemein. Bevor Monja an das Geschwister Scholl gekommen ist, hatte Hannah es wohl nicht so leicht in ihrer Klasse. Hannah sieht halt nicht so toll aus. Ich meine, eigentlich könnte sie sogar ganz hübsch sein. Sie müsste wohl einfach mehr aus sich machen. Andere Frisur und vor allem ein paar Kilo abnehmen. Hinzu kommt, dass sie sehr schüchtern ist. Solche Mädchen werden von den anderen manchmal gnadenlos fertig gemacht. Nachdem sich ein so attraktives Mädchen wie Monja mit ihr angefreundet hat, ist Hannahs Ansehen in der Klasse natürlich gestiegen. Deshalb hat Hannah sich vermutlich alles von Monja gefallen lassen. Das muss eine ganz merkwürdige Freundschaft gewesen sein, gerade weil die beiden so unterschiedlich waren.«

Marc nickte bedächtig. Er hatte von derartigen Beziehungen schon gehört. Eine hübsche und eine hässliche Frau tun sich zusammen. Die hässliche hofft, dass etwas von dem Glanz der hübschen auf sie abfällt, während die hübsche denkt, dass sie neben der hässlichen noch mehr strahlen kann.

Lizzy hatte inzwischen schon weitergesprochen. »Seit Monjas Tod ist Hannah wieder ziemlich isoliert. Sie hatte außer Monja keine Freundinnen, weil die das wohl nicht geduldet hat. Fast wie im ersten Gebot: Du sollst keine andere Freundin neben mir haben. Deshalb war Hannah ja auch so froh, dass sie endlich mal wieder mit jemandem reden konnte, und hat mir alles Mögliche erzählt.«

»Hast du kein schlechtes Gewissen, dass du Hannahs Situation ausnützt, um Informationen von ihr zu bekommen? Ich meine, du hast doch kein echtes Interesse an ihr, oder?«

»Nein«, musste Lizzy zugeben. »Und ja, ich habe ein schlechtes Gewissen. Ich hätte nie mit ihr gesprochen, wenn es nicht um deinen Fall gegangen wäre. Hannah ist halt komisch, ich weiß auch nicht genau, wie ich das sagen soll. Aber sie tut mir auch irgendwie leid.«

»Vergiss nicht, du bist als Detektivin für mich unterwegs. Meinst du, Sam Spade oder Philip Marlowe hätten Gewissensbisse, wenn es darum ginge, Informationen von einem Zeugen zu bekommen?«

»Ich kenne diese Typen zwar nicht, aber von mir aus kannst du gerne einen von denen engagieren«, meinte Lizzy beleidigt.

»Also, Hannah wusste nicht, ob Monja einen Freund hatte«, beeilte sich Marc, Lizzy zum eigentlichen Thema zurückzubringen.

»Nein. Sie meinte zwar, dass Monja und sie sich sonst alles erzählt haben. Aber Monja hatte wohl im letzten Dreivierteljahr vor ihrem Tod oft ziemlich geheimnisvoll getan und auch weniger Zeit. Als Hannah sie mal konkret fragte, ob sie einen Freund habe, sagte Monja lediglich, darüber dürfe sie nicht sprechen. Das würde sonst in einer Katastrophe enden.«

Marc runzelte die Stirn. Hatte Monja das ernst gemeint oder handelte es sich um die üblichen Übertreibungen eines Teenagers?

»Darüber dürfe sie nicht sprechen, das würde in einer Katastrophe enden«, wiederholte Marc langsam. »Was soll das bedeuten?«

Lizzy hob die Schultern. »Hannah konnte sich auch keinen Reim darauf machen. Sie vermutete, dass Monja einen Freund hatte, verstand aber nicht, warum sie so ein Geheimnis daraus gemacht hat. Monja hatte vorher nämlich auch schon Freunde, aber die hat sie nicht versteckt.«

»Siehst du eine Möglichkeit, mehr darüber herauszubekommen?«, wollte Marc wissen. »Vielleicht bei einer von Monjas anderen Freundinnen?«

»Eher nicht. Hannah war Monjas beste Freundin, auch wenn die sie nicht immer gut behandelt hat. Was Hannah nicht wusste, dürfte auch sonst niemand gewusst haben.

Aber dafür hat Hannah mir etwas anderes erzählt: Monja hatte anscheinend einen Verehrer. Daniel Schneider, ein Junge aus ihrer Klasse. Der war wohl hoffnungslos in Monja verliebt, aber sie wollte nichts von ihm wissen.«

Marc schrieb sich den Namen auf. »So wie Monja aussah, hatte sie doch bestimmt jede Menge Bewunderer«, meinte er. »Warum ist Hannah ausgerechnet dieser Daniel Schneider im Gedächtnis geblieben?«

»Weil er vollkommen vernarrt in Monja war. Er hat Bilder für sie gemalt und Gedichte für sie geschrieben.« Lizzy seufzte verträumt. »Eigentlich genau das, was man sich von einem Mann wünscht. Daniels Pech war nur, dass Monja sich nicht für ihn interessiert hat. Sie hat ihn andauernd verarscht und vor anderen lächerlich gemacht. Hannah hat mir eine Szene geschildert. Sie unterhielt sich in einer Pause gerade mit Monja, als Daniel Schneider ankam. Er hatte wohl all seinen Mut zusammengenommen und Monja stotternd gefragt, ob er mal mit ihr sprechen könne. Aber Monja hat ihn bloß von oben bis unten angeguckt und dann hat sie einfach zu ihm gesagt: ›Hau ab, du nervst!‹«

Hau ab, du nervst! Marc fühlte sich schlagartig in den *Soundgarden* im Jahr 1993 zurückversetzt, als Ilka einen aufdringlichen Verehrer auf die gleiche Art und Weise abgefertigt hatte. Nun, Monja hatte offenbar nicht nur das Aussehen von ihrer Mutter geerbt.

»Und dann meinte sie auch noch, er solle endlich aufhören, ihr hinterherzulaufen. Sonst werde sie ihn wegen Stalking anzeigen.«

»Wie hat Daniel Schneider darauf reagiert? Das muss ihn doch ziemlich getroffen haben.«

»Ja, zumal Monja wohl so laut gesprochen hat, dass fast alle Mitschüler es mitbekommen haben. Daniel ist daraufhin einfach aus der Klasse gerannt und war dann für den Rest der Woche krank.«

»Diese Monja war offenbar ein ziemliches Früchtchen.«

»Ja, vorausgesetzt es stimmt, was Hannah sagt. Aber für mich hat sich das überzeugend angehört.«

»Für mich auch«, stimmte Marc ihr zu. »Es passt zu dem, was ich bisher über Monja erfahren habe. Sie war wohl ein etwas schwieriger Mensch, um es zurückhaltend auszudrücken. Was ist aus Daniel Schneider geworden?«

»Er geht immer noch auf unsere Schule. Ich kenne ihn sogar, aber auch nur vom Sehen.«

»Meinst du, du kannst mehr über ihn herausfinden?«

»Vielleicht. Glaubst du, er hat etwas mit Monjas Tod zu tun?«

»Ich habe keine Ahnung«, gab Marc zu. »Aber offenbar war er sehr in Monja verliebt und sie hat ihn in aller Öffentlichkeit gedemütigt. Das ist doch für jeden Teenager eine Art Super-GAU, oder? Stell dir mal vor, dir wäre das passiert! Zumindest muss Daniel durch Monjas Verhalten sehr verletzt und frustriert gewesen sein. Und manchmal entstehen aus Verletzungen und Frust Hass. Vielleicht wollte er sich an Monja für die erlittenen Demütigungen rächen. Dazu würde auch die Rose passen, die bei Monjas Leiche gefunden wurde. Nach dem Motto: Ich hasse dich, aber gleichzeitig liebe ich dich auch.«

Lizzy nickte langsam. »Hört sich nachvollziehbar an. Ich kann mich ja mal umhören.«

»Warum sprichst du Daniel nicht einfach an?«, schlug Marc vor. »So wie diese Hannah. Ist doch nichts dabei, immerhin geht ihr auf dieselbe Schule. Was tut er, was macht er, wie steht er heute zu der Geschichte mit Monja? Und vor allem: Wo war er in der Nacht vom zweiten auf den dritten

Juli? Du bist doch ein hübsches Mädchen. Wer weiß, was er dir alles erzählt.«

Lizzy sah ihn empört an. »Aber ins Bett muss ich nicht mit ihm?!«

Marc rieb sich das Kinn. »Mhm. Vielleicht gar keine so schlechte Idee. Manche Männer sollen im Bett ja sehr redselig werden.«

»Marc!«

»Ja, ja, war nur ein Scherz! Aber sprechen kannst du doch trotzdem mal mit ihm. Wer weiß? Vielleicht ist er ja ganz nett!«

Lizzy verzog das Gesicht. »Daniel Schneider? Der ist doch überhaupt nicht mein Typ.«

»Das ist ein gutes Zeichen«, behauptete Marc. »Es ist nämlich ganz einfach, den richtigen Mann zu finden. Man muss nur eines wissen: Am Anfang sieht es aus, als wäre es der falsche.«

Lizzy legte die Stirn in Falten. »Könnte hinkommen«, meinte sie dann. »Mama hat mir mal erzählt, dass sie dich nicht ausstehen konnte, als sie dich kennengelernt hat.«

»Ach, das ist ja interessant«, schnaubte Marc. »Ich frage mich gerade, was deine Mutter dir sonst noch so über mich erzählt hat!«

»Dass du faul bist, dass du dich gehen lässt, dass du dein ganzes Leben vergeudest, dass du ...«

»Äh, das war eigentlich mehr eine rhetorische Frage«, fiel Marc ihr ins Wort. »Lass uns zum eigentlichen Thema zurückkehren. Wie sieht es mit Exfreunden von Monja aus? Ich meine, wenn Monja diesen Daniel Schneider so mies behandelt hat, hatte sie vielleicht auch ein paar hässliche Trennungen hinter sich. Trennungen, die ihre Exfreunde nicht verwunden haben.«

»Ich habe Hannah gefragt, aber darüber wusste sie nichts.«

»Okay. Was ist mit Frauen, insbesondere Klassenkameradinnen? Monja sah doch sehr gut aus. Ich kann mir vorstellen, dass einige ihrer Geschlechtsgenossinnen ausgesprochen neidisch auf sie reagiert haben. Vielleicht hat sie ja mal einer den Freund ausgespannt.«

»Aber deshalb bringt man doch niemanden um!«

»Es sind schon Menschen für weit weniger getötet worden.«

»Also, wenn ich einen Freund hätte und ein Mädchen mir den ausspannen würde, würde ich nicht das Mädchen, sondern eher meinen Freund umbringen.«

»Das sehen andere Damen vielleicht ganz anders.«

»Ja, aber die würden Monja doch keine Rose in die Hand drücken.«

»Warum nicht? Vielleicht haben wir diese Rose bisher nur vollkommen falsch interpretiert. Vielleicht war es kein Zeichen von Liebe oder Bedauern, sondern ein Zeichen der Verachtung oder des Spotts.«

»Glaubst du wirklich?«

»Ich habe nicht den leisesten Schimmer«, gab Marc zu. »Aber trotzdem vielen Dank für deine Hilfe. Ich werde schauen, ob ich mehr über diese Katharina von Burgsdorf herausbekommen kann. Vielleicht findet sich da ein Motiv für einen Mord.«

»Aber sie ist doch gar nicht tot!«

»Trotzdem. Auch wenn Monja ›nur‹ schuld an einem Selbstmordversuch gewesen sein sollte, könnte das für manche Menschen als Motiv ausreichen. Außerdem habe ich morgen einen Termin mit Alexandra Claassen. Sie und ihr Freund haben sich am Abend des zweiten Juli mit Monja im *Bijou* getroffen.«

»Was versprichst du dir davon?«

»Gar nichts. Aber da ich sonst nichts habe, wo ich ansetzen könnte, muss ich es eben mit Routine versuchen. Und was ist mit dir? Hast du keine Hausaufgaben auf?«

»Alles schon erledigt. Ich wollte noch mit Cassie telefonieren. Sie wartet schon auf meinen Anruf.«

»Dann nichts wie los!« Marc wartete, bis Lizzy in ihrem Zimmer war, nahm anschließend sein Handy zur Hand und gab die Nummer von Vogels Kanzlei ein.

»Rechtsanwalt Vogel, Kimberly Schwuch am Apparat. Was kann ich für Sie tun?«, flötete es ihm nach wenigen Sekunden aus dem Lautsprecher entgegen.

»Hallo Kimmy. So spät noch in der Kanzlei?«

»Herr Hagen? Auch hallo. Ja, ich sitze hier notgedrungen noch. Heute ist ein Anwalt gekommen, der sich um die anderen Mandanten von Herrn Vogel kümmern soll. Da ist ja einiges liegen geblieben. Ihr Kollege hat einen ziemlichen Wirbel veranstaltet und jede Menge Arbeit hinterlassen.«

»Dann haben Sie gerade keine Zeit?«

»Doch, für Sie immer. Der andere Herr ist nämlich nur halb so nett wie Sie!«

»Dann will ich das mal glauben. Ich habe nämlich eine Bitte. Das heißt, genau genommen sind es sogar zwei.«

»Nur raus damit.«

»Haben Sie einen Zettel und einen Stift zur Hand? – Gut. Es geht um eine Katharina von Burgsdorf. Sie war vor drei Jahren Schülerin des Schiller-Gymnasiums in Bielefeld und müsste heute etwa siebzehn sein. Mehr weiß ich leider nicht über sie. Ich möchte, dass Sie alles über sie herausfinden, was Sie können.«

»Katharina von Burgsdorf«, wiederholte Kimmy langsam, während sie den Namen aufschrieb. »Dürfte kein größeres

Problem sein. So häufig ist der Name ja wohl nicht. Und Ihre zweite Bitte?«

»Rainer Höller hat mich gebeten, Post aus seiner Wohnung zu holen. Während er im Knast war, haben sich da offensichtlich unzählige Briefe angesammelt. Könnten Sie das für mich übernehmen und die Post anschließend öffnen und ordnen? Den Schlüssel zu Höllers Wohnung bekommen Sie von der Nachbarin, einer Frau Heinemann. Ich bin zurzeit ziemlich im Stress, sonst würde ich es selbst machen. Aber lassen Sie sich ruhig Zeit, es eilt nicht.«

»Kein Problem«, versicherte Kimmy. »Hauptsache, Sie behalten mich in guter Erinnerung.«

»Aber ich hatte Ihnen schon gesagt, dass ich keine Sekretärin brauche, nicht wahr?«

»Haben Sie. Aber das kann sich ja ändern. Manchmal nimmt das Leben die merkwürdigsten Wendungen.«

Kapitel 15

Marc schellte an der Tür des Einfamilienhauses und kurz darauf wurde ihm von einer attraktiven Frau Anfang fünfzig geöffnet.

»Frau Claassen?«, fragte er. »Mein Name ist Hagen, wir hatten telefoniert.«

»Ja, richtig. Sie wollen mit Alexandra über Monja sprechen. Wobei ich mir immer noch nicht sicher bin, ob das eine gute Idee ist. Die Sache nimmt Alexandra nach wie vor sehr mit, obwohl Monja jetzt schon fast ein Jahr tot ist.«

»Ich werde ganz bestimmt behutsam mit ihr umgehen«, versprach Marc. »Aber ich muss ihr leider ein paar Fragen stellen, da ich die Verteidigung von Herrn Höller gerade erst übernommen habe und mir gerne ein Bild über den Fall machen würde.«

»Ja, natürlich. Bitte, kommen Sie doch herein.«

Sie führte Marc durch einen langen breiten Flur und stoppte erst vor der letzten Tür, gegen die sie zaghaft klopfte. »Alexandra? Schatz, hörst du mich? Der Anwalt ist da.« Frau Claassen drückte vorsichtig die Klinke herunter und betrat den Raum. »Das ist Herr Hagen«, stellte sie Marc vor. »Und das ist meine Tochter Alexandra.«

Alexandra Claassen war eine große blonde hübsche Frau, von der Marc aus den Akten wusste, dass sie jetzt zwanzig Jahre alt war. Er reichte ihr die Hand. »Danke, dass Sie sich zu einem Treffen bereit erklärt haben«, sagte er. »Ich weiß das sehr zu schätzen.«

Auf Alexandra Claassens Lippen erschien ein schwaches Lächeln. »Na, es muss ja wohl sein. Ich hoffe, der Prozess ist bald zu Ende und ich kann mit dieser Sache endlich abschließen. Aber nehmen Sie doch Platz.« Sie deutete auf ihren Schreibtischstuhl.

»Wollt ihr euch nicht im Wohnzimmer unterhalten?«, fragte Frau Claassen. »Da ist es doch viel gemütlicher.«

Marc sah Alexandra fragend an, doch die schüttelte den Kopf. »Nein, ich würde lieber hier bleiben.«

»Wie ihr wollt.« Frau Claassen sah Marc an. »Kann ich Ihnen etwas zu trinken anbieten, Herr Hagen?«

»Nein, danke.«

»Gut. Dann lasse ich euch jetzt allein. Wenn ihr etwas braucht, meldet ihr euch.« Sie warf ihrer Tochter einen langen Blick zu. »Ich bin nebenan«, fuhr sie in eindringlichem Tonfall fort, was Marc mit: »Wenn der Typ irgendwelche Probleme macht, schrei laut um Hilfe und ich bin sofort da« übersetzte.

»Wir kommen schon klar, Mama«, versicherte Alexandra und Frau Claassen schloss die Tür hinter sich. Alexandra sah Marc an und seufzte. »Man kann noch so alt werden, für die Eltern bleibt man immer ein kleines Kind.«

»Vor allem für die Mütter«, bestätigte Marc und setzte sich auf den angebotenen Stuhl, während die junge Frau sich auf die Bettkante setzte.

Marc sah sich auf dem Schreibtisch um und entdeckte einige Lehrbücher mit juristischer Fachliteratur. »Sie studieren Jura?«, fragte er.

»Ja, ich bin allerdings erst im zweiten Semester.«

»Was wollen Sie denn mal werden?«

»Keine Ahnung. Eigentlich weiß ich noch nicht mal, ob Jura für mich überhaupt das Richtige ist. Ich habe damit eigentlich nur angefangen, weil ich nicht wusste, was ich sonst machen soll.«

»Ich glaube, das geht jedem zweiten Jurastudenten am Anfang so«, meinte Marc. »Halten Sie einfach noch ein bisschen durch, dann werden Sie schon irgendwann merken, ob Sie nicht besser wechseln sollten.«

»Ja, mal schauen.« Sie ließ ein Lächeln aufblitzen. »Und wer weiß? Vielleicht kann ich ja eines Tages mein Referendariat bei Ihnen machen.«

»Das dürfte schwierig werden. Ich bin zwar Anwalt, allerdings ohne Kanzlei.«

»Dann sind Sie angestellt?«

»Auch das nicht. Aber das würde jetzt zu weit führen.« Er räusperte sich und fuhr in einem formellen Tonfall fort, um Alexandra anzuzeigen, dass es nun zur Sache ging. »Frau Claassen, wie Sie ja wissen, geht es um den Abend des zweiten Juli vorigen Jahres. Ich würde Sie bitten, mir noch einmal von Anfang an zu schildern, was sich damals ereignet hat.«

Alexandra setzte sich betont aufrecht hin und legte die Hände auf die Oberschenkel. »Wir waren an jenem Samstagabend um acht Uhr mit Monja im *Bijou* verabredet«, begann sie.

»›Wir‹ sind …«

»Mein Freund Marvin und ich.«

»Sie waren mit Monja befreundet?«

»Befreundet … ja, kann man so nennen. Wir waren eigentlich mehr Bekannte. Ich kannte Monja aus dem Fitnessstudio und wir haben uns gut verstanden.«

»Sie waren aber drei Jahre älter als Monja, nicht wahr?«

»Ja, aber das hat mich nicht gestört. Monja kam mir ziemlich erwachsen vor. Und vor allem war sie superwitzig.«

»Ich habe bei der Recherche über diesen Fall schon einiges über Monja erfahren«, sagte Marc. »Nach allem, was ich so gehört habe, war sie ein etwas schwieriger Charakter.«

»Kann schon sein. Ganz einfach war sie wirklich nicht. Aber sie war immer ehrlich und geradeheraus. Hat einem direkt gesagt, wenn ihr etwas nicht gepasst hat. Das mag ich. Und sie hatte jede Menge Energie.«

Marc nickte langsam. »Wissen Sie, ob Monja einen Freund hatte?«

»Ich habe sie nie direkt danach gefragt und sie hat nie über einen Freund gesprochen. Wenn wir uns getroffen haben, kam sie immer allein. Also gehe ich davon aus, dass sie keinen hatte. Aber wie gesagt: So eng waren wir nicht befreundet. Wir haben uns ab und zu getroffen, mehr war da nicht.«

»Ihre Mutter meint aber, dass Ihnen Monjas Tod immer noch zu schaffen macht.«

»Das liegt wahrscheinlich daran, dass ich einer der letzten Menschen war, der sie lebend gesehen hat. Das geht mir einfach nicht aus dem Kopf. Ich grübele dauernd darüber nach, ob ich etwas hätte machen können, was sie vor dem Tod bewahrt hätte.«

»Nach allem, was ich in der Akte gelesen habe, ist das nicht der Fall«, versuchte Marc, sie zu beruhigen. »Machen Sie sich also bitte nicht zu viele Gedanken. Wissen Sie vielleicht, ob Monja vor jemandem Angst hatte? Erwähnte sie zum Beispiel mal, dass sie sich von jemandem verfolgt fühlt?«

»Ja, es gab da wohl einen Jungen in ihrer Klasse, der ihr hinterhergelaufen ist. Aber Angst hatte sie vor dem nicht. Glaube ich zumindest.«

»Hieß der Junge Daniel Schneider?«

»Einen Namen hat sie nicht genannt.«

»Dann erzählen Sie mir doch einfach, was am Abend des zweiten Juli passiert ist. Sie waren also um acht mit Monja im *Bijou* verabredet.«

»Ja, sie kam allerdings etwas später, so um Viertel nach acht. Aber das war bei ihr keine Seltenheit. Monja kam eigentlich immer zu spät. Sie war sehr unzuverlässig, was Verabredungen anging.«

»Hat Monja Ihnen gesagt, dass sie vorher bei ihrem Vater war?«

»Nein, hat sie nicht. Sie hatte an dem Abend allerdings keine besonders gute Laune, das merkte man ihr an. Sie bestellte sich als Erstes einen Mojito und meinte, sie brauche jetzt Alkohol.«

»Aber sie war doch erst sechzehn. Da hat man ihr einfach so einen Mojito serviert?«

»Wenn Monja sich zurechtgemacht hatte, kam kein Mensch auf die Idee, dass sie so jung war. Sie wurde auch problemlos in jede Disko eingelassen.«

Marc musste unwillkürlich an Ilka Höller und den *Soundgarden* denken. Er lächelte und war für einen Augenblick in Erinnerungen versunken.

»Was ist, habe ich etwas Falsches gesagt?«

»Nein, nein. Wie ging es an dem Abend weiter?«

»Eigentlich ganz normal. Wir haben den ganzen Abend im *Bijou* verbracht.«

»Über was haben Sie sich unterhalten?«

»Alles Mögliche, dies und das. Es ist wirklich nichts Besonderes passiert. Außer dass Monja ziemlich viel getrunken hat. Sie war jetzt aber nicht vollkommen besoffen oder so.«

Marc nickte. Das stimmte mit den Erkenntnissen der Rechtsmediziner überein. Bei Monjas Leiche war eine Blutalkoholkonzentration von null Komma sieben Promille festgestellt worden.

»Um kurz nach elf hat Monjas Handy geklingelt«, fuhr Alexandra Claassen fort. »Monja hat auf das Display geschaut, die Augen verdreht und ›Meine Mutter!‹ gesagt. Ich habe das nachfolgende Gespräch so halb mitbekommen. Monja hatte ihrer Mutter wohl versprochen, um Punkt elf wieder zu Hause zu sein, und meinte, sie habe nicht auf die Uhr geschaut. Das Ganze ging dann noch eine Weile hin und her. Am Ende versprach Monja ihrer Mutter, sie werde jetzt sofort nach Hause gehen, und beendete das Gespräch. Dann hat sie ihr Handy ausgeschaltet. Sie meinte, sonst würde ihre Mutter alle fünf Minuten anrufen, um zu hören, wo sie steckt.«

»Ist Monja daraufhin direkt losgegangen?«

»Nicht sofort. Sie wollte erst in Ruhe ihr Glas austrinken. Aber dann ist sie ziemlich schnell abgehauen, so um zwanzig nach elf. Sie hat sich zum Abschied noch einmal umgedreht und mir zugewinkt.« Alexandra machte eine Pause und schluckte. »Das war das letzte Mal, dass ich sie gesehen habe.«

»Wissen Sie, auf welche Weise Monja nach Hause wollte?«

»Ich glaube, zu Fuß. Das hat sie fast immer gemacht. Manchmal ist sie auch getrampt, aber vom Bahnhofsviertel aus hat sich das nicht gelohnt. Mit der Stadtbahn oder mit dem Bus ist sie nur ganz selten gefahren. Sie hat gespart, wo sie nur konnte. Monja hatte halt nicht so viel Geld, das merkte man. Deshalb haben wir sie auch oft eingeladen.«

»Waren Sie und Ihr Freund mit dem Wagen da?«

»Ja.«

»Warum haben Sie Monja nicht angeboten, sie nach Hause zu fahren?«

»Weil wir an dem Abend noch in die Disko neben dem *Bijou* wollten. Monja wäre gerne mitgekommen, aber das ging ja nicht, weil sie nach Hause musste. Sie hätte an dem Abend wohl eigentlich gar nicht rausgedurft und hat sich mit ihrer Mutter irgendwann auf diesen Kompromiss geeinigt. Monja meinte, es sei für sie kein Problem, zu Fuß zu gehen. Es sei ja nur eine knappe Viertelstunde. Aber jetzt mache ich mir natürlich Vorwürfe. Vielleicht hätten wir darauf bestehen sollen, sie nach Hause zu bringen.«

»Aber Sie konnten doch nicht ahnen, dass Monja ausgerechnet an dem Abend ihrem Mörder in die Hände läuft.« Marc überlegte kurz. »Sonst noch etwas, was Sie mir sagen können? Ist an dem Abend nichts Außergewöhnliches passiert?«

Alexandra schüttelte den Kopf, allerdings ohne ihn dabei anzusehen.

Marc runzelte die Stirn. Merkwürdig, dachte er. Bei ihrem gesamten Gespräch hatte Alexandra ihm offen in die Augen geschaut. Nach Marcs Erfahrung hatte es fast immer einen

Grund, wenn Menschen von gewohnten Verhaltensweisen abwichen.

Also versuchte er es mit einem Schuss ins Blaue. »Frau Claassen, es ist wirklich wichtig, dass Sie mir alles sagen, was für den Fall von Bedeutung sein könnte! Mein Mandant, Monjas Vater, steht ganz kurz vor einer Verurteilung zu einer langjährigen Freiheitsstrafe. Wenn er Monja getötet hat, hat er das auch verdient. Aber wenn er es nicht war, wie er behauptet, würde ein Unschuldiger für lange Zeit in den Knast geschickt. Sie können sich sicherlich vorstellen, dass das die Hölle sein muss. Also, überlegen Sie bitte genau, ob da nicht womöglich doch irgendetwas ist, was Sie mir mitteilen wollen. Und bedenken Sie bitte, dass ich Ihren Freund unter Umständen auch noch befragen muss. Ihre Geschichten sollten also übereinstimmen. Außerdem muss ich mir vorbehalten, Ihre Vernehmung als Zeugin zu beantragen. Wenn Sie vor Gericht eine falsche Aussage machen oder gar einen Meineid schwören, hätte das ernsthafte Konsequenzen. Gerade für Sie als angehende Juristin. Also: Gibt es noch irgendwas, was Sie mir sagen wollen?«

Alexandra Claassen zögerte. Dann atmete sie tief durch. »Vielleicht. Ich weiß nicht, ob das wichtig ist.«

»Einfach raus damit!«

»Bevor Monja gegangen ist, hat sie mich gefragt, ob ich ihr fünfzig Euro leihen könne, sie sei vollkommen pleite. Ich habe sie gefragt, wofür sie das Geld brauche, und sie meinte, sie wolle sich vielleicht am Bahnhof noch was zu rauchen besorgen. Mir war schon klar, dass sie damit keine Zigaretten meinte.«

»Hat Monja häufig gekifft?«

»Ich glaube nicht. Sie meinte, sie brauche manchmal was, um wieder runterzukommen und sich zu beruhigen.«

»Haben Sie ihr das Geld gegeben?«

»Ja, einen Fünfzigeuroschein. Monja hat ihn eingesteckt und dabei habe ich gesehen, dass sie sonst kein Geld in ihrem Portemonnaie hatte. Zumindest keine Scheine.«

»Wissen Sie, ob Monja sich an dem Abend tatsächlich noch Gras besorgt hat?«

»Nein, keine Ahnung.«

»Von dieser Sache haben Sie der Polizei aber nichts erzählt, oder? Zumindest kann ich mich nicht erinnern, darüber etwas in den Akten gelesen zu haben.«

Alexandra schaute schuldbewusst zu Boden. »Nein, habe ich nicht. Als die Polizei uns das erste Mal befragt hat, war Monja nur vermisst. Ich dachte, sie bekäme Ärger, wenn ich erzähle, dass sie sich Drogen besorgen wollte. Später habe ich mich dann nicht mehr getraut, was zu sagen, weil ich befürchtet habe, die Leute könnten denken, ich hätte noch mehr verschwiegen.«

»Haben Sie das? Frau Claassen, schauen Sie mich an! Das ist jetzt wirklich wichtig! Gibt es noch irgendetwas, was von Bedeutung sein könnte? Irgendetwas Außergewöhnliches, was an dem Abend passiert ist?«

Alexandra sah ihm direkt in die Augen. »Nein, das war alles. Das schwöre ich!«

Kapitel 16

Auf dem Heimweg ließ Marc Alexandra Claassens Schilderung des Tatabends noch einmal Revue passieren. War er nun auf etwas Bedeutsames gestoßen oder nicht?

Wenn Monja nach dem Treffen mit ihren Freunden tatsächlich in Richtung Bahnhof gegangen war, wo rund um die Uhr zahlreiche Dealer herumlungerten, war es zumindest möglich, dass sie mit einem dieser Typen aneinandergeraten war. Vielleicht hatte es Streit um die Bezahlung gegeben und irgendwann hatte der Dealer einfach zugestochen. Oder einer der Drogenabhängigen, die sich in der Nähe der dortigen U-Bahn-Station aufhielten, hatte beschlossen, dem jungen Mädchen, das sich so spät noch allein in den dunklen Ecken des Bahnhofs herumtrieb, das Portemonnaie abzunehmen, um sich Geld für den nächsten Schuss zu besorgen.

Gegen diese Überlegungen sprach jedoch, dass bei Monjas Leiche auch das besagte Portemonnaie gefunden worden war – inklusive eines Fünfzigeuroscheines, wie Marc sich erinnerte. Wäre Monja tatsächlich von einem Drogenabhängigen erstochen worden, hätte der ihr mit ziemlicher Sicherheit das Geld abgenommen. Selbst wenn der Täter nach dem Mord in Panik geraten wäre, hätte er sich diese Gelegenheit nicht entgehen lassen, denn die Sucht war fast immer stärker als die Angst, entdeckt zu werden. Außerdem hätte ein Junkie die Leiche an Ort und Stelle liegen lassen und sich nicht die Mühe gemacht, sie mehrere Kilometer vom Bahnhof entfernt in einem Waldstück abzulegen und ihr dann auch noch eine Rose in die Hände zu drücken.

Das Gleiche galt im Prinzip auch für einen Dealer, wobei der Fünfzigeuroschein in Monjas Geldbörse bereits bewies, dass sie entgegen ihrem ursprünglichen Plan keine Drogen mehr gekauft hatte. Dafür sprach ebenfalls, dass in ihrer Tasche kein Marihuana gefunden worden war und bei der Obduktion ihrer Leiche keine Anzeichen für Cannabiskonsum festgestellt werden konnten.

Marc seufzte und kam zu dem Schluss, dass die bisher bekannten Fakten bei Lichte betrachtet nicht gerade viel hergaben und dass es noch viel zu früh war, dem Gericht jetzt schon die Theorie eines missglückten Drogenkaufs oder Raubüberfalls zu präsentieren. Aber ganz aus dem Hinterkopf verlieren durfte er diese Möglichkeiten natürlich auch nicht. Und sei es nur, um noch ein paar Nebelbomben werfen zu können, wenn er sonst nichts Entlastendes in Bezug auf seinen Mandanten fand.

Als Marc zu Hause ankam, wartete dort ein Taxi vor der Tür. Verwundert schloss er auf und folgte den Geräuschen, die aus der oberen Etage kamen. Langsam ging er weiter bis zu Melanies Arbeitszimmer – und stieß dort auf die Person, die er am wenigsten erwartet hatte.

»Du?«

Melanie zuckte zusammen und starrte ihn an, als habe sie ein Gespenst gesehen. »Herrgott, Marc! Musst du mich so erschrecken?«

»Entschuldige, ich dachte, du wärst irgendwo in Asien.«

»Ich wusste nicht, dass ich um Erlaubnis bitten muss, bevor ich nach Hause komme.«

»Musst du nicht. Aber du hättest wenigstens Bescheid sagen können.«

»Nein, hätte ich nicht. Ich komme gerade aus Hongkong und bin auf dem Weg nach London. Kurz vor der Zwischenlandung in Düsseldorf habe ich festgestellt, dass ich den *Artemia*-Vertrag nicht dabeihabe, den ich in London aber unbedingt brauche. Ich habe also kurzfristig meinen Flug umgebucht und mir ein Taxi genommen, muss allerdings in zwei Stunden wieder am Flughafen sein. Und den Scheißvertrag habe ich immer noch nicht gefunden!« Sie fing erneut an, in den unzähligen Aktenordnern und Blättern herumzuwühlen, die wahllos verteilt auf dem Schreibtisch und auf dem Teppichboden lagen.

»Jetzt komm doch erst mal runter«, sagte Marc beschwichtigend und ging auf sie zu, um sie zu umarmen und ihr einen Kuss zu geben.

Doch Melanie wehrte ihn ab. »Tut mir leid, Marc, aber für so was habe ich jetzt gar keine Zeit. Ich bin wirklich ganz eng getaktet.«

Marc verzog frustriert den Mund. »Soll ich dir beim Suchen helfen?«

»Nein, bitte nicht! Du bringst hier nur noch mehr durcheinander. Lass mich einfach in Ruhe, ich komm hier am besten allein voran.«

»Kein Grund, mich gleich anzuschreien! Es ist schließlich nicht meine Schuld, dass du deinen Vertrag nicht finden kannst.«

Melanie wandte sich ihm zu. »Meinst du? Das ganze Problem existiert doch nur, weil ich zwei Arbeitszimmer habe, eines hier und eines in München. Kein Wunder, dass ich nichts wiederfinde. Ich habe dir schon zigmal vorgeschlagen, dass wir das Haus in Bielefeld einfach verkaufen und nach München ziehen könnten. Dann hätten wir auch wieder mehr Zeit für uns. Was hält dich denn eigentlich noch hier? Früher war es deine Kanzlei, aber die existiert ja nicht mehr. Und deine DVDs kannst du auch in München gucken. Es ist schließlich egal, ob du hier oder da vor der Glotze hängst.«

Marc schüttelte genervt den Kopf und drehte sich weg, um das Zimmer zu verlassen.

»Na, haust du jetzt wieder ab, weil du die Wahrheit nicht ertragen kannst?«, rief Melanie hinter ihm her.

Marc kam zurück. »Nein, ich haue ab, weil ich nicht will, dass du so mit mir redest.«

»Wie rede ich denn mit dir?«

»Als wäre ich ein Idiot!«

Melanie hielt einen Moment inne. Ihr Gesicht nahm einen sanfteren Zug an. »Nein, Marc, du bist kein Idiot. Du bist … ach, ich weiß auch nicht.«

»Das solltest du aber, oder? Wir sind immerhin seit neun Jahren zusammen.«

»Ja, aber früher warst du anders. Seit ich bei *Luxurystyle* angefangen habe, lässt du dich nur noch hängen.«

»Wenn du dich recht entsinnst, war es keine freiwillige Entscheidung, dass ich nicht mehr als Anwalt arbeite. Ich musste meine Kanzlei schließen, weil ich in Ostwestfalen keine Mandanten mehr bekommen hätte. Zumindest nicht genug.«

»Ein Grund mehr, nach München umzuziehen. Da kennt dich niemand und du könntest noch einmal ganz von vorn anfangen.«

»Als Anwalt in München? Klar, es ist ja allgemein bekannt, dass dort ein absoluter Anwaltsmangel herrscht und alle nur auf mich warten.«

Melanie seufzte wie jemand, der versuchte, eine anspruchsvolle Diskussion mit einem Fünfjährigen zu führen. »Du musst ja nicht unbedingt als Anwalt arbeiten. Wie wäre es denn, wenn du dir nächsten Samstag einfach mal die *Süddeutsche Zeitung* besorgst? Da gibt es jede Menge Angebote für Juristen.«

»Ich bin aber zufällig gerne Anwalt! Jetzt wo ich gerade wieder einen Fall übernommen habe, merke ich, wie sehr mir die Arbeit gefehlt hat. Ich finde, wir sollten mal darüber sprechen, ob es nicht …«

»Da ist er ja!« Melanie hielt triumphierend ein paar Papiere in die Luft. »Gott sei Dank!« Sie öffnete ihre Aktentasche und steckte den Vertrag hinein. Dann atmete sie noch einmal tief durch. »Puh, das war knapp. Aber jetzt muss ich wirklich los.«

»Willst du nicht wenigstens warten, bis Lizzy aus der Schule kommt? Sie vermisst dich schrecklich ...«

Melanies Blick wurde weich. »Ich vermisse sie ja auch. Aber momentan geht es nun mal nicht anders, was soll ich denn machen?«

»Vielleicht ein bisschen mehr Zeit mit ihr verbringen, anstatt sie mit teuren Geschenken zu überhäufen.«

»Ich liebe meine Tochter nun mal.«

»Nein, du hast ein schlechtes Gewissen. Wenn du Lizzy wirklich lieben würdest, wärst du häufiger hier.«

Melanie stiegen Tränen in die Augen. »Das ist unfair, Marc! Wir hatten vorher gemeinsam besprochen, dass ich oft weg sein werde, wenn ich diesen Job annehme, und ihr wart alle einverstanden.«

»Was hätten wir denn sonst machen sollen? Du hattest dich zu diesem Zeitpunkt doch schon längst entschieden! Außerdem bist du nicht ›oft‹ unterwegs – du bist dauernd fort!«

Melanie seufzte. »Ja, das habe ich am Anfang wohl ein bisschen unterschätzt. Die Saisons werden immer kürzer und wir stehen unter einem unheimlichen Druck, ständig noch schneller Neues auf den Markt bringen zu müssen. *Victoria Beckham* und *Jil Sander* bietet jedes Luxus-Online-Portal an, also müssen wir uns irgendwie von den Mitkonkurrenten absetzen. Ich bin die ganze Zeit auf der Suche nach unbekannten Labels und Designern und weiß oft gar nicht mehr, wo mir der Kopf steht. Gestern bin ich aufgewacht und konnte mich plötzlich nicht mehr daran erinnern, in welcher Stadt ich gerade bin. Ich habe keine Ahnung, wie ich das alles schaffen soll.«

Marc sah sie stirnrunzelnd an. »Kannst du nicht versuchen, etwas kürzerzutreten?«

»Ach, Marc. Wie soll das denn gehen? Nein, entweder mache ich den Job richtig oder gar nicht. Und da wäre es gut, wenn ich von dir auch ein bisschen Unterstützung bekommen würde.«

»Du meinst, ich unterstütze dich nicht genug?«

»Du könntest mir wenigstens zu Hause den Rücken freihalten, damit ich mir nicht ständig Sorgen um Lizzy machen muss. Aber wenn ich von unserer Nachbarin höre, dass der Pizzabote fast jeden Abend vor unserer Tür steht, mache ich mir natürlich meine Gedanken.«

Marc nickte grimmig. Frau Ellermeier, die alte Giftschleuder. »Wenn hier alles so schrecklich ist, seit du so viel unterwegs bist, schlage ich vor, dass du deinen Job kündigst und dir wieder einen normalen Beruf suchst«, sagte er.

»Und wer soll das Ganze hier finanzieren?«

»Glaubst du, ich sei dazu nicht in der Lage?«

»Das habe ich nicht gesagt. Aber es ist nun mal eine Tatsache, dass du zurzeit nichts verdienst.«

»Moment, wer bitte ist hier unfair? Dieser Job war doch genau das, was du wolltest – mit allem, was er mit sich bringt. Und jetzt beschwerst du dich!«

»Nein, du bist derjenige, der sich andauernd beschwert! Ich glaube, es geht auch gar nicht so sehr darum, dass ich nicht da bin. Es geht ausschließlich um dein Selbstwertgefühl als Mann. Normalerweise verdient ihr das Geld, während die Frau brav zu Hause bleibt und sich um die Kinder und die Küche kümmert. Dauernd lamentiert ihr, wie schwer ihr es habt und wir uns vor allem auf eure Kosten ein schönes Leben machen. Aber wenn es dann mal umgekehrt läuft und die Frau das Geld nach Hause bringt, passt es euch auch nicht! Dann fühlt ihr euch in euer Männlichkeit angegriffen! Du kannst es einfach nicht ertragen, dass ich mit meiner ›oberflächlichen Modescheiße‹ Geld verdiene, während deine hochgeistige Juristerei uns fast in den Ruin getrieben hätte.«

»Ah, so siehst du das also?«

»Ja, so sehe ich das! Ich hatte wirklich gehofft, dass du es akzeptieren kannst, wenn ich eine Zeit lang das Geld verdiene und du dich um Lizzy kümmerst. Aber offensichtlich habe ich mich da getäuscht!«

»Tja, offenbar haben wir uns beide getäuscht. Und deshalb sind wir enttäuscht. Aber Enttäuschung hat ja auch etwas Gutes: Die Zeit der Täuschung ist vorbei!«

»Hör zu, Marc, ich habe jetzt wirklich keine Zeit mehr, noch länger mit dir herumzuphilosophieren. Wenn ich wieder hier bin, können wir reden.« Melanie zog ihren Trenchcoat über, griff nach ihrer Aktentasche und gab Marc einen flüchtigen Kuss. »Sei lieb, ja? Wenn ich zurück bin, unternehmen wir drei mal wieder was miteinander, versprochen!« Mit diesen Worten und wehenden Mantelschößen eilte sie aus dem Zimmer.

Marc hörte, wie ihre hohen Absätze auf dem Buchenparkett der Treppe klackten und kurz darauf die Haustür zuschlug. Dann fuhr draußen ein Auto an.

Sei lieb, ja? Marc holte tief Luft. Von all dem, was Melanie ihm in den letzten fünf Minuten an den Kopf geknallt hatte, war das das Schlimmste gewesen. Als wenn sie nicht mit ihrem Partner, sondern mit einem nörgelnden Kind gesprochen hätte.

Er starrte einen Moment gedankenverloren vor sich hin, zog sein Handy aus der Jackentasche, suchte eine Nummer heraus und wählte sie an. Mit angehaltenem Atem wartete er. Und tatsächlich: Nach wenigen Sekunden meldete sich eine weibliche Stimme.

»Höller.«

»Hallo, Ilka, Marc hier!«

»Hallo, Marc. Was gibt es?«

»Äh, ich wollte mich eigentlich nur erkundigen, ob dein Angebot noch steht.«

»Welches Angebot?«

»Nun, du hattest doch vorgeschlagen, mal zusammen essen zu gehen.«

»Ach ja, natürlich. Ich hatte allerdings nicht den Eindruck, dass du daran sonderlich interessiert bist.«

»Manchmal entwickeln sich die Dinge eben anders, als man denkt. Also, wie sieht es mit dem nächsten Wochenende aus?«

»Können wir sehr gerne machen. Samstag hätte ich Zeit.«

»Dann hole ich dich um halb sieben ab.«

»Wohin gehen wir?«

»Lass dich einfach überraschen. Bis Samstag!« Er beendete das Gespräch und schaute noch eine Weile lächelnd auf sein Handy.

Sieh an, dachte er. Es schien also tatsächlich Frauen zu geben, die sich freuten, ihn zu sehen.

Kapitel 17

Die Adresse der Familie von Burgsdorf entpuppte sich als schlossähnliches Anwesen am Rande von Bielefeld.

Kimmy hatte nach einer kurzen Internetrecherche die Telefonnummer von Ludger von Burgsdorf, Katharina von Burgsdorfs Vater, herausgefunden, der neben zahlreichen anderen Unternehmungen mit Immobilien makelte. Marc hatte von Burgsdorf kontaktiert und war nach einigem Hin und Her auch tatsächlich zu ihm durchgestellt worden. Doch unmittelbar, nachdem er seinen Namen genannt und sein Anliegen vorgetragen hatte, war das Gespräch auch schon wieder beendet worden, indem von Burgsdorf wortlos den Hörer aufgelegt hatte.

Umso erstaunter war Marc gewesen, als er nur einen Tag später einen Anruf von Susanne von Burgsdorf erhielt, die sich tatsächlich zu einem Gespräch über ihre Tochter Katharina bereit erklärte.

Marc parkte den Brera am Ende der langen Kiesauffahrt und machte sich auf den Weg zu der imposanten, von zwei steinernen Adlern flankierten Eingangstür. Er war noch gute drei Meter von ihr entfernt, als sich die große Holzpforte bereits öffnete. Offenbar war sein Kommen von einer Überwachungskamera beobachtet worden.

Eine Frau trat ihm entgegen, die Marc auf Mitte vierzig schätzte. Sie trug ein Designerkleid und eine Perlenkette und wirkte ausgesprochen gepflegt.

»Rechtsanwalt Hagen«, stellte er sich vor.

»Susanne von Burgsdorf«, antwortete die Frau förmlich, ignorierte dabei aber Marcs ausgestreckte Hand.

Er zog sie daraufhin unverrichteter Dinge zurück und versuchte, seine Irritation zu verbergen. Trotz der Einladung der Hausherrin erwartete ihn hier offenbar kein freundschaftliches Gespräch.

»Wenn Sie mir folgen wollen!« Es klang wie ein Befehl.

Susanne von Burgsdorf führte ihn durch eine mit weißem Marmor ausgelegte Empfangshalle und mehrere Räume in eine Art Bibliothek, in deren Mitte sich zwei Sofas gegenüberstanden.

Sie nahm auf einem davon Platz und wies mit der Hand auf das andere: »Bitte!«

Marc setzte sich. Nach dem kühlen Empfang ging er davon aus, dass ihm hier kein Getränk angeboten werden würde, und er behielt recht. Also war es wahrscheinlich am besten, gleich zur Sache zu kommen.

»Frau von Burgsdorf, zunächst einmal vielen Dank, dass Sie mich empfangen«, setzte er an. »Wie ich Ihrem Mann schon am Telefon gesagt habe, vertrete ich Herrn Rainer Höller, der angeklagt ist, seine Tochter Monja getötet zu haben. Ich habe das Mandat erst vor Kurzem übernommen und versuche seitdem, mehr über Monja zu erfahren. In diesem Zusammenhang ist auch der Name Ihrer Tochter Katharina gefallen.«

Susanne von Burgsdorf hatte Marc die ganze Zeit zugehört, ohne mit der Wimper zu zucken. »Herr Hagen«, sagte sie, als Marc geendet hatte, »ich möchte gleich zu Beginn etwas klarstellen: Es interessiert mich nicht, ob Ihr Mandant verurteilt wird. Es interessiert mich ebenfalls nicht, dass Monja Höller tot ist. Das Einzige, was mich interessiert, sind meine Familie und insbesondere meine Tochter. Wenn ich also letztlich doch damit einverstanden war, mich mit Ihnen zu treffen, dann nur aus einem einzigen Grund: um Katharina zu schützen! Das Mädchen hat wahrlich genug durchgemacht.«

Sie machte eine Pause und Marc begriff, dass von ihm eine Reaktion erwartet wurde. »Das verstehe ich natürlich. Ich kann Ihnen versichern, dass mir nichts, aber auch gar nichts daran liegt, Ihrer Tochter irgendeinen Schaden zuzufügen. Ich möchte nur wissen, was vor drei Jahren am Schiller-Gymnasium passiert ist. Es sind diesbezüglich sehr viele Gerüchte im Umlauf.«

Susanne von Burgsdorf öffnete eine Dose auf dem Tisch und entnahm ihr eine Zigarette, die sie sich mit einem goldenen Feuerzeug anzündete. Sie nahm einen tiefen Zug, behielt den Rauch lange in der Lunge und stieß ihn dann langsam aus. »Also gut, ich werde Ihre Neugier befriedigen. Aber ich werde nur dieses eine Mal über die Sache sprechen, danach nie wieder.« Sie seufzte. »Katharina war vierzehn und ging in die siebte Klasse des Schiller-Gymnasiums. Sie war sehr beliebt, sowohl bei ihren Mitschülern als auch bei den Lehrern. Aber als sie eines Tages in die Schule kam, merkte sie, dass sich die Stimmung geändert hatte. Irgendetwas war anders geworden. Ihre Klassenkameraden starrten sie an und tuschelten hinter ihrem Rücken über sie. Das ging einige Zeit so und Katharina wusste überhaupt nicht, was los war. Bis zu dem Tag, an dem ihr ein Mitschüler ein Bild gezeigt hat, das jemand auf sein Handy geschickt hatte. Es handelte sich um eine Aufnahme von Katharina mit nacktem Oberkörper. Irgendwer hatte das Bild heimlich in der Umkleidekabine vor dem Sportunterricht aufgenommen, als Katharina sich gerade umgezogen hat. Darunter stand: *Geile Schlampe, die es mit jedem treibt.* In den nächsten Tagen wurden weitere solcher Fotos in Umlauf gebracht. Jemand hatte Katharinas Facebook-Profilbild heruntergeladen, mit Photoshop bearbeitet und ihren Kopf auf die Körper von Pornodarstellerinnen montiert. Diese Fotos wurden immer weiter geteilt und machten schließlich in der ganzen Schule die Runde, bis sie wirklich jeder auf seinem Handy hatte.«

»Wie hat Ihre Tochter darauf reagiert?«

»Sie war natürlich vollkommen schockiert. Sie konnte sich nicht vorstellen, warum jemand so etwas tut. Sie ist dann erst mal eine Woche zu Hause geblieben. Mir hat sie erzählt, sie habe Magenschmerzen. Ich habe einen Arzt kommen lassen, aber der hat nichts gefunden. Natürlich nicht. Sie hat mehrere Tage im Bett gelegen und die Wand angestarrt. Nach einer Woche ist sie wieder zur Schule gegangen, weil sie gehofft hat, das Thema habe sich mittlerweile erledigt. Aber das genaue Gegenteil war der Fall. Katharina musste erleben, wie die anderen sie hinter ihrem Rücken als Schlampe, Hure und Nutte bezeichneten.«

Marc hatte die ganze Zeit mit angehaltenem Atem zugehört. »Das muss wirklich hart für Ihre Tochter gewesen sein.«

Susanne von Burgsdorf zog hastig an ihrer Zigarette. Dann sprach sie weiter, als habe Marc gar nichts gesagt: »Irgendwann kam der Tag, als ein Schüler aus einer der unteren Klassen meinte, sie solle doch einfach sterben gehen und sich umbringen. Katharina war schon immer ein äußerst sensibles Mädchen, das sich alles sehr zu Herzen genommen hat. Als sich schließlich sogar ihre Freundinnen von ihr abgewandt haben, hat sie gedacht: Wenn die wollen, dass ich sterbe, bringe ich mich halt um. Dann hat das Ganze wenigstens ein Ende!«

»Und Sie haben von alldem nichts mitbekommen?«

»Nein, nichts. Ich habe natürlich gemerkt, dass Katharina immer verschlossener wurde und das Haus kaum noch verlassen hat. Ich habe auch versucht, mit ihr darüber zu reden, aber sie hat immer sofort abgeblockt und gemeint, es wäre nichts. Können Sie sich vorstellen, wie das ist? Sie sehen, wie das eigene Kind leidet, und können nichts dagegen tun!«

Marc nickte. »Ich habe auch eine Tochter«, sagte er.

»Wahrscheinlich war auch ich mit schuld daran, dass sich die Sache letztlich so entwickelte«, fuhr Susanne von Burgsdorf gedankenverloren fort. »Ich habe meiner Tochter von frühester Kindheit an klargemacht, dass sie eine von Burgsdorf ist, dass dieser Name seit Jahrhunderten bekannt ist und auch eine gewisse Verpflichtung mit sich bringt, nämlich, sich immer anständig und vorbildlich zu verhalten, damit der Name nicht beschmutzt wird. Das ist uns auch stets gelungen, sogar unter den Nazis. Der Großvater meines Mannes war im Widerstand gegen Hitler und ist hingerichtet worden. Noch nie ist ein von Burgsdorf in Verruf geraten. Wahrscheinlich habe ich Katharina damit zu sehr unter Druck gesetzt. Eines Tages sagte sie jedenfalls wieder mal zu mir, sie könne nicht zur Schule, weil sie krank sei. Sie konnte zwar nicht genau benennen, was sie hatte, aber ich sah ihr an, wie schlecht es ihr ging. Ich habe ihr gesagt, ich könne mich nicht um sie kümmern, da ich zunächst einen Termin beim Friseur hätte, anschließend noch in die Stadt wollte und erst abends wieder zurückkommen würde. Doch Katharina meinte, das sei schon okay. Ich bin daraufhin einigermaßen beruhigt zum Friseur und habe dort gemerkt, dass ich einen Abholschein für die Reinigung vergessen hatte. Anstatt anschließend also wie geplant gleich weiter in die Stadt zu fahren, bin ich dann zum Glück noch mal nach Hause zurückgekehrt. Ich habe Katharina in der Badewanne gefunden, sie hatte sich die Pulsadern mit den Rasierklingen meines Mannes aufgeschnitten. Es war entsetzlich, das ganze Bad war voller Blut. Panisch vor Angst habe ich einen Krankenwagen gerufen – und das war buchstäblich Rettung in letzter Minute. Wenn ich eine Viertelstunde später nach Hause gekommen wäre, wäre Katharina gestorben.«

»Wie ging es dann weiter?«, tastete Marc sich behutsam voran.

»Katharina kam ins Krankenhaus. Ihre körperlichen Wunden sind schnell verheilt, mit ihren seelischen sah es natürlich ganz anders aus. Im Krankenhaus hat sie sich mir dann endlich anvertraut und alles erzählt. Ich bin mit meinem Mann sofort in die Schule gefahren und beim Direktor vorstellig geworden. Der war aufrichtig schockiert und hat versprochen, die ganze Angelegenheit restlos aufzuklären. Man hat dann auch tatsächlich ziemlich schnell herausgefunden, von wem die Fotos stammen und wer sie in Umlauf gebracht hat. Der Täter ist nämlich alles andere als professionell vorgegangen.«

»Und so ist man auf Monja Höller gestoßen.«

Susanne von Burgsdorfs Zigarette war fast bis zum Filter heruntergebrannt. Sie entnahm der Dose auf dem Tisch eine neue und zündete sie an der Glut der Vorgängerin an. »Ja, es bestand kein Zweifel daran, dass Monja die Fotos angefertigt und verbreitet hat. Darauf angesprochen, versuchte sie auch gar nicht erst zu leugnen, sondern gab sofort alles zu. Sie fand die Sache jedoch gar nicht so schlimm. Was denn groß dabei sei, hat sie gefragt.«

»Aber warum hat Monja das gemacht?«, wollte Marc wissen. »Ich meine, so etwas tut man doch nicht ohne Grund!«

Susanne von Burgsdorf lachte bitter auf. »Ja, einen ›Grund‹ gab es tatsächlich. Ich war dabei, als der Direktor Monja danach gefragt hat. Sie und Katharina waren in derselben Klasse. In der Mathestunde hat Monja Katharina angestoßen und gefragt, ob Katharina ihr ihr Geodreieck leihen könne, sie habe ihres zu Hause vergessen. Katharina hat geantwortet, das gehe nicht, weil sie es gerade selber brauche.«

Marc wartete gespannt auf eine Fortsetzung. Als keine kam, fragte er: »Und weiter?«

Susanne von Burgsdorf lächelte traurig. »Nichts weiter. Das war der Grund. Monja hat das alles nur gemacht, weil Katharina ihr das Geodreieck nicht geliehen hat.«

Marc war für mehrere Sekunden sprachlos. »Wie hat die Schule reagiert?«, fragte er schließlich.

»Es gab eine Konferenz und Monja Höller hat einen Verweis bekommen. Mehr nicht. Die Schule wollte die Sache natürlich am liebsten unter den Teppich kehren. Das sei alles sicherlich schlimm für Katharina. Ich solle aber doch bitte bedenken, dass Monja gerade einmal vierzehn Jahre alt und voll geständig sei, sie sich vorher nie etwas habe zuschulden kommen lassen und ihr ganzes Leben noch vor sich habe. Das wolle ich ihr doch sicherlich nicht versauen. Außerdem habe das Mädchen sich doch entschuldigt.«

»Hat sie das?«

»Sagen wir mal so: Sie hat Katharina einen Brief geschrieben. Darin stand sinngemäß, es tue ihr leid, dass Katharina versucht habe, sich das Leben zu nehmen. Allerdings fand sich nirgends auch nur ein Wort davon, dass es Monja war, die Schuld an diesem Selbstmordversuch hatte. Trotzdem war die Schule der Meinung, ein Verweis und das Schreiben seien ausreichend und man solle es dabei belassen.«

»Aber Ihnen hat das nicht gereicht.«

Sie inhalierte hörbar. »Nein, ich habe dem Direktor gesagt, es sei meiner Tochter nicht zumutbar, weiter auf dieselbe Schule wie Monja Höller zu gehen. Ich habe damit gedroht, die Polizei einzuschalten und mich an die Presse zu wenden. Das hatte ich zwar nicht vor, denn ich wollte unter keinen Umständen, dass Katharinas Name veröffentlicht wird, aber das konnte der Direktor natürlich nicht wissen. Er hat daraufhin jedenfalls mit Monjas Mutter gesprochen und schließlich hat Monja die Schule ›freiwillig‹ verlassen.«

»Ist Katharina anschließend an das Schiller-Gymnasium zurückgekehrt?«

»Nein, das konnte sie einfach nicht. Sie hat gemeint, auch wenn Monja nicht mehr da sei, hätte jeder an der Schule diese Fotos gesehen. Deshalb wollte sie irgendwohin, wo sie niemand kennt. Jetzt ist sie auf einem Internat in Süddeutschland.«

»Ich hoffe wirklich sehr, es geht ihr wieder gut.«

Susanne von Burgsdorf nahm einen langen Zug von ihrer Zigarette und blies den Rauch an Marc vorbei. »Ja, nach drei langen Jahren. Und das soll auch so bleiben! Katharina hat immer noch panische Angst, dass die Geschichte sie irgendwann auch auf dem Internat einholt und dort bekannt wird. Und damit komme ich jetzt auch zu dem eigentlichen Grund für dieses Gespräch: Sie haben gestern meinen Mann angerufen und ihm gesagt, dass Sie Monjas Vater verteidigen. Ich möchte Sie nur um eines bitten: Halten Sie diese Geschichte aus dem Prozess raus! Sonst könnte das Ganze womöglich wieder hochkochen und letztendlich doch noch in der Presse erscheinen. Und dann besteht tatsächlich die ernsthafte Gefahr, dass man auch auf Katharinas Internat davon erfährt. Sie werden sicherlich verstehen, dass ich das unter allen Umständen vermeiden will.«

»Selbstverständlich tue ich das. Aber Sie müssen auch mich verstehen. Als Höllers Verteidiger bin ich verpflichtet, im Prozess alles vorzutragen, was zu seiner Entlastung beitragen kann.«

»Herr Hagen, ich bin kein Jurist. Aber ich verstehe wirklich nicht, wie die Tatsache, dass meine Tochter von Monja Höller gemobbt wurde, zur Entlastung ihres Vaters beitragen könnte.«

»Nun, Monja hat Ihrer Tochter übel mitgespielt. Manche Menschen könnten darin ein Motiv für einen Mord sehen.«

Susanne von Burgsdorf warf Marc einen verächtlichen Blick zu. »Sie halten es allen Ernstes für möglich, dass Katharina Monja getötet haben könnte? Das ist ja vollkommen absurd! Wenn Sie meine Tochter kennen würden, wüssten Sie, dass sie zu so etwas gar nicht in der Lage wäre. Abgesehen davon, kann sie es gar nicht gewesen sein. Denn als Monja Höller getötet wurde, war Katharina schon lange nicht mehr in Bielefeld.«

»Aber Ihre Tochter wird Sie doch mit Sicherheit an den Wochenenden besucht haben.«

»Sehr selten. Sie fühlt sich in ihrem Internat ausgesprochen wohl. Und an jenem Wochenende, an dem Monja ermordet wurde, war Katharina definitiv nicht hier. Das könnte ich zur Not auch beweisen!«

»Wie sieht es mit Ihnen aus?«

»Bitte?«

»Wir haben uns zwar nur kurz unterhalten, aber eines ist mir dabei klar geworden: Sie hassen Monja Höller. Für das, was sie Ihrer Tochter angetan hat. Also hatten auch Sie ein Motiv. Und im Gegensatz zu Ihrer Tochter haben Sie die ganze Zeit in Bielefeld gelebt. Deswegen meine Frage: Was haben Sie in der Nacht vom zweiten auf den dritten Juli gemacht?«

Auf Susanne von Burgsdorfs Gesicht erschien ein seltsames Lächeln. »Das werde ich Ihnen nicht sagen«, erklärte sie bestimmt.

»Aha. Und warum nicht?«

»Weil Sie sich damit nicht zufriedengeben würden. Ich könnte Ihnen genau sagen, wo ich in der Nacht war, und glauben Sie mir: Ich hätte ein wasserdichtes Alibi. Aber dann würden Sie fragen, wo mein Mann damals war. Und Katharinas Bruder. Und selbst, wenn unsere gesamte Verwandtschaft ein Alibi hätte, würden Sie weiterbohren. Mir sind Ihre Blicke vorhin nicht entgangen. Sie haben gedacht, wer in einem solchen Haus lebt, muss Geld haben. Und Ihr nächster Gedanke wird sein: Wer so reich ist, kann auch einen Auftragsmörder bezahlen. Ich weiß, dass Sie uns nie in Ruhe lassen werden. Deshalb gebe ich Ihnen hier und jetzt mein Ehrenwort: Die Familie von Burgsdorf hat mit Monja Höllers Tod nicht das Geringste zu tun. Es ist also nicht erforderlich, dass Sie uns in diesen Prozess hineinziehen.«

»Ich verstehe Ihren Standpunkt«, versicherte Marc. »Aber ich kann Ihnen natürlich keine Versprechungen machen.«

Auf Susanne von Burgsdorfs Lippen erschien wieder das merkwürdige Lächeln. Ihre Stimme war auf einmal eiskalt. »Ich merke, dass Sie mich keineswegs verstanden haben. Deshalb muss ich deutlicher werden: Wenn Katharina durch Sie einen Rückfall erleidet, wird das ernste Konsequenzen haben. Nachdem Sie meinen Mann angerufen haben, hat er Erkundigungen über Sie eingeholt und herausgefunden, dass Sie eine fünfzehnjährige Tochter haben. Auch wenn es sich dabei nicht um Ihr leibliches Kind handelt, gehe ich davon aus, dass Lizzy Ihnen am Herzen liegt. Genauso wie Katharina uns am Herzen liegt. Sollte Katharina also durch Ihr Verhalten erneut Schaden nehmen, werde ich dafür sorgen, dass Ihre Tochter das zu spüren bekommt. Das ist mein bitterer Ernst!«

Marc war für einen Moment so geschockt, dass er nicht wusste, was er sagen sollte. Schließlich richtete er seinen vor Empörung zitternden Zeigefinger auf Susanne von Burgsdorfs Gesicht. »Wenn meiner Tochter auch nur ein Haar gekrümmt wird, werde ich Ihre Bude hier abfackeln! Und dabei darauf achten, dass sich möglichst viele Mitglieder der ehrenwerten Familie von Burgsdorf darin aufhalten. Das ist *mein* bitterer Ernst!«

Susanne von Burgsdorf hatte ihr Lächeln die ganze Zeit beibehalten. Sie zog ein letztes Mal an ihrer Zigarette, drückte die Kippe anschließend im Aschenbecher derart mit

Nachdruck aus, als wolle sie sie vernichten, und erwiderte kalt: »Ich sehe, dass Sie mich jetzt verstanden haben. Aber so weit muss es ja gar nicht kommen. Was passiert, liegt ausschließlich in Ihrer Hand. Und jetzt verschwinden Sie aus meinem Leben!«

Kapitel 18

Nach dem Treffen mit Susanne von Burgsdorf strömte das Adrenalin mit rasender Geschwindigkeit durch seinen Körper. Auch als Marc wieder zu Hause in seinem Arbeitszimmer saß, hatte er sich noch nicht beruhigt.

Die Drohung dieser Frau lief wie eine Endlosschleife in seinem Kopf ab. Marc fragte sich, ob er den Einschüchterungsversuch ernst nehmen musste, und kam zu dem Ergebnis, dass Katharinas Mutter wahrscheinlich alles tun würde, um ihre Tochter zu schützen. Genauso wie Melanie alles tun würde, um Lizzy vor Unheil zu bewahren.

Zwei Stunden später kam seine Tochter nach Hause. Doch entgegen ihren sonstigen Gewohnheiten meldete sie sich heute nicht bei Marc, sondern verschwand wortlos in ihrem Zimmer.

Merkwürdig, dachte Marc irritiert, fuhr nach einigem Zögern seinen PC herunter und verließ sein Arbeitszimmer. Er klopfte an Lizzys Tür und meinte, ein verhaltenes Brummen zu vernehmen, das er als Aufforderung zum Eintreten wertete. Als Marc in das Zimmer kam, saß Lizzy auf der Bettkante und starrte, ohne den Blick zu heben, auf ihr Handy.

»Alles in Ordnung?«, fragte er behutsam.

»Mhm.«

»Wie war es in der Schule? Habt ihr eine Klausur geschrieben oder zurückbekommen?«

Lizzy schüttelte stumm den Kopf. Ihr Gesicht war hinter einem Vorhang aus Haaren verborgen. Noch immer sah sie ihn nicht an.

Marc ging zwei Schritte nach vorn und deutete auf den Platz neben Lizzy. »Darf ich?«

Als Antwort bekam er ein Schulterzucken.

Marc setzte sich. »Was ist denn bloß los, Lizzy?«, fragte er noch einmal. »Ich merke doch, dass etwas passiert sein muss.«

Lizzy legte ihr Handy zur Seite und wandte sich von ihm ab. »Es ist nichts«, sagte sie leise.

Marc schloss die Augen. Wenn er in seinem Leben etwas gelernt, dann das: Benahm eine Frau sich seltsam und behauptete dennoch, es sei nichts, war garantiert irgendetwas nicht in Ordnung. Im selben Moment schoss ihm Susanne von Burgsdorf durch den Kopf. »Hat dich etwa jemand bedroht?«, fragte er besorgt.

Als Antwort bekam er ein Kopfschütteln.

»Okay. Aber ich sehe doch, dass dich etwas bedrückt. Und du wirst mir jetzt sofort sagen, was es ist!«

»Ich kann nicht«, flüsterte sie.

»Doch, du kannst! Hast du kein Vertrauen zu mir?«

»Schon. Aber ... es ... es geht einfach nicht!«

»Was geht nicht?«

»Ich kann es dir nicht sagen.«

Marc beobachtete ihren bebenden Nacken. »Lizzy!«, sagte er streng. »Du wirst mir jetzt sofort sagen, was passiert ist! Eher werde ich dieses Zimmer nicht verlassen. Hattest du Ärger in der Schule?«

»Nicht direkt.«

Marc atmete tief ein. Immerhin die erste halbwegs vernünftige Antwort, auch wenn er damit noch nicht viel anfangen konnte. »Aber vielleicht indirekt?«

Er wartete ein zaghaftes Kopfnicken ab. Noch immer konnte er ihr Gesicht nicht sehen.

Egal, Hauptsache, Lizzy sprach weiter.

»Jetzt komm schon, sag mir doch einfach, was passiert ist, okay? Ich bin mir ganz sicher, dass es dir nachher besser geht.«

Sie schüttelte den Kopf. »Nein, nichts ist mehr so wie vorher.« Ihre Stimme erstarb.

O Gott! Jetzt bekam Marc wirklich Angst. Er merkte, wie sein Gesicht heiß wurde. »Hat es … hat es etwas mit einem Mann zu tun?«

Lizzy zögerte, dann nickte sie schließlich.

Damit waren sie schon mal einen Schritt weiter, auch wenn Marc die Antwort keineswegs beruhigte. »Es geht also um einen Mann. Möchtest du mir vielleicht auch seinen Namen sagen?«

Lizzy zögerte. Schließlich murmelte sie etwas, was Marc nicht verstehen konnte.

»Kannst du das noch mal wiederholen, Lizzy? Du warst eben ein bisschen leise.«

»Daniel Schneider«, sagte sie, diesmal etwas lauter.

Marc schloss die Augen. Himmel! »Du wirst mir jetzt haarklein erzählen, was passiert ist. Bitte!«

Lizzy zog die Nase hoch. »Du … du hast mir doch gesagt, dass du Informationen über Daniel Schneider brauchst«, begann sie stockend. »Ich dachte, das wäre wichtig für dich. Schließlich ist das dein erster Fall seit Langem und du bist seitdem wie ausgewechselt. Viel fröhlicher und so. Außerdem hängst du nicht mehr den ganzen Tag …«

»Ja, ja«, fiel Marc ihr ungeduldig ins Wort. »Aber es geht hier jetzt nicht um mich. Erzähl einfach, was mit dir und Schneider war.«

Sie nickte. »Also, ich habe mir extra etwas angezogen, von dem ich dachte, dass es ihm gefallen könnte. Als Mann, meine ich. Du kennst doch den Minirock ...«

Marc stöhnte innerlich auf. »Solche Einzelheiten will ich gar nicht hören.«

»Aber du hast doch gesagt, ich soll alles haarklein ...«

»Ich weiß, ich weiß!« Marc konnte seine Anspannung kaum noch verbergen. Am liebsten hätte er laut losgebrüllt. Aber er spürte, dass er dann gar nichts mehr von Lizzy erfahren würde.

»Ich habe Daniel in der Pause angesprochen und ihn gefragt, ob ich mal mit ihm über Monja reden könne«, fuhr Lizzy fort. »Er war sofort einverstanden, wollte das aber keinesfalls in der Schule tun. Also sind wir nach dem Unterricht zu ihm nach Hause gefahren. Er war ganz allein, seine Eltern waren nicht da. Wir sind auf sein Zimmer gegangen und haben uns auf sein Bett gesetzt. So wie wir jetzt.« Lizzy stockte kurz und atmete tief aus. »Dann hat er auf einmal seine Hand auf mein Knie gelegt und gesagt, er würde schon über Monja sprechen. Aber dafür müsste ich halt auch ein bisschen nett zu ihm sein.«

Marc schlug entsetzt die Hände vors Gesicht. Um Himmels willen! Das konnte doch einfach nicht wahr sein! Daran war ganz allein er schuld. »Du hast hoffentlich Nein gesagt?«, flehte er.

»Ich wollte nur noch weg. Aber dann ist mir eingefallen, wie wichtig dieser Fall für dich ist. Und was du gesagt hast. Dass man als Detektiv manchmal auch Dinge machen muss, die einem schwerfallen. Und wie redselig Männer im Bett sind. Und da dachte ich ...« Sie unterbrach sich. »Ich wollte doch nur alles richtig machen. Und dann ...« Sie schüttelte den Kopf. »Nein ... nein, das kann ich einfach nicht sagen!«

Marc merkte, wie ihm der Schweiß aus allen Poren rann. Er war fassungslos. Lizzy war tatsächlich mit diesem Typen ins Bett gegangen, weil sie gedacht hatte, er habe das von ihr erwartet. Nicht auszudenken, was passieren würde, wenn Melanie davon erfuhr.

»Das hast du nicht getan!«, stieß er hervor. »Sag mir, dass du mit diesem Typen nicht geschlafen hast!«

Aber Lizzy antwortete nicht.

Stattdessen hörte Marc glucksende Laute. Ein Heulkrampf, schoss es ihm durch den Kopf. Mein Gott, was hatte dieses Schwein Lizzy angetan und was ...

In diesem Moment drehte Lizzy sich um und Marc sah in ihr lachendes Gesicht.

»Reingelegt!«, prustete sie und legte ihm besänftigend die Hand auf den Arm. »Du hast wirklich gedacht, ich wäre mit Daniel ins Bett gestiegen, stimmt's?«

Marc wusste nicht, ob er erleichtert oder wütend sein sollte. »Äh, nein, natürlich nicht ...«, versuchte er sich stotternd herauszureden. »Na gut, vielleicht für einen kurzen Augenblick. Es ist also nichts passiert?«

»Nein, ist es nicht. Also reg dich nicht auf, war doch nur ein Scherz! So wie deiner neulich.«

»Für Scherze bin ausschließlich ich zuständig«, fauchte er.

»Du verarschst mich andauernd«, gab Lizzy zurück. »Jetzt sind wir quitt.«

Marc dachte eine Weile darüber nach. Dann siegte die Erleichterung über den Zorn und er musste auch lachen. »Okay, wir sind quitt«, bestätigte er. »Gott sei Dank. Deine Mutter hätte mich umgebracht. Wenn nicht Schlimmeres.«

»Was ist denn schlimmer, als jemanden umzubringen?«

»Weiß ich nicht. Aber deiner Mutter wäre etwas eingefallen, glaub mir.«

»War Mama eigentlich vor Kurzem da?«, fragte Lizzy.

Marc merkte, wie ihm die Röte ins Gesicht stieg. »Wie kommst du denn da drauf?«

»In ihrem Arbeitszimmer ist alles durcheinander. Als ob da jemand was gesucht hätte.«

»Ah ja, Melanie hat angerufen und mich gebeten, einen Vertrag für sie herauszusuchen und ihr zuzufaxen. Sie hat gesagt, ich soll dich von ihr grüßen.« Er hoffte, dass er die Lüge einigermaßen glaubhaft rübergebracht hatte, aber Lizzy schien ihm die Geschichte tatsächlich abzukaufen. »Was war denn jetzt wirklich mit Daniel Schneider?«, beeilte sich Marc, das Thema zu wechseln. »Hast du dich mit ihm getroffen oder nicht?«

»Hab ich. Wir haben uns nach der Schule eine ganze Weile unterhalten.«

»Und? Hat er dir etwas über Monja erzählt?«

»Ja, er hat alles bestätigt, was Hannah gesagt hat. Dass er in Monja verliebt war, dass er ihr Gedichte geschrieben hat und auch den Vorfall im Klassenzimmer, als Monja drohte, ihn anzuzeigen. Er hat mir sogar noch mehr erzählt. Er war so vernarrt in sie, dass er nächtelang vor ihrem Haus stand in der Hoffnung, Monja einmal kurz am Fenster zu sehen. Und er hat sie häufig mit seinem Mofa verfolgt, wenn sie mit dem Bus unterwegs war. Das musst du dir bitte mal vorstellen! Mit seinem Mofa! Er muss gerast sein wie ein Verrückter!«

»Dieser Daniel Schneider scheint ein ziemlicher Freak zu sein, oder?«

»Er war halt in Monja verliebt.«

»Mag sein. Aber sein Verhalten war doch wohl ein wenig übertrieben. Warum hat er sie verfolgt?«

»Er wollte herausfinden, ob Monja sich mit anderen Männern trifft.«

Marc horchte auf. Vielleicht kam jetzt endlich Licht in die Sache mit Monjas heimlichem Freund. »Hatte er Erfolg?«

»Nein. Sie ist meist nur ins Fitnessstudio oder zu Freundinnen gefahren. Ach ja, einmal war sie im Haus von Herrn Schulte. Das war etwa zwei Wochen vor ihrem Tod.«

»Herr Schulte?«

»Stimmt, den kennst du ja gar nicht. Klaus Schulte. Er war Monjas Klassenlehrer.«

»Was hatte Monja bei ihm zu Hause zu suchen?«

»Daniel meinte, sie hätten vielleicht was wegen der Theater-AG zu besprechen gehabt. Die hat Herr Schulte geleitet und Monja hat da mitgemacht.«

»Aber deswegen trifft man sich doch nicht privat bei einem Lehrer zu Hause«, überlegte Marc laut. »Und falls doch, dann ja wohl mit allen Teilnehmern der AG und nicht nur mit einem.« Er hielt inne. »Was ist dieser Schulte denn für ein Typ?«

»Herr Schulte ist der absolute Traumlehrer!«, geriet Lizzy ins Schwärmen. »Außerdem sieht er einfach toll aus! Ein bisschen wie Bradley Cooper.«

»Okay, ich rekapituliere: Ein gut aussehender Lehrer trifft sich nach Schulschluss mit einer gut aussehenden Schülerin. Und weder Daniel noch du kommen auf die Idee, dass dahinter mehr stecken könnte?«

Lizzy sah ihn mit ausdruckslosem Gesicht an. »Was soll denn dahinterstecken?«

»Könnte es nicht sein, dass die beiden eine Affäre hatten und dieser Schulte Monjas heimlicher Freund war?«

Lizzys riss entsetzt die Augen auf und starrte Marc ungläubig an. »Monja und Herr Schulte? Iiiih! Herr Schulte ist doch uralt. Ich glaube, er ist fast vierzig!«

»Na, vielen Dank auch.«

»Ach, bei dir ist das doch was anderes. Mama ist ja auch schon alt.«

»Du kannst dir also nicht vorstellen, dass die beiden etwas miteinander hatten?«, fuhr Marc stoisch fort und tat, als hätte er nichts gehört. »Immerhin würde das auch dazu passen, was Monja zu Hannah über ihren heimlichen Freund gesagt hat. Dass es eine Katastrophe wäre, wenn das rauskäme.«

»Nein, bestimmt nicht! Die Frau von Herrn Schulte ist auch Lehrerin an unserer Schule und sie ist superhübsch. Er hat es also gar nicht nötig, etwas mit einer Schülerin anzufangen. Außerdem hat Herr Schulte zwei Kinder.«

Marc betrachtete Lizzy lange. Das gute Kind! Konnte sich offenbar nicht vorstellen, dass die Welt so verkommen war und ein verheirateter Familienvater tatsächlich eine Affäre hatte. Er konnte nur hoffen, dass Lizzy ihre Naivität noch lange behielt.

»Was ist mit Daniel Schneider?«, kam er schließlich wieder zum Ausgangspunkt ihres Gesprächs zurück. »Hältst du es für möglich, dass er etwas mit Monjas Tod zu tun hat?«

»Nein, bestimmt nicht. Ich habe ihn zwar nicht direkt gefragt, wo er in der Nacht war, in der Monja getötet wurde. Aber er hat mir versichert, dass sie nach dem Vorfall in dem Klassenzimmer für ihn gestorben war. In diesem Moment sei ihm klar geworden, was für ein Biest sie war, und er konnte gar nicht mehr glauben, dass er sich jemals in sie verliebt hatte. Von da an war sie ihm egal.«

»Soso, das hat er dir also erzählt? Und du hast ihm geglaubt?«

»Allerdings, das habe ich. Daniel ist nämlich ganz nett.«

»Und außerdem muss er den Charakter von Gandhi haben. Wenn eine Frau mich so behandeln würde, wäre sie mir nicht einfach egal. Ich würde sie hassen.«

»Nein, so ist Daniel nicht.«

»Wie lange, sagtest du, kennst du ihn?«

»Wir haben uns ungefähr eine Stunde unterhalten.«

»Du kannst also nach einer Stunde einschätzen, ob ein Mensch die Wahrheit sagt oder nicht. Herzlichen Glückwunsch! Das ist mir nach zwanzig Jahren als Anwalt noch nicht gelungen.«

»Glaub doch, was du willst. Ich bin mir jedenfalls absolut sicher, dass Daniel Monja nicht getötet hat.«

Kapitel 19

Um Punkt halb sieben drückte Marc den Knopf neben dem Namensschild *Ilka Höller*. Anschließend ging er zu seinem Auto zurück, um zu warten. Es war ein warmer Sommerabend und Marc hatte die Scheiben des Brera heruntergelassen.

Fünf Minuten später verließ Ilka das Haus. Als Marc sie sah, musste er unwillkürlich schlucken. Heute trug sie keinen Pferdeschwanz. Ihre dunkle Mähne fiel ihr bis weit auf den Rücken und mit ihrem eng anliegenden schwarzen Kleid, das ihren perfekten Körper erst richtig zur Geltung brachte und etwa auf der Mitte ihrer nackten schlanken Oberschenkel endete, sah sie einfach fantastisch aus.

Marc stieg aus, um ihr die Beifahrertür zu öffnen. Ilka umarmte ihn kurz und er erhaschte einen Hauch leichten Parfüms und den Geruch von Apfelshampoo.

Bevor sie einstieg, bemerkte sie lächelnd: »Wenn ein Mann einer Frau die Tür seines Wagens öffnet, ist entweder das Auto neu oder die Frau.«

Marc lachte auf. »Der Alfa ist schon sieben Jahre alt«, sagte er. »Es muss also an der Frau liegen.«

Sie fuhren ins *Puccini*, ein italienisches Restaurant der gehobenen Klasse. Der Ober begleitete sie zu einem Tisch auf der großen Außenterrasse, von wo aus sie einen weiten Blick über Felder und Wiesen bis hin zum Teutoburger Wald hatten, reichte ihnen zwei Speisekarten und entfernte sich wieder.

Ilka sah sich um. »Es ist sehr schön, aber ich war noch nie hier. Ist das neu?«

»Ja, das *Puccini* hat erst vor drei Monaten eröffnet.«

»Gibt es das *Da Michele* eigentlich noch?«

»*Da Michele*?«, fragte Marc mit gespieltem Erstaunen. »Was soll das sein? Ein Restaurant hier in Bielefeld? Tut mir leid, den Namen habe ich noch nie gehört.«

Ilka musterte ihn eindringlich. Dann griff sie über den Tisch und legte ihre warme Hand ganz leicht auf seinen Unterarm.

Marc spürte, wie ihn ein angenehmer Schauer durchrieselte.

»Ich habe dich damals wohl ziemlich verletzt, oder?«, fragte sie.

»Nein, du hast mir nur das Herz rausgerissen und dann auch noch darauf herumgetrampelt. Das war ein richtiger körperlicher Schmerz. In den nächsten Wochen habe ich fünfzehn Kilo abgenommen. Ich habe einfach nicht verstanden, warum du Schluss gemacht hast.«

»Oh, ich hatte den besten Grund, den eine Siebzehnjährige haben kann.«

Marc nickte ihr auffordernd zu.

»Der andere sah einfach wesentlich besser aus als du.«
Sie lachten beide.

»Egal«, sagte er leichthin. »Tempi passati. Vergangene Zeiten.«

»Das glaube ich nicht, Marc. Ein bedeutender Mann hat mal gesagt: ›Die Vergangenheit ist nicht tot. Sie ist nicht einmal vergangen.‹« Sie hielt inne. »Was ist eigentlich aus dem Ring geworden?«

»Dem Verlobungsring? Ach, den habe ich einfach der Nächsten gegeben.«

»Du warst mal verheiratet?«

»Nein, die wollte ihn auch nicht.«

Sie lachten wieder und Marc spürte die alte Vertrautheit zwischen ihnen.

»Verdammt, Marc«, sagte Ilka unvermittelt. »Ich habe mich schon ein paarmal gefragt, wie mein Leben wohl verlaufen wäre, wenn ich deinen Antrag angenommen hätte.«

»Dann hätten wir bald Silberhochzeit feiern können. Nein, im Ernst: Was glaubst du?«

»Ich glaube, vieles wäre besser gewesen. Vor allem hätte ich Rainer nie geheiratet. Andererseits hätte ich auch Monja nicht bekommen. Und Monja war das Beste, was mir in meinem ganzen Leben passiert ist.« Bei der Erinnerung an ihre tote Tochter starrte Ilka eine Weile ausdruckslos vor sich hin. Dann schüttelte sie den Kopf, als wolle sie die negativen Gedanken vertreiben.

»Es lohnt sich jetzt ohnehin nicht mehr, darüber nachzugrübeln, wie alles hätte laufen können«, versuchte Marc, das Thema zu wechseln.

»Ja, die Vergangenheit können wir nicht mehr ändern«, stimmte Ilka ihm zu. »Aber vielleicht die Zukunft.« Sie sah Marc intensiv in die Augen und lächelte.

Er spürte, dass er knallrot wurde, und griff schnell nach der Speisekarte. »Wir sollten jetzt aber zusehen, dass wir uns etwas aussuchen, bevor der Kellner wiederkommt.«

Fünf Minuten später hatten sie ihre Wahl getroffen.

»Nehmen wir dazu einen Barolo?«, wollte Marc wissen.

Ilka zögerte. »Eigentlich trinke ich kaum Alkohol«, erwiderte sie. »Meine Mutter und Rainer waren mir warnende Beispiele. Aber gut ... zur Feier des Tages!«

Kurz darauf kam der Ober, der die Bestellung aufnehmen wollte. Marc orderte den Barolo und die gemischte Grillplatte, während Ilka sich für Lammrücken entschied.

»Es hat auch Vorteile, dass meine Freundin so oft unterwegs ist«, meinte Marc. »Sie ist Veganerin und zu Hause kommen solche Gerichte natürlich nicht auf den Tisch.«

Ilka warf ihm einen skeptischen Blick zu. »Aber nur weil deine Freundin kein Fleisch isst, musst du doch nicht auch darauf verzichten.«

»Das mache ich ja gar nicht. Und Melanie weiß das auch. Aber zu Hause esse ich eben kein Fleisch. Zumindest nicht, wenn meine Freundin da ist.«

Ilka lächelte spöttisch. »Kann es sein, dass du ganz schön unter dem Pantoffel stehst?«

»Meinst du? Nein, das glaube ich nicht. Ich befürchte, ich habe das gerade nicht besonders gelungen rübergebracht, sodass Melanie bei dir jetzt in einem falschen Licht erscheint. Sie ist wirklich kein herrschsüchtiger Diktator, der mir vorschreibt, wie ich leben soll. Im Gegenteil, sie hat viele gute Seiten.«

»Zum Beispiel?«

Diese Frage überrumpelte ihn jetzt doch. Und wenn er ehrlich zu sich war, musste er zugeben, dass ihm auf die Schnelle auch keine einfiel.

Zum Glück kam in diesem Moment der Kellner mit dem Rotwein und überbrückte die peinliche Stille. Marc probierte, befand den Wein für gut und der Ober füllte zwei Gläser.

Ilka nahm ihres in die Hand und hielt es ihm entgegen. »Auf einen schönen Abend«, sagte sie.

Marc stieß mit ihr an. »Ja, auf einen schönen Abend.« Sie tranken einen langen Schluck. »Ich hatte in den letzten Tagen ziemlich viel um die Ohren«, fuhr er dann fort, um von dem Thema ›Melanie‹ wegzukommen. »Unter anderem habe ich Susanne von Burgsdorf besucht. Ich nehme an, der Name sagt dir was.«

Ilka stöhnte vernehmlich auf. »Susanne von Burgsdorf!« Sie sprach das ›von‹ aus, als sei es eine ansteckende Krankheit. »Geborene Susanne Schöppke. Ihre Eltern waren Schausteller und sind mit einer Geisterbahn von Kirmes zu Kirmes gezogen. Susanne war die Hauptattraktion.« Sie hielt inne und lächelte. »Oh, war das jetzt gemein? Nun ja ... Irgendwann hatte sie dann das Glück, mit dem richtigen Mann zu schlafen, und jetzt ist sie eine von Burgsdorf. Und genau so führt sie sich auch auf. Als ob sie etwas Besseres wäre.«

»Na ja, sie scheint aber auch einiges mitgemacht zu haben. Du weißt ja, die Mobbinggeschichte am Schiller-Gymnasium. Monja war daran wohl nicht unmaßgeblich beteiligt.«

Ilka funkelte ihn an. »Ich dachte, wir wollten uns einen schönen Abend machen, Marc. Warum fängst du jetzt mit dieser alten Sache an?«

»Weil es sein kann, dass sie in dem Prozess gegen deinen Exmann noch relevant wird. Denn in dem Verfahren bist du nicht nur Nebenklägerin, sondern auch Zeugin. Deshalb hätte ich gerne deine Version gehört.«

»Das verstehe ich nicht«, erwiderte Ilka. »Wie kann denn dieser Vorfall von damals in dem aktuellen Prozess eine Rolle spielen?«

»Als Verteidiger deines Exmannes ist es nun mal meine Aufgabe, dem Gericht mögliche Alternativszenarien zu präsentieren.«

»Und wie soll ein solches ›Alternativszenario‹ deiner Meinung nach aussehen?«

»Nach allem, was ich von Susanne von Burgsdorf gehört habe, hat diese unschöne Angelegenheit ihrer Familie und insbesondere ihrer Tochter wohl einen schweren Schlag versetzt. Hältst du es nicht für möglich, dass Susanne von Burgsdorf oder jemand, den sie damit beauftragt hat, etwas mit Monjas Tod zu tun hat?«

»Du meinst, die von Burgsdorfs haben Monja auf dem Gewissen?«

Marc zuckte die Schultern. »Könnte doch sein.«

»Aber Monja ist erst zwei Jahre nach dem Vorfall am Schiller-Gymnasium ermordet worden. Warum haben sie so lange gewartet?«

»Tja. Manche Leute meinen, Rache sei ein Gericht, das man am besten kalt genießt.« Marc merkte sofort, dass dieses Sprichwort keine befriedigende Erklärung bot. Nichts war Susanne von Burgsdorf so wichtig wie ihre Tochter. Sie würde alles dafür tun, um zu verhindern, dass die Geschichte wieder in die Schlagzeilen geriet – und allein schon aus diesem Grund auf Rache verzichten.

Ilka spielte mit dem Griff ihres Weinglases. »Also gut, wenn es unbedingt sein muss, werde ich dir erzählen, was damals passiert ist. Aber versprich mir eines: Damit ist das Thema ›Prozess‹ für den heutigen Abend erledigt.«

»Einverstanden.«

»Okay. Eines Tages hat mich der Direktor des Schiller-Gymnasiums zu Hause angerufen und mich gebeten, zu ihm zu kommen. Als ich eintraf, waren Monja und Susanne von Burgsdorf schon da. Der Direktor sagte mir, sie hätten Nachforschungen angestellt und es stehe jetzt fest, dass Monja eine Oben-ohne-Aufnahme von Katharina angefertigt habe. Außerdem hatte sie wohl Katharinas Kopf auf irgendwelche nackten Frauenkörper montiert und die Bilder dann an Klassenkameraden verschickt. Als ich Monja gefragt habe, ob das stimmt, hat sie es sofort zugegeben und sich auf meine Aufforderung hin auch unmittelbar entschuldigt. Aber das hat Susanne von Burgsdorf nicht gereicht. Sie hat darauf bestanden, dass Monja die Schule verlässt.« Ilka trank ihren Wein aus, griff nach der Flasche und schenkte sich nach. »Herrgott, sie war vierzehn! Außerdem musst du bedenken, in welcher Situation sie damals war: Das war die Zeit, als meine Ehe zerbrochen ist, als sie mit ansehen musste, wie Rainer mich halb totgeprügelt hat, und als ich mit Monja in ein Frauenhaus gezogen bin. Kein Wunder, dass sie damals völlig durch den Wind war. Außerdem hat sie sich doch entschuldigt. Aber was ist am Ende dabei herausgekommen? Monja musste das Gymnasium wechseln, weil Susanne von Burgsdorf meinte, es sei ihrer Tochter nicht länger zuzumuten, mit Monja zusammen auf dieselbe Schule zu gehen. Und wer war es dann, der nie an diese Schule zurückgekehrt ist? Katharina von Burgsdorf!«

Ilka sah Marc erwartungsvoll an. Offenbar wartete sie auf eine zustimmende Reaktion. Aber Marc war mit seinen Gedanken woanders.

Seiner Meinung nach sprach Monjas Aktion nicht nur dafür, dass sie »durch den Wind war«, sondern für eine schwere Persönlichkeitsstörung. Wer auf die Weigerung, ein Geodreieck zu verleihen, dermaßen gekränkt reagierte und zu mobben begann, konnte nicht normal sein. Aber er merkte auch, dass eine weitere Diskussion keinen Sinn machte. Rainer Höller hatte recht gehabt: Ilka würde ihre Tochter immer verteidigen, egal, was sie getan hatte.

Auf einmal sah er, dass Ilka Tränen in den Augen standen, und griff instinktiv nach ihrer Hand. »Was hast du?«, fragte er erschrocken.

Sie schüttelte den Kopf. »Ich begreife nicht, was das alles soll ... Katharina lebt und Monja ist tot! Tot, verstehst du? Ich werde meine Tochter nie wieder sehen.«

Marc drückte ihre Hand. »Ja, und das tut mir unendlich leid. Ich versuche nur herauszufinden, ob die von Burgdorfs etwas mit Monjas Tod zu tun haben könnten. Aber jetzt lass uns das Thema beenden, okay?«

Ilka wischte sich die Tränen weg. »Okay«, sagte sie. »Entschuldige bitte die Rumheulerei. Die Leute gucken schon. Sie denken bestimmt, wir hätten eine Ehekrise oder so was.«

Marc schaute sich um und registrierte, dass tatsächlich mehrere Gäste angestrengt so taten, als würden sie nicht herüberschauen. »Ist mir egal, was die Leute denken«, erklärte er. »Hauptsache, wir wissen, was wir aneinander haben.« Er biss sich auf die Zunge. Verflixt! Das war ihm so herausgerutscht, aber Ilka schien an seiner Bemerkung nichts Anstößiges zu finden.

Zum Glück wurde in dem Moment das Essen serviert.

Marc hob sein Glas. »Jetzt lass uns einfach den Abend genießen«, sagte er.

Endlich lächelte auch Ilka wieder. »Es gibt nichts, was ich mir mehr wünschen würde.«

Kapitel 20

Als er Ilka zwei Flaschen Rotwein später wieder vor ihrer Wohnung absetzte, war es schon nach Mitternacht. Marc ließ den Motor laufen, aber Ilka machte keine Anstalten auszusteigen. Also drehte er den Zündschlüssel und der Alfa verstummte.

»Willst du nicht noch auf einen Absacker mit hochkommen?«, fragte Ilka. »Ich habe extra eine Flasche Merlot gekauft.«

»Bitte nicht. Wir haben schon zwei Flaschen Wein intus, wie du dich vielleicht erinnerst.«

Ilka kicherte wie ein Schulmädchen. »Aber das meiste davon habe ich getrunken. Mein Gott, ich glaube, ich bin echt besoffen. Ich habe schon auf dem Weg zum Auto gemerkt, dass ich ziemlich wackelig auf den Beinen bin. Du bist dafür verantwortlich, dass ich wieder sicher in meine Wohnung zurückkomme.«

»Ach, dafür bin ich verantwortlich?«

»Ja, genau!« Ihre Sprache war schon etwas lädiert. »Du hast mir mal das Leben gerettet, Marc, weißt du noch? Damals, die Sache mit der Straßenbahn.«

»Daran kannst du dich noch erinnern?«

»Natürlich! Du warst nämlich der einzige Mensch, der mir jemals das Leben gerettet hat. Und ich weiß auch noch, was du in diesem Zusammenhang zu mir gesagt hast: ›Wenn man einem Menschen das Leben gerettet hat, ist man bis zu dessen Lebensende für ihn verantwortlich.‹«

Marc musste lächeln. »Wenn ich das gesagt habe, muss ich mich wohl auch daran halten.« Er zog den Schlüssel aus dem

Zündschloss. Dann stieg er aus und half Ilka aus dem Alfa, was wegen des tiefen Sitzes und Ilkas Zustand keine ganz leichte Aufgabe war.

Als er sie endlich aus dem Auto bugsiert hatte, hängte sie sich an ihn. Gemeinsam gingen sie zur Haustür. Ilka fummelte den Schlüssel aus ihrer Handtasche und nach mehreren Versuchen gelang es ihr endlich, die Haustür zu öffnen.

Mit sanftem Nachdruck schob Marc sie die Treppe hoch bis in den obersten Stock. Nachdem sie die Wohnung betreten hatten, streifte Ilka sich als Erstes die Pumps von den Füßen.

»Geh doch schon mal ins Wohnzimmer vor«, sagte sie. »Du kennst dich hier ja mittlerweile aus. Ich komme gleich nach.«

Marc nickte und folgte Ilkas Anweisung. Als er es sich bequem machen wollte, stellte er fest, dass die beiden Sessel voller Kleidung lagen. Offenbar hatte Ilka sich nicht entscheiden können, was sie heute Abend anziehen sollte. Also nahm er auf der letzten verbliebenen Sitzmöglichkeit, der Zweisitzercouch, Platz.

Kurz darauf kam Ilka herein. In der Hand hielt sie eine Flasche Wein und zwei Gläser.

»Oh, für mich bitte keinen Alkohol mehr«, flehte Marc. »Kann ich nicht ein Glas Wasser haben?«

Ilka musterte ihn skeptisch. »Wasser als Absacker? Davon habe ich ja noch nie gehört! Außerdem habe ich den Wein jetzt schon aufgemacht und alleine schaffe ich den nicht.«

»Aber ich muss noch fahren!«

»Du kannst gerne hier übernachten, wenn du willst.«

Marc spürte, wie ihm warm wurde. »Das ist nett, danke. Aber es geht nicht.«

»Und warum nicht?«

»Weil Lizzy sich sehr wundern würde, wenn sie morgen früh aufwacht und ich nicht da bin.«

»Dann rufe ich dir eben ein Taxi. Jetzt sei kein Spielverderber, Marc!«

Er seufzte ergeben. »Also gut ... Aber wirklich nur noch ein Glas.«

Ilka strahlte. Sie schenkte sich beiden ein, zündete die Kerzen auf dem Couchtisch an, dimmte das Licht und nahm wie selbstverständlich auf dem Zweisitzer neben Marc Platz. Als sie die Beine seitlich neben sich auf das Sofa zog, rutschte ihr Kleid bedenklich hoch. Marc registrierte halb irritiert, halb erregt, dass ihre nackten Oberschenkel und Knie nur noch wenige Zentimeter von ihm entfernt waren.

Ilka nahm eine Fernbedienung zur Hand, die sie auf ihre Stereoanlage richtete. Sekunden später erfüllte Musik das Zimmer, die Marc sofort erkannte:

If I were to say to you
»Can you keep a secret?«
Would you know just what to do
Or where to keep it?
Then I say »I love you«
And foul the situation.
Hey, girl, I thought we were
The right combination.

Er musste lachen. »Wo hast du denn die CD von *ABC* her? Du willst doch wohl nicht behaupten, dass du die seit vierundzwanzig Jahren in deinem Regal stehen hast. Gib es einfach zu: Du hörst immer noch *Ace of Base*.«

Ilka stimmte in sein Lachen ein. »Nein, ich bin inzwischen bei Helene Fischer gelandet. Und ich gestehe: Die CD habe ich erst gestern gekauft. Ich dachte, ich könnte dir vielleicht eine Freude machen.«

»Das ist dir gelungen. Ich habe das *Lexicon of Love* seit einer Ewigkeit nicht mehr gehört. Was wahrscheinlich daran liegt, dass man in einer bestimmten Stimmung sein muss, um *ABC* zu hören.«

Ilka betrachtete den Wein in ihrem Glas, der im Kerzenschein rubinrot leuchtete, und schwenkte ihn sanft hin und her. »Und diese Stimmung hattest du nicht?«

»Äh ... nein. Das heißt, jetzt natürlich schon.«

Ilka hielt ihm ihr Glas entgegen, wobei ihr nackter Arm seinen streifte.

Marc genoss still den sanften Kontakt.

»Auf uns«, sagte sie.

Er zögerte nur einen winzigen Moment. »Auf uns«, erwiderte er und sie stießen an.

Ilka stellte ihr Glas ab, dann rückte sie noch näher an ihn heran. Ihre nackten Knie berührten jetzt seinen Oberschenkel.

O Gott, ging es ihm durch den Kopf. Er spürte, dass er kurz davor war, einen riesigen Fehler zu begehen. Eine Stimme in ihm rief: »Hau ab! Verschwinde, so schnell wie möglich!« Aber irgendetwas hielt ihn zurück. Sein Herz hämmerte so laut, dass er Angst hatte, Ilka könnte es hören.

»Was macht Andreas Bartels eigentlich heute Abend?«, fragte er, um Zeit zu gewinnen.

Ilka musterte ihn erstaunt. »Wie kommst du jetzt darauf?«

»Weiß nicht. Nur so.«

Ilka seufzte. »Ehrlich gesagt: Ich habe keine Ahnung. Es läuft nicht mehr gut zwischen uns. Wir hatten schon vor Monjas Tod ein paar Krisen, doch danach ist es noch schlimmer geworden. Wenn das eigene Kind stirbt, ändert sich alles. Ich bin in ein tiefes Loch gefallen und wollte monatelang niemanden mehr sprechen. Auch Andreas nicht. Wir haben uns kaum noch gesehen. Jetzt treffen wir uns ab und zu wieder, aber es ist irgendwie nicht mehr so, wie es einmal war. Ich fühle mich oft einsam, sogar wenn er hier ist. Ich fürchte, letztendlich wird es auf eine Trennung hinauslaufen. Ich meine, was soll eine Beziehung, wenn man ohnehin kaum noch Zeit miteinander verbringt?«

Marc nickte bedächtig. »Du sprichst ein großes Wort gelassen aus.«

»Stimmt, du sagtest ja, dass deine Freundin auch nie da ist. Wie lange seid ihr jetzt zusammen?«

»Neun Jahre.«

»Darf ich fragen, warum ihr noch nicht geheiratet habt?«

Marc dachte kurz darüber nach, aber da er nicht so recht wusste, was er sagen sollte, zuckte er nur etwas ratlos die Achseln. »Keine Ahnung. Hat sich wohl irgendwie nicht ergeben.«

»Darf ich dir noch eine Frage stellen, Marc?«, flüsterte Ilka. Ihr Gesicht war jetzt ganz nah an seinem.

»Klar, was denn?«

»Bist du glücklich?«

»Was?«

»Eine ganz einfache Frage: Bist du in deiner Beziehung glücklich?«

Marc ließ sich das durch den Kopf gehen. »Nein«, gab er zu. »Momentan bin ich das wohl nicht.«

Ilka nahm ihm behutsam das Glas aus der Hand. Ihr Mund war nur noch Zentimeter von seinem entfernt. »Aber ich kann dich glücklich machen, Marc. Willst du das?«

Marc wollte etwas sagen, doch im selben Moment spürte er auch schon Ilkas weiche Lippen und den Geschmack von

Rotwein. Sie bewegte ihre Zunge geschmeidig hin und her und spielte mit seiner. Marc schloss die Augen. O mein Gott, wie sehr hatte er das vermisst!

Ilka zog ihr Kleid zu den Hüften hoch und setzte sich mit ihren nackten Beinen wie ein Reiter auf seine Oberschenkel. Ein Träger des dünnen Stoffkleides rutschte von ihrer Schulter, aber sie schien es nicht zu bemerken. Sie küssten sich weiter und Ilka begann, sein Hemd aufzuknöpfen.

»Komm, wir gehen ins Schlafzimmer«, sagte sie mit rauer Stimme.

»Ich ...«

In diesem Moment trillerte ihr Handy auf dem Tisch.

»Lass es schellen«, keuchte Marc.

Aber das Klingeln hörte und hörte nicht auf.

Schließlich löste Ilka sich sanft von Marc, nahm das Smartphone vom Tisch und schaute auf das Display. »Tut mir leid, aber da muss ich rangehen.« Sie erhob sich und zog ihr Kleid zurecht. Dann verschwand sie in einem Nebenraum.

Marc hörte gedämpfte Stimmen, konnte aber kein Wort verstehen. Als Ilka fünf Minuten später wieder ins Wohnzimmer zurückkam, war der magische Moment verflogen.

Das schien auch Ilka zu spüren. »Entschuldige«, sagte sie erneut.

Marc hatte sein Hemd inzwischen wieder zugeknöpft und war aufgestanden. »Klar, kein Problem. Aber ich muss jetzt wirklich los.«

Ilka stellte sich vor ihn auf die Zehenspitzen und küsste ihn auf beide Wangen, ganz nah an seinem Mund. »Das war ein schöner Abend, Marc«, sagte sie. »Der schönste seit langer, langer Zeit. Ich hoffe, wir können das bald mal wiederholen.«

Marc lächelte. »Das sollten wir unbedingt. Aber besser nicht in einem Restaurant. Ich kann nur hoffen, dass uns niemand gesehen hat.«

»Wieso?«, fragte Ilka mit einem unschuldigen Augenaufschlag. »Ich bin Zeugin in einem Prozess und du hast mich als Verteidiger befragt. Das ist doch nicht verboten, oder?«

»Nein, das ist es nicht«, stimmte Marc ihr zu. »Trotzdem sollten wir künftig jeden Verdacht einer Interessenkollision vermeiden und mit unserem nächsten Treffen warten, bis das Gerichtsverfahren abgeschlossen ist. Einverstanden?«

»Einverstanden.« Ilka klang etwas enttäuscht. Aber dann hellte sich ihre Miene auf. »Das nächste Mal lade ich dich einfach gleich zu mir ein. Hier sieht uns garantiert niemand.«

Kapitel 21

Als Marc am nächsten Morgen aufwachte, pochte es ganz leicht hinter seinen Schläfen. Für einen kurzen Moment wusste er nicht, wo er war, doch dann fiel ihm alles wieder ein: Er hatte den gestrigen Abend mit Ilka Höller verbracht und weit mehr getrunken, als ihm gutgetan hatte. Gott sei Dank war er auf der Heimfahrt nicht von der Polizei erwischt worden. Und zum Glück war es zwischen Ilka und ihm bei einem einzigen Kuss geblieben. Ein ziemlich langer Kuss, okay – aber eben doch nur einer. Und einmal war schließlich keinmal, so hieß es doch, oder?

Aber wie kam es dann, dass er Ilkas Zunge noch immer in seinem Mund spüren konnte? Und wieso wünschte er sich nichts mehr, als Ilka so bald wie möglich wiederzusehen? Er überlegte, was gerade mit ihm passierte. Und vor allem: aus welchem Grund?

Marc schüttelte den dröhnenden Kopf, um die verstörenden Gedanken zu vertreiben. Was er jetzt brauchte, war ein Kaffee. Schwarz und ohne Zucker. Der würde ihn schon wieder zur Vernunft bringen.

Er griff nach dem Wecker auf dem Nachttisch. Kurz vor halb zehn. Verdammt! Wahrscheinlich war Lizzy schon hungrig und wartete darauf, dass sie wie jeden Sonntag gemeinsam frühstückten.

Aber als er schließlich frisch geduscht ins Erdgeschoss kam, war von Lizzy nichts zu sehen. Offenbar hatte sie auch noch nicht allein gegessen, denn die Küche war nach wie vor vollkommen unberührt.

Marc nahm die Butter aus dem Kühlschrank und setzte Kaffee auf. Anschließend ging er zum Bäcker und holte Brötchen. Als er eine Viertelstunde später zurückkam, war Lizzy immer noch nicht aufgetaucht.

Marc goss sich eine Tasse Kaffee ein und beschloss, seiner Tochter noch etwas Zeit zu geben. Wahrscheinlich hatte sie gestern Abend zu lange vor dem PC oder vor der Glotze gehangen. Doch auch als er seine Sonntagszeitung eine Stunde später durchgelesen hatte, war Lizzy noch nicht erschienen. Marc schaute stirnrunzelnd auf die Uhr. Kurz nach elf. So spät stand seine Tochter sonst nie auf.

Mit leisen Schritten ging er die Stufen zu ihrem Zimmer hoch und lauschte an der Tür, konnte aber nichts hören.

Er war kurz davor, wieder in die Küche hinunterzugehen, aber dann überlegte er es sich anders und klopfte ein paarmal zaghaft. »Lizzy, bist du wach?«

Keine Reaktion.

Also klopfte er noch einmal, diesmal etwas stärker. »Lizzy, alles okay?«

Immer noch keine Antwort.

Langsam fing er an, sich ernsthafte Sorgen zu machen. Konnte es sein, dass Lizzy gar nicht zu Hause war? Er dachte kurz nach, war sich aber ziemlich sicher, dass sie ihm nichts davon gesagt hatte, bei einer Freundin übernachten zu wollen.

Also drückte er die Klinke langsam herunter, öffnete die Tür Zentimeter für Zentimeter und lugte in das Zimmer. Die Einrichtung war in dem diffusen Licht, das durch die Schlitze der heruntergelassenen Jalousie drang, nur schemenhaft zu erkennen. Doch die Helligkeit aus dem Flur reichte aus, um zu sehen, dass sich Lizzy auf dem Bett befand. Oder besser gesagt eine Gestalt, die wie Lizzy aussah. Sie lag auf dem Bauch, das Gesicht im Kissen vergraben.

»Lizzy, alles okay?«, fragte er erneut. »Warum meldest du dich nicht, wenn ich klopfe? Das musst du doch gehört haben!«

Und endlich erhielt er eine Antwort: »Geh weg!«, sagte sie leise, aber bestimmt.

Verwundert ging Marc ein paar Schritte näher, setzte sich vorsichtig auf die Bettkante und betrachtete seine Tochter. Ihr Körper wurde immer wieder von Schluchzern geschüttelt. Für einen Moment kam in ihm der Verdacht auf, dass Lizzy ihn wieder auf den Arm nehmen wollte. Doch als er sah, dass ihr Kissen vollkommen nass war, fasste er sie an den Armen und drehte sie mit sanfter Gewalt um. Dann schaltete er die Nachttischlampe an.

Lizzy versuchte, ihr Gesicht zu verbergen, aber Marc hatte schon genug gesehen. Aus ihren verquollenen Augen liefen unablässige Tränen.

Nein, so etwas konnte man nicht spielen, das hier war bitterer Ernst.

»Was ist passiert, Lizzy?«, fragte er eindringlich. »Hat dir jemand etwas getan?«

Sie schüttelte nur stumm den Kopf.

»Dann sag mir, was geschehen ist. Irgendetwas muss doch passiert sein!«

Immer noch nichts. Marc wartete noch ein paar Minuten.

Als er die Hoffnung, dass Lizzy mit ihm sprechen würde, schon fast aufgegeben hatte, vernahm er endlich ihre wispernde Stimme: »Verlässt du uns jetzt?«

Marc glaubte, sich verhört zu haben. »Bitte? Was hast du gesagt?«

Nach einer Zeit, die ihm wie eine Ewigkeit vorkam, wiederholte Lizzy: »Ich möchte wissen, ob du uns verlässt.«

»Wie kommst du denn auf so was?«

Lizzy atmete noch ein paarmal schwer ein und aus, dann zog sie die Nase hoch, wischte sich mit zitternder Hand die Tränen aus den Augen und sah Marc direkt an. »Ich habe dich gestern Abend gesehen«, sagte sie. »Dich und diese Frau.«

O Gott! Marc durchfuhr es siedend heiß. »Wo denn?«, brachte er schließlich mühsam hervor.

»Vor dem Restaurant. Ich war bei Sophia und wollte mit dem Rad nach Hause fahren. Als ich am *Puccini* vorbeigefahren bin, habe ich dein Auto entdeckt.«

Verdammtes Pech!, fluchte Marc innerlich. Er hatte extra ein Restaurant gewählt, das nicht in der Bielefelder Innenstadt lag. Und ausgerechnet an dem Abend hatte seine Tochter eine Freundin in Dornberg besucht.

»Ich wollte schon Hallo sagen«, sprach Lizzy weiter, »aber in dem Moment bist du ausgestiegen, um das Auto herumgelaufen und hast für die Frau die Beifahrertür aufgemacht. Das hast du für Mama noch nie getan. Dann bist du zusammen mit dieser Frau ins *Puccini* gegangen. Und dabei habt ihr euch angefasst.«

Marc öffnete den Mund, schloss ihn aber gleich darauf wieder. Komischerweise war sein erster Gedanke, ob es wirklich stimmte, dass er Melanie noch nie die Beifahrertür aufgehalten hatte. Vielleicht mal am Anfang ihrer Beziehung, aber seither ... Er konnte sich tatsächlich nicht erinnern.

Schließlich fand er seine Sprache wieder. »Wir haben uns nicht ›angefasst‹, sie hat sich bei mir untergehakt!«, korrigierte er. »Das ist ein großer Unterschied! So machen das alte Freunde bisweilen.«

»Alte Freunde?«, fragte Lizzy skeptisch.

»Ja, alte Freunde. Also, wenn du es ganz genau wissen willst: Die Frau war Ilka Höller, Monjas Mutter.«

Lizzy richtete sich halb auf. »Was hast du mit Monjas Mutter zu tun?«

»Ich vertrete Rainer Höller, der angeklagt ist, seine Tochter getötet zu haben, schon vergessen? Und in dem Zusammenhang ist Frau Höller eine wichtige Zeugin. Ich brauchte Informationen von ihr. Informationen über ihren Exmann, aber natürlich auch über ihre Tochter. Gestern habe ich sie zu diesem Mobbing an Monjas alter Schule befragt. Ich habe dir doch erzählt, dass ich neulich bei der Mutter des angeblichen Mobbing-Opfers war, und wollte jetzt Ilka Höllers Version der ganzen Angelegenheit hören.«

Marc wartete gespannt. Er hoffte, dass er seine Story plausibel rübergebracht hatte, zumal sie ja auch – zumindest teilweise – der Wahrheit entsprach.

Lizzy sah ihn lange an, wie um seine wahren Gedanken zu ergründen. »Und was hat Frau Höller gesagt?«, fragte sie schließlich.

Marc atmete erleichtert durch. Gott sei Dank. Lizzy schien seine Geschichte geschluckt zu haben. »Sie hat versucht, Monja zu verteidigen. Na ja, wie Mütter halt so sind.

Wenn es gegen die eigene Tochter geht, stellt man sich auf ihre Seite, auch wenn man weiß, dass sie Mist gebaut hat. Ich bin überzeugt, deine Mutter wäre da nicht anders.« Er knuffte Lizzy in die Seite. »Du siehst also, es war alles ganz harmlos und du hast dir völlig umsonst Sorgen gemacht.«

Aber Lizzy behielt ihren misstrauischen Gesichtsausdruck bei. »Und wieso hat sich Monjas Mutter dann so zurechtgemacht, wenn du sie nur als Zeugin befragen wolltest? Wieso hatte sie ein so kurzes Kleid und so hohe Schuhe an? Wieso war sie so geschminkt? Wieso seid ihr in dieses Restaurant gegangen? Wieso seid ihr ›alte Freunde‹? Und wieso hast du mich angelogen, als du gesagt hast, du hättest dich mit ein paar Kumpels auf ein Bier verabredet?«

Marc lächelte dümmlich, um etwas Zeit zu gewinnen. Scheiße. Anscheinend war seine Tochter doch nicht so leicht zu überzeugen. »Uiuiui«, versuchte er es auf die betont lockere Art. »Das waren jetzt aber eine Menge Fragen auf einmal. Also, der Reihe nach: Ich kenne Monjas Mutter seit fast einem Vierteljahrhundert. Wir waren mal zusammen.«

»Echt?« Das schien Lizzys Interesse zu wecken. »Ihr wart ein richtiges Paar?«

»Allerdings. Ilka Köhler, so hieß sie damals noch, war zu dem Zeitpunkt läppische zwei Jahre älter als du jetzt.«

»Du hattest was mit einer Siebzehnjährigen?« Lizzy verzog angewidert das Gesicht.

»Moment, ich war damals natürlich auch noch viel jünger als jetzt«, beeilte Marc sich zu sagen. »Wir waren ein paar Monate liiert, aber dann ging es auch relativ schnell wieder auseinander, weil Ilka Schluss gemacht hat. Ich habe sie vierundzwanzig lange Jahre nicht mehr gesehen. Aber als ich jetzt die Verteidigung ihres Exmannes übernommen habe, musste ich mich notgedrungen mit ihr treffen. Ich habe sie vor ein paar Tagen schon mal befragt, aber es haben sich noch ein paar Dinge ergeben, denen ich nachgehen musste. Und jetzt verrate ich dir mal einen alten Polizistentrick: Man sollte Zeugen in einer möglichst angenehmen Atmosphäre und Umgebung befragen, weil man so die meisten Informationen erhält. Außerdem wollten wir ohnehin noch mal was gemeinsam unternehmen, um Erinnerungen auszutauschen. Wenn du erst mal so alt bist wie ich, wirst du bestimmt verstehen, dass man manchmal das Bedürfnis nach so etwas hat. Deshalb haben wir diesen ein wenig zwangloseren Rahmen gewählt und sind abends in ein Restaurant gegangen. Ach ja, dass ich gesagt habe, ich würde mich mit Freunden treffen, tut mir leid. Ich dachte, ich könnte dadurch Missverständnisse vermeiden. Aber wie es aussieht, habe ich damit das genaue Gegenteil erreicht. Was mal wieder beweist: Lügen haben kurze Beine!« Er bemühte sich um ein aufrichtiges Lächeln, aber Lizzy schien immer noch nicht restlos überzeugt zu sein.

»Und warum warst du heute Morgen erst nach ein Uhr zu Hause? So lange hat doch kein Restaurant auf!«

»Äh ... nun. Zuerst mal haben wir uns verquatscht und waren im *Puccini,* bis sie uns buchstäblich rauswarfen. Als echter Gentleman habe ich Monjas Mutter natürlich nach Hause gebracht. Okay, und dann hat mich Ilka ... also Frau Höller gefragt, ob ich nicht noch auf einen Absacker mit zu ihr nach oben kommen will. Das habe ich dann halt gemacht.«

»Weil da eine besonders angenehme Atmosphäre und Umgebung geherrscht hat?«

»Ja ... nein! Das war ein purer Akt der Höflichkeit.«

»Wenn mich also ein Junge fragt, ob ich nach dem Kino noch mit zu ihm gehen will, muss ich auf jeden Fall Ja sagen?«

»Natürlich nicht!«

»Und was ist mit dem ›Akt der Höflichkeit‹?«

»Das ist eben der Unterschied! Du bist eine Frau! Wenn du in so einer Situation Nein sagst, ist das ein Akt der Selbstachtung.«

Lizzy sah ihn zweifelnd an. »Und sonst ist in ihrer Wohnung nichts passiert?«

Marc starrte zurück. »Äh, definiere ›nichts‹!«

Lizzy verzog den Mund. »Stell dich nicht dümmer, als du bist: Ich will wissen, ob zwischen euch was gelaufen ist!«

»Um das Ganze auf den Punkt zu bringen: Du willst wissen, ob wir Sex hatten?«

Lizzy nickte.

»Nein, hatten wir nicht. Zufrieden?«

»Schwöre es!«

Marc seufzte und hob die rechte Hand. »Ich schwöre hiermit feierlich, dass ich mit Ilka Höller keinen Sex hatte.« Er versuchte ein überzeugendes Lächeln, das ihm aber mehr zur Grimasse geriet. »Zumindest nicht in den letzten vierundzwanzig Jahren. Okay?«

Lizzy sah ihm prüfend ins Gesicht und suchte nach Anzeichen dafür, dass er sie angelogen hatte, konnte aber offenbar keine finden. »Okay«, nickte sie schließlich. »Ich glaube dir.«

Marc atmete erleichtert durch. »Dann machst du dir also keine Sorgen mehr, dass ich euch verlassen könnte?«

Sie schüttelte den Kopf. »Nein.« Sie zögerte. »Das heißt, ich weiß nicht … Es ist ja nicht nur wegen gestern Abend. Glaubst du, ich bekomme nicht mit, dass Mama und du euch dauernd streitet, wenn sie mal hier ist?«

Marc lehnte sich zurück. Lizzy hatte die Krise also bemerkt. Dabei hatten Melanie und er sich so bemüht, leise zu sein und nur noch miteinander zu ›diskutieren‹, wenn sie dachten, Lizzy würde schlafen. Nun, offenbar hatten sie sich getäuscht.

»Es stimmt, deine Mutter und ich haben derzeit ein paar Probleme. Aber nichts, was sich nicht irgendwie regeln ließe. Ich habe vor Kurzem noch mit Melanie gesprochen und sie meinte, wenn sie zurück ist, unternehmen wir mal wieder was zu dritt miteinander.« Dass er Melanie persönlich gesprochen hatte, ließ er wohlweislich unter den Tisch fallen. Wahrscheinlich würde es für Lizzy einen weiteren Schlag bedeuten, wenn sie erfuhr, dass ihre Mutter zu Hause gewesen war, ohne auf sie zu warten.

»Echt? Das wäre ja super.«

Marc musterte seine Tochter. »Ich hätte nie gedacht, dass du die Befürchtung haben könntest, ich würde einmal weggehen«, meinte er nachdenklich. »Wenn ich ehrlich sein soll, hatte ich bisher vielmehr den Eindruck, dass du mich nicht einmal sonderlich magst.«

Lizzy lächelte. »Na ja, ›mögen‹ ist ein großes Wort. Sagen wir mal so: Ich habe mich inzwischen an dich gewöhnt. So, wie man sich an einen seit Langem getragenen Pullover gewöhnt hat. Den man immer wieder anzieht, auch wenn er schon löchrig ist. Oder wie an einen alten Teddybär. Den schmeißt man ja schließlich auch nicht einfach so weg, weil man ganz genau weiß, dass man ihn eines Tages vermissen wird.«

Marc erwiderte ihr Lächeln. »Ein alter Teddybär, soso. Ich bin gerührt.« Und wenn er ganz ehrlich zu sich war, war er das tatsächlich ein bisschen. Er schlug sich auf die Oberschenkel. »Aber jetzt habe ich einen Bärenhunger. Wie wär's mit Frühstück?«

Lizzy nickte. »Ich komme gleich runter.«

Marc verließ das Zimmer und schloss die Tür hinter sich. Er war froh, dass er seine Tochter nicht hatte anlügen müssen, denn einen Kuss konnte man beim besten Willen nicht als ›Sex‹ bezeichnen, oder? Nach Auffassung von Bill Clinton bedeutete ja nicht einmal Oralverkehr eine *sexual relation*. Aber woher kam dann das schlechte Gewissen, das er jetzt nicht nur Melanie, sondern auch Lizzy gegenüber verspürte?

Kapitel 22

Der Regen setzte am frühen Morgen ein und nahm im Laufe des Tages immer mehr zu. Als Marc vor dem Einfamilienhaus von Klaus Schulte in der Kuhlostraße ankam, trommelten die Tropfen auf das Wagendach und die Scheibenwischer hatten erhebliche Mühe, die Wassermassen zur Seite zu schaufeln. Marc sprang aus dem Alfa und sprintete die wenigen Meter durch den Vorgarten bis zur Eingangstür des Gebäudes. Trotzdem war er vollkommen durchnässt, als er klingelte.

Aber er schien tatsächlich Glück zu haben, denn wenige Sekunden später wurde ihm von einem gut aussehenden Mittdreißiger geöffnet, in dem er den Hausherrn vermutete. Marc hatte bewusst keinen Termin mit Monjas ehemaligem Klassenlehrer ausgemacht. Zum einen lief er so nicht Gefahr, schon am Telefon abgewimmelt zu werden, zum anderen wollte er den Überraschungseffekt nutzen.

Marc setzte sein wärmstes Lächeln auf. »Guten Tag, mein Name ist Hagen. Sind Sie Herr Klaus Schulte, Monja Höllers ehemaliger Klassenlehrer?«

»Ja, das bin ich«, lautete die misstrauische Antwort. »Was kann ich für Sie tun?«

»Ich bin Rechtsanwalt und verteidige derzeit Monjas Vater, Rainer Höller. Ich nehme an, Sie haben von dem Prozess gehört?«

»Natürlich, ich war schließlich Monjas Lehrer. Aber Sie haben meine Frage nicht beantwortet: Was wollen Sie?«

»Um es ganz offen zu sagen: Informationen. Informationen über Monja Höller. Sehen Sie, ich habe das Mandat erst vor ein paar Tagen übernommen und da ist es für mich natürlich essenziell wichtig, dass ich so viel wie möglich über das Opfer weiß.«

»Moment mal! Habe ich das richtig verstanden? Ich soll Ihnen allen Ernstes dabei helfen, dass Sie Monjas Mörder freibekommen?«

»Totschläger«, korrigierte Marc freundlich. »Und außerdem *mutmaßlicher* Totschläger. Herr Höller ist bisher nicht verurteilt und er bestreitet die Tat entschieden.«

Klaus Schulte schnaubte belustigt. »Tun sie das nicht alle?«

»Nein, nicht alle.« Marc blickte an Schulte vorbei in den Hausflur. »Aber können wir das nicht drinnen besprechen? Es ist kalt und der Regen hat mich ziemlich durchgeweicht.«

Schulte machte keine Anstalten, die Tür freizugeben. »Ich denke nicht, dass wir etwas zu besprechen haben«, erwiderte er.

»Aber Sie sind doch sicher auch daran interessiert, dass Monjas Mörder überführt wird«, startete Marc einen weiteren Versuch. »Es kann natürlich sein, dass Rainer Höller seine Tochter getötet hat. Ich war bei der Tat nicht dabei, ich bin nur sein Verteidiger. Aber nehmen wir mal für einen Moment an, Höller sagt die Wahrheit. Dann könnten Sie vielleicht helfen, den wahren Täter zu überführen. Und zwar einfach dadurch, dass Sie mir alles über Monja erzählen, was Sie wissen.«

»Ich kann Ihnen doch überhaupt nichts sagen! Ich war lediglich Monjas Lehrer, sonst hatten wir keinerlei privaten Kontakt. Warum fragen Sie denn nicht einfach ihren Vater? Der hat Monja mit Sicherheit wesentlich besser gekannt als ich.«

»Ich versuche, so viele Puzzleteile wie möglich zusammenzutragen, um ein vollständiges Bild von Monja zu bekommen. Vielleicht verfügen Sie ja über Informationen, von denen Sie gar nicht wissen, dass sie für das Verfahren relevant sind. Es kann keinem schaden, wenn Sie mit mir reden. Aber Sie können Monja vielleicht noch helfen, wenn durch Ihre Angaben der wahre Täter überführt wird. Bitte! Ich habe wirklich nur ein paar Fragen und dann bin ich auch sofort wieder weg.«

Schulte musterte ihn lange und Marc konnte förmlich sehen, wie es in seinem Kopf arbeitete. Wahrscheinlich wägte er gerade ab, wie er den ungebetenen, aber hartnäckigen Gast am schnellsten wieder loswerden konnte: indem er weiter vor der Tür mit ihm herumdiskutierte oder indem er ihm ein paar Minuten seiner Zeit erübrigte.

Schließlich hatte Schulte eine Entscheidung getroffen. Und sie fiel zu Marcs Gunsten aus, denn der Lehrer trat einen halben Schritt zur Seite. »Na, dann kommen Sie mal rein. Es wird eh nicht lange dauern, weil ich Ihnen wie gesagt kaum etwas über Monja berichten kann.«

»Vielen Dank.« Marc folgte Schulte in ein großzügiges Wohn- und Esszimmer, wo der Hausherr ihn auf einem schwarzen Ledersofa Platz nehmen ließ.

»Kann ich Ihnen einen Tee anbieten? Ich habe gerade Wasser heiß gemacht.«

»Tee wäre super. Ich glaube, ich habe mich eben etwas verkühlt.«

Schulte verschwand und Marc nutzte die Gelegenheit, sich umzusehen. Von der großen Glasschiebetür zu seiner Rechten liefen dicke Tropfen herunter, sodass man den Garten dahinter kaum sehen konnte. An der Wand hingen ein paar abstrakte Drucke.

Vor ihm befand sich ein großer Fernseher mit eingefrorenem Bild. Offenbar hatte Schulte gerade einen Film gesehen und ihn angehalten, als Marc geklingelt hatte. Rechts von ihm stand ein kleines Tischchen, darauf ein gerahmtes Foto, das Schulte mit einer attraktiven Frau und zwei etwa acht- und zehnjährigen Jungen zeigte.

Wenig später kam Monjas ehemaliger Lehrer zurück und stellte eine Tasse Tee vor Marc auf den Tisch.

»Vielen Dank.« Marc deutete auf das Bild. »Ihre Familie?«

Schulte nickte. »Ja, das sind Corinna und die Jungs. Aber momentan bin ich allein. Meine Frau ist einkaufen, meine Söhne sind bei Freunden.«

»Ihre Frau ist auch Lehrerin, nicht wahr?«

»Ja, woher wissen Sie das?«

»Von meiner Tochter. Sie geht auch auf das Geschwister-Scholl-Gymnasium. Lizzy. Lizzy Schubert.«

»Der Name sagt mir gerade nichts. Aber meinten Sie nicht, Sie heißen Hagen?«

»Lizzy ist nicht meine leibliche Tochter.«

»Verstehe.«

Schulte nahm mit seiner Tasse in einem Sessel Platz. »Woher wussten Sie eigentlich, dass ich hier bin?«, fragte er.

»Wusste ich nicht. Aber ich dachte, als Lehrer ...«

»... hat man einen Halbtagsjob und hängt die restliche Zeit beschäftigungslos zu Hause rum«, vollendete Schulte den Satz für ihn. »Aber dass ich fast jeden Nachmittag damit verbringe, irgendwelche Tests, Klausuren und Hausarbeiten zu korrigieren und den Unterricht für den nächsten Tag vorzubereiten, interessiert offenbar keinen Menschen.«

Marc warf einen ostentativen Blick auf den Fernseher und Schulte musste wider Willen lachen.

»Ich machte gerade eine Pause«, gestand er. »Ich glaube, nachdem ich die letzten drei Stunden damit verbracht habe, fünfundzwanzig Klausuren zu korrigieren, habe ich das Recht, eine Tasse Tee zu trinken und mich ein wenig zu entspannen.«

Marc deutete auf den Bildschirm. »Ist das Trintignant?«

»Sie kennen Jean-Louis Trintignant?«, fragte Schulte erfreut zurück. »Das ist heutzutage selten. Die meisten gucken doch nur noch diese amerikanischen Ballerfilme.«

»Ja, ich kenne Trintignant«, bestätigte Marc. »Und ich glaube, ich kenne auch den Film. Die Schauspielerin heißt Irène Jacob, oder? Dann muss das *Drei Farben Rot* sein. Einer meiner Lieblingsfilme.«

»Meiner auch«, verkündete Schulte enthusiastisch. »Ich habe den Film mindestens schon dreißigmal gesehen. Aber ich entdecke immer noch etwas Neues.«

»Haben Sie den Film denn auch in Ihrem Unterricht besprochen?«

Klaus Schulte lachte auf, als sei allein der Gedanke eine absurde Vorstellung. »*Drei Farben Rot*? Nein, ganz bestimmt nicht. Zum einen bin ich Deutschlehrer und der Film eines polnischen Regisseurs mit französischen Schauspielern, der in der Schweiz spielt, hat mit Deutschunterricht nicht allzu viel zu tun. Zum anderen würde ich es auch als Französischlehrer nicht wagen, meinen Schülern einen solchen Film zu zeigen. Die sind fünf Tote in den ersten drei Minuten gewohnt und würden bei Kieślowski wahrscheinlich nach einer Viertelstunde einschlafen.«

»Dann haben Sie den Film Ihren Schülern auch nicht empfohlen?«

»Ganz bestimmt nicht. Ich meine, ich würde es gerne tun, aber das kann man den heutigen Teenagern nun mal nicht zumuten.« Er hielt inne. »Ich dachte, Sie wären wegen Monja Höller gekommen.«

»Richtig!« Marc tippte sich mit dem Finger an den Kopf, als habe er den Grund seines Besuchs vollkommen vergessen. »Sie waren doch ihr Klassenlehrer. Was können Sie mir über das Mädchen erzählen?«

»Wie gesagt, nicht allzu viel. Eigentlich war sie eine ganz normale, durchschnittliche Schülerin, die nicht sonderlich aufgefallen ist.«

»Nicht sonderlich aufgefallen?«, wiederholte Marc verwundert. »Ich habe Fotos von ihr gesehen. Sie war doch ausgesprochen attraktiv.«

Marc registrierte, dass sich auf Schultes Hals eine leichte Röte auszubreiten begann.

»Ich habe den ›Durchschnitt‹ auf ihre schulischen Leistungen bezogen«, erklärte er. »Was ihr Äußeres anbelangte, war sie natürlich überdurchschnittlich hübsch.«

»Ah, das haben Sie also schon bemerkt?«

Schultes Augen verengten sich. »Ich weiß nicht, was Sie damit andeuten wollen, aber die Richtung, die unser Gespräch nimmt, gefällt mir ganz und gar nicht.«

»Ich will gar nichts andeuten«, versicherte Marc.

»Warum stellen Sie dann solche Fragen?«, fauchte Schulte. »Ich war Monjas Klassenlehrer, nicht mehr und nicht weniger. Aber auch als Lehrer ist man nicht blind. Es gibt nun mal hübschere und weniger hübsche Schülerinnen. Genauso wie es Schüler gibt, die besser aussehen als andere. Das ist eine vollkommen wertfreie Feststellung.«

»Ich habe nichts anderes behauptet«, erwiderte Marc. »Hatte Monja eine beste Freundin?«

Schulte entspannte sich sichtbar. »Ich denke schon. Zumindest hat sie immer neben Hannah Süllwald gesessen.«

»War Hannah auch so hübsch wie Monja?«

»Ich werde Ihnen keine Fragen mehr zum Aussehen meiner Schüler beantworten.«

»Aber vielleicht über ihren Charakter«, warf Marc ein. »Ich habe mittlerweile einige Leute befragt, die Monja gekannt haben. Demnach scheint es so, als wäre sie ein etwas schwieriger Mensch gewesen. Sie musste sogar die Schule wechseln, weil sie am Schiller-Gymnasium eine Mitschülerin gemobbt hat.«

»Darüber weiß ich nichts«, behauptete Schulte. »Bei mir bekommt jeder eine neue Chance ohne Ansehen der Person. Und seitdem Monja auf dem Geschwister Scholl war, ist sie mir nie negativ aufgefallen.«

»Hatte sie Lieblingsfächer, in denen sie besonders gut war?«

»Ich denke nicht. Sport und Kunst vielleicht. Aber sonst war sie in jeder Hinsicht eine unauffällige Schülerin. Keine großen Ausreißer, weder nach oben noch nach unten.«

»Wissen Sie, ob Monja einen Freund hatte?«

»Tut mir leid, da bin ich überfragt.«

»Hatte sie Feinde? Gab es jemanden, der sie nicht gemocht hat? Oder der sie vielleicht sogar gehasst hat?«

»Auch dazu kann ich Ihnen absolut nichts sagen.«

»Sie haben mit Monja also nie über private Probleme gesprochen? Ich meine, Sie waren als ihr Klassenlehrer doch bestimmt so etwas wie eine Vertrauensperson für sie.«

»Ich weiß nicht, wie Monja mich gesehen hat. Ich kannte sie nur als Schülerin.«

»Sie hatten also keinerlei privaten Kontakt?«

»Nein! Wieso auch?«

»Vielleicht im Rahmen der Theater-AG, die Sie geleitet haben? Mir wurde erzählt, Monja habe daran teilgenommen.«

»Das stimmt, aber auch dabei hat es sich nicht um einen privaten, sondern um einen rein schulischen Kontakt gehandelt.«

»Hat Monja Sie jemals hier besucht?«

Schulte starrte ihn an. »Bei uns zu Hause? Nein, natürlich nicht!«

»Das ist merkwürdig. Einer von Monjas Mitschülern hat gesehen, dass das Mädchen etwa zwei Wochen vor ihrem Tod dieses Haus betreten hat.«

»Das kann nicht sein, da muss der Junge sich irren!«

»Er ist sich aber ganz sicher«, beharrte Marc. »Kann es nicht sein, dass Monja doch mal hier war? Denken Sie bitte genau nach.«

Schulte lehnte sich zurück und schloss die Augen. Als er sie wieder öffnete, schnippte er mit den Fingern. »Doch, jetzt fällt es mir wieder ein«, sagte er. »Ich hatte meinen Schülern eine Hausarbeit aufgegeben, aber Monja hat sie nicht rechtzeitig fertig bekommen. Nach dem Unterricht hat sie mich angefleht, die Arbeit doch noch abgeben zu dürfen. Ich habe ein Auge zugedrückt und ihr gesagt, ausnahmsweise, aber nur dann, wenn sie die Arbeit am selben Nachmittag höchstpersönlich bei mir vorbeibringt. Ich vermute mal, dass der Mitschüler, den Sie erwähnen, sie dabei beobachtet hat.«

Marc nickte scheinbar überzeugt. »Das wäre natürlich eine Erklärung. Aber sonst hatten Sie keinerlei privaten Kontakt zu Monja? Sie haben sich nie über außerschulische Dinge unterhalten?«

Schulte hob die Hände zu einer kapitulierenden Geste. »Nein, nie! Es tut mir wirklich leid, dass ich Ihnen nicht weiterhelfen kann.« Er machte Anstalten, sich von seinem Platz zu erheben. »Wenn das dann alles ...«

»Aber eines ist komisch«, fiel Marc ihm ins Wort und Schulte ließ sich mit einem resignierten Gesichtsausdruck in seinen Sessel zurückfallen. »Ich habe Monjas Zimmer gesehen. Sie hatte mehrere DVDs mit Kieślowski-Filmen, darunter die komplette Farb-Trilogie. Filme, die einen Teenager normalerweise nicht interessieren, wie Sie vorhin selbst sagten. Monjas Mutter konnte mir auch nicht erklären, woher diese Vorliebe stammt.« Er fixierte Schulte. »Können Sie es?« Zu seiner Befriedigung registrierte Marc, dass der Lehrer knallrot anlief.

»Äh ... nein«, stotterte Schulte. »Tut mir leid. Ich kann Ihnen über die privaten Interessen meiner Schüler nichts sagen.«

»Na, jetzt strengen Sie sich mal ein bisschen an«, mahnte Marc mit scherzhaft erhobenem Zeigefinger. »Gerade haben Sie mir noch erklärt, dass Sie Ihre Schüler mit Ihrem Lieblingsregisseur Kieślowski jagen könnten, und jetzt hat ausgerechnet eine Ihrer Schülerinnen mehrere seiner Filme in ihrem Regal stehen?«

Schulte hob hilflos die Schultern. »Keine Ahnung«, sagte er. »Ich nehme an, es handelt sich um einen Zufall.«

»Nein«, erwiderte Marc bestimmt. »Solche Zufälle gibt es nicht. Okay, wenn Sie Spielberg-Fan wären und Monja auch *E.T.* oder *Indiana Jones* gucken würde, dann könnte man vielleicht von einem Zufall sprechen. Aber bei Kieślowski? Im Leben nicht ... Kann es nicht doch sein, dass Sie Monja die Filme empfohlen haben?«

Schulte war ein wenig in sich zusammengesackt. »Ja, womöglich«, sagte er schließlich matt. »Vielleicht haben wir mal darüber gesprochen.«

»Dann war das aber nicht im Unterricht!«, insistierte Marc. »Denn Sie haben mir eben gesagt, Sie hätten diese Streifen in der Schule nicht gezeigt und Ihren Schülern auch nicht empfohlen. Kann es nicht also doch sein, dass Sie mit Monja privaten Kontakt hatten? Und kann es nicht auch sein, dass Sie Monja die Filme mal gezeigt haben? Vielleicht sogar hier in Ihrem Haus, als Monja Sie besucht hat?«

»Nein, das kann nicht sein!«, brauste Schulte auf. »Monja war nur ein einziges Mal hier, um ihre Hausarbeit abzugeben. Es gab keinen privaten Kontakt! Wie gesagt, es ist möglich, dass ich mit Monja nach dem Unterricht irgendwann kurz über Filme gesprochen habe und dabei auch Kieślowski erwähnte, aber daraus können Sie mir doch keinen Strick drehen!« Er unterbrach sich, als sei ihm gerade eine Idee gekommen. »Vielleicht war Monja ein bisschen in mich verliebt? Aber das hat sie mir nie gezeigt und ich habe dergleichen auch zu keinem Zeitpunkt bemerkt. Ich bin nicht dafür verantwortlich, wenn eine Schülerin, mit der ich ansonsten nichts zu tun hatte, sich diese Filme kauft.«

»Nicht irgendeine Schülerin«, wandte Marc ein. »Wie wir eben gemeinsam festgestellt haben, hat es sich bei Monja um ein äußerst attraktives Mädchen gehandelt. Ich sage es Ihnen ganz direkt: Ich glaube, dass Sie ein Verhältnis mit Monja Höller hatten!«

Schulte stand abrupt von seinem Sessel auf. »Dieses Gespräch ist jetzt beendet! Es war falsch, sich überhaupt darauf einzulassen, das habe ich von Anfang an gewusst. Aber diesen Fehler werde ich nun korrigieren. Und deshalb muss ich Sie bitten zu gehen! Ich bin nicht verpflichtet, mit Ihnen zu reden.«

Marc blieb demonstrativ sitzen. »Sie haben zum Teil recht«, stimmte er Schulte zu. »Sie sind nicht verpflichtet, *hier* mit mir zu reden. Aber wenn ich Ihre Ladung als Zeuge beantrage, werden Sie meine Fragen vor Gericht beantworten müssen. Dann sitzen Sie nicht mehr in einem weichen Ledersessel in Ihrem gemütlichen Wohnzimmer, sondern auf einem harten Stuhl in einer öffentlichen Verhandlung vor Dutzenden Zuschauern und Pressevertretern.«

Schulte war schlagartig blass geworden. »Als Zeuge?«, brachte er mühsam hervor. »Sie wollen mir vor Gericht diese Fragen stellen? Das wäre eine Katastrophe! Ich war Monjas Lehrer, ich habe eine Frau und Kinder. Wenn diese haltlosen Anschuldigungen publik werden, ist mein Ruf ruiniert, auch wenn kein Wort davon wahr ist. Irgendwas bleibt immer hängen! Die Eltern werden denken: Na, hatte er nicht doch etwas mit Monja? Oder vielleicht sogar mit meiner Tochter? Sie wissen doch, wie so etwas läuft!«

Marc nickte. »Deshalb dürfte es auch in Ihrem Interesse sein, wenn wir hier miteinander sprechen und nicht vor Gericht.«

Schulte ließ sich kraftlos wieder in seinen Sessel zurücksinken. »Aber was soll ich denn machen?«, fragte er in weinerlichem Tonfall. »Was habe ich Ihnen getan? Ich habe all Ihre Fragen beantwortet. Ich kann es doch auch nicht ändern, dass Sie mir nicht glauben.«

»Nein, ich glaube Ihnen tatsächlich nicht. Dazu waren Ihre Antworten zu widersprüchlich. Erst haben Sie Ihren Schülern nie Kieślowski-Filme empfohlen, dann auf einmal doch. Erst haben Sie behauptet, Monja sei nie hier gewesen, dann ist es Ihnen doch noch eingefallen. Sie geben scheibchenweise immer nur das zu, was man Ihnen nachweisen kann. Das ist klassisches Täterverhalten!«

»Täterverhalten?« Schulte hatte das Wort fast geschrien. »Welche Tat soll ich denn begangen haben?«

»Sie meinen, außer sexuellem Missbrauch von Schutzbefohlenen? Da würde mir spontan noch Mord einfallen – um eine andere Straftat zu verdecken. Sie haben es eben doch selbst gesagt: Wenn Ihre Affäre mit Monja herausgekommen wäre, wäre das eine Katastrophe gewesen. Das Mädchen hat übrigens fast die gleichen Worte gebraucht. Sie hatte einer Freundin gesagt, sie habe einen Freund, dürfe aber seinen Namen nicht nennen, weil das in einer Katastrophe enden würde. Ich denke, da hat sie nicht übertrieben.«

»Ich weiß nicht, ob Monja einen Freund hatte«, erklärte Schulte beharrlich. »Ich war es auf jeden Fall nicht!«

»Aber es würde alles perfekt zusammenpassen: Monjas merkwürdiges Verhalten ihren ›heimlichen Freund‹ betreffend und Ihr merkwürdiges Verhalten, wenn es um Monja geht. Sie haben vorhin selbst gesagt, es könne sein, dass das Mädchen in Sie verliebt war. Deshalb lassen Sie uns mal einen Moment unterstellen, dass Sie tatsächlich eine Affäre hatten. Wäre schließlich nicht das erste Mal: Ein junger attraktiver Lehrer hat ein Verhältnis mit einer jungen attraktiven Schülerin. Das ist menschlich natürlich verständlich. Das Problem ist, dass es in unserer Gesellschaft verboten ist, sowohl moralisch als auch nach dem Strafgesetzbuch. Wenn das herauskommt, verlieren Sie alles: Ihre Frau, Ihre Familie, Ihren Job, Ihr Ansehen, Ihre Pension, vielleicht sogar Ihre Freiheit. Lassen Sie uns jetzt gemeinsam überlegen, wie die Affäre weitergegangen sein könnte. Am Anfang ist so eine Beziehung natürlich aufregend und toll. Aber irgendwann gibt es – wie in jeder Beziehung – Probleme. Und nach allem, was ich bisher gehört habe, war Monja für Probleme geradezu prädestiniert. Sie war ein Mensch, der nicht davor zurückgeschreckt hat, andere fertigzumachen. Vielleicht war ihr die Rolle als heimliche Geliebte eines Tages nicht mehr genug und sie wollte, dass Sie sich in der Öffentlichkeit zu ihr bekennen. Aber das konnten Sie unter keinen Umständen zulassen, nicht wahr? Und wie reagiert ein Mensch, dessen gesamte berufliche und private Existenz auf dem Spiel steht? Er versucht natürlich, sich zu schützen und die drohende Gefahr dadurch zu eliminieren, dass er ihre Verursacherin für immer zum Schweigen bringt. Deshalb musste Monja Höller sterben.«

Schulte starrte ihn an. »Sie müssen verrückt sein!«, rief er. Seine Stimme zitterte vor Wut und Erregung. »Ja, ganz sicher sogar: Sie sind verrückt!«

»Nein, ich bin nur ein Verteidiger, der dem Gericht eine mögliche Alternative zur Anklage präsentiert.«

»Und da dürfen Sie Menschen einfach so verleumden?«

»Nicht ›einfach so‹. Aber wenn sich jemand dermaßen auffällig und widersprüchlich benimmt wie Sie, darf ich durchaus Hypothesen äußern.«

Schulte hob beschwichtigend die Hände. »Ihre Hypothese hat nur einen entscheidenden Haken«, sagte er.

»Und der wäre?«

»Ich hatte kein Verhältnis mit Monja! Punkt! Sie können mich noch tausendmal danach fragen, hier oder vor Gericht, an meiner Antwort wird sich nichts ändern. Aber ich bitte Sie inständig, darauf zu verzichten, mich als Zeugen zu vernehmen. Diese falschen Anschuldigungen werden mir sonst mein ganzes Leben lang nachhängen. Und wer weiß: Vielleicht sind dadurch wirklich mein Beruf und meine Ehe gefährdet.«

»Das will ich natürlich keinesfalls«, sagte Marc großzügig und bemerkte, dass Schulte erleichtert durchatmete. »Ich denke nicht, dass Sie in einer öffentlichen Verhandlung aussagen müssen.«

Schulte zögerte, als traue er dem Braten noch nicht so ganz. Doch dann bedachte er Marc mit einem dankbaren Nicken.

»Unter einer Bedingung«, fügte Marc hinzu und Schultes Kiefer sackte herunter.

»Welche?«, fragte er erschöpft.

»Sie geben eine Speichelprobe ab.«

Schulte starrte Marc entgeistert an. »Eine Speichelprobe? Was wollen Sie denn damit?«

»Ganz einfach: Ich will sie mit der DNA des Fötus vergleichen.«

»Fötus? Was für ein Fötus?«, schrie Schulte auf.

Marc bekam fast ein bisschen Mitleid. »Der Fötus, der bei der Obduktion in Monja Höllers Bauch gefunden wurde.«

»Aber ... aber ... das kann überhaupt nicht sein! Wir haben doch ...«

»Was haben Sie? Verhütet? Nun, Sie sollten ja eigentlich wissen, dass keine Methode wirklich hundertprozentig sicher ist.«

Schulte schaute Marc aus blutunterlaufenen Augen an. »Nein, das kann nicht sein«, wiederholte er. »Von einer Schwangerschaft stand nichts in der Zeitung!«

»Glauben Sie ernsthaft, dass die Polizei alles an die Presse weitergibt? Wie naiv sind Sie eigentlich? Also, wie sieht es jetzt mit der Speichelprobe aus? Sind Sie freiwillig damit einverstanden? Oder muss ich mir erst einen richterlichen Beschluss besorgen?«

Schulte war in seinem Sessel zusammengeklappt wie eine Marionette, der man die Fäden gekappt hatte. »Bitte!«, flehte er. »Verzichten Sie auf diesen DNA-Test! Ich schwöre Ihnen beim Leben meiner Kinder, dass ich mit Monjas Tod nichts zu tun habe!«

»Aber Sie geben zu, dass Sie ein Verhältnis mit ihr hatten.«

»Ich ... ja, ja, ich gebe es zu! Ich hatte ein intimes Verhältnis mit Monja Höller.«

Marc atmete tief durch. Endlich war es heraus. »Erzählen Sie ruhig weiter«, forderte er den Lehrer auf.

»Sie haben es ja selbst gesagt: Monja war ein ungemein attraktives Mädchen. Wahrscheinlich die attraktivste Schülerin, die ich je unterrichtet habe. Und eines Tages hat diese Schülerin Interesse an mir gezeigt. Nach dem Unterricht und nach der Theater-AG. Irgendwann ist es einfach passiert.« Er schlug die Hände vors Gesicht. »Ich weiß nicht, wie das geschehen konnte. Ich muss vollkommen den Verstand verloren haben!«

»Dieser Zustand muss aber eine ganze Weile angehalten haben«, bemerkte Marc. »Ihre Affäre ging doch über eine längere Zeit, oder?«

»Ja, fast ein Dreivierteljahr. Ich wollte die Sache mehrfach beenden. Denn da waren mein Beruf, Corinna und meine Kinder. Aber ... aber ich konnte es einfach nicht. Es war wie eine Sucht.«

»Eines Tages haben Sie sich dann doch dazu durchgerungen, mit ihr Schluss zu machen, nicht wahr?«

Schultes Kopf ruckte hoch. »Wie?«

»Sie haben zu Monja gesagt, es sei aus und vorbei. Daraufhin hat Monja Ihnen damit gedroht, alles auffliegen zu lassen. Sie hat gesagt, wenn Sie die Beziehung beenden, geht sie zum Direktor, zu Ihrer Frau und zur Polizei. In der Reihenfolge. Und das konnten Sie keinesfalls zulassen!«

»Was? Nein, so war es nicht! Ich habe Ihnen doch eben schon gesagt, dass ich mit Monjas Tod nichts zu tun habe. Als ich davon erfahren habe, war das für mich ein absoluter Schock.«

»Warum sollte ich Ihnen das glauben, nachdem Sie mich vorhin die ganze Zeit angelogen haben?«

Schulte saß zusammengesunken in seinem Sessel und nickte mit starrem Blick vor sich hin. Auf einmal schaute er auf. »Okay, warten Sie ... Wenn Sie mir bisher nicht glauben, hilft ja vielleicht das.« Er stand auf und verließ den Raum. Als er zwei Minuten später zurückkehrte, hatte er ein Fotoalbum in der Hand, das er vor Marc auf den Tisch legte. »Ich war an jenem Wochenende, an dem Monja ermordet wurde, mit meiner Frau und einigen Studienfreunden auf einer Fahrradtour. Das machen wir einmal im Jahr.«

Marc schlug die erste Seite auf. *Fahrradausflug zur Mosel vom 1. bis 3. Juli,* las er da. Er blätterte weiter. Die Bilder zeigten einen Ausflug der Schultes mit zwei anderen Pärchen. Klaus Schulte war auf zahlreichen Aufnahmen zu sehen. Es konnte also kein Zweifel daran bestehen, dass es diesen Fahrradausflug gegeben hatte. Die Frage war nur, ob er tatsächlich an dem Wochenende stattgefunden hatte, an dem Monja getötet worden war. Aber das Album an sich wirkte jedenfalls echt. Und warum sollte Schulte ein Alibi erfunden haben? Er hatte schließlich nie unter Verdacht gestanden.

»So etwas kann man fälschen«, bemerkte Marc trotzdem.

»Es ist aber kein Fake! Wenn Sie mir nicht glauben, fragen Sie die beiden Pärchen, die uns begleitet haben. Und falls Sie denen auch nicht glauben: Erkundigen Sie sich in den Hotels, in denen wir übernachtet haben. Und bei den Leuten, bei denen wir uns die Fahrräder geliehen haben. Oder meinetwegen in den Restaurants, in denen wir gegessen haben. Die können sich bestimmt an uns erinnern. Ich müsste sogar noch irgendwo die Rechnungen haben.«

Marc nickte langsam. Er hatte das Gefühl, dass Schulte jetzt die Wahrheit sagte, aber sicher konnte er sich natürlich nicht sein. »Okay, wir machen es so«, schlug er vor und holte eine Visitenkarte aus seinem Portemonnaie, auf der er mit einem Kuli die Anschrift von Vogels Kanzlei notierte. »Sie werden bis morgen Mittag eine Liste mit den Namen, Anschriften und Telefonnummern der Leute vorlegen, mit denen Sie die Tour gemacht haben. Außerdem eine Aufstellung sämtlicher Hotels und Restaurants sowie die dazugehörigen Rechnungen. Wenn die Ihre Angaben bestätigen können, sind Sie aus dem Schneider.«

»Einverstanden. Aber gehen Sie bitte diskret vor!«

»Ich fange mit den Hotels und Restaurants an«, versprach Marc. »Vielleicht reicht das schon.«

»Danke, vielen Dank. Und …« Schulte unterbrach sich, weil er hörte, dass in der Haustür ein Schlüssel umgedreht wurde. »Bitte!«, flehte er. »Kein Wort zu meiner Frau! Sie würden unsere gesamte Familie zerstören!«

Bevor Marc antworten konnte, kam eine attraktive blonde Frau herein, die er schon von dem Foto kannte: Corinna Schulte.

»Oh, du bist nicht allein«, sagte sie überrascht, als sie Marc erblickte.

»Äh, nein, das ist Herr Hagen. Er ist Anwalt.«

»Um Gottes willen, ist was passiert? Du siehst aus, als hättest du ein Gespenst gesehen.«

»Nein, du kannst dich beruhigen. Das ist eine reine Routineangelegenheit, nicht wahr, Herr Hagen? Herr Hagen vertritt den Vater von Monja Höller. Du weißt schon, die Schülerin, die vor einem Jahr ermordet wurde.«

»Ja, Monja. Eine schreckliche Geschichte.« Sie wandte sich Marc zu. »Was hat mein Mann damit zu tun?«

»Nun, er war Monjas Klassenlehrer und ich hatte gehofft, von ihm mehr über das Mädchen zu erfahren.«

»Konnte er Ihnen weiterhelfen?«
»Nicht allzu sehr. Die beiden haben sich wohl nicht so gut gekannt.« Marc zwinkerte Schulte unauffällig zu und stand auf. »So, jetzt muss ich aber wirklich los. Herr Schulte, Sie denken daran, was wir besprochen haben, nicht wahr? Machen Sie sich keine Mühe, ich finde alleine raus.«

Kapitel 23

Tags darauf saß Marc beim Mittagessen, als er einen Anruf von Kimmy erhielt.
»Hier ist gerade ein Mann aufgetaucht«, berichtete sie. »Nannte sich Klaus Schulte. Hat sich irgendwie merkwürdig benommen und sah auch komisch aus. Wie verkleidet, mit Baseballkappe, Sonnenbrille und so. Er hat irgendwelche Unterlagen vorbeigebracht und gemeint, Sie wüssten schon Bescheid.«
Marc musste lächeln. Offenbar hatte sein gestriger Auftritt den Lehrer umgehend tätig werden lassen. »Das geht in Ordnung, Kimmy«, versicherte er der Sekretärin. »Wenn ich mich nicht sehr irre, handelt es sich um Unterlagen, die belegen sollen, dass Herr Schulte vom ersten bis zum dritten Juli vorigen Jahres an der Mosel war. Können Sie das für mich checken? Ein paar Anrufe bei den Hotels, in denen er angeblich übernachtet hat, müssten reichen. Und zusätzlich können Sie vielleicht noch bei ein oder zwei Freunden, die auf dieser Tour laut Schulte dabei waren, nachfragen. Aber bitte so, dass kein Zusammenhang mit dem Mordfall Monja Höller erkennbar wird. Schaffen Sie das?«
»Kein Problem, Chef. Ich melde mich, sobald ich etwas weiß.«

Den Rest des Tages verbrachte Marc damit, die Akten in seinem einzigen Fall noch einmal durchzugehen. Der Prozess gegen Rainer Höller sollte in fünf Tagen fortgesetzt werden und es wurde langsam Zeit, sich intensiv auf die Vernehmung von Andreas Bartels vorzubereiten.

Nachmittags gegen halb fünf Uhr klingelte Marcs Handy erneut. Er nahm den Anruf entgegen und hörte gleich darauf Kimmys Stimme.

»Klaus Schulte war an dem Wochenende an der Mosel«, verkündete sie. »Kein Zweifel.«

Marc nickte stumm. Damit hatte er schon gerechnet, aber ein bisschen genauer wollte er es dann doch haben. »Erzählen Sie«, forderte er Kimmy auf.

»Also, ich habe in den letzten Stunden zwei Hotels, ein Restaurant und zwei Personen von der Liste, die Schulte mir gegeben hat, angerufen. Seinen Freunden habe ich erzählt, dass Schulte an dem betreffenden Wochenende in Bielefeld ein Auto angefahren haben soll, woraufhin die sofort meinten, dass das gar nicht sein könne, da sie zu der Zeit gemeinsam einen mehrtägigen Fahrradausflug gemacht hätten und gar nicht in Bielefeld gewesen wären. Auch die Mitarbeiter in den Hotels und in dem Restaurant haben das zweifelsfrei bestätigt.«

»Danke, Kimmy, das war gute Arbeit!«

»Kein Problem.« Sie freute sich merklich über das Lob. »Ich bin allerdings noch nicht dazu gekommen, wie versprochen die Post aus Höllers Wohnung zu holen. Aber ich werde mich noch heute darum kümmern.«

»Halb so schlimm«, versicherte Marc. »Die Rechnungen liegen jetzt seit fast einem Jahr dort rum, da machen ein paar Tage mehr oder weniger auch nichts mehr aus.«

»Okay, und dann ist noch ein Schreiben von einem Jürgen Weiser gekommen«, fuhr Kimmy fort.

Marc brauchte einen Moment, bis er den Namen einordnen konnte, aber dann fiel ihm wieder ein, wer das war: der Bildtechniker, der versuchen sollte, die Armbanduhr des Polizisten auf der Aufnahme von Bartels' angeblicher Jubiläumsfeier so zu vergrößern, dass man darauf die Uhrzeit ablesen konnte.

»Was steht drin?«, fragte er gespannt.

»Moment.«

Marc hörte das Rascheln von Papier. »Also. *Zur Prüfung vorgelegt wurde eine Aufnahme vom ...* bla, bla, bla, dann geht es hier weiter ... bla, bla, bla ... Ah, hier: *... hat die Auswertung ergeben, dass die Uhrzeit auf einer Armbanduhr abzulesen war: 23.50 Uhr.*«

Marc verzog enttäuscht das Gesicht. Die Uhrzeit auf der Armbanduhr stimmte mit dem Aufnahmedatum überein. Also war das Video entweder echt oder die beteiligten Polizisten hatten wirklich an alles gedacht und nicht nur das Datum manipuliert, sondern auch ihre Uhren entsprechend verstellt.

»Danke, Kimmy«, sagte er trotzdem.

»Wie gesagt, kein Problem. Kann ich sonst noch was für Sie tun?«

»Nein, danke. Falls es was gibt, melde ich mich.«

Er beendete das Gespräch und lehnte sich mit aneinandergelegten Fingerspitzen in seinem Sessel zurück. Zwei schlechte Nachrichten auf einmal, dachte er frustriert: Er konnte immer noch nicht beweisen, dass Bartels' Alibi falsch war; und Klaus Schulte kam als Täter nicht in Betracht.

Doch noch ehe er diese Überlegungen weiterspinnen konnte, meldete sich Marcs Handy ein drittes Mal und zeigte eine unbekannte Nummer an.

»Hagen.«

»Hallo, Herr Hagen, Schulte hier.«

Marc musste unwillkürlich grinsen. Wenn man an den Teufel dachte ... Er räusperte sich. »Herr Schulte, was kann ich für Sie tun?«

»Äh ... ja, ich wollte mich eigentlich nur erkundigen, ob Sie meine Angaben schon überprüft haben.«

»Haben wir, Herr Schulte.« Marc schwieg. Er hatte nicht vor, es dem Lehrer leicht zu machen.

»Aha. Und was ist dabei herausgekommen?«

»Meine Sekretärin hat recherchiert und dabei schlussendlich festgestellt ...«, Marc machte eine dramatische Pause, in der er sich vorstellte, wie Schulte mit angehaltenem Atem und offenem Mund auf eine Antwort wartete, »... dass Ihre Angaben stimmen.« Er konnte förmlich hören, wie dem Lehrer die Steine vom Herz fielen.

»Gott sei Dank«, stieß Schulte erleichtert hervor.

»Sollen wir Ihnen Ihre Unterlagen zurückschicken?«, fragte Marc feixend.

»Um Himmels willen, nein!«, rief Schulte panisch. »Nicht auszudenken, was passiert, wenn meine Frau sie in die Finger bekommt. Was soll sie denn denken? Sie wird mich mit Fragen löchern, warum ich Ihnen das Material überhaupt gegeben habe. Nein, ich hole die Sachen persönlich wieder in der Kanzlei ab. Geht das heute noch?«

Marc sah auf die Uhr. »Ja, ich denke schon. Meine Sekretärin müsste bis achtzehn Uhr da sein. Wenn Sie sich also beeilen ...«

»Danke, mache ich. Und noch einmal vielen Dank für Ihr Verständnis. Ich schwöre Ihnen, das war mir eine Lehre und wird nie wieder passieren. Ich kann Ihnen versichern, dass ich vorher noch nie eine Affäre mit einer Schülerin hatte. Ich hatte überhaupt noch nie etwas mit einer anderen Frau, seitdem ich mit Corinna zusammen bin. Aber mit Monja war es irgendwie anders. Dieses Mädchen hat mich fast um den Verstand gebracht.«

»Herr Schulte, Sie müssen sich vor mir nicht rechtfertigen. Ich bin Anwalt, kein Priester.«

»Ja, natürlich. Ach, eine Frage noch. Das mit dem DNA-Test ... Das hat sich doch jetzt bestimmt erledigt, oder?«

»Klar. Es wäre eh nichts dabei herausgekommen.«

»Aha. Und warum nicht?«

»Weil Monja nicht schwanger war. Herr Schulte, ich muss jetzt weitermachen. Ich wünsche Ihnen noch einen schönen Tag.«

Bevor der Lehrer antworten konnte, drückte Marc die rote Taste seines Mobiltelefons und musste lauthals lachen. Er konnte nur hoffen, dass diese Geschichte Schulte dermaßen in Panik versetzt hatte, dass er die Finger künftig tatsächlich von seinen Schülerinnen ließ. Aber vielleicht war es trotzdem sinnvoll, Lizzy vor ihm zu warnen. Die Gefahr, dass er sich ausgerechnet an sie heranmachte, war zwar äußerst gering, nachdem er jetzt wusste, dass sie seine Tochter war. Aber bei solchen Typen konnte man schließlich nie wissen. Wenn der Verstand Schulte mal wieder in die Hose rutschte, war ihm wahrscheinlich alles zuzutrauen.

Als Lizzy am Abend nach Hause kam, bestellten sie sich zwei Pizzas, die sie gemeinsam verspeisten. Dabei berichtete Lizzy, was sie Neues in Erfahrung gebracht hatte. Marc hatte sie gebeten, noch einmal mit Daniel Schneider zu sprechen und ihn diskret danach zu fragen, was er an jenem Abend gemacht hatte, an dem Monja ermordet worden war. Schneider hatte behauptet, seine Eltern seien verreist gewesen und er habe die ganze Zeit allein zu Hause verbracht. Ein wasserdichtes Alibi sah zweifellos anders aus.

Es war ein langer Tag mit viel Aktenstudium geworden und Marc ging entgegen seinen sonstigen Gewohnheiten schon um kurz nach elf ins Bett. Aber obwohl er todmüde war, konnte er nicht einschlafen. Die Ereignisse der letzten Tage liefen wieder und wieder in seinem Kopf ab. Er hatte zwar einiges erfahren, aber nichts, was ihn entscheidend weitergebracht hätte. Vermutungen und unbewiesene Spekulationen waren das Einzige, was er zur Entlastung seines Mandanten vorbringen konnte.

Marc rekapitulierte die gesamte Ermittlung ein weiteres Mal: Klaus Schulte hatte ein bombensicheres Alibi. Im Gegensatz zu Daniel Schneider. Nach allem, was Lizzy über ihn erzählt hatte, hielt Marc es zwar für eher unwahrscheinlich, dass er Monja aus verschmähter Liebe umgebracht hatte. Aber auszuschließen war das natürlich nicht, zumal die Rose, die in den Händen des toten Mädchens gefunden wurde, gut zu dieser Theorie passen würde. Dagegen passte die Blume nicht zu der Vermutung, dass Monja von irgendwelchen Drogendealern oder Junkies umgebracht worden war. Andererseits: Die Umgebung des Bielefelder Hauptbahnhofs war nachts nun einmal ein nicht ungefährliches Pflaster, insbesondere für attraktive junge Frauen. Immerhin befand sich dort auch der Straßenstrich und vielleicht hatte ein Freier Monja dort gesehen und für eine Prostituierte gehalten. Aus irgendeinem Grund war sie zu dem Mann ins Auto gestiegen, dann war die Situation eskaliert und der Freier hatte zugestochen. Aber warum hätte er der Toten dann noch eine Rose in die Hand drücken sollen?

Und was war eigentlich mit den von Burgsdorfs? Auch gegen die gab es nichts Handfestes, selbst wenn Marc immer noch davon überzeugt war, dass die Familie ein mögliches Motiv gehabt hatte, Monja zu töten.

Er wälzte sich unruhig in seinem Bett hin und her. So kam er nicht weiter. Zu viele Mutmaßungen, zu viele Vielleichts. Er musste seine gesamte Aufmerksamkeit auf den nächsten Montag, den Tag der Fortsetzung des Prozesses, richten. Marc merkte, wie sehr er dem trotz allen Schwierigkeiten und Problemen entgegenfieberte, wie sehr ihm die hitzige Atmosphäre einer Verhandlung in den vergangenen Jahren gefehlt hatte.

Und dann tauchte ein weiterer, höchst irritierender Gedanke auf: Ganz besonders freute er sich darauf, Ilka am Montag endlich wiederzusehen. In den letzten Tagen hatte er oft an sie gedacht und sich sogar schon ausgemalt, wie es wäre, mit ihr zusammen zu sein. Um Ilkas Beziehung zu Andreas Bartels schien es nicht zum Besten zu stehen. Und seine eigene ... nun ja.

Marc versuchte, den Kopf wieder freizubekommen, indem er sich auf die bevorstehende Befragung von Ilkas Lebensgefährten konzentrierte. Er hatte keine Ahnung, warum Vogel die Vernehmung des Polizisten beantragt hatte. Zumindest hatte er in den Handakten des Anwalts nichts darüber gefunden. Also gab es genau zwei Möglichkeiten: Entweder hatte Vogel seine Strategie nicht schriftlich niedergelegt oder – was Marc wahrscheinlicher erschien – es gab schlicht und einfach keine. In dem Fall hatte Vogel nur dem Drängen seines Mandanten nachgegeben und Bartels' Ladung beantragt, um seine Ruhe zu haben.

Allerdings war es Marc bis jetzt nicht gelungen, irgendetwas zu finden, was Bartels' Alibi erschüttern konnte. Es gab nicht den geringsten Beweis, ja nicht einmal ein Indiz dafür, dass es sich bei der Videoaufnahme um eine Fälschung handelte. Wenn der Polizist also einfach bei seiner Geschichte blieb, würde Marc ihm nichts anhaben können.

Trotzdem wurde er das nagende Gefühl nicht los, etwas Wesentliches übersehen zu haben. Je mehr er darüber nachgrübelte, desto sicherer war er sich: Auf der Aufnahme war etwas Entscheidendes verborgen, was er nicht wahrnahm. Noch nicht. Vielleicht nur ein winziges Detail, eine Schlussfolgerung, die er hätte ziehen müssen, eine Bedeutung, die er nicht erfasste. Er spürte, dass er sich an etwas Wichtiges erinnern können müsste, und glaubte mehrmals, es fast greifen zu können. Aber jedes Mal, wenn er danach fassen wollte, entglitt es ihm wieder und verschwand in den Tiefen seines Unterbewusstseins.

Was sehe ich nicht?, dachte er.

Solange er nicht nachweisen konnte, dass die Aufnahme gefälscht war, würde er der Lösung des Falles nicht entscheidend näher kommen. Denn die Polizisten, die auf dem Video zu sehen waren, würden nicht gegen ihren Freund und Kollegen Andreas Bartels aussagen, davon war Marc überzeugt. Wer so professionell vorging, dass er sogar die Uhrzeit seiner Armbanduhr verstellte, um sie an das angebliche Aufnahmedatum anzupassen, würde unerschütterlich bei seiner Version bleiben.

Marc musste lächeln. Blieb also als einziger unabhängiger Zeuge nur der Vogel, dessen Gezwitscher auf der Aufnahme zu hören war. Aber diesen Vogel würde selbst er nicht zum Reden bringen, selbst wenn es ihm gelingen sollte, ihn zu finden.

Mit diesem Gedanken dämmerte er in einen unruhigen Sekundenschlaf hinüber, war aber schon nach wenigen Augenblicken wieder hellwach. Den Vogel zum Reden bringen!, schoss es ihm durch den Kopf. Ja, vielleicht gab es da tatsächlich eine Möglichkeit …

Kapitel 24

Als Marc am Montag den fensterlosen, holzgetäfelten Schwurgerichtssaal des Bielefelder Landgerichts betrat, waren die Zuschauerreihen bereits gut gefüllt. Er entdeckte sogar zwei Gerichtsreporter der Bielefelder Lokalzeitungen. Allerdings gab es auf den Bänken noch freie Plätze und auch Vertreter von überregionalen Medien oder gar Fernsehsendern waren nicht auszumachen.

Marc vermutete, dass Familiendramen zwar immer noch eine gewisse Aufmerksamkeit erregten, andererseits las man mittlerweile fast wöchentlich von Vätern oder Müttern, die ihre Kinder und anschließend oft sich selbst umgebracht hatten. Kein Wunder, dass das Interesse langsam nachließ.

Marc begrüßte Rainer Höller, der von zwei Wachtmeistern in den Saal gebracht wurde. Als Marc seine schon etwas muffig riechende Robe überzog, ließ er seinen Blick aufmerksam durch den Raum wandern. Ihm gegenüber saß Staatsanwältin Helen Ritter, eine große blonde Frau Ende vierzig, die gerade dabei war, Unterlagen zu ordnen. Rechter Hand stand der Tisch der Nebenklage, an dem Ilka mit ihrer Anwältin auf den Beginn der Verhandlung wartete. Marc hielt es für angebracht, sie nicht per Handschlag zu begrüßen, und beschränkte sich auf ein knappes Kopfnicken, das von Ilka mit einem kleinen Lächeln erwidert wurde.

Sie war wie immer ganz in Schwarz gekleidet und sah einmal mehr hinreißend aus. Ihre langen Haare trug sie hochgesteckt, das Gesicht war nur ganz dezent geschminkt. Marc kam nicht umhin, ihr von Zeit zu Zeit bewundernde Blicke zuzuwerfen.

»Sie ist schon eine Augenweide, oder?«, seufzte Rainer Höller.

»Wer?«, fragte Marc dümmlich zurück.

»Na, kommen Sie!« Höller nickte zur Gegenseite hinüber. »Meine Frau natürlich! Verzeihung: Exfrau. Haben Sie sich eigentlich noch mal getroffen?«

Marc spürte, wie ihm heiß wurde. Ahnte Höller etwas? Oder hatte ihm sogar jemand von ihrem zweiten Treffen im *Puccini* beziehungsweise in Ilkas Wohnung berichtet? Aber wer sollte das gewesen sein?

Marc bemühte sich um eine ausdruckslose Miene und blickte forschend in das Gesicht seines Mandanten, aber der wirkte vollkommen arglos. »Nein, wieso?«, fragte er also.

Höller zuckte die Achseln. »Hätte ja sein können, dass Sie noch Fragen an Ilka haben.«

»Äh, nein ... Die Notwendigkeit hat sich nicht ergeben.«

Höller nickte und Marc tat so, als würde er sich in einen Schriftsatz vertiefen. Mein Gott, dachte er. Gut, dass Ilka und er sich seit jenem Restaurantbesuch nicht mehr gesehen hatten. Aber bald würde dieser Prozess vorbei sein. Und dann stand weiteren Treffen mit Ilka nichts mehr im Wege. Dieser Gedanke ließ ihn lächeln.

»Sie sind ja so gut gelaunt«, meinte Höller. »Ich hoffe, das hat etwas mit meinem Prozess zu tun.«

»Wir werden sehen, Herr Höller«, antwortete Marc kryptisch. »Wir werden sehen.«

Bevor Höller nachhaken konnte, öffnete sich die Tür zum Beratungszimmer und die fünf Richter, drei Berufsrichter und zwei Schöffen, betraten unter der Führung von Dr. Bartholdy den Raum.

Dr. Bartholdy eröffnete die Sitzung, stellte Marc als Höllers neuen Verteidiger vor und bedankte sich bei ihm noch einmal ausdrücklich für die Bereitschaft, so kurzfristig für den verstorbenen Kollegen Vogel einzuspringen. Daraufhin stand dem Prozessbeginn nichts mehr im Wege.

Zuerst wurde ein Profiler des Landeskriminalamtes Nordrhein-Westfalen vernommen. Der ›Operative Fallanalyst‹, wie seine offizielle Bezeichnung lautete, erklärte dem Gericht, dass es sich bei Tötungsdelikten in etwa neunzig Prozent der Fälle um Beziehungstaten handelte, Täter und Opfer sich also kannten. Wenn Mütter ihre Kinder umbrachten, dann glaubten sie oft, ihre Kinder nicht allein lassen zu können. Bei Vätern spielten meist Wut und Rachegefühle eine Rolle, weil die Partnerin sich getrennt hatte oder trennen wollte. Männer, die von Frauen verlassen wurden, bestraften diese dadurch, dass sie ihnen die Kinder wegnahmen.

Zu der Rose befragt, die der Täter in die Hände von Monjas Leiche gedrückt hatte, äußerte der Profiler die Meinung, es habe sich dabei um eine Art ›emotionale Wiedergutmachung‹ gehandelt.

Das Modell des sogenannten *Undoing* oder Ungeschehenmachens gehe davon aus, dass ein Täter nach einem Mord aus einem Gefühl der Reue und Schuld heraus sein Verbrechen symbolisch rückgängig machen möchte. Dieser Akt zeige sich in der Auffindesituation des Opfers, zum Beispiel durch Zudecken oder nachträgliches Anziehen des Leichnams, Platzierung der getöteten Person in einer schlafenden Position, Reinigung, Schließen der Augen oder Falten der Hände. Eltern, die ihre Kinder getötet hatten, neigten dazu, diese sorgfältig zu drapieren und ein Kuscheltier oder eben eine Rose zu ihnen zu legen. So versuchten sie, ihre Tat quasi wieder zurückzunehmen.

Die Staatsanwältin und die Vertreterin der Nebenklage hatten keine Fragen an den Profiler.

Marc wollte von ihm wissen, ob nicht zum Beispiel auch ein verschmähter Liebhaber oder ein verzweifelter Exfreund von Monja in ähnlicher Weise gehandelt haben könnte, was der Profiler notgedrungen einräumen musste. Gleichzeitig führte er aber aus, dass es sich dabei nur um eine theoretische Möglichkeit handele, für die es keinerlei konkrete Hinweise gebe.

Marc nutzte diese Antwort als Einfallstor, die Arbeit der Polizei zu kritisieren. Er hielt dem Profiler vor, die Ermittler hätten sich sehr schnell, nämlich schon an dem Tag, an dem Monja getötet worden war, auf ihren Vater als einzigen in Betracht kommenden Täter festgelegt. Als Marc den Fallanalysten fragte, ob denn nach Rainer Höllers Festnahme überhaupt noch nach Alternativtätern in Monjas Umfeld gesucht worden sei, lautete dessen Antwort, dass er davon ausgehe, die Ermittlungen jedoch zu keinem Ergebnis geführt hätten. Als Marc nachhakte, um welche Ermittlungen es sich gehandelt habe, geriet der Profiler in Verlegenheit. Er gab an, man habe Andreas Bartels' Alibi überprüft, aber ansonsten musste er passen.

Marc verzichtete an dieser Stelle darauf, dem Beamten vorzuhalten, dass weitere Ermittlungen nie stattgefunden hatten. Der Richter hätte ihn anschließend unweigerlich gefragt, ob er denn konkrete Anhaltspunkte dafür habe, dass ein anderer die Tat begangen haben könnte, woraufhin er nur mit den Schultern hätte zucken und auf den großen Unbekannten hätte verweisen können. Und so etwas kam bei Gericht selten gut an.

Zu guter Letzt wollte Marc von dem Profiler wissen, ob die Motivation, Monjas Leiche so zu inszenieren, wie der Täter es getan hatte, nicht auch darin gelegen haben könnte, die Polizei in die Irre zu führen. Auch diese Möglichkeit konnte der Beamte »theoretisch natürlich nicht ausschließen«, fragte Marc jedoch, wer denn »auf eine solche Idee« kommen solle, was der wiederum mit »Vielleicht ein Polizist?« konterte. Der Profiler meinte, das sei reine Spekulation, und blieb dabei, das von ihm vorgetragene Szenario des *Undoing* sei bei Weitem am wahrscheinlichsten.

An dieser Stelle beendete Marc die Befragung, weil er wusste, dass er nicht weiterkommen würde. Er hatte ein paar Punkte gemacht und das Gericht vielleicht sogar zum Nachdenken gebracht, aber sicherlich keinen grundsätzlichen Meinungswandel bewirken können.

Nachdem der Profiler entlassen worden war, kam der große Moment: Andreas Bartels wurde in den Zeugenstand gerufen.

Mit den selbstsicheren Schritten eines Polizisten, der schon viele Schlachten in allen möglichen Gerichtssälen geschlagen hatte, steuerte er direkt auf den für ihn vorgesehenen Platz zu. Seht her!, sollte sein Auftritt zeigen. Hier kenne ich mich aus, das hier ist praktisch mein zweites Zuhause, hier fühle ich mich sicher, hier kann mir keiner was!

Marc musste zugeben, dass Bartels' äußere Erscheinung durchaus etwas hermachte. Er war ein stattlicher Mann und trug die sogenannte Bürodienstuniform, bei der Sakko, Tuchhose und Krawatte in Dunkelblau gehalten und mit einem hellblauen Hemd kombiniert wurden. Zwei silberne Sterne auf den Schulterklappen wiesen ihn als Oberkommissar aus.

Bartels setzte sich hinter den Zeugentisch und suchte Ilka Höllers Blick. Er lächelte sie an, was Ilka ihrerseits ebenfalls mit einem Lächeln beantwortete. Zu seinem Erstaunen fühlte Marc eine Welle der Eifersucht in sich aufsteigen, die er aber sofort unterdrückte. Er musste diesem Zeugen gegenüber möglichst neutral und objektiv bleiben, um überzeugend aufzutreten. Wenn seine Antipathie nach außen sichtbar wurde, konnte das seinem Mandanten schaden. Aber Marc spürte gleichzeitig, dass es ihm nicht nur um Rainer Höller ging. Er wollte Bartels fertigmachen, um Ilka zu imponieren. Heute würde er ihr beweisen, was er als Verteidiger draufhatte.

Der Vorsitzende Richter belehrte den Zeugen über seine Wahrheitspflicht und fragte anschließend seine Personalien ab, die der routiniert herunterleierte. Andreas Bartels war fünfundvierzig Jahre alt, arbeitete als Polizist im Streifendienst und war mit dem Angeklagten weder verwandt noch verschwägert.

Dann richtete Dr. Bartholdy seine Augen auf Marc. »Herr Hagen, die Vernehmung von Herrn Bartels ist von Ihrem Vorgänger, Rechtsanwalt Vogel, ausdrücklich beantragt worden. Ich schlage daher vor, dass Sie mit der Befragung des Zeugen zur Sache beginnen.«

»Gerne.« Er wandte sich dem Polizisten zu, der mit durchgedrücktem Rücken und vor der Brust verschränkten Armen auf seinem Stuhl saß und stur nach vorn blickte, als wappnete er sich gegen einen Angriff.

Bartels wusste natürlich, dass Höller ihn beschuldigte, Monja getötet zu haben, und vermutete daher in dessen Verteidiger so etwas wie seinen natürlichen Feind. Und wahrscheinlich hat er mit dieser Vermutung auch nicht ganz unrecht, dachte Marc.

»Guten Morgen, Herr Bartels«, begrüßte er den Zeugen, erhielt aber keine Antwort. Bartels machte auch keine Anstalten, seine abwehrende Körperhaltung zu ändern. »Herr Bartels, könnten Sie mich ansehen, wenn ich mit Ihnen rede?«, bat Marc.

Der bequemte sich endlich, seinen Kopf in Marcs Richtung zu drehen. »Wenn es der Wahrheitsfindung dient«, sagte er widerwillig.

»Der Wahrheitsfindung nicht, aber der Höflichkeit. Danke.« Marc hielt einen Moment inne, dann fragte er: »Herr Bartels, wie geht es Ihnen?«

Ob dieser unerwarteten Eröffnung blickte der Polizist Marc zum ersten Mal direkt in die Augen. »Gehört das schon zur Sache?«, wollte er mit einem spöttischen Unterton in der Stimme wissen.

»Nein, das gehört noch zur Höflichkeit. Aber Sie haben recht: Zur Höflichkeit sind Sie hier nicht verpflichtet, nur zu wahrheitsgemäßen Angaben. Meine erste Frage zur Sache lautet: Wie haben Sie Samstag, den zweiten Juli letzten Jahres, verbracht?«

»Wo soll ich anfangen?«

»Beginnen Sie einfach mit dem Moment, an dem Sie aufgewacht sind.«

Auf den Lippen des Beamten erschien ein ironisches Lächeln. »Ich bin so gegen sieben Uhr aufgewacht, habe mich geduscht und mich angezogen. Anschließend habe ich Brötchen geholt. Dreimal Mehrkorn, zwei Wikinger und einmal Dinkel, wenn Sie es genau wissen wollen. Gegen neun Uhr hat mich meine Lebensgefährtin, Frau Ilka Höller, besucht.« Bartels machte eine Handbewegung in Richtung des Tisches der Nebenklage. »Wir hatten am Vortag verabredet, am Samstag gemeinsam zu frühstücken. Das haben wir dann auch bis etwa elf Uhr gemacht, und zwar auf meiner Terrasse, weil an dem Tag schönes Wetter war. Um kurz nach elf hat Frau Höller sich von mir verabschiedet, ich habe den Tisch abgeräumt und dann musste ich mich schon für meinen Dienst fertig machen. Der begann an dem Tag um zwölf

Uhr und sollte normalerweise um zwanzig Uhr enden. Kurz vor unserem offiziellen Feierabend gab es aber auf der Eckendorfer Straße einen schweren Autounfall mit Verletzten, an dem mehrere Fahrzeuge beteiligt waren. Wir waren mit zwei Streifenwagen vor Ort und bis kurz vor zweiundzwanzig Uhr mit der Unfallaufnahme beschäftigt. Anschließend habe ich die drei anwesenden Kollegen gefragt, ob sie Lust hätten, noch mit auf ein Bier zu mir nach Hause zu kommen. Sie hatten mir drei Wochen zuvor eine Fotokamera zum fünfundzwanzigjährigen Dienstjubiläum geschenkt. Dafür wollte ich mich bedanken und ein wenig mit ihnen feiern. Sie waren einverstanden und wir haben uns gegen Viertel vor elf in meinem Haus getroffen. Ich hatte noch eine Kiste Bier und ein paar Tüten Chips und die haben wir gemeinsam leer gemacht. Die Feier ging ungefähr bis gegen halb drei morgens, dann haben die Kollegen mich wieder verlassen.« Er sah Marc an. »Das war im Wesentlichen mein Tag.«

»Haben Sie vielen Dank für Ihre ausführliche Schilderung. Sie gestatten aber schon, dass ich an dem einen oder anderen Punkt noch einmal nachhake? Sie sagten, Sie seien an dem Morgen mit Ihrer Lebensgefährtin Frau Ilka Höller zum Frühstück verabredet gewesen. Ist das richtig?«

»Das ist korrekt.«

»Bei Frau Höller handelt es sich um die Exfrau des Angeklagten?«

»Ja. Ich habe sie vor etwa drei Jahren kennengelernt, als Frau Höller gerade im Begriff war, sich von dem Angeklagten zu trennen. Er hat sie nicht nur während der Ehe körperlich misshandelt, sondern auch nach der Trennung weiter bedroht und verfolgt. Aus dem Grund hatte Frau Höller sich mit der Bitte um Schutz an uns gewandt.«

»Dann waren Sie ja fast so etwas wie ein weißer Ritter.«

»Ich habe nur meine Pflicht getan.«

»Na, ich denke, Sie haben ein bisschen mehr getan, nicht wahr? Ist es nicht so, dass Sie kurz danach mit Frau Höller – wie sagt man? – zusammen waren?«

»Ja, das hat sich so ergeben. Wir haben uns im Laufe der Zeit näher kennengelernt, fanden uns sympathisch und dann haben wir uns ineinander verliebt.«

»Kann man sagen, dass Ihre Affäre zum Zeitpunkt des Todes von Monja Höller etwa zwei Jahre gedauert hat?«

»Zwei Jahre könnten ungefähr hinkommen. Allerdings handelt es sich nicht um eine Affäre, sondern um eine Liebesbeziehung.«

Marc nickte langsam. »Eine Liebesbeziehung, natürlich. Ich bitte um Entschuldigung.« Er musterte Bartels einen Moment. »Sie lieben Frau Höller sehr, nicht wahr?«

»Ja, das tue ich.«

»Und Sie würden für Ihre Beziehung vermutlich vieles auf sich nehmen?«

»Ich würde alles dafür tun.«

»Erwidert Frau Höller Ihre Gefühle?«

»Davon gehe ich aus, ja.« Wie um sich zu vergewissern, drehte Bartels sich nach links und warf Ilka einen zärtlichen Blick zu.

»Okay, Sie lieben sich also«, hielt Marc fest. »Aber wenn es sich tatsächlich um eine zweijährige Beziehung gehandelt hat, warum sind Sie dann nie zusammengezogen? Soweit ich weiß, haben Sie von Ihren Eltern ein großes Haus geerbt, das Sie ganz allein bewohnen.«

»Mir war nicht bekannt, dass es ein Gesetz gibt, laut dem ein Paar nach einer gewissen Anzahl von Beziehungsjahren zusammenziehen muss.«

»Dann werde ich Sie jetzt belehren, Herr Bartels«, erwiderte Marc. »Ein solches Gesetz existiert nicht. Aber ist es nicht so, dass Sie durchaus wollten, Ilka Höller und ihre Tochter Monja würden zu Ihnen in Ihr Haus ziehen? Ist es nicht so, dass Sie genau das Frau Höller mehrfach vorgeschlagen haben? Und ist es nicht auch so, dass ein Umzug gescheitert ist, weil Monja Höller auf keinen Fall mit Ihnen unter einem Dach leben wollte?«

»Es ist richtig, dass Monja nicht zu mir ziehen wollte. Das hatte allerdings nichts mit meiner Person zu tun, sondern damit, dass mein Haus in Thesinghausen liegt und Monja meinte, sie komme von dort aus schlecht zur Schule und zu ihren Freundinnen.«

»Wie würden Sie Ihr Verhältnis zu Monja Höller beschreiben?«

Bartels hob leicht die Hände. »Als normal, würde ich sagen.«

»Normal?«, fragte Marc in ungläubigem Tonfall. »Herr Bartels, jetzt muss ich Sie aber doch noch einmal an Ihre Wahrheitspflicht erinnern! Sie finden es normal, wenn sich die Tochter Ihrer Lebensgefährtin strikt weigert, und ich zitiere jetzt wörtlich, ›mit diesem Arschloch in einem Haus zu leben‹? Sie finden es normal, wenn Sie sich mit der Tochter Ihrer Lebensgefährtin beinahe jedes Mal in den Haaren liegen, sobald Sie sich sehen? Sie finden es normal, Monja zu schlagen? Sie …«

»Moment mal, ich habe Monja nicht geschlagen!«, protestierte Bartels heftig. »Mir ist einmal, ich wiederhole, *einmal* die Hand ausgerutscht und dafür habe ich mich sowohl bei Monja als auch bei ihrer Mutter entschuldigt und beiden versprochen, dass das nie wieder vorkommt. Aber Monja konnte einen wirklich zum Äußersten treiben.«

»Zum ›Äußersten‹?«, wiederholte Marc. »Was meinen Sie damit?«

»Drehen Sie mir die Worte nicht im Mund herum. Ich hatte sehr wohl Verständnis für Monjas Situation. Sie war ein Teenager und hatte eine schwere Zeit hinter sich. Unter solchen Umständen finde ich es durchaus normal, wenn die Tochter dem neuen Lebensgefährten ihrer Mutter zunächst einmal skeptisch gegenübertritt.«

»Zunächst mal vielleicht«, gab Marc zurück. »Aber Sie waren zum Zeitpunkt von Monjas Tod doch schon zwei Jahre mit Frau Höller zusammen, wie Sie eben ausgesagt haben. Ist es nicht so, dass Sie sich die ganze Zeit sehr um Monja bemüht haben? Dass Sie sie zum Eisessen und ins Kino eingeladen haben? Und hat Monja sich nicht strikt geweigert, auch nur *irgendetwas* mit Ihnen zu unternehmen?«

»Ja, das hat sie. Monja war ungemein stur und ich fand, dass sie mir gegenüber manchmal auch ziemlich ungerecht war. Aber sie war mitten in der Pubertät. Da sind halt alle Erwachsenen doof und man unternimmt lieber etwas mit den Freundinnen als mit der Mutter oder gar deren neuem Lebensgefährten.«

»Sie fanden Monjas Verhalten also ganz normal. Fanden Sie es dann auch normal, dass sie zu Ihnen gesagt hat, sie werde alles tun, damit Ihre Beziehung zu Frau Höller scheitert?«

»Unter den geschilderten Umständen: ja.«

»Dann finden Sie es wahrscheinlich auch ganz normal für eine Sechzehnjährige, wenn sie den neuen Lebensgefährten ihrer Mutter beschuldigt, sie sexuell belästigt zu haben. Dass sie ihm vorwirft, ihr in unbeobachteten Momenten an den Busen und zwischen die Beine zu greifen.«

Bartels' Gesichtszüge entgleisten. »Das war gelogen!«, schrie er mit sich überschlagender Stimme. »Monja hatte sich das alles nur ausgedacht! Das hat sie später zugegeben und sich ausdrücklich bei mir entschuldigt.«

»Das mag ja sein. Aber es lässt doch auch tief blicken, finden Sie nicht? Ich meine, selbst wenn Monja sich das alles nur ausgedacht haben sollte, muss sie Sie doch abgrundtief gehasst haben, oder? Würden Sie Ihr Verhältnis zu Monja immer noch als normal beschreiben?«

Bartels hatte sichtlich Mühe, sich zu beherrschen. »Monja war ein Teenager und ...«

»... und sie hatte schwere Zeiten hinter sich, ja, ja, ich weiß. Herr Bartels, war es nicht so, dass durch Monjas ablehnendes Verhalten Ihnen gegenüber auch Ihre Beziehung zu Frau Ilka Höller zusehends gelitten hat?«

»Nein, das war nicht so. Frau Höller und ich haben uns immer sehr gut verstanden!«

»Tatsächlich? Wie war es denn, als Monja Sie der Belästigung und des sexuellen Missbrauchs beschuldigt hat? Wie hat ihre Mutter darauf reagiert? War sie zuerst schockiert oder hat sie sofort gewusst, dass Monja gelogen haben musste?«

Bartels warf Ilka Höller einen kurzen Blick zu. »Im ersten Moment war Frau Höller sicherlich schockiert und hat Monja vielleicht sogar geglaubt. Aber wie gesagt: Wenig später hat Monja zugegeben, das alles nur erfunden zu haben.«

»Hat Sie das nicht sehr verletzt? Ich meine, dass Frau Höller Ihnen, wenn auch nur für eine kurze Zeit, zugetraut hat, ihre Tochter sexuell belästigt zu haben?«

»Nicht allzu sehr«, behauptete Bartels, aber jeder im Saal konnte sehen, dass das nicht der Wahrheit entsprach. »Ich finde es vielmehr nachvollziehbar, wenn eine Mutter in einer solchen Situation zunächst einmal zu ihrem Kind hält, bis sich der Sachverhalt geklärt hat.«

»Und Sie bleiben weiterhin dabei, dass sich Ihr Verhältnis zu Frau Höller durch Monjas Verhalten nicht verschlechtert hat?«

»Ja, dabei bleibe ich.«

»Herr Bartels, Sie haben eben gesagt, dass Sie Frau Höller lieben, nicht wahr?«

»Ja, das habe ich«, bestätigte Bartels mit fester Stimme.

»Und das glaube ich Ihnen sogar«, versicherte Marc. »Aber war es nicht so, dass das Verhältnis zu Frau Höller in den letzten Wochen vor Monjas Tod nicht mehr ganz so eng war wie zuvor? Sie haben sich doch nur noch selten gesehen, oder?«

Bartels warf Ilka Höller einen unsicheren Seitenblick zu. Wahrscheinlich fragte er sich gerade, woher Marc das alles wusste.

»Ich bin hier, Herr Bartels«, rief der ihm zu. »Sie müssen die Frage schon selbst beantworten.«

»Ja, es stimmt, wir haben uns nicht mehr so häufig gesehen, wie ich es gerne gehabt hätte.«

»Und ist es nicht auch richtig, dass Sie Monja für diese Entwicklung verantwortlich gemacht haben?«

»Nein, das habe ich nicht!«

»Aber ist es nicht eine Tatsache, dass Frau Höller zu ihrer Tochter ein sehr enges Verhältnis hatte? Hat sie Ihnen nicht von Anfang an gesagt, es gebe sie und ihre Tochter nur im Doppelpack? Und bedeutet das nicht im Klartext, dass Frau Höller eher auf eine Beziehung zu Ihnen als auf die zu ihrer Tochter verzichtet hätte?«

»Doch ... schon. Es ist sicherlich richtig, dass Frau Höller, hätte sie sich entscheiden müssen, eher die Beziehung zu ihrer Tochter aufrechterhalten hätte. Aber auch das halte ich für vollkommen normal.«

»Es ist jedoch nicht normal, dass eine Tochter den neuen Lebensgefährten ihrer Mutter so sehr hasst, wie Monja das in Ihrem Fall getan hat, nicht wahr? Herr Bartels, Sie haben eben gesagt, Sie würden ›alles‹ für die Beziehung zu Frau Höller tun. Ist es nicht so, dass Sie Monja zunehmend als Bedrohung empfunden haben? Ist es nicht so, dass Sie panische Angst hatten, dass Frau Höller, die Frau, die Sie so sehr lieben, die Beziehung mit Ihnen beendet, weil Monja Sie hasst? Und haben Sie Monja deshalb nicht ebenso gehasst, wie Monja Sie gehasst hat?«

»Nein ... nein, das stimmt nicht! Ich habe Monja nicht gehasst! Wir hatten unsere Schwierigkeiten, ja. Aber gehasst habe ich sie nicht!«

Marc verzichtete auf weitere Nachfragen. Er hoffte, dass er seinen Standpunkt hinreichend klargemacht hatte: Bartels hatte Ilka Höller geliebt, aber ständig Streit mit Monja gehabt, weswegen er befürchten musste, dass sie seine Beziehung zu ihrer Mutter zerstörte.

Also wechselte er die Richtung. »Wie würden Sie Ihre Beziehung zu Frau Höller heute beschreiben?«, fragte er.

»Wir sind nach wie vor zusammen«, antwortete Höller energisch. Offenbar fühlte er jetzt wieder etwas festeren Boden unter den Füßen.

»Aber Sie sehen sich jetzt noch seltener als vor Monjas Tod. Ist das richtig?«

Bartels warf Ilka Höller einen weiteren Blick zu, aber deren Miene blieb ausdruckslos. Da Bartels nicht wusste, was Marc alles in Erfahrung gebracht hatte, musste er bei der Wahrheit bleiben. »Das ist grundsätzlich richtig«, gab er also zu. »Nach Monjas Tod hat sich vieles geändert. Der Tod des eigenen Kindes ist wohl das Schlimmste, was einer Mutter passieren kann. Frau Höller hat mich gebeten, ihr Zeit zu geben, das zu verarbeiten, und das respektiere ich selbstverständlich.«

»Der Tod ihres Kindes war sicherlich ein traumatisches Erlebnis für Frau Höller«, pflichtete Marc ihm bei. »Aber manche Paare wachsen dadurch eher noch enger zusammen, anstatt sich voneinander zu entfernen. Herr Bartels, kann es nicht sein, dass Frau Höller Sie deshalb nicht mehr so häufig sehen will, weil sie Sie, zumindest unterschwellig, in Verdacht hat, etwas mit dem Tod ihrer Tochter zu tun zu haben?«

Für einen Moment war es im Saal totenstill und Bartels starrte Marc mit unbewegtem Gesicht an. Dann schrie er auf einmal los. »Das ist eine unerhörte Unterstellung!« Er wandte sich Hilfe suchend dem Richter zu. »Muss ich mir das bieten lassen?«

Der blickte Bartels über seine Lesebrille hinweg an. »Zunächst mal muss ich Sie darauf hinweisen, dass Sie hier keine Fragen beantworten müssen, bei deren Beantwortung Sie sich der Gefahr aussetzen, strafrechtlich verfolgt zu werden.« Dann drehte Dr. Bartholdy sich zu Marc um. »Herr Hagen, Sie muss ich dringend bitten, haltlose Unterstellungen zu unterlassen. Oder haben Sie irgendeinen Beweis für Ihre Behauptung?«

»Ich habe nichts behauptet, ich habe eine Frage gestellt«, erwiderte Marc. »Aber wenn meine Frage Herrn Bartels so sehr aufregt, ziehe ich sie selbstverständlich zurück. Ich bin mit diesem Zeugen allerdings noch lange nicht fertig, sondern würde mich jetzt gerne einem weiteren Komplex zuwenden, nämlich der angeblichen Party vom zweiten auf den dritten Juli.«

»Nicht ›angeblich‹«, erwiderte Bartels sofort. »Diese Feier hat tatsächlich stattgefunden.«

»Herr Bartels, ich kann mich nicht erinnern, Ihnen eine Frage gestellt zu haben. Sie behaupten, es habe sich um eine spontane Einladung am Abend des zweiten Juli gehandelt?«

»Allerdings, das behaupte ich und das war so!«

»Sprechen Sie derartige spontane Einladungen häufiger aus?«

»Ab und zu, ja.«

»Wann war die letzte?«

»Bitte?«

»Wann haben Sie zuletzt Kollegen zu einer spontanen Feier zu sich nach Hause eingeladen?«

»Das ... äh ... das kann ich heute nicht mehr so genau sagen. Aber ich kann Ihnen genau sagen, wie es zu *dieser* spontanen Einladung kam. Bei den drei Kollegen, mit denen ich gefeiert habe, hat es sich um meine drei besten Freunde bei der Polizei gehandelt. Wir haben schon die Ausbildung gemeinsam absolviert und sind auch ungefähr im gleichen Alter. Da wir unterschiedliche Schichtdienste haben, kommt es relativ selten vor, dass wir mal zusammen etwas unternehmen können. Aber nach der Unfallaufnahme am Abend des zweiten Juli hatten wir eben alle gleichzeitig Dienstschluss, die anderen hatten auch nichts vor und da dachten wir ...«

»... so jung kommen wir nicht mehr zusammen«, vollendete Marc den Satz für ihn.

Bartels zeigte mit dem ausgestreckten Zeigefinger auf ihn. »Sie sagen es!«

»Anlass des Treffens soll Ihr fünfundzwanzigjähriges Dienstjubiläum gewesen sein. Sie sagten, Ihre drei Kollegen seien etwa im selben Alter wie Sie. Dann müssten Ihre Freunde in diesem Jahr ebenfalls Grund zum Feiern gehabt haben, nicht wahr?«

Bartels richtete den Blick zur Decke, als müsste er nachdenken. »Stimmt«, sagte er daraufhin.

»Waren Sie bei Ihren Kollegen denn aus Anlass ihrer Jubiläen auch zu einer Privatfeier eingeladen?«

»Äh ... nein.«

»Sie waren also die große Ausnahme!«

»Ja, weil ich von ihnen auch ein besonderes Geschenk bekommen habe: eine nagelneue Fotokamera *Panasonic Lumix*.«

»Etwas so Hochpreisiges haben Sie von Ihren drei Kollegen bekommen?«

»Ja ... das heißt, unter anderem. Für dieses Präsent hat das gesamte Kollegium der Verkehrsinspektion zwei zusammengelegt.«

»Aber eingeladen haben Sie nur Ihre drei engsten Freunde, nicht die ganze Verkehrsinspektion. Und diese Einladung wollen Sie am zweiten Juli gegen zweiundzwanzig Uhr abends ausgesprochen haben?«

»Das ist richtig. Ich sagte ja schon, dass die Feier nicht geplant war. Es hat sich um eine recht spontane Aktion gehandelt.«

Marc nickte spöttisch. »Ja, das erwähnten Sie bereits.«

»Wenn Sie mir nicht glauben, können Sie meine Kollegen gerne als Zeugen vernehmen.«

»Oh, ich weiß sehr wohl, was Ihre ›drei engsten Freunde‹ hier aussagen werden«, versetzte Marc mit einem sarkastischen Unterton in der Stimme.

»Ja, klar«, antwortete Bartels im gleichen Tonfall. »Wir Polizisten sind ja alle Lügner und decken unsere Kollegen. Das Gesetz des Schweigens! Der berühmte Korpsgeist der Polizei. Ich kann den Schwachsinn bald nicht mehr hören! Aber wenn Sie meinen Kollegen und mir schon nicht glauben: Es gibt eine Videoaufnahme von der Feier.«

»Ah ja, das Video«, sagte Marc, als habe er die Aufnahme vollkommen vergessen. »Wären Sie so freundlich, uns zu erklären, wie es dazu gekommen ist?«

»Gerne. Bei der Feier hat mich einer der Kollegen gefragt, ob die neue Kamera denn auch funktioniere. Ich musste ihm gestehen, dass ich noch keine Gelegenheit hatte, sie zu testen. Der Kollege kam daraufhin auf die Idee, das gute Stück sofort auszuprobieren, und hat damit eine kurze Videoaufnahme gemacht.«

Marc nickte. »Ich habe den Vorsitzenden gestern angerufen und ihn gebeten, ein Abspielen dieses Films zu ermöglichen. Wie ich sehe, hat das auch geklappt.« Er deutete auf den Fernseher, der in der Mitte des Saales aufgebaut war. »Herr Bartels, haben Sie etwas dagegen, wenn wir uns die kurze Sequenz hier gemeinsam ansehen?«

»Nein, absolut nicht.«

Marc übergab die DVD einem Wachtmeister, der sie zum Abspielen in ein Gerät einlegte und die Starttaste betätigte. Im Saal war es mucksmäuschenstill und nach knapp fünf Minuten war die Aufzeichnung schon wieder beendet.

»Ist das die Aufnahme, die in der Nacht vom zweiten Juli auf den dritten angefertigt worden sein soll?«

»Nein«, versetzte Bartels lächelnd. »Das ist die Aufnahme, die in der Nacht vom zweiten auf den dritten Juli angefertigt worden *ist*. Sie können die entsprechende Uhrzeit unschwer an dem Datumsstempel rechts unten ablesen.«

»Sie wissen aber, dass man derartige Angaben fälschen kann, nicht wahr? Wie Sie eben selbst gesagt haben, haben Sie die Kamera an diesem Tag zum ersten Mal in Betrieb genommen, das heißt, Sie mussten zunächst Datum und Uhrzeit einstellen. Da hätten Sie jeden x-beliebigen Fantasiewert eingeben können.«

»Warum hätte ich das tun sollen?«

»Zum Beispiel, um sich für die Tatzeit ein Alibi zu verschaffen.«

Bartels verdrehte die Augen. »Aber das sind doch Verschwörungstheorien! Tatsache ist, dass drei meiner Kollegen bezeugen können und werden, dass die Feier zu der Zeit stattgefunden hat. Und diese Aussagen wiederum werden durch die Aufnahme eindeutig bestätigt.«

»Das heißt, Sie bleiben dabei, dass die Aufnahme, wie auf dem Zeitstempel zu sehen, am Abend des zweiten Juli um 23.48 Uhr angefertigt worden ist.«

»Jawohl, dabei bleibe ich.«

Marc wandte sich dem Wachtmeister zu. »Dann würde ich Sie bitten, die Aufnahme noch einmal abzuspielen, allerdings nur die ersten zehn Sekunden, nachdem die Uhr auf 23.50 Uhr umgesprungen ist.«

Der Wachtmeister folgte der Aufforderung.

»Haben Sie es auch gehört?«, fragte Marc anschließend.

»Gehört?«, erwiderte Bartels irritiert. »Ich habe nichts gehört. Kann ich auch gar nicht, weil niemand etwas gesagt hat.«

»Danach habe ich nicht gefragt. Können wir die Aufnahme bitte noch einmal sehen?«

Der Wachtmeister tat ihm den Gefallen und Bartels' Gesicht hellte sich auf. »Sie meinen das Vogelgezwitscher?«, fragte er belustigt.

»Genau das meine ich«, bestätigte Marc ernst. »Es handelt sich hierbei allerdings nicht um irgendein Vogelgezwitscher, sondern um das eines Rotkehlchens.« Marc öffnete die vor ihm liegende Akte und entnahm ihr ein paar Blätter, die er anschließend in die Luft hielt. »Ich habe hier ein Gutachten von Herrn Dr. Baier. Er ist Professor für Biologie an der

Universität Bielefeld und ein ausgewiesener Experte für Ornithologie, insbesondere für die heimischen Singvögel. Er hat zu diesem Thema mehrere Bücher verfasst. Leider habe ich das Gutachten erst gestern Abend erhalten und konnte es daher dem Gericht, der Frau Staatsanwältin und der Vertreterin der Nebenklage noch nicht aushändigen. Ich werde dies aber nach der Befragung des Zeugen selbstverständlich umgehend nachholen. Prof. Dr. Baier hat den Vogel, der dort zwitschert, eindeutig als Rotkehlchen identifiziert.«

Er sah Bartels auffordernd an, der die Hände hob, als wolle er sich ergeben. »Wenn Sie es sagen.«

»Ja, das tue ich. Und wir wissen über dieses Rotkehlchen sogar noch mehr«, fuhr Marc fort. »Es muss sich nämlich um ein männliches Tier gehandelt haben. Interessiert es Sie, woher ich das weiß, Herr Bartels?«

»Ich platze vor Neugier!«

»Nun, ausschließlich die männlichen Rotkehlchen singen. Auch das ergibt sich aus dem Gutachten von Prof. Dr. Baier.«

»Führt das irgendwohin, Herr Hagen?«, meldete sich Dr. Bartholdy zu Wort. »So interessant das alles sein mag, ich vermag keine Relevanz für den Fall zu erkennen, den wir hier verhandeln.«

»Die wird gleich deutlich werden, Herr Vorsitzender. Ich bitte noch um einen winzigen Moment Geduld. Herr Bartels, ist Ihnen bekannt, was eine Vogeluhr ist?«

»Nein, das Wort höre ich heute zum ersten Mal.«

»Sehen Sie, und das ist der Unterschied zwischen uns. Ich hatte den Begriff nämlich zuvor schon einmal in der Schule vernommen, im Biologieunterricht. Allerdings hat er dann die ganzen Jahre in meinem Unterbewusstsein geschlummert, bis er vor ein paar Tagen auf einmal wieder an der Oberfläche aufgetaucht ist. Und diese Erinnerung war schließlich auch der Grund dafür, warum ich das Gutachten bei Prof. Dr. Baier in Auftrag gegeben habe. Der Begriff ›Vogeluhr‹ bezeichnet ganz einfach die Tatsache, dass Singvögel immer zu bestimmten Zeiten zwitschern.« Marc nahm ein weiteres Blatt Papier zur Hand. »Prof. Dr. Baier hat das mal näher aufgeschlüsselt. Der Gartenrotschwanz singt circa neunzig Minuten vor Sonnenaufgang, die Singdrossel ungefähr siebzig Minuten vorher, die Amsel sechzig, die Ringeltaube fünfundfünfzig, die Kohlmeise vierzig, der Buchfink dreißig, der Star fünfzehn und der Grünfink knappe zehn Minuten vorher.«

Bartels sah ihn mit ausdruckslosem Gesicht an. »Und?«, fragte er. »Soll ich dazu jetzt etwas sagen?«

»Nein, das können Sie gar nicht, weil Ihnen die Bedeutung dieser Tatsache offenbar nicht klar ist. Man kann am Gezwitscher eines Vogels ablesen, wie spät es ist! Für Rotkehlchen gilt Folgendes: Es singt am intensivsten in der Dämmerung. Es beginnt etwa fünfzig Minuten vor Sonnenaufgang, endet dann mit dem Morgengrauen und fängt erneut am Abend wieder an, eineinhalb Stunden vor Einbruch der Dunkelheit. Etwa eine Stunde nach Sonnenuntergang beschließt es sozusagen den Tag und hört zu singen auf, ungefähr zur gleichen Zeit wie Drosseln.«

Marc legte das Gutachten beiseite und griff nach einem weiteren Blatt. »Am zweiten Juli war in Bielefeld um 21.49 Uhr Sonnenuntergang, das heißt, Rotkehlchen haben an diesem Tag bis maximal dreiundzwanzig Uhr gesungen. Sonnenaufgang war am dritten Juli um 5.12 Uhr, was wiederum heißt, vor vier Uhr morgens kann das Rotkehlchen auch nicht wieder angefangen haben zu singen.«

Marc legte auch dieses Blatt Papier weg und fixierte den Zeugen. »Und jetzt frage ich Sie, Herr Bartels: Wie kann es sein, dass auf einer Aufnahme, die am zweiten Juli angeblich um 23.50 Uhr gemacht worden ist, das Zwitschern eines Rotkehlchens zu hören ist? Wie ist das möglich?«

Während alle darauf warteten, dass Bartels antwortete, herrschte im Saal atemlose Stille. Man hätte das Fallen einer Stecknadel hören können.

Doch Andreas Bartels sagte nichts. Er saß einfach nur da und starrte nach vorn. Lediglich das Mahlen seiner Kiefermuskeln zeigte, wie sehr es in ihm arbeitete.

»Herr Bartels«, versuchte Marc, ihm auf die Sprünge zu helfen.

Und endlich öffnete sich der Mund des Zeugen. »Das ... äh ... das muss ein Irrtum sein!«, stotterte er.

»Nein, das ist kein Irrtum«, widersprach Marc sofort. »Das ist eine wissenschaftliche Tatsache! Das hat mir Herr Prof. Dr. Baier in einem Telefonat gestern Abend noch einmal ausdrücklich bestätigt und er ist bereit, das auch hier vor Gericht jederzeit zu wiederholen.« Er wartete auf eine Reaktion Bartels. Als keine kam, fuhr er fort. »Herr Bartels, geben Sie es doch einfach zu: Die Aufnahme wurde gefälscht, um Ihnen ein Alibi zu verschaffen. Sie *kann nicht* zu der angegebenen Zeit gemacht worden sein, denn dann hätte man das Rotkehlchen nicht gehört!«

Über Bartels' Oberlippe glänzten dicke Schweißtropfen. »Die Aufnahme ist nicht gefälscht. Ich schwöre ...«

»Herr Bartels«, fuhr Marc ihm ins Wort. »Sie sollten vor Gericht nichts leichtfertig schwören.« Er hielt erneut das Gutachten in die Luft. »Ich habe hier den wissenschaftlichen Beweis, dass die Aufnahme gefälscht worden sein *muss*. Daran kommt niemand vorbei, auch Sie nicht! Herr Bartels, der Vorsitzende hat Sie vor Beginn Ihrer Vernehmung darüber belehrt, dass Sie mit einer Geld- oder Freiheitsstrafe belegt werden können, wenn Sie vor Gericht falsch aussagen. Der Vorsitzende hat Sie auch darüber aufgeklärt, dass Sie vereidigt werden können und die Mindestfreiheitsstrafe bei einem Meineid ein Jahr beträgt. Ich weise Sie jetzt schon darauf hin, dass ich Ihre Vereidigung beantragen werde. Wenn Sie dann einen Meineid leisten, hätte das für Sie nicht nur eine Freiheitsstrafe zur Folge. Nein, Sie als Beamter müssen dann auch mit disziplinarrechtlichen Konsequenzen rechnen. Das könnte die Entfernung aus dem Dienst und den Verlust sämtlicher Pensionsansprüche bedeuten. Und nicht nur für Sie. Ich werde Ihre drei Kollegen, die Ihnen das angebliche Alibi gegeben haben, der Reihe nach hier antanzen und aussagen lassen. Dann droht denen das gleiche Schicksal wie Ihnen. Können Sie das mit Ihrem Gewissen vereinbaren?« Er ließ die Worte wirken, ehe er fortfuhr. »Herr Bartels, noch ist Ihre Aussage nicht beendet, noch haben Sie die Möglichkeit, umzukehren und Ihre Angaben zu korrigieren. Aber wenn Sie jetzt nicht die Wahrheit sagen, ist Ihr Leben ruiniert. Und das Ihrer Kollegen auch, wenn die weiterhin in Nibelungentreue zu Ihnen halten. Also tun Sie sich allen in Gottes Namen den Gefallen und geben es einfach zu: Die Aufnahme ist manipuliert, es hat diese Party am Abend des zweiten Juli nie gegeben!«

Bartels wand sich auf seinem Stuhl hin und her, unter seinen Achselhöhlen hatten sich dunkle Flecken gebildet. Er schien schwer mit sich zu ringen, was er tun sollte. Marc wartete einfach ab und nach einer geschlagenen Minute hatte Bartels endlich eine Entscheidung getroffen.

»Also gut«, sagte er müde. »Das Aufnahmedatum ist falsch. Es hat am Abend des zweiten Juli keine Feier gegeben.«

Nach diesem Geständnis lief ein geräuschvolles Murmeln durch die Zuhörerschaft.

Marc warf einen kurzen Blick zur Bank der Nebenklage, von wo aus Ilka den Zeugen unverhohlen anstarrte. Sie hatte die Hand auf den Mund gelegt, als müsse sie einen Schrei unterdrücken. Das war dann wohl der endgültige Todesstoß für die Beziehung Bartels/Höller, dachte er zufrieden.

»Jetzt erzählen Sie bitte alles!«, forderte er Bartels auf.

Der holte tief Luft, dann sprudelte es wie ein Wasserfall aus ihm heraus: »Nach Monjas Tod habe ich durch Kollegen von der Kripo erfahren, dass der Angeklagte mich beschuldigt, Monja getötet zu haben. Ich hatte einfach Angst, in Verdacht zu geraten. Es wussten einige Leute, dass ich ziemliche Schwierigkeiten mit Monja hatte und sie mich sogar beschuldigte, sie sexuell belästigt zu haben. Wenn sie das wiederholt hätte, hätte ich ernsthafte Probleme bekommen können, als Privatmann, aber auch und gerade als Polizeibeamter. Ich hatte also ein mögliches Motiv, Monja zu töten, aber ich hatte für die Tatzeit kein Alibi. Am Abend des zweiten Juli bin ich nach Schichtende allein nach Hause gefahren und habe für den Rest des Abends und die Nacht keine Zeugen. Mir war klar, dass die Kripo aufgrund von Höllers Anschuldigungen früher oder später gegen mich würde ermitteln müssen. Also habe ich die drei Kollegen, die am Samstagabend zusammen mit mir den Unfall aufgenommen haben, gebeten, mir für die Tatzeit ein Alibi zu geben, und damit waren sie auch einverstanden. Sie haben bezeugt, dass sie an jenem Abend mit mir zusammen waren, und einer von uns hatte dann auch noch die Idee, das Ganze mit einer gefälschten Videoaufnahme zu untermauern.« Er lächelte bitter. »Tja, und die hat mir letztlich wohl das Genick gebrochen.«

»Ja, die Aufnahme war etwas zu viel des Guten«, bestätigte Marc. »Oder vielmehr des Schlechten. Okay, Herr Bartels.

Ich bedanke mich für Ihre Offenheit und Ehrlichkeit. Auch wenn beides sehr spät gekommen ist. Aber wo wir gerade bei Offenheit und Ehrlichkeit sind: Bleiben Sie nicht auf halbem Wege stehen! Machen Sie endlich reinen Tisch! Gestehen Sie, dass Sie Monja Höllers Tod verursacht haben! Ich glaube nicht, dass Sie ihn geplant haben, und ich bin mir auch sicher, dass es in Ihrem Fall mildernde Umstände gibt. Vielleicht ist es ja wieder mal zu einem Streit zwischen Ihnen und Monja gekommen und Sie haben die Nerven verloren. Aber geben Sie endlich zu, dass nicht der Angeklagte, sondern Sie schuld am Tod des Mädchens sind!«

Andreas Bartels starrte Marc mit großen, angsterfüllten Augen an. Der Schweiß lief in Strömen über sein Gesicht. »Nein, nein, nein!«, schrie er panisch. »So ist es nicht gewesen! Nichts davon ist wahr! Ich habe Monja nicht getötet, das müssen Sie mir glauben!« Er blickte zu Ilka Höller. »Bitte, Ilka, das ist die Wahrheit, ich habe Monja kein Haar gekrümmt!« Als er sah, dass seine Lebensgefährtin ihr Gesicht hinter ihren Händen verborgen hatte, wandte er sich wieder an Marc. »Ja, ich gebe zu, ich habe mir ein falsches Alibi besorgt, um nicht in Verdacht zu geraten. Aber sonst habe ich nichts getan. Gar nichts!«

»Ich werde den Eindruck nicht los, dass Sie immer nur das zugeben, was man Ihnen gerade beweisen kann. Ich habe es kürzlich schon zu jemandem gesagt: Das ist klassisches Täterverhalten.«

»Nein, das ist das Verhalten eines verzweifelten Menschen! Ich bereue meinen Fehler zutiefst. Auch meiner Kollegen wegen. Ich will nicht, dass die jetzt meinetwegen Schwierigkeiten bekommen. Aber mehr habe ich nicht getan!«

»Ach, Herr Bartels«, sagte Marc mit Enttäuschung in der Stimme. »Sie waren auf einem so guten Weg.«

»Was wollen Sie?«, schrie Bartels ihn an. »Soll ich einen Mord gestehen, den ich nicht begangen habe? Ist es das, was Sie möchten?«

»Nein. Sie sollen hier nur die Wahrheit sagen.«

»Eben. Und ich habe nichts weiter zu gestehen. Ja, ich habe vorhin gelogen, aber ich schwöre, dass ich ab jetzt die Wahrheit sagen werde. Falls Sie mich noch bei einer einzigen Lüge ertappen sollten, können Sie von mir aus davon ausgehen, dass ich Monja getötet habe. Aber das wird Ihnen nicht gelingen.«

»Das muss mir auch nicht gelingen. Ich bin jetzt schon davon überzeugt, dass Sie das Mädchen ermordet haben. Geben Sie es doch einfach ...«

»Ich denke, wir fangen an, uns im Kreis zu drehen«, meldete sich zum ersten Mal Staatsanwältin Ritter zu Wort. »Diese Frage wurde dem Zeugen jetzt mehrfach aus allen erdenklichen Richtungen gestellt und er hat sie ebenso oft beantwortet. Er sagt, er habe Monja Höller nicht getötet.«

Der Vorsitzende nickte. »Das sehe ich genauso. Wenn Sie sonst keine Fragen mehr an den Zeugen haben, würde ich vorschlagen ...«

»Oh, ich habe durchaus noch Fragen an Herrn Bartels«, beeilte sich Marc zu versichern. »In Anbetracht der fortgeschrittenen Uhrzeit würde ich allerdings vorschlagen, die weitere Vernehmung zu verschieben und nach der Mittagspause fortzufahren. Dann hätte der Zeuge auch Gelegenheit, sich zu erholen und noch einmal in sich zu gehen. Er macht gerade einen etwas derangierten Eindruck.«

Bartholdy sah auf die Uhr. »O ja, es ist schon spät. Die Verhandlung wird also an dieser Stelle unterbrochen und in einer Stunde geht es dann weiter in diesem Theater.«

Kapitel 25

»Das war fantastische Arbeit«, jubelte Höller, als die Wachtmeister ihm Handschellen anlegten, um ihn für die Zeit der Sitzungspause in einer Zelle unterzubringen. »Damit ist Bartels erledigt!«

»Vorsicht!«, mahnte Marc. »Bis jetzt wissen wir nur, dass er für die Tatzeit kein Alibi hat, aber das reicht nicht, um ihn überführen zu können. Sie haben es ja gehört: Er streitet die Tat vehement ab.«

»Trotzdem, das war eine brillante Leistung. Warum haben Sie mir nicht vorher gesagt, was Sie über dieses Rotkehlchen herausgefunden haben?«

Marc bat die Beamten, noch einen Moment zu warten, dann nahm er mit Höller wieder Platz und sie steckten die Köpfe zusammen. »Zum einen, weil ich das schriftliche Gutachten von Prof. Dr. Baier erst gestern Abend bekommen habe. Er hat mir zwar vorher schon gesagt, was drinstehen wird, aber ich habe ihn gebeten, mit der schriftlichen Abfassung noch zu warten. Schließlich wusste ich nicht, ob der Plan, Bartels zum Reden zu bringen, auch tatsächlich aufgeht.«

Höller sah ihn mit ausdruckslosem Gesicht an. »Das verstehe ich nicht«, sagte er. »Wie hätte der Plan nicht aufgehen können? Oder steht in dem Gutachten etwas ganz anderes als das, was Sie eben vorgetragen haben?«

»Nein, nein, die Informationen stehen allesamt darin«, versicherte Marc. »Ich habe niemanden belogen.« Er machte eine Pause. »Aber ich habe eben auch nicht alles gesagt.«

»Und das wäre?«

»Das, was ich über das Singverhalten von Rotkehlchen ausgeführt habe, trifft zwar für den Normalfall zu, gilt aber nicht immer. Manchmal singen sie nämlich auch mitten in der Nacht, zum Beispiel dann, wenn der Mond hell scheint oder sich eine Lichtquelle wie eine Straßenlaterne oder ein Fenster in der Nähe befindet. Sie haben das Video doch gesehen. Bartels' gesamte Terrasse war hell erleuchtet. Da hätte sich so manches Rotkehlchen in der Tageszeit irren können.«

»Aber das wird doch rauskommen, sobald Sie das schriftliche Gutachten vorlegen.«

»Natürlich, aber dann ist es für Bartels zu spät. Er hat ja bereits gestanden, die Aufnahme gefälscht zu haben. Davon gibt es kein Zurück mehr.«

Höller sah Marc bewundernd an. »Vor Ihnen muss man sich in Acht nehmen«, meinte er.

»Sie sollten den Tag nicht vor dem Abend loben«, entgegnete Marc. »Bis jetzt haben wir allenfalls einen Teilerfolg errungen. Warten wir ab, wie es weitergeht.« Er gab den Wachtmeistern ein Zeichen, dass sie Höller jetzt mitnehmen konnten. »Wir sehen uns in einer Stunde«, verabschiedete er sich von seinem Mandanten.

Das Mittagessen nahm Marc wie fast alle Prozessbeteiligten in der Kantine des Landgerichts ein. Andreas Bartels saß mit Ilka und ihrer Anwältin an einem Tisch. Marc konnte zwar nicht hören, was gesagt wurde, aber er beobachtete, dass Bartels fast beschwörend auf Ilka einsprach. Die machte allerdings ein äußerst skeptisches Gesicht und schien nicht sehr von den Erklärungsversuchen ihres Lebensgefährten überzeugt zu sein.

Marc konnte sich ein kleines Grinsen nicht verkneifen. Schließlich wusste er nur zu gut, dass die Tortur für Bartels noch nicht zu Ende war.

Nach der Mittagspause war es im Schwurgerichtssaal noch voller geworden als zuvor, die Zuschauerbänke hatten sich jetzt bis auf den letzten Platz gefüllt. Offenbar hatte sich in der Mittagspause herumgesprochen, dass der Prozess eine ziemlich dramatische Wendung genommen hatte, und jeder wartete gespannt auf eine Fortsetzung.

Nachdem auch alle Prozessbeteiligten ihre Plätze eingenommen hatten, wandte Marc sich wieder dem Zeugen zu. »Herr Bartels«, sagte er freundlich. »Geht es Ihnen wieder etwas besser?«

»Ja, danke.« Bartels machte in der Tat einen erheblich frischeren Eindruck. »Aber bevor wir fortfahren, möchte ich mich noch einmal für mein Verhalten entschuldigen. Insbesondere beim Gericht, aber auch bei meinen Kollegen von der Kripo, die den Fall Monja Höller bearbeitet haben. Ich habe gelogen und das tut mir aufrichtig leid. Zudem möchte ich meine drei Freunde um Verzeihung bitten, die ich mit in diese Sache hineingezogen habe. Ich bin mir darüber im Klaren, dass mein Verhalten Konsequenzen haben wird, und ich bin bereit, diese auf mich zu nehmen. Ja, und im Besonderen möchte ich mich vor allem noch einmal bei meiner Lebensgefährtin entschuldigen.« Er wandte sich Ilka Höller zu und sah sie direkt an. »Ilka, es tut mir unendlich leid! Ich habe auch dich angelogen. Aber ich kann und möchte dir hier und in aller Öffentlichkeit versichern, dass ich mit Monjas Tod nichts, aber auch gar nichts zu tun habe.« Bartels nickte, wie um seine Aussage zu bekräftigen, dann drehte er sich wieder zu Marc um. Seine Miene hatte die alte Sicherheit zurückgewonnen. »Ich danke Ihnen für Ihre Geduld«, sagte er. »Bitte, stellen Sie Ihre Fragen.«

»Ich würde mich sehr gerne einem weiteren Komplex zuwenden«, setzte Marc an. »Der Rose, die in Monjas Händen gefunden wurde. Vor Ihnen hat ein Profiler vom Landeskriminalamt ausgesagt. Sie konnten seine Ausführungen natürlich nicht hören, weil Sie bis zu Ihrer Vernehmung draußen warten mussten. Deshalb will ich seine Theorie noch einmal kurz für Sie zusammenfassen. Er meinte, die gesamte Auffindesituation der Leiche und insbesondere die Rose deuteten darauf hin, dass sich Täter und Opfer gekannt haben müssten. Der Täter bereue seine Tat und habe die Blume als eine Art emotionale Wiedergutmachung bei der Leiche hinterlassen. Sie sind ja ebenfalls Polizist, auch wenn Sie nicht bei der Kripo arbeiten. Deshalb würde mich Ihre fachliche Einschätzung interessieren. Was halten Sie von dieser Theorie?«

»Wie Sie schon sagten, ich bin kein Experte«, meinte Bartels. »Aber für mich hört sich das durchaus plausibel an.«

»Haben Sie die Rose, die in Monjas Händen gefunden wurde, jemals gesehen?«

»Nein, die habe ich bis heute nicht zu Gesicht bekommen.«

Marc wandte sich dem Vorsitzenden zu. »Darf ich bitten, dem Zeugen die Rose zu zeigen?«

Der Vorsitzende nickte einem seiner Beisitzer zu, der sich daraufhin erhob, um das Asservat zu suchen. Als er den durchsichtigen Plastikbeutel schließlich gefunden hatte, ging er damit zum Zeugentisch, damit Bartels die Blume näher in Augenschein nehmen konnte.

»Ja, eine Rose«, bestätigte er kurz darauf in gleichgültigem Tonfall.

»Kommt sie Ihnen irgendwie bekannt vor?«

Bartels musterte Marc an, als habe der nicht alle Tassen im Schrank. »Ich fürchte, ich verstehe die Frage nicht.«

»Was ist daran so schwer zu verstehen? Ich möchte wissen, ob Ihnen die Rose bekannt vorkommt.«

»Wie soll ich darauf denn antworten? Diese Rose sieht aus wie Millionen andere Rosen auch.«

»Das finde ich nicht«, erwiderte Marc. »Zum einen handelt es sich nicht um eine Schnittblume, sondern um eine Zierstrauchrose, genauer gesagt, um eine *Rosensis Gardenia*. Das hat mir übrigens auch Herr Prof. Dr. Baier bestätigt. Außerdem ist die Rose rosafarben und unterscheidet sich damit naturgemäß von allen Rosen, die eine andere Kolorierung haben.«

»Auch rosafarbene Strauchrosen dürfte es millionenfach geben«, versetzte der Zeuge.

Marc nickte. »Herr Bartels, ich muss Ihnen etwas gestehen: Ich habe vor einigen Tagen Ihr Grundstück aufgesucht, als Sie gerade Dienst hatten. Ich hoffe, Sie können mir verzeihen. Und wollen Sie wissen, was ich auf Ihrem Grundstück entdeckt habe? Einen Rosenstrauch. Genauer: einen Zierrosenstrauch mit rosafarbenen Rosen der Art *Rosensis Gardenia*. Ein merkwürdiger Zufall, oder? Genau dieselbe Art und Farbe, welche auch bei Monjas Leiche gefunden wurde.«

Sofort begann es im Saal wieder unruhig zu werden.

Bartels hob hilflos die Hände. »Ja, in der Tat. Aber dennoch ein Zufall.«

»Ich habe geahnt, dass Sie das sagen würden. Deshalb muss ich Ihnen ein weiteres Geständnis machen. Eine der Rosen aus Ihrem Garten habe ich abgeschnitten und mitgebracht.« Er griff in seine Aktentasche und holte einen durchsichtigen Plastikbeutel hervor, den er neben die Asservatentasche auf den Zeugentisch legte. »Was sagen Sie, Herr Bartels? Sieht diese Rose von Ihrem Strauch nicht genauso aus wie die, die bei Monjas Leiche gefunden wurde?«

Im Saal herrschte Totenstille. Jeder wartete auf Bartels' Antwort.

Der schüttelte verwirrt den Kopf. »Ich weiß irgendwie überhaupt nicht, was ich dazu sagen soll ... Ja, ich gestehe, ich habe einen Rosenbusch, der rosafarbene Blüten trägt. Und ja, es mag auch sein, dass die Blume aus meinem Garten tatsächlich genauso aussieht wie die, die bei Monja gefunden wurde. Nur: Was soll denn das beweisen? Wie ich eben schon sagte, gibt es wahrscheinlich Tausende Rosensträucher dieser Art und Farbe. Aber wenn Sie mir unterstellen wollen, dass es sich bei der Blume, die bei Monja gefunden wurde, um eine Rose aus meinem Garten handelt, dann kann ich Ihnen versichern, dass das garantiert nicht der Fall ist!«

»Okay, ist angekommen. Sie werden verstehen, dass ich diese Frage stellen musste. Ich habe allerdings noch eine weitere: Waren Sie jemals an der Stelle, an der Monjas Leichnam gefunden wurde?«

Die Antwort kam wie aus der Pistole geschossen. »Nein, nie!«

»Bestimmt nicht? Denken Sie noch einmal genau nach. Sind Sie vielleicht mal zu dem Fundort gefahren, nachdem Monjas Leiche dort entdeckt worden ist?«

»Ich war weder vorher noch nachher dort«, erwiderte Bartels, jedes Wort betonend.

»Herr Bartels, Ihnen ist als Polizist sicherlich bekannt, dass man mithilfe von DNA Verbrechen aufklären kann, nicht wahr? Zum Beispiel anhand des Spermas eines Vergewaltigers. Sogar wenn der Täter lediglich Haare, Blut oder auch nur eine einzige Hautzelle verliert, kann man ihn anhand der DNA überführen.«

»Das ist mir bekannt, ja«, knurrte Bartels. »Aber um das zu wissen, muss man kein Polizist sein. Das weiß jeder Mensch, der mal einen *Tatort* gesehen hat.«

»Das heißt, wenn am Fundort der Leiche DNA sichergestellt worden wäre, die man Ihnen zuordnen könnte, wären Sie der Lüge überführt. Und Sie haben eben hoch und heilig versichert, Sie würden nicht mehr lügen, und falls doch, könne man zu Recht davon ausgehen, dass Sie Monja getötet haben.«

»Ja, das habe ich gesagt und dazu stehe ich nach wie vor. Ich weiß definitiv, dass meine DNA am Fundort der Leiche nicht gefunden wurde. Als die Kripo mich routinemäßig überprüft hat, hat sie mir auch eine Speichelprobe abgenommen. Und wenn meine DNA mit einer am Fundort der Leiche oder an Monjas Leichnam selbst übereingestimmt hätte, hätten die Kollegen sich garantiert bei mir gemeldet.«

»Es sei denn, sie hätten diese Übereinstimmung aus falsch verstandener Kameradschaft unterschlagen. Genauso wie die Kollegen, die aus demselben Grund für Sie gelogen haben.«

»Das sind haltlose Unterstellungen!«, protestierte Bartels. »Außerdem weiß ich zufällig, dass am Fundort kaum DNA gefunden wurde, weil einsetzender Regen fast alle Spuren weggespült hat.«

»So, das haben Sie zufällig erfahren?«

»Na ja ... Die Kollegen von der Kripo haben mir das mal beiläufig erzählt. Sie wussten, dass ich mich sehr für den Fall interessiere. Es ging schließlich um den Tod der Tochter meiner Lebensgefährtin.«

»Es hat Ihnen aber gut ins Konzept gepasst, dass so viele Spuren vernichtet worden sind, nicht wahr?«

Bartels schüttelte empört den Kopf und hatte sichtlich Mühe, sich zu beherrschen. »Ich verwahre mich nochmals gegen Ihre haltlosen Unterstellungen«, sagte er bestimmt. »Tatsache ist, dass ich nie am Fundort von Monjas Leiche war.«

»Das ist eine Lüge! Die DNA beweist das Gegenteil!«

»Was soll das?«, fauchte Bartels. »Am Fundort von Monjas Leiche wurde keine DNA von mir gefunden!«

»Oh, ich spreche auch gar nicht von Ihrer DNA.«

Bartels machte einen verwirrten Eindruck. »Von wessen denn sonst?«

»Von der der Rose. Auch Pflanzen sind Lebewesen und DNA ist ein in allen Lebewesen vorkommendes Biomolekül, das aus dem Chloroplasten, also jenem Pflanzenteil, der für die Bildung des grünen Farbstoffs verantwortlich ist, entnommen werden kann. Die Vorgehensweise hinsichtlich der Untersuchung ist dann der menschlicher DNA-Proben sehr ähnlich. Alle Pflanzenzellen haben einen einzigartigen ›Fingerabdruck‹, wie beim Menschen. Ich habe aus der Asservatenkammer des Gerichts ein Blatt der Rose, die bei Monja gefunden wurde, entfernt und in einem anerkannten Labor untersuchen lassen. Das Ergebnis ist eindeutig: Sie stammt mit einer Wahrscheinlichkeit von 99,99 % vom Rosenstrauch aus Ihrem Garten.«

Nach dieser Enthüllung herrschte im Saal für einige Sekunden atemloses Schweigen, dann entstand ein hektisches Stimmengewirr und Bartholdy hatte erhebliche Schwierigkeiten, die Ordnung wiederherzustellen.

Marc hatte Bartels die ganze Zeit nicht eine Sekunde aus den Augen gelassen, um dessen Reaktion genau zu beobachten. Der Polizist saß zuerst einfach nur da, wie zur Salzsäule erstarrt. Sein Gesicht wurde weiß wie Papier, sein Mund öffnete und schloss sich wie bei einem Fisch an Land und seine Blicke irrten ziellos durch den Saal, bis sie schließlich am Tisch der Nebenklage bei Ilka Höller hängen blieben. Bartels schüttelte langsam den Kopf, als wolle er seine Lebensgefährtin anflehen, nicht zu glauben, was sie eben gehört hatte, aber Ilka erwiderte Bartels' Geste nur mit eisiger Miene. Marc erwartete jeden Moment seinen Zusammenbruch.

Aber dann kam auf einmal alles ganz anders.

Mit einer Geschwindigkeit, die ihm wohl niemand zugetraut hätte, sprang Bartels blitzschnell von seinem Stuhl auf, drehte sich um und rannte in Richtung Saalausgang. Noch bevor jemand reagieren konnte, war er auch schon draußen.

Marc registrierte, dass die Wachtmeister fragende Blicke wechselten. Sie hatten den Auftrag, den Angeklagten an einer Flucht zu hindern. Doch von einem Zeugen hatte ihnen niemand etwas gesagt.

Es dauerte auch diesmal wieder eine Weile, bis das entstandene Durcheinander sich gelegt hatte.

Als schließlich einigermaßen Ruhe eingekehrt war, sagte Bartholdy: »Ich höre gerade, dass der Zeuge Bartels das Gerichtsgebäude verlassen hat und spurlos verschwunden ist. Deswegen gehe ich davon aus, dass er nicht gedenkt, hier heute noch einmal zu erscheinen. Ich muss zugeben, dass die Verhandlung doch etwas anders abgelaufen ist, als ich im Vorfeld gedacht habe. Aber nun denn. Will noch jemand Anträge stellen oder Erklärungen abgeben?«

Staatsanwältin Ritter und Ilkas Anwältin schüttelten unisono den Kopf, aber Marc war noch nicht ganz fertig.

»Ich habe einen Antrag zu stellen«, sagte er. »Mein Mandant sitzt seit fast einem Jahr in Untersuchungshaft, und das offensichtlich zu Unrecht, wie sich nunmehr herausgestellt hat. Nach allem, was wir heute gehört haben, muss Andreas Bartels als dringend verdächtig gelten, Monja Höller getötet zu haben, und meiner Meinung nach kann seine Flucht nur als Geständnis gewertet werden. Zumindest dürfte bei der gegenwärtigen Beweislage kein dringender Tatverdacht mehr gegen den Angeklagten vorliegen. Deshalb beantrage ich, den Haftbefehl gegen meinen Mandanten umgehend aufzuheben.«

Bartholdy wandte sich der Staatsanwältin und der Vertreterin der Nebenklage zu. »Wollen Sie dazu Stellung nehmen?« Nach kurzem Nachdenken verneinten beide und Bartholdy sagte: »Wir werden zeitnah über den Antrag beraten und entscheiden. Ich wünsche Ihnen noch einen guten Tag.«

Kapitel 26

Drei Tage später wurde der Haftbefehl gegen Rainer Höller aufgehoben. Die Große Strafkammer hatte sich Marcs Argumentation angeschlossen und war zu der Überzeugung gelangt, ein dringender Tatverdacht gegen den Angeklagten liege nicht mehr vor. Am darauffolgenden Morgen holte Marc seinen Mandanten um zehn Uhr vor der JVA Bielefeld ab.

Höller warf seine Sporttasche in den Kofferraum des Alfa Romeo, dann nahm er auf dem Beifahrersitz Platz. »Noch mal vielen Dank, Herr Hagen«, sagte er, während Marc den Motor startete. »Wenn ich ganz ehrlich sein soll: Ich hatte Ihnen das nicht zugetraut, als Sie mich das erste Mal in der Sprechzelle besucht haben.«

Marc lächelte. »Kein Problem, ich hätte es mir beinahe selbst nicht mehr zugetraut. Bis ich vor Kurzem in einer Zeitung zufällig einen Bericht über einen Mordfall gelesen habe. Eine Tote wurde in einem Waldstück gefunden, ihr Ehemann geriet unter Verdacht, konnte aber nicht überführt werden. Er hat geschworen, niemals an jenem Ort gewesen zu sein. Doch dann wurde im Kofferraum seines Wagens ein Eichenblatt gefunden. Anschließend hat die Polizei sämtliche Eichen in der Nähe des Fundorts der Leiche untersucht und dabei festgestellt, dass das im Kofferraum gefundene Eichenblatt mit einer Wahrscheinlichkeit von fast einhundert Prozent von einem Baum stammt, der gerade einmal zwei Meter vom Fundort der Leiche entfernt steht. Das war weltweit das erste Mal, dass die DNA einer Pflanze einen Täter überführt hat.«

Höller nickte verstehend. »Was ist mit Bartels? Hat man ihn inzwischen gefunden?«

»Nein, er ist wie vom Erdboden verschluckt. Die Staatsanwältin hat mir versprochen, sich umgehend zu melden, wenn es eine neue Entwicklung gibt. Ich denke, allzu lange kann es nicht mehr dauern, bis sie ihn haben. Eine derartige spontane Flucht geht fast nie gut. Wo soll Bartels auch hin?«

Höller wiegte den Kopf skeptisch hin und her. »Er hat mit Sicherheit immer noch viele Freunde bei der Polizei«, meinte er. »Vielleicht helfen die ihm. Sei es, dass sie ihm Unterschlupf gewähren, sei es, dass sie ihn laufen lassen, wenn sie ihn schnappen.«

»Ich wäre an Ihrer Stelle nicht so pessimistisch. So, wie der letzte Verhandlungstag gelaufen ist, dürfte sich die Zahl von Bartels' Freunden drastisch reduziert haben – nicht zuletzt auch bei der Polizei. Aber man weiß natürlich nie.«

Höller atmete hörbar durch. »Egal«, sagte er. »Bartels ist nicht mehr mein Problem. Hauptsache, ich bin endlich wieder draußen. Und das habe ich ausschließlich Ihnen zu verdanken.«

»Freuen Sie sich nicht zu früh«, warnte Marc. Als er Höllers entsetztes Gesicht bemerkte, fügte er schnell hinzu: »Nicht, dass Sie mich falsch verstehen. Ich glaube nicht, dass Sie noch allzu viel zu befürchten haben. Aber der Prozess ist formal mit der Aufhebung des Haftbefehls natürlich nicht beendet. Ich habe mit Staatsanwältin Ritter und auch mit der Anwältin Ihrer Exfrau gesprochen. Weitere Anträge sollen nicht gestellt werden, das heißt, es werden nur noch die Plädoyers gehalten und anschließend das Urteil verkündet. Und das kann nur auf Freispruch lauten.«

»Wie geht es dann weiter?«, fragte Höller. »Ich habe doch einen Anspruch auf Haftentschädigung, oder?«

»Natürlich haben Sie den. Aber lassen Sie uns darüber sprechen, wenn es wirklich so weit ist, das heißt, nach dem Urteil.«

Marc parkte vor Höllers Haus. Der blickte unschlüssig zu seiner Wohnung hoch. »Mein Gott«, sagte er. »Fast ein Jahr war ich nicht mehr hier. Da oben muss das absolute Chaos herrschen.«

»Machen Sie sich keine Sorgen«, versuchte Marc, ihn zu beruhigen. »Meine Sekretärin war zwischenzeitlich in Ihrer Wohnung und hat Ihre Post abgeholt. Wenn wir gewusst hätten, dass Sie so schnell freikommen, wäre das zwar nicht nötig gewesen. Aber ich denke, Sie haben jetzt ohnehin erst mal etwas anderes zu tun, als sich um unbezahlte Rechnungen zu kümmern. Im Zuge ihrer Stippvisite hat meine Sekretärin übrigens festgestellt, dass Ihre Wohnung picobello sauber ist. Ich glaube, Ihre Nachbarin Frau Heinemann hat ein Auge auf Sie geworfen. Sie hat ihr jedenfalls erzählt, sie habe jede Woche bei Ihnen durchgesaugt und Staub gewischt.«

Höller musste lachen. »Na, dann steht einer erfolgreichen Wiedereingliederung in die Gesellschaft ja nichts mehr im Wege.« Er reichte Marc seine Hand. »Noch mal vielen Dank, Herr Hagen. Ich werde nie vergessen, was Sie für mich getan haben.«

Kapitel 27

Zwei Tage nach Höllers Freilassung gab es immer noch nichts Neues von Andreas Bartels. Obwohl inzwischen öffentlich nach ihm gefahndet wurde, blieb er spurlos verschwunden. Auch von seinem Mandanten hatte Marc nichts mehr gehört.

Er verbrachte fast die ganze Zeit in seinem Arbeitszimmer und bereitete sich auf sein Plädoyer vor. Irgendwann legte er eine Pause ein, ging in die Küche hinunter und öffnete eine Dose Cola. In dem Moment klingelte sein Handy.

Marc warf einen Blick auf das Display, das eine unbekannte Nummer anzeigte. Für einen Augenblick war er versucht, den Anruf einfach zu ignorieren, aber dann drückte er doch die grüne Taste. »Hagen.«

»Hallo, Herr Hagen. Rainer Höller hier. Ich hoffe, ich störe nicht allzu sehr.«

»Nein, kein Problem. Was gibt es?«

»Sie müssen unbedingt herkommen. Alles Weitere erfahren Sie dann. Ich kann jetzt nicht so lange sprechen, aber es ist wirklich dringend.«

Marc runzelte die Stirn. Eigentlich konnte er eine längere Unterbrechung jetzt nicht gebrauchen. Doch Höllers Stimme nach handelte es sich tatsächlich um einen Notfall. »Ich bin in zehn Minuten bei Ihnen«, sagte er also.

»Das ist gut. Aber ... äh ... ich bin nicht bei mir zu Hause. Die Polizei hat mich abgeholt. Ich befinde mich im Präsidium an der Kurt-Schumacher-Straße. Kennen Sie das?«

Marc schloss für einen kurzen Moment die Augen. Verdammt, das konnte doch nicht wahr sein! »Ich bin unterwegs«, versicherte er. »Und bis zu meiner Ankunft sagen Sie kein einziges Wort mehr.« Er beendete das Gespräch abrupt, zog sich hastig eine Jacke über und verließ mit schnellen Schritten das Haus.

Während der Fahrt ins Präsidium dachte er darüber nach, was Höllers Anruf bedeuten mochte. Marc vermutete, dass es sich am ehesten um eine Rache von Polizisten ihm gegenüber handelte, nachdem er ihren Kollegen Andreas Bartels vor Gericht ziemlich auseinandergenommen hatte. Nun hatte man irgendeine Nichtigkeit wie ein defektes Rücklicht gesucht und gefunden, um Höller erneut das Leben schwer zu machen.

Aber vielleicht ging es auch um etwas ganz anderes?

Marc seufzte. Nun, er würde bald erfahren, was passiert war.

Wenige Minuten später stellte er den Alfa in der Nähe des Bielefelder Polizeipräsidiums ab. An der Pforte teilte er dem Beamten sein Anliegen mit und wurde kurz darauf in einen Vernehmungsraum geführt. Dort fand Marc zu seinem Erstaunen nicht nur seinen Mandanten und einen ihm unbekannten Mann vor, sondern auch Staatsanwältin Ritter. Offenbar ging es also um den Fall Monja Höller.

Marc begrüßte alle Anwesenden mit Handschlag, wobei ihm die Staatsanwältin den unbekannten Mann als Hauptkommissar Reinhard vorstellte.

Dann nahm Marc neben Rainer Höller Platz. »Ich hoffe, Sie haben nichts gesagt«, raunte er ihm zu.

»Kein Wort!«, versicherte Höller.

Marc nickte zufrieden und wandte sich der Staatsanwältin zu. »Darf ich erfahren, worum es hier eigentlich geht?«

»Sie dürfen«, antwortete Helen Ritter freundlich. »Vor drei Stunden wurde Andreas Bartels gefunden.«

»Gefunden?«, fragte Marc zurück. »Das hört sich nicht so an, als ob er noch leben würde.«

»Sie haben recht. Bartels ist tot.«

Marc runzelte die Stirn. »Ich verstehe ... Wie ist er ums Leben gekommen?«

»Todesursache war ein einziger Messerstich ins Herz, genau wie bei Monja Höller«, erwiderte Ritter. »Nur mit dem Unterschied, dass die Tatwaffe diesmal noch in Bartels' Brust steckte.«

Marc warf seinem Mandanten einen schnellen Seitenblick zu. Er erinnerte sich nur zu gut daran, was Höller ihm bei ihrem ersten Treffen in der JVA gesagt hatte: *»Wenn ich hier rauskomme, werde ich für Gerechtigkeit sorgen!«*

Inzwischen hatte Hauptkommissar Reinhard das Wort ergriffen. »Als Bartels gefunden wurde, war er seit etwa zwei Stunden tot. Deshalb werden Sie verstehen, dass uns brennend interessiert, wo sich Ihr Mandant heute Nachmittag um dreizehn Uhr aufgehalten hat.«

Marc merkte, dass Höller etwas sagen wollte, aber er brachte ihn sofort zum Schweigen, indem er seine Hand auf Höllers Unterarm legte. »Wenn ich ehrlich sein soll, fehlt mir für Ihre Frage jegliches Verständnis. Welches Motiv sollte mein Mandant denn gehabt haben, Andreas Bartels zu töten?«

»Das ist doch wohl klar«, behauptete Reinhard. »Er hasst Bartels, weil er glaubt, der habe ihm die Frau ausgespannt und seine Tochter getötet. Sie wissen sehr wohl, dass es keine besseren Motive für einen Mord gibt als Hass und Rache.«

»Das würde dann aber bedeuten, dass Sie meinen Mandanten nicht mehr verdächtigen, seine Tochter getötet zu haben«, versetzte Marc. »Denn wenn Herr Höller Monja getötet hätte, wüsste er ja, dass Bartels es nicht gewesen sein kann.«

»Es geht hier jetzt nicht um den Fall Monja Höller«, erwiderte Reinhard scharf. »Es geht um den Fall Andreas Bartels. Können wir das ganze Herumgeeiere nicht einfach abkürzen, indem Ihr Mandant uns sagt, wo er heute Nachmittag war? Wenn er ein Alibi hat, können wir dieses Gespräch sofort beenden.«

»Ich war den ganzen Tag bei mir zu Hause!«, platzte Höller heraus, bevor Marc eingreifen konnte. »Allein! Und ich kenne auch Ihre nächsten Fragen: Nein, soweit ich weiß, hat mich niemand gesehen. Nein, ich wurde nicht angerufen. Nein, ich habe meinerseits ebenfalls niemanden angerufen. Den Grund dafür kann ich Ihnen auch nennen: Wenn man ein Jahr im Knast sitzt, weil einem vorgeworfen wird, die eigene Tochter umgebracht zu haben, gibt es schlichtweg niemanden mehr, der einen besucht oder anruft oder den man anrufen oder besuchen könnte.«

»Sie haben also kein Alibi«, stellte Reinhard nüchtern fest.

»Ich weiß es nicht!«, schrie Höller. »Und ich verstehe auch nicht, was das alles soll! Ich hatte vor einem Jahr kein Alibi, als Monja getötet wurde, und ich habe auch jetzt keins. Wollen Sie mich deswegen wieder für ein paar Monate in den Knast stecken?«

»Nicht wir haben Sie in den Knast gesteckt, sondern der Richter«, gab Reinhard ungerührt zurück. »Und wir hatten damals außer dem fehlenden Alibi durchaus zahlreiche andere Indizien, die auf Sie als Täter hingedeutet haben. Soweit ich weiß, sind Sie bislang auch noch nicht freigesprochen worden.«

»Wo Sie den Prozess schon ansprechen …«, ergriff Marc wieder das Wort. »Sie werden sicherlich mitbekommen haben, dass Andreas Bartels als dringend tatverdächtig gilt, Monja Höller getötet zu haben. Wohingegen der Haftbefehl gegen meinen Mandanten aufgehoben worden ist.«

»Exakt. Deshalb hatte Ihr Mandant jetzt auch die Gelegenheit, Andreas Bartels zu töten.«

»Nein, die hatte er eben nicht!«, widersprach Marc. »Bartels ist vor einer Woche aus dem Schwurgerichtssaal geflohen und abgetaucht. Er wird seitdem von der gesamten Polizei mit Haftbefehl gesucht. Und da soll es ausgerechnet meinem Mandanten in den drei Tagen, die er jetzt in Freiheit ist, gelungen sein, ihn ausfindig zu machen? Das, was Sie mit Ihrem ganzen Apparat in einer Woche nicht geschafft haben?«

»Vielleicht hat er ihn gar nicht ausfindig gemacht und Bartels ist ihm rein zufällig über den Weg gelaufen.«

»Das glauben Sie ja selbst nicht!«

»Warum nicht? Solche Zufälle gibt es. Aber womöglich war es auch gar kein Zufall. Möglicherweise hat Bartels in seinem Versteck gelesen, dass Ihr Mandant freigelassen wurde, und sich mit ihm in Verbindung gesetzt.«

Marc kniff die Augen zusammen. »Eben haben Sie noch behauptet, dass mein Mandant Bartels hasst. Warum sollte der sich also ausgerechnet mit Herrn Höller in Verbindung setzen? Können Sie mir auch nur einen Grund dafür nennen?«

»Nein, das kann ich nicht«, musste Reinhard zugeben. »Noch nicht, um genau zu sein. Das bedeutet aber nicht, dass es einen derartigen Grund nicht gegeben haben könnte. Vielleicht hat Herr Höller ja eine Idee?«

Der schüttelte den Kopf. »Das ist doch Schwachsinn!«, meinte er. »Bartels hat mich nicht angerufen. Sie können gerne meine Telefonverbindungsdaten überprüfen.«

»Er muss Sie ja nicht unbedingt angerufen haben. Vielleicht hat er sich persönlich mit Ihnen in Verbindung gesetzt.«

»Nein, das hat er auch nicht«, sagte Höller energisch. »Ich habe von Bartels seit seiner Zeugenvernehmung weder etwas gesehen noch gehört oder gelesen.«

»Damit dürfte Ihre Frage hinreichend beantwortet sein«, meinte Marc und wandte sich Staatsanwältin Ritter zu. »Aber eines würde mich abschließend doch noch interessieren: Sie haben eben etwas nebulös erwähnt, die Todesursache bei Bartels sei ein Stich ins Herz gewesen. Was genau bedeutet das denn? Wurde ihm das Messer von jemand anderem ins Herz gestoßen? Oder hat Bartels das womöglich selbst getan?«

Marc entging nicht, dass Ritter und Reinhard einen schnellen Blick austauschten. Offenbar hatte er einen wunden Punkt getroffen.

»Das wissen wir noch nicht«, gab Ritter schließlich zu. »Wie gesagt, die Leiche wurde erst vor ein paar Stunden gefunden, Obduktion und mehrere kriminaltechnische Untersuchungen stehen noch aus. Aber wir sind guter Dinge, dann klarer zu sehen.«

»Vielleicht hätten Sie diese Untersuchungen durchführen sollen, bevor Sie meinen Mandanten abholen«, sagte Marc. »Meines Erachtens spricht alles für einen Selbstmord: Ich habe vor Gericht praktisch nachgewiesen, dass Bartels Monja Höller getötet hat. Nach einer Woche Flucht ist ihm bewusst geworden, dass es für ihn keinen Ausweg mehr gibt. Also hat er Bilanz gezogen und sich selbst gerichtet.«

»Möglich«, meinte Helen Ritter nur. »Aber ein Suizid steht eben noch nicht fest. Es gibt zwar keine Anzeichen für einen Kampf und auch keine Abwehrverletzungen, aber das muss letztlich nichts heißen. Wenn Bartels von seinem Mörder überrascht wurde, hatte er keine Chance, sich zu wehren. Gegen einen Selbstmord spricht im Übrigen auch, dass es eine eher ungewöhnliche Methode ist, sich mit einem Messer selbst das Leben zu nehmen.«

»Im Allgemeinen vielleicht, aber nicht in diesem Fall«, widersprach Marc. »Bartels hat Monja mit einem Messer getötet und sich jetzt auf dieselbe Art und Weise selbst das Leben genommen. Meiner Meinung nach ist das ein eindeutiges Schuldeingeständnis.«

»Wir werden sehen«, blieb Staatsanwältin Ritter vage. »Nichtsdestotrotz mussten wir Ihren Mandanten zeitnah befragen, um festzustellen, ob er ein Alibi hat. Wie Herr Reinhard vorhin schon sagte, hätten wir ihn dann sofort als potenziellen Täter ausschließen können.«

»Das können Sie auch ohne Alibi. Die Gründe hatte ich Ihnen eben genannt. Ich fasse also nochmals zusammen: Sie vernehmen meinen Mandanten in einem Todesfall, bei dem Sie selbst nicht wissen, ob es sich nicht womöglich um einen Suizid gehandelt hat. Und selbst wenn Sie wüssten, dass eine Fremdtötung vorliegt, können Sie nicht erklären, wann, wie und warum mein Mandant mit dem Opfer zusammengetroffen sein soll.« Marc wartete ein paar Sekunden. Als niemand etwas sagte, stand er auf und wandte sich an Rainer Höller. »Ich denke, wir können dann gehen.«

Kapitel 28

Als Marc die Haustür aufschloss, schlug ihm aus dem oberen Stockwerk dröhnender Lärm entgegen. Er lief mit schnellen Schritten die Treppe hinauf und klopfte gegen Lizzys Zimmertür.

»Kannst du das bitte leiser machen?«, rief er. »Ich muss arbeiten!« Er lauschte, vernahm aber keine Reaktion. Also klopfte er noch einmal, diesmal lauter und drängender, und drückte gleichzeitig die Klinke herunter. »Ich hatte dich gebeten ... oh!« Er verstummte, als er sah, dass Lizzy nicht allein war.

Sie saß auf dem Bett und war mit ihrem Handy beschäftigt. Neben ihr saß eine junge Frau, die ebenfalls ein Smartphone in der Hand hielt und Marc mit großen Augen anstarrte.

Marc hat sie noch nie gesehen, davon war er überzeugt. Denn ihr Anblick wäre ihm mit Sicherheit im Gedächtnis geblieben. Sie war schätzungsweise siebzehn oder achtzehn Jahre alt und wog sicherlich zwei Zentner. Ihre kurzen, lockigen Haaren ließen sie auf den ersten Blick wie einen Jungen wirken. Auf ihrer Nase saß eine Brille mit dicken Gläsern. Bekleidet war sie mit einem gelben T-Shirt, aus dessen Ärmeln wulstige Oberarme quollen, ihre Jeans saßen an ihren dicken Oberschenkeln wie eine Wurstpelle.

»Ich hatte dich schon beim ersten Mal gehört, Marc!«, ermahnte Lizzy ihn streng.

»Warum hast du dann nicht leiser gemacht?«

»In einer halben Sekunde?«

»Ja, ja. Willst du mir nicht lieber deinen Besuch vorstellen?«

»Klar. Marc, das ist Hannah Süllwald. Hannah, das ist Marc.«

»Guten Tag, Herr Schubert«, sagte das Mädchen schüchtern.

»Hagen«, korrigierte Marc. »Ich bin mit Lizzys Mutter nicht verheiratet. Ähm ... Lizzy, kommst du mal?«

Mit einem genervten Augenrollen und einer Leidensmiene, als habe Marc sie zu einem Marathonlauf aufgefordert, bequemte sich Lizzy aufzustehen und folgte ihm in sein Arbeitszimmer.

»Das ist also Hannah Süllwald, Monjas beste Freundin?«, wollte Marc wissen.

»Allerdings. Ich habe sie eingeladen.«

»Ach? Ich dachte, sie sei komisch und niemand könne sie leiden.«

»Ja, das dachte ich anfangs auch. Aber als ich sie näher kennengelernt habe, habe ich festgestellt, dass sie eigentlich ganz in Ordnung ist. Man darf halt nicht zu viel auf das Gerede anderer Leute hören.«

»Du gibst dich also nicht nur mit ihr ab, weil du sie jetzt nicht mehr loswirst?«

Lizzy verdrehte die Augen. »Nein, hab ich doch gesagt. War's das dann?«

»Ja ... das heißt nein. Mach bitte die Musik leiser. Ich habe noch zu tun.«

»Kannst du nicht wie jeder normale Mensch in einem Büro arbeiten?«

»Das tue ich, mein Kind. Nur mit dem Unterschied, dass mein Büro eben zu Hause ist. Und jetzt: Vite, vite!« Mit diesen Worten scheuchte er Lizzy aus dem Zimmer und tatsächlich wurde kurz darauf die Lautstärke um etwa ein Dezibel heruntergedreht.

Marc seufzte.

Dann setzte er sich an seinen Schreibtisch und begann, die Akten im Fall Höller noch einmal zu sichten, um seinem Plädoyer den letzten Schliff zu verleihen und in Gedanken seinen Auftritt zu proben.

Er hatte etwa zwei Stunden gearbeitet, als sein Handy klingelte. Marc nahm mit der grünen Taste das Gespräch an und gleich darauf meldete sich eine weibliche Stimme.

»Staatsanwältin Ritter hier.«

»Frau Ritter?«, fragte Marc erstaunt. »Sie wollen sich doch nicht etwa entschuldigen?«

Die Staatsanwältin lachte. »Wieso sollte ich?«

»Weil Sie inzwischen eingesehen haben, dass Sie meinen Mandanten vollkommen zu Unrecht ins Polizeipräsidium gezerrt und verhört haben.«

»Zunächst einmal haben wir niemanden irgendwohin gezerrt. Herr Höller ist ganz freiwillig mitgekommen. Und wir haben ihn auch nicht verhört, sondern lediglich ein Gespräch mit ihm geführt. Aber wo Sie das Thema schon ansprechen: Die Polizei hat inzwischen sämtliche Nachbarn Ihres Mandanten befragt und auch seine Telefonverbindungen gecheckt. Er hat für den Tag, an dem Bartels' Leiche gefunden wurde, kein Alibi.«

»Was nicht das Geringste beweist. Ich war an dem Tag auch allein zu Hause und habe somit ebenfalls kein Alibi. Nur für den Fall, dass Sie schon die nächste Sau suchen, die Sie durchs Dorf treiben können. Im Übrigen: Wenn Sie Höllers Handydaten ausgewertet haben, wissen Sie sicherlich auch, wo er sich an jenem Nachmittag aufgehalten hat.«

»Höllers Handy war tatsächlich die ganze Zeit in seiner Wohnung. Wie bereits in der Nacht, in der seine Tochter getötet wurde. Aber das beweist natürlich nicht, dass Höller selbst auch dort war.«

»Okay«, konstatierte Marc. »Er kann nicht beweisen, dass er zur Tatzeit in seiner Wohnung war, und Sie können nicht beweisen, dass er sie verlassen hat. Da die Beweislast aber nun mal bei Ihnen liegt, dürfte es damit eins zu null für meinen Mandanten stehen.«

Helen Ritter lachte erneut. »Da kann ich Ihnen nicht widersprechen. Hören Sie, Herr Hagen, die Todesfälle Monja Höller und Andreas Bartels hängen ja offensichtlich irgendwie zusammen. Und da der Prozess gegen Rainer Höller noch nicht beendet ist, wollte ich Sie eigentlich nur auf den neuesten Stand der Ermittlungen bringen.«

»Das ist wahnsinnig nett von Ihnen«, erwiderte Marc mit einem ironischen Unterton in der Stimme.

Die Staatsanwältin fuhr fort, als habe sie die Bemerkung nicht gehört. »Die Leiche von Andreas Bartels wurde inzwischen obduziert«, erklärte sie. »Dabei wurde bestätigt, dass die Todesursache der Messerstich ins Herz war. Aber das stand ja eigentlich von vornherein fest. Unklar ist allerdings weiterhin, ob es sich um eine Fremd- oder um eine Selbsttötung gehandelt hat. Doch wir bleiben da dran. Ich habe noch ein paar Tests veranlasst und hoffe, dass es dann ein eindeutiges Ergebnis gibt. Das dauert allerdings seine Zeit.«

»Wie sieht es mit Fingerabdrücken aus?«

»Auf dem Messer befinden sich ausschließlich die von Bartels. Es ist aber durchaus möglich, dass der Mörder Handschuhe getragen und Bartels' Finger nach der Tat absichtlich auf den Griff des Messers gedrückt hat. Auch dadurch lässt sich also nicht zweifelsfrei feststellen, ob Bartels getötet wurde oder ob er das selbst erledigt hat.«

»Was ist, wenn Sie das nicht mehr klären können?«

»Auch das hat es schon gegeben«, musste die Staatsanwältin zugeben. »Wenn es keine sonstigen Anzeichen für einen Mord gibt und der Stichkanal sowohl für einen Mord als auch für einen Selbstmord passen würde, muss die Frage eben offenbleiben.«

»Mit der Folge, dass Sie meinen Mandanten nicht mehr behelligen könnten.«

»Mit der Folge, dass wir *niemanden* mehr behelligen könnten«, präzisierte die Staatsanwältin. »Wenn es uns nicht gelingt, zweifelsfrei nachzuweisen, dass es sich um eine Fremdtötung gehandelt hat, kommen im Falle einer Anklageerhebung mit Sicherheit ein paar windige Winkeladvokaten um die Ecke und hauen uns die ganze Sache um die Ohren.«

»›Windige Winkeladvokaten‹«, lachte Marc. »Sie scheinen eine Meisterin der Alliteration zu sein. Vielleicht sollten Sie Autorin bei *Schwiegertochter gesucht* werden. Sie wissen schon: der gefühlvolle Geflügelzüchter Günther.«

Die Staatsanwältin stimmte in sein Lachen mit ein. »Ach ja, eines hätte ich beinahe vergessen«, sagte sie dann. »Die Kriminaltechniker haben herausgefunden, dass das Messer, welches in Bartels' Brust steckte, zweifelsohne auch die Tatwaffe im Fall Monja Höller war.«

Marc blieb beinahe die Spucke weg. »Und das erwähnen Sie einfach so nebenbei? Jetzt macht doch alles noch viel mehr Sinn: Bartels hat sich mit dem Messer gerichtet, mit dem er zuvor Monja Höller getötet hat. Mehr Geständnis geht nun wirklich nicht.«

»Wenn es sich denn tatsächlich um einen Suizid gehandelt haben sollte«, gab die Staatsanwältin zu bedenken.

»Gehen Sie doch einfach mal davon aus«, schlug Marc vor. »Zumindest, solange Sie nicht das Gegenteil beweisen können. Gibt es sonst noch etwas, was Sie ›beinahe‹ vergessen haben zu erwähnen? Zum Beispiel, dass Bartels einen Abschiedsbrief hinterlassen hat, in dem er die Tötung von Monja Höller gesteht?«

Helen Ritter brach ein weiteres Mal in Gelächter aus. »Nein, das war's wirklich. Aber ich melde mich bei Ihnen, sobald es eine neue Entwicklung gibt.«

Marc beendete das Gespräch, verließ sein Arbeitszimmer und klopfte an Lizzys Tür. Diesmal wartete er jedoch ein »Herein« ab, bevor er den Raum betrat.

»Ich wollte mir eine Pizza bestellen«, verkündete er. »Hat sonst noch jemand Hunger?«

»Ja, für mich die vierunddreißig, wie immer mit veganem Käse«, antwortete Lizzy wie aus der Pistole geschossen.

Marc richtete seinen Blick auf Hannah Süllwald. »Wie sieht es mit dir aus? Oder muss ich schon ›Sie‹ sagen?«

»›Du‹ ist okay. Aber ich glaube, ich habe nicht genug Geld für eine Pizza dabei.«

»Du bist selbstverständlich eingeladen. Also?«

Hannah lächelte dankbar. »Dann hätte ich gerne eine Salamipizza.« Nach einer kurzen Pause fügte sie hinzu: »Kann ich die mit doppelt Käse haben? Und mit doppelt Salami?«

Marc wollte bereits zu einer bissigen Bemerkung ansetzen, sah aber rechtzeitig Lizzys warnenden Blick und schluckte seinen Kommentar wieder herunter. »Okay, einmal die vierunddreißig mit veganem Käse, einmal eine Salamipizza mit doppelt Käse und doppelt Salami. Kommte soforte.«

Marc ging in sein Arbeitszimmer zurück und bestellte das Essen. Ein paar Minuten später klingelte sein Handy erneut. Ohne auf das Display zu schauen, nahm Marc den Anruf an. »Hagen.«

»Hallo, Marc. Ilka hier.«

Diese vier Worte reichten, um Marc einen Schauer über den Rücken zu jagen.

»Hallo, Ilka«, antwortete er. »Schön, von dir zu hören. Mein herzliches Beileid zum Tod von Andreas Bartels.«

»Danke. Mein Leid hält sich allerdings sehr in Grenzen. Wie es aussieht, hatte Rainer tatsächlich recht: Andreas hat Monja getötet. Und deshalb hat er sich jetzt das Leben genommen.«

»Es sieht so aus, ja«, bestätigte Marc. »Ich habe eben noch mit der Staatsanwältin telefoniert. Es fehlt allerdings nach wie vor der letzte Beweis für einen Selbstmord.«

»Aber wer sollte ihn denn getötet haben?«, fragte Ilka. »Ich hasse diese Verschwörungstheorien. Warum glauben die Menschen immer, dass es das, was am naheliegendsten ist, gerade nicht war?«

»Das ist eine gute Frage. Für mich ist nur wichtig, dass du nicht mehr glaubst, dein Exmann habe etwas mit Monjas Tod zu tun.«

»Das denke ich schon seit dem letzten Verhandlungstag nicht mehr. Stattdessen mache ich mir jetzt entsetzliche Vorwürfe, dass letztlich ich schuld an Monjas Tod bin. Immerhin habe ich Andreas Bartels in unser Leben geholt.«

»Aber damals konntest du doch noch nicht ahnen, dass er deiner Tochter etwas antut!«

Ilka zögerte. »Nein, wahrscheinlich nicht. Auf jeden Fall habe ich meine Anwältin gerade angerufen und sie gebeten, in dem Prozess gegen Rainer auf Freispruch zu plädieren. Sie sieht das übrigens genauso.«

»Das freut mich.«

»Ja, und das ist gleichzeitig auch der Grund meines Anrufs.« Ilka hielt erneut inne. »Also, wir wollten uns doch nach dem Prozess noch mal treffen. Das Verfahren ist zwar noch nicht abgeschlossen, aber ich denke, ein Freispruch ist nur noch eine Formsache. Und wenn du Angst hast, dass man uns in der Öffentlichkeit sehen könnte, könntest du zu mir kommen. Das hatte ich dir ja schon angeboten. Ich habe hier übrigens immer noch eine angebrochene Flasche Merlot herumstehen und keine Lust, sie alleine auszutrinken. Kannst du mir dabei helfen?«

Marc musste lächeln. »Ich helfe immer, wenn eine Frau in Not ist. Wo und wann?«

»Wie sieht es mit nächster Woche Samstag gegen achtzehn Uhr aus?«

Marc tat so, als ob er kurz nachdenken müsste. Dabei wusste er nur zu genau, dass er für dieses Treffen sofort jeden anderen Termin absagen würde. »Ich habe nichts vor«, sagte er also.

»Super. Hast du denn einen besonderen Wunsch, was ich kochen soll?«

»Nein, ich esse alles.« Er machte eine Kunstpause. »Also alles, was kein Fisch ist. Das heißt genau genommen, überhaupt keine Meeresfrüchte. Und wenn irgendwie möglich, nichts Veganes oder Vegetarisches, denn das bekomme ich dann ja im Überfluss, wenn Melanie wieder zurück ist. Ach, und wenn du dich entschließen solltest, Fleisch zu machen, würde ich Rind vorziehen, am liebsten Filet. Und als Beilage bitte keinen Spinat, den hasse ich wie die Pest. Aber sonst esse ich wirklich alles.«

Ilka lachte. »Ich liebe unkomplizierte Männer. Bis nächste Woche Samstag.« Sie schwieg einen kurzen Moment, dann fügte sie mit belegter Stimme hinzu: »Ich freue mich auf dich, Marc. Ich freue mich sogar sehr.«

»Ich mich auch. Bis Samstag.« Marc drückte die rote Taste, um das Gespräch zu beenden, und atmete tief durch.

Er ertappte sich bei dem Gedanken, dass Ilka ihm fehlte. Das erregte ihn und gleichzeitig hasste er sich dafür. Schließlich wusste er nur zu gut, dass er mit dem Feuer spielte und wie dieser Abend enden konnte.

Aber dann schob er diese Überlegungen energisch beiseite. Es ist nur ein Abendessen, redete er sich ein.

Kapitel 29

Marc wurde aus seinen Grübeleien gerissen, als es an der Tür schellte.

Er lief nach unten, öffnete und nahm drei Pizzas entgegen. Dann rief er die Mädchen und kurz darauf saßen sie zu dritt an dem großen Esstisch.

Hannah machte sich über ihre Pizza her, als habe sie seit Tagen nichts mehr gegessen. »Die ist echt super«, verkündete sie mampfend. »Vielen Dank, Herr Hagen.«

»Kein Problem.« Er betrachtete das kauende Mädchen. »Du warst also Monjas beste Freundin«, sagte er, um ein Gespräch in Gang zu bringen und weil er sonst nichts über sie wusste.

Hannah nickte. »Ja, wir waren sehr gut befreundet.«

»Dann hast du mit ihr bestimmt auch gelegentlich Pizza gegessen.«

»Eigentlich haben wir nur ein einziges Mal Pizza bestellt. Kurz darauf kam ihre Mutter nach Hause. Als sie sah, was wir aßen, musste Monja sofort bei ihr antanzen. Die beiden haben zwar in der Küche miteinander geredet, aber ich habe das Gespräch zum Teil mitbekommen, weil ich aufs Klo musste. Frau Höller meinte, eine Pizza sei pures Gift für Monja und würde ihre Figur ruinieren. Sie solle sich nur mich anschauen, dann wüsste sie schon, wie das endet.«

»Das war aber nicht sehr nett von Monjas Mutter«, meinte Marc unangenehm berührt.

Aber Hannah zuckte nur mit den Schultern. »Sie wusste ja nicht, dass ich das hören kann. Außerdem habe ich mich an solche Bemerkungen schon gewöhnt. Und Monja hat mich auch sofort verteidigt. Sie hat zu ihrer Mutter gesagt, sie solle mich in Ruhe lassen. Und sie auch. Sie wollte eh nicht mehr Model werden und mit dem ganzen Scheiß nichts mehr zu tun haben.«

»Das war aber bestimmt eine große Enttäuschung für ihre Mutter, oder?«

Hannah nickte. »Ja, Monja hat mir erzählt, dass ihre Mutter sie unbedingt zu einem erfolgreichen Model machen wollte und sie zu allen möglichen Agenturen geschleppt hat. Monja hatte auch schon ein paar kleinere Jobs. Aber irgendwann hatte sie die Nase voll davon. Daraufhin hat sie ihrer Mutter gesagt, sie werde ab sofort zu keinem Casting und zu keinem Shooting mehr gehen.«

»Wie hat ihre Mutter darauf reagiert?«

»Na ja, die war natürlich nicht sehr glücklich. Aber was hätte sie dagegen tun sollen? Wenn Monja sich etwas in den Kopf gesetzt hat, hat sie das auch durchgezogen und es gab nichts und niemanden, der sie davon hätte abbringen können.« Hannah zuckte die Achseln. »So war sie eben.«

»Wie habt ihr euch eigentlich kennengelernt?«

»Oh, daran kann ich mich noch ganz genau erinnern. Sie kam vom Schiller-Gymnasium neu in unsere Klasse und ich habe sie die ganze Zeit angestarrt, weil sie so schön war. Und dann meinte unsere Lehrerin auch noch, Monja solle sich neben mich setzen, weil da der einzige freie Platz war. Ich habe eigentlich immer alleine gesessen, weil niemand neben mir sitzen wollte. Aber für Monja war das ganz selbstverständlich. Sie hat mich angelächelt und gesagt: ›Hi, ich bin Monja. Wer bist du?‹ Als wäre das das Normalste auf der Welt. Dabei hat sonst niemand mit mir gesprochen. Und dann ausgerechnet sie! Ein Mädchen, das wie ein Model aussieht, spricht mit jemandem wie mir.«

»Du solltest dein Licht nicht so unter den Scheffel stellen«, meinte Marc.

»Sie haben ja keine Ahnung!«, brauste Hannah auf. »Oh, Entschuldigung«, ruderte sie sofort zurück, »das habe ich nicht so gemeint. Aber bevor Monja aufgetaucht ist, war mein Leben echt die Hölle. Ab dem Tag wurde alles anders. Monja war gerade zwei Tage in unserer Klasse, als sie mitbekommen hat, dass zwei Mädchen hinter uns über meine Figur gelästert haben. Monja hat sich ganz lässig zu ihnen umgedreht und gesagt, wenn sie nicht den Mund halten, werde sie ihnen mit ihren eigenen Slips das Maul stopfen. Die beiden Mädchen haben vor lauter Schreck kein Wort mehr herausbekommen und ab da war Ruhe. Ich fand das total cool. Das hat vorher noch nie jemand für mich gemacht.«

»Das passt zu dem, was ich über Monja gehört habe«, ergänzte Marc. »Einerseits konnte sie sehr nett sein, andererseits aber auch sehr schroff und abweisend.«

»Ja, so war Monja zu jedem, auch zu mir. Wir waren total unterschiedlich, aber vielleicht haben wir uns auch gerade deshalb so gut verstanden. Sie war meine allerbeste Freundin und hat mir alles erzählt und ich habe ihr auch alles erzählt. Aber als sie zum Beispiel ihren sechzehnten Geburtstag gefeiert hat, hat sie alle möglichen Leute zu einer Party eingeladen, nur mich nicht. Sie meinte, so wie ich aussehen würde, würde ich da nicht reinpassen.«

Marc konnte kaum glauben, was er da hörte. »Moment mal«, sagte er schockiert. »Wenn ein anderes Mädchen über deine Figur lästert, droht Monja ihr Schläge an. Aber sie selbst hat dich, ihre beste Freundin, wegen deiner Figur nicht zu ihrer Geburtstagsfeier eingeladen?«

»So war Monja eben«, erklärte Hannah lapidar. »Ich habe es zuerst ja auch nicht verstanden, aber sie hat mir das später mal erklärt. Sie meinte, als Freundinnen müsse man nach außen zusammenhalten, sich aber intern immer knallhart und ehrlich die Meinung sagen. Es sei ja nun mal eine Tatsache, dass ich dick sei. Deswegen hätte ich mich auf ihrer Party unter den ganzen hübschen Mädchen bestimmt nicht wohlgefühlt. Es sei somit also auch zu meinem Besten gewesen.«

»Hast du das genauso gesehen?«

»Nein, ich wäre gerne zu der Party gegangen. Das heißt, das habe ich dann ja auch gemacht. Ich habe vor dem Haus gestanden und die laute Musik gehört. So konnte ich dann doch ein bisschen dabei sein.«

Marc versuchte, sich seine Fassungslosigkeit nicht anmerken zu lassen, und rieb sich den Nacken. »Du hast gesagt, Monja habe dir immer ihre Meinung gesagt. Galt das umgekehrt auch? Hast du Monja auch immer deine ehrliche Meinung gesagt?«

Hannah ließ sich mit der Antwort Zeit. »Nein«, gestand sie dann. »Monja war sehr schnell auf hundertachtzig und auch sofort beleidigt. Ich kann mich da an eine Sache erinnern. Ich fand einen Jungen in unserer Schule ganz toll und das habe ich Monja auch gesagt. Sie hat mir geraten, ihn doch einfach mal anzusprechen, aber das habe ich mich nicht getraut. Daraufhin hat sie mir dann angeboten, das für mich zu übernehmen, aber das wollte ich auch nicht. Als ich wieder mal damit angefangen habe, von ihm zu schwärmen, hat sie gemeint, das sei ja nicht mehr auszuhalten. Ich habe gesehen, wie sie in einer Pause einfach zu ihm gegangen ist und mit ihm gesprochen hat. Als sie zurückkam, erzählte sie mir, sie habe dem Jungen gesagt, dass ich ihn gut finde. Aber er habe daraufhin nur gemeint: ›Die Fette da? Um Himmels willen!‹«

»Das hat sie wortwörtlich so an dich weitergegeben?«

»So war ...«

»Ja, ja, so war Monja eben«, unterbrach Marc sie mit mehr Schärfe in der Stimme, als er beabsichtigt hatte. »Entschuldige«, beeilte er sich zu sagen. »Wie hast du darauf reagiert?«

»Ich habe geweint und ihr gesagt, dass ich sie doch gebeten hätte, das nicht zu tun. Monja war daraufhin ernsthaft erstaunt. Wochenlang hätte ich ihr die Ohren vollgeheult, wie toll der Typ sei. Damit wäre ich nicht nur ihr tierisch auf die Nerven gegangen, sondern hätte auch meinen Kopf total blockiert. Jetzt hätte ich wenigstens Klarheit und könnte mich wieder auf andere Dinge konzentrieren.«

»Und damit hast du dich dann einfach so zufriedengegeben?«

»Nein, diesmal nicht. Sonst habe ich immer sofort nachgegeben, wenn wir uns mal gestritten haben. Ich wollte sie nicht verlieren. Monja war nicht nur meine beste, sie war auch meine einzige Freundin. Aber nachdem sie mir das gesagt hat, habe ich eine Woche lang nicht mehr mit ihr gesprochen.«

»Aber dann habt ihr euch wieder vertragen?«

»Ja, ich habe mich bei Monja entschuldigt.«

»Moment mal. *Du* hast dich bei *ihr* entschuldigt?«

»Monja hätte nie den ersten Schritt getan, das wusste ich. Also musste ich das machen. Was hätte ich denn tun sollen? Außer ihr hatte ich doch niemanden.«

Marc merkte, wie sehr ihm das Mädchen leidtat.

Hannah schien das Gefühl zu haben, sich rechtfertigen zu müssen. »So war Monja eben! Für sie gab es nur schwarz oder weiß, Freund oder Feind – und dazwischen nichts. Wer nicht für sie war, war gegen sie. Aber oftmals war sie einfach auch sehr nett. Wir haben uns wirklich alles erzählt.«

»Aber wer ihr heimlicher Freund war, wusstest du nicht?«

»Nein, sie meinte, das könne sie mir nicht sagen, weil es in einer Katastrophe enden würde. Aber abgesehen davon, hat sie mir wirklich alles gesagt und sich auch dauernd bei mir ausgeheult, zum Beispiel, wenn sie Probleme mit dem neuen Freund ihrer Mutter oder mit ihrem Vater hatte.«

»Kanntest du Andreas Bartels, den Freund von Monjas Mutter?«

»Ja, ich habe ihn ein paarmal gesehen, wenn er Monjas Mutter besucht hat. Einmal war ich sogar in seinem Haus. Das war an dem Mittwoch vor Monjas Tod. Bartels hatte die Höllers zu sich zum Grillen eingeladen. Monja wollte da partout nicht hin, aber ihre Mutter hat sie mehr oder weniger dazu gezwungen. Monja meinte, sie würde nur mitkommen, wenn ich auch mitdürfte. Bartels war sogar einverstanden, aber sie hatte trotzdem den ganzen Nachmittag miese Laune. Allerdings lag das wahrscheinlich auch an Daniel Schneider.«

»Inwiefern?«

»Wir waren in Bartels' Garten, als Monja auf einmal laut aufgeschrien und gesagt hat, dass wir von Daniel Schneider beobachtet werden. Ich habe ihn dann auch gesehen. Er hatte sich hinter einem Busch versteckt und zu uns rübergeschaut.«

»Wie ging es weiter?«

»Bartels kam angelaufen und wollte wissen, was los sei, woraufhin Monja auf Daniel gezeigt und zu Bartels gesagt hat, dass Daniel ihr dauernd hinterherläuft. Der befand sich zwar nicht auf dem Grundstück, aber Bartels hat ihn sich trotzdem vorgeknöpft. Als Bartels zurückkam, meinte er, Daniel habe jetzt wohl begriffen, was Sache sei, und werde Monja ab sofort in Ruhe lassen. Am nächsten Tag in der Schule wollte er jedoch mit Monja sprechen, vielleicht, um sich bei ihr zu entschuldigen. Aber Monja meinte nur zu ihm, er solle abhauen. Wenn er ihr noch mal nachlaufe, werde sie ihn wegen Stalking anzeigen.«

»Von der Geschichte habe ich dir doch erzählt«, warf Lizzy ein.

»Ja, schon. Aber ich wusste nicht, dass das nur zwei Tage vor Monjas Tod war.«

Hannah sah die beiden mit großen Augen an. »Glauben Sie, dass Daniel Monja getötet hat?«, fragte sie, an Marc gewandt.

Der schüttelte den Kopf. »Nein, es muss Bartels gewesen sein!«, sagte er so energisch, als wolle er sich selbst davon überzeugen. »Monja hat ihn wohl nicht sonderlich gemocht, oder?«

Hannah lachte laut auf. »Nein, sie hat Bartels regelrecht gehasst! Was er auch zu ihr gesagt hat – sie hat entweder gar nicht zugehört oder das genaue Gegenteil dessen gemacht, was er wollte. Das muss für ihn echt die Hölle gewesen sein. Monja wollte nichts mit ihm zu tun haben und hat wirklich alles darangesetzt, die Beziehung zwischen Bartels und ihrer Mutter kaputt zu machen. Sie hat ja sogar behauptet, er habe sie angemacht.«

»Aber das stimmte doch nicht, oder?«

»Nein, mir hat sie gesagt, sie habe sich das nur ausgedacht, damit ihre Mutter sich von Bartels trennt. Und das wäre Monja auch fast gelungen. Kurz vor ihrem Tod hat sie mir gesagt, sie habe ihr Ziel beinahe erreicht. Ihre Mutter und Bartels würden sich kaum noch treffen, und wenn, dann gebe es fast immer Streit. Monja meinte, bei den beiden sei bestimmt bald Schluss und somit würde Bartels endlich aus ihrem Leben verschwinden.«

»Wieso hat sie Bartels eigentlich dermaßen gehasst? Hat er ihr etwas getan?«

»Nein, überhaupt nicht! Sie hat mal zu mir gesagt, eigentlich sei er sogar ganz nett. Er habe nur einen Fehler: Er sei mit ihrer Mutter zusammen. Ich glaube, Monja wollte ihre Mutter ganz für sich allein haben. Deshalb war sie ja auch so schockiert, als sie das mit dem Ferrari-Fahrer herausgefunden hat.«

Marc stutzte. »Was für ein Ferrari-Fahrer?«

»Monja hat mitbekommen, dass ihre Mutter heimliche Telefongespräche geführt hat, woraufhin sie misstrauisch wurde. Sie hat gelauscht und erfahren, dass ihre Mutter sich verabredete. Bartels konnte es nicht gewesen sein, weil ihre Mutter sich dann nicht so komisch benommen hätte. Also hat Monja eines Tages so getan, als ob sie das Haus verlässt, um zur Schule zu gehen. Stattdessen hat sie jedoch vor dem Haus gewartet und beobachtet, wie keine dreißig Minuten später ein Typ mit einem gelben Ferrari vorgefahren ist. Kurz darauf hat ihre Mutter das Haus verlassen und ist in das parkende Auto gestiegen. Dann sind die beiden weggefahren.«

Marc fühlte, wie ihn eine Woge der Eifersucht durchströmte. Das Ganze lag zwar fast ein Jahr zurück, aber vielleicht spielte der Ferrari-Fahrer noch immer eine Rolle in Ilkas Leben? »Hat Monja den Mann später noch einmal gesehen?«, fragte er wie beiläufig.

»Nein. Sie hat ihrer Mutter noch am Abend eine Riesenszene gemacht und ihr vorgeworfen, sie fühle sich hintergangen, weil ihre Mutter offensichtlich schon wieder einen neuen Typen habe. Sie meinte, sie werde nicht zulassen, dass dauernd neue Typen bei ihnen aufkreuzen würden, denn sie wolle ihre Mutter *einmal* auch für sich alleine haben und alles in ihrer Macht Stehende tun, dass aus der Sache mit dem Ferrari-Fahrer nichts werde, und den genauso wegekeln wie den Bullen.«

»Wie hat ihre Mutter darauf reagiert?«

»Die hat Monja beschwichtigt. Das mit dem Neuen sei nichts Ernstes, es habe sich um ein ganz harmloses Treffen gehandelt. Monja wusste aber nicht, ob sie ihrer Mutter glauben sollte. Vielleicht war es wirklich so, wie Frau Höller gesagt hat, vielleicht ist sie bei den nächsten Treffen aber auch nur vorsichtiger geworden.«

»Hat Monja dir sonst noch was über den Mann mit dem gelben Ferrari erzählt?«

»Nein, wir haben nur einmal über ihn gesprochen. Zwei Wochen später wurde sie ermordet. Monja meinte nur, er sei schon älter gewesen, das habe sie an den grauen Haaren erkannt. Und dass er eben einen gelben Ferrari fuhr. Das hat sie irgendwie am meisten aufgeregt, denn Monja hat gelbe Autos gehasst. Ach ja, und auf dem Nummernschild des Ferrari war wohl ein weißes Kreuz auf rotem Grund. Das ist doch ein Schweizer Kennzeichen oder?«

Marc nickte zustimmend, war mit seinen Gedanken aber schon ganz woanders. Er hatte sich so auf das Treffen mit Ilka gefreut. Aber jetzt war seine Stimmung schlagartig etwas getrübt. Gab es da etwa noch einen Mann in Ilkas Leben? Er musste an den Anruf denken, den sie an jenem Abend nach ihrem gemeinsamen Besuch im *Puccini* erhalten hatte. Konnte es sein, dass der Ferrari-Fahrer der geheimnisvolle Anrufer gewesen war?

Auf einmal hatte er eine Idee. »Weißt du, ob Andreas Bartels von dem Ferrari-Fahrer gewusst hat?«

»Keine Ahnung«, antwortete Hannah. »Das hat Monja mir nicht gesagt.«

Marc lehnte sich nachdenklich zurück. Nach allem, was er bisher über Monja erfahren hatte, würde er ihr glatt zutrauen, ja, war es sogar naheliegend, dass sie Bartels die neue Liaison ihrer Mutter brühwarm unter die Nase gerieben hatte, nur um den verhassten Polizisten endgültig loszuwerden. Und vielleicht lag hier ja das wahre Motiv für den Mord an dem Mädchen. Bartels hatte Ilka geliebt, daran bestand für Marc kein Zweifel. Und wenn der Polizist tatsächlich erfahren hatte, dass Ilka sich mit einem anderen Mann traf, war für ihn mit Sicherheit eine Welt zusammengebrochen. Womöglich hatte er beschlossen, sich an Ilka zu rächen, indem er ihr das Liebste nahm, was sie hatte: ihre Tochter. Mit dem angenehmen Nebeneffekt, dass er es gleichzeitig auch dem kleinen Biest, das ihm das Leben jahrelang zur Hölle gemacht hatte, heimzahlen konnte.

In dem Moment holte ihn Lizzys Stimme in die Gegenwart zurück. »Hast du dein Verhör jetzt endlich beendet? Hannah ist ein Gast, keine Zeugin, und wir sind hier nicht vor Gericht.«

»Was? O ja, natürlich. Tut mir leid, Hannah, wenn ich dich zu sehr bedrängt haben sollte.«

»Nein, nein, das ist schon in Ordnung«, versicherte Hannah. »Ich finde es ganz toll bei Ihnen. Lizzy hat mir schon so viel über Sie erzählt. Sie hat gesagt, sie mag Sie, weil Sie sie ernst nehmen und wie eine Erwachsene behandeln. Bei meiner Mutter ist das ganz anders, die respektiert mich überhaupt nicht.«

Marc warf Lizzy einen erstaunten Blick zu und bemerkte zu seiner Verwunderung, dass seine Tochter rot anlief.

»Du musst nicht alles weitertratschen, was ich dir erzähle«, wies Lizzy Hannah zurecht. »Habt ihr eure Pizzas gegessen? Ich will abräumen.«

»Ja, also ich bin fertig«, sagte Hannah und schaute auf die Uhr. »Oh, schon so spät! Ich muss immer bis um zehn zu Hause sein, sonst regt meine Mutter sich auf. Ich gehe also wohl besser ... Noch mal vielen Dank für die Pizza, Herr Hagen.«

»Wie gesagt, kein Problem«, winkte Marc ab. »Es war schön, dich mal kennenzulernen.«

»Fand ich auch. Bis die Tage vielleicht.«

Lizzy brachte Hannah zur Tür.

Als sie zurückkam, sagte Marc: »Das war also Hannah.«

»Ja, das war sie. Wie findest du sie?«

»Ganz nett. Aber auch ein bisschen seltsam. Du musst zugeben, dass das schon eine sehr merkwürdige Beziehung zwischen ihr und Monja war, oder? Es ist doch nicht normal, dass man die beste Freundin nicht zu seiner Geburtstagsfeier einlädt, weil man meint, sie sei zu fett.«

»Offenbar hat es Hannah aber nicht allzu viel ausgemacht, wie Monja sie behandelte.«

»Das glaube ich nicht. Warum hat sie sich während der Party dann vor das Fenster gestellt und zugehört, wie die anderen gefeiert haben?« Auf einmal schoss ihm ein Gedanke durch den Kopf. »Vielleicht war das ja kein Einzelfall«, meinte er. »Womöglich ist Hannah Monja häufiger gefolgt, wenn die mal was ohne sie unternommen hat. Und eventuell stand Hannah am Abend des zweiten Juli vor dem *Bijou* und hat Monja heimlich dabei beobachtet, wie die sich wieder mal ohne sie mit anderen getroffen hat. Ich halte es nicht für unwahrscheinlich, dass da eine Sicherung bei ihr durchgebrannt ist, weil sie begriffen hat, dass sie für ihre beste Freundin nur eine Art Fußabtreter darstellt. Als Monja das *Bijou* verlassen hat, ist Hannah ihr gefolgt und hat sie erstochen, um sich für die ganzen Demütigungen zu rächen.«

Lizzy starrte Marc unverhohlen an. »Hannah?«, fragte sie entsetzt. »Hannah soll Monja getötet haben? Das ist ja wohl lächerlich! Hannah könnte niemandem etwas antun! Sie ist ein Schaf.«

»Vielleicht ist sie ja ein Wolf in einem Schafspelz.«

»Nein, Hannah ist ein Schaf in einem Schafspelz, glaub mir einfach.«

»Mag sein, aber auch ein Schaf kann irgendwann durchdrehen, wenn man es zu oft erniedrigt.«

Lizzy verzog den Mund. »Wie soll Hannah denn an die Rose gekommen sein, die bei Monja gefunden wurde?«

»Du hast es doch selbst gehört! Hannah war mit Monja drei Tage vor der Tat in Bartels' Garten. Vielleicht hat sie die Rose bei der Gelegenheit abgeschnitten und mitgenommen.« Marc unterbrach sich, weil ihm ein neuer Gedanke gekommen war. »Und was ist eigentlich mit Daniel Schneider? Er war doch auch dort! Vielleicht hat ja auch er die Rose aus Bartels' Garten geklaut?«

Lizzy schüttelte fassungslos den Kopf. »Das kann nicht dein Ernst sein! Wie sollen Hannah oder Daniel Monjas Leiche denn in den Teutoburger Wald gebracht haben? Die beiden dürfen doch noch nicht mal Auto fahren!«

»Die Frage ist nicht, ob sie Auto fahren dürfen, sondern ob sie es können. Vielleicht haben sie ja den Autoschlüssel ihrer Eltern geklaut.«

»Ich höre immer nur vielleicht, vielleicht, vielleicht. Das sind doch alles reine Spekulationen!«

»Allerdings. Oder um genau zu sein: Noch sind das reine Spekulationen. Wir wissen aber bereits, dass Daniel Schneider für den Abend des zweiten Juli kein Alibi hat. Hannah wiederum könntest du bei eurem nächsten Treffen auch mal fragen, wie sie eigentlich diesen Abend verbracht hat.«

»Das werde ich ganz sicher nicht tun!«, entgegnete Lizzy aufgebracht.

»Und wieso nicht? Du hast sie doch schon einmal für mich ausgehorcht.«

»Ja, und dafür schäme ich mich auch. Aber jetzt bin ich mit ihr befreundet und deswegen sieht die Sache ganz anders aus. Ich bespitzele nämlich keine Freundinnen.« Sie sah Marc an. »Weißt du, was ich denke?«, meinte sie. »Ich glaube, du kannst an nichts anderes mehr denken als an den Fall Höller. Deshalb siehst du auch überall Verdächtige. Du bist von dieser Sache regelrecht besessen. Und ich glaube, ich weiß auch, warum das so ist.«

»Ach, das ist ja interessant.«

»Ja, ich glaube, es hat was mit Monjas Mutter zu tun. Wenn ich genauer darüber nachdenke ... Vielleicht bist du gar nicht von dem Fall besessen. Vielleicht bist du ja von ihr besessen.«

Kapitel 30

»Das Urteil wird in zehn Tagen verkündet.«

Dr. Bartholdy hatte seinen Satz kaum beendet, als Marc schon damit begann, seine Unterlagen in einen Aktenkoffer zu räumen.

Die Verhandlung hätte kaum besser laufen können. Marc war mit seinem Schlussvortrag sehr zufrieden gewesen. Die Richter hatten seinen Ausführungen sehr aufmerksam zugehört und sich häufig Notizen gemacht. Und was ihn noch mehr freute: Auch die Staatsanwaltschaft und die Nebenklage hatten auf Freispruch für Rainer Höller plädiert.

Marc schüttelte seinem Mandanten die Hand und verabschiedete sich anschließend von Helen Ritter und Ilkas Anwältin. Ilka selbst war heute nicht erschienen, was bei Marc ein leises Gefühl der Enttäuschung verursachte. Er musste wieder an Lizzys Bemerkung denken, er sei von Ilka Höller besessen. Marc bekam diesen Satz einfach nicht mehr aus dem Kopf. Ahnte seine Tochter etwas? Oder hatte sie womöglich sogar recht?

Er hatte Lizzy gegenüber selbstverständlich vehement abgestritten, irgendwelche Gefühle für Ilka Höller zu hegen, aber gleichzeitig den Eindruck gewonnen, nicht sehr überzeugend gewesen zu sein. Je mehr er geschworen hatte, keinerlei Empfindungen für Ilka Höller zu haben, desto weniger hatte Lizzy ihm geglaubt. Schließlich hatte er gar nichts mehr gesagt und sich wortlos mit dem Kopfhörer vor den Fernseher gesetzt, während Lizzy sich in ihr Zimmer zurückgezogen hatte. Seitdem hatten sie kein Wort mehr miteinander gewechselt.

Marc seufzte und machte sich auf den Weg vom Gericht zu Vogels Kanzlei. Als er den Eingangsbereich betrat, war Kimmy zu seinem Erstaunen nicht an ihrem üblichen Platz hinter dem Empfangstresen. Marc lief weiter den Gang entlang und warf dabei kurze Blicke in die rechts und links abgehenden Räume.

Im letzten Zimmer fand er Kimmy schließlich. Sie saß auf dem Teppichboden, umgeben von unzähligen Blättern Papier, die beinahe jede horizontale Fläche des Raumes bedeckten.

»Mein Gott, was ist das denn?«, entfuhr es Marc.

Kimmy blies sich eine Haarsträhne aus dem vor Anstrengung geröteten Gesicht. »Ihnen auch einen guten Tag. Obwohl ich Sie eigentlich verfluchen sollte. Das ...«, sie machte eine Handbewegung, die das ganze Zimmer umfasste, »... ist der ›kleine Gefallen‹, den ich für Sie erledigen sollte: die Unterlagen aus Höllers Wohnung. Vorgestern bin ich endlich dazu gekommen, mich damit zu befassen. Seitdem mache ich nichts anderes mehr, als diese Sachen zu ordnen.«

»Aber das konnte ich doch nicht riechen!«, verteidigte sich Marc. »Ich dachte, es handelt sich lediglich um ein paar Briefe.«

»In einem Jahr Untersuchungshaft sammelt sich halt eine ganze Menge an. Wobei Höller aber offenbar schon in den Jahren davor vollkommen die Übersicht verloren hat. Ich habe in diesem Chaos vier Jahre alte Briefe gefunden, die er noch nicht mal aufgemacht hat. Wahrscheinlich hatte er geahnt, was drinsteht, und irgendwann keine Lust mehr, die Schreiben zu öffnen. Dadurch ist natürlich alles noch schlimmer geworden. Höller ist seit Jahren überschuldet und besitzt buchstäblich keinen Cent mehr. Ich habe seine Kontoauszüge gesehen. Seine gesamte Korrespondenz besteht eigentlich nur aus Rechnungen und Mahnungen. Erste Mahnung, zweite Mahnung, dritte Mahnung, letzte Mahnung, allerletzte Mahnung.« Sie seufzte. »Egal. Wie sind die Plädoyers gelaufen?«

»Bestens. Aber deshalb bin ich nicht hier. Ich möchte, dass Sie den Halter eines gelben Ferrari mit Schweizer Kennzeichen herausfinden.«

Kimmy sah ihn skeptisch an. »Ich denke, die Plädoyers sind gut gelaufen«, sagte sie. »Ist dann der Eigentümer des Wagens noch wichtig?«

»Ja, für mich schon. Kriegen Sie das hin oder nicht?«

»Sie müssen mich nicht gleich so anschnauzen. Haben Sie das Kennzeichen?«

»Nein. Ich habe Ihnen alles gesagt, was ich weiß. Aber so viele gelbe Ferraris wird es in der Schweiz ja wohl nicht geben.«

»Sagen Sie das nicht. Ich hatte mal einen Freund, der einen gefahren hat. Er hat mir erzählt, der wahre Kenner besitze den Wagen in Gelb, weil das die eigentliche Traditionsfarbe des Unternehmens sei. Aber ich werde mal schauen, was sich machen lässt. Herr Vogel war mit einem Schweizer Anwalt befreundet. Vielleicht kann der helfen.«

»Versuchen Sie es einfach. Wenn Sie ein Ergebnis haben, sagen Sie mir bitte Bescheid.«

»Okay. Aber dann müssen Sie mir auch einen Gefallen tun. Höller ist echt in Schwierigkeiten. Können Sie sich diese Rechnungen und Mahnungen nicht mal anschauen? Zumindest die wichtigsten?«

»Nein, kann ich nicht«, erklärte Marc bestimmt. »Ich habe Höller bereits gesagt, dass ich ausschließlich sein Verteidiger in dem Totschlagsverfahren bin. Nur dafür werde ich bezahlt. Wegen seiner Schulden soll er sich an die Verbraucherberatung wenden. Außerdem ist Höller mittlerweile ja wieder auf freiem Fuß und kann sich selbst um seine Sachen kümmern.«

»Das kann er eben nicht!«, widersprach Kimmy. »Ich hatte Ihnen doch erklärt, dass ihm alles schon vor seiner Verhaftung über den Kopf gewachsen ist. Jetzt ist er gerade mal ein paar Tage raus. Und wenn nicht sofort etwas geschieht, sitzt er bald wieder.« Sie kramte in den Papieren herum, bis sie gefunden hatte, was sie gesucht hatte. »Zum Beispiel hier … Höller hat vor etwa einem Jahr ein Knöllchen über zehn Euro bekommen, das er nicht bezahlt hat. Nicht bezahlen konnte, muss man in diesem Fall sagen, denn als es ihm ins Haus geflattert ist, saß er bereits in U-Haft. Was aber wiederum das Ordnungsamt nicht wusste. Und so wurde die übliche Maschinerie in Gang gesetzt, langsam, aber unerbittlich: Anhörung, Zahlungsaufforderung, Mahnung, nächste Mahnung, Androhung von Erzwingungshaft, Antrag beim Amtsgericht auf Erzwingungshaft, Anhörung des Gerichts zum Antrag auf Erzwingungshaft, Anordnung der Erzwingungshaft und last not least die Ladung zum Antritt der Erzwingungshaft in genau drei Tagen! Höller konnte auf nichts reagieren, weil er von nichts gewusst hat. Wollen Sie, dass Ihr Mandant wegen eines nicht bezahlten Knöllchens wieder in den Knast wandert?«

Marc nahm die Papiere widerstrebend entgegen. »Lassen Sie mal sehen«, knurrte er, während er genervt die Schreiben überflog.

Tatsächlich hatte alles ganz harmlos mit einem Parkverstoß in der Joseph-Massolle-Straße in Bielefeld angefangen. Dann hatte sich die Sache immer weiter hochgeschaukelt und jetzt sollte Höller nicht nur ein Vielfaches des anfangs verlangten Bußgeldes von zehn Euro bezahlen, sondern auch noch in Erzwingungshaft.

Marc wollte die Unterlagen gerade in seine Aktentasche stecken, als ihm etwas ins Auge stach. Stirnrunzelnd warf er einen erneuten Blick auf die Schreiben.

Höller wurde vorgeworfen, seinen Pkw Opel Astra, amtliches Kennzeichen BI-JJ-1324, am zweiten Juli letzten Jahres um 23.12 Uhr verkehrswidrig in der Joseph-Massolle-Straße abgestellt zu haben.

Marcs Blick starrte auf das Datum und die Uhrzeit: zweiter Juli, 23.12 Uhr. Die Nacht, in der Monja Höller getötet worden war! Die Nacht, die Rainer Höller angeblich durchgehend in seiner Wohnung verbracht hatte. Nur: Wie kam sein Auto dann um 23.12 Uhr in die Joseph-Massolle-Straße?

Marc dachte scharf nach. Wo lag die überhaupt?

»Kimmy, haben Sie einen Stadtplan von Bielefeld?«

»Nein, aber ich habe etwas viel Besseres.« Sie hielt ihr Tablet in die Luft.

»Dann suchen Sie für mich doch bitte mal die Joseph-Massolle-Straße in Bielefeld heraus.«

Wenig später drückte Kimmy ihren rosa lackierten Fingernagel auf eine Stelle des Bildschirms. »Da ist sie!«

Marc nahm den digitalen Stadtplan näher in Augenschein. Dabei stellte er fest, dass er die gesuchte Straße schon Dutzende Male befahren hatte, wenn er das *Cinemaxx* oder das *Ishara*, ein Erlebnisbad, besucht hatte. Sie verlief direkt hinter den Gleisen des Bielefelder Hauptbahnhofs und trennte diesen vom sogenannten Neuen Bahnhofsviertel mit seinen Diskotheken, Kinos, Restaurants und Kneipen.

Das Neue Bahnhofsviertel!, schoss es Marc durch den Kopf.

Hier hatte sich Monja Höller am Abend des zweiten Juli bis etwa zwanzig nach elf aufgehalten. Und in unmittelbarer Nähe hatte zu der gleichen Zeit der Wagen ihres Vaters Rainer Höller geparkt.

Marc merkte, wie ihm heiß wurde.

Ihm dämmerte, dass er die ganze Zeit auf dem Holzweg gewesen war.

Kapitel 31

Vor den Augen der erstaunten Kimmy lief Marc wortlos aus der Kanzlei, sprang in seinen Alfa und raste zu Höllers Wohnung. Dort angekommen, drückte er seinen Daumen auf den Klingelknopf und ließ ihn nicht mehr los, bis die Haustür aufsprang. In hastigen Schritten stieg Marc in den zweiten Stock, wo ein sichtlich verblüffter Rainer Höller bereits im Treppenhaus auf ihn wartete.

»Herr Hagen?«, fragte er. »Habe ich eine Verabredung vergessen?«

»Nein, haben Sie nicht«, antwortete Marc atemlos und drängte sich an ihm vorbei in die Wohnung. »Aber es ist gut, dass Sie da sind.«

Höller folgte ihm in den Flur und schloss die Tür hinter sich. »Ich bin immer hier«, sagte er. »Wo sollte ich auch hin ohne Geld?«

»Womit wir gleich beim Thema wären«, erwiderte Marc. »Es geht um die Unterlagen, die meine Sekretärin auf Ihre Bitte hin aus Ihrer Wohnung geholt hat.«

»Ah ja, natürlich«, erinnerte sich Höller. »Aber lassen Sie uns das doch im Sitzen besprechen.«

Er bat Marc in ein spartanisch eingerichtetes Wohnzimmer. Die Möblierung bestand aus einem abgewetzten Teppichboden, einem verschlissenen Sofa, einem farblich nicht dazu passenden Sessel, einem Couchtisch mit Marmorplatte, einer nussbaumfarbenen Schrankwand, die Marc stark an jene erinnerte, die sein Großvater vor dreißig Jahren zum Sperrmüll gegeben hatte, und einem Röhrenfernseher. In eine Ecke war offenbar nachträglich ein Kaminofen eingebaut worden.

Höller hatte Marcs Blicke registriert. »Der Kamin ist kein Luxus«, erklärte er. »Die Stadtwerke haben mir schon ein paarmal Strom und Gas abgestellt, weil ich nicht zahlen konnte. Holz hingegen kann ich mir überall besorgen. So habe ich es wenigstens immer warm. Aber nehmen Sie doch Platz.«

Marc setzte sich auf die angebotene Couch, die unter seinem Gewicht ächzend nachgab, Höller ließ sich ihm gegenüber auf einen Sessel fallen.

»Vielen Dank, dass Sie sich um den Papierkram gekümmert haben«, sagte er. »Ich hatte die letzten Monate dazu ja keine Gelegenheit.«

»Und die Jahre davor offenbar auch nicht«, fügte Marc hinzu. »Die Rechnungen und Mahnungen sind teilweise uralt.«

Höller machte ein zerknirschtes Gesicht. »Ja, ich habe das Ganze ein wenig ...« er suchte nach dem richtigen Wort, »... ein wenig schleifen lassen. Aber wenn man kein Geld hat und einem nur noch Rechnungen und Drohbriefe ins Haus flattern, verliert man irgendwann den Überblick. Es kommt der Tag, an dem einem alles egal wird und man denkt: Schickt ihr ruhig weiter euren Mist, bei mir ist eh nichts zu holen.«

»Manchmal kann so eine Scheißegalhaltung allerdings gravierende Konsequenzen haben.« Marc öffnete seinen Aktenkoffer und entnahm ihm einige Papiere. »Zum Beispiel, wenn man ein Knöllchen monatelang nicht bezahlt. Irgendwann reißt dem Ordnungsamt der Geduldsfaden und der Verkehrssünder wandert in den Knast. Wenn Sie mal schauen wollen ...«

Höller nahm die Unterlagen entgegen und überflog sie oberflächlich. »Gott im Himmel!«, stieß er entsetzt hervor. »Ich soll in drei Tagen in Haft? Wegen eines nicht bezahlten Knöllchens? Das ist doch nicht zu fassen! Ich meine, die beim Gericht wissen doch, dass ich nicht zahlen konnte, weil ich in der JVA war.«

»Das Landgericht weiß das vielleicht, der für Sie zuständige Richter beim Amtsgericht offenbar nicht. Woher auch? Über Ihren Prozess wurde zwar in der Zeitung berichtet, aber Ihr vollständiger Name wurde nicht genannt. Es gibt jetzt genau drei Möglichkeiten: Entweder Sie zahlen, dann wird die angeordnete Haft hinfällig. Oder Sie treten die Erzwingungshaft an. Oder Sie machen gar nichts, dann wird das Amtsgericht einen Haftbefehl gegen Sie erlassen und kurz darauf werden Sie von der Polizei abgeholt und zurück in die JVA gebracht. Wenn Sie Glück haben, bekommen Sie Ihre alte Zelle wieder, das heißt, die Eingewöhnungszeit entfällt.«

Höller atmete tief durch. »Herr Hagen, vielen herzlichen Dank, dass Ihnen das aufgefallen ist. Ich werde das Knöllchen und die Gebühren selbstverständlich sofort bezahlen. Ich weiß zwar noch nicht, wie ich das Geld auftreiben soll, aber irgendwas wird mir schon einfallen.«

»Das wäre in der Tat sinnvoll. Aber vielleicht sollten Sie zuerst einen genaueren Blick auf das Knöllchen werfen. Fällt Ihnen daran nichts auf?«

Höller nahm das Blatt zur Hand und studierte es. »Was soll mir daran auffallen?«, fragte er. »Ich habe in der Joseph-Massolle-Straße falsch geparkt und bin dabei erwischt worden. Ist Ihnen das noch nie passiert? Hm ... Joseph-Massolle-Straße«, wiederholte er nachdenklich. »Ich habe ehrlich gesagt nicht die geringste Ahnung, wo die überhaupt ist.«

»Mir ging es genauso«, sagte Marc. »Die Straße verläuft direkt hinter dem Hauptbahnhof.«

»Ah ja, stimmt. Ich habe meinen Wagen da mal im Parkhaus abgestellt, kann mich aber nicht daran erinnern, direkt an der Straße geparkt zu haben.«

»Vielleicht hilft Ihnen ja ein Blick auf das Datum weiter«, versuchte Marc, ihm auf die Sprünge zu helfen.

Höller studierte das Schreiben erneut. Sein Blick erstarrte. »Zweiter Juli«, sagte er tonlos. »Aber ... aber das war doch der Tag ...«

»Genau, das war der Tag, präziser gesagt der Abend, an dem Ihre Tochter getötet wurde. Das Knöllchen wurde um 23.12 Uhr ausgestellt. Exakt zu der Zeit, als Sie angeblich zu Hause waren und ferngesehen haben. Und exakt zu der Zeit, als Ihre Tochter sich nur ein paar Meter entfernt in einer Kneipe im Neuen Bahnhofsviertel aufgehalten hat. Und jetzt bin ich auf Ihre Erklärung gespannt.« Marc lehnte sich zurück und wartete ab.

Höller starrte noch eine ganze Weile auf das Knöllchen. »Aber das ... das kann doch nicht sein«, stotterte er.

»Was kann nicht sein?«, fragte Marc. »Dass Sie letztendlich doch überführt worden sind?«

Höller richtete einen unsicheren Blick auf Marc. »Überführt?«, fragte er. »Wieso überführt?«

»Stellen Sie sich nicht dümmer, als Sie sind. Das Knöllchen beweist, dass Sie gelogen haben. Sie waren an diesem besagten Abend nicht zu Hause, wie Sie die ganze Zeit behauptet haben. Sie waren in der Nähe des Bahnhofs. Jetzt frage ich mich natürlich zwei Dinge: Was haben Sie da gemacht? Und warum haben Sie gelogen?«

Höller war offenbar immer noch unfähig, einen klaren Gedanken zu fassen. Nach einer Zeit, die Marc wie eine Ewigkeit vorkam, sagte er schließlich leise: »Ist doch wohl klar, warum ich gelogen habe. Ich wollte nicht, dass die Polizei denkt, ich hätte etwas mit dem Tod meiner Tochter zu tun.«

»Stimmt«, meinte Marc ironisch. »Auf die Idee hätte die Polizei tatsächlich kommen können. Das heißt: Sie ist ja auch so darauf gekommen, nicht wahr? Auch ohne dass sie etwas von dem Knöllchen wusste.«

Er wartete auf eine Reaktion Höllers, die jedoch nicht kam.

»Okay«, fuhr er fort. »Sie haben gelogen, weil Sie nicht unter Verdacht geraten wollten. Bleibt Frage Nummer zwei: Was haben Sie am Bahnhof gemacht?«

Marc schaute seinen Mandanten erwartungsvoll an. Schließlich riss ihm der Geduldsfaden.

»Gut, wenn Sie es mir nicht sagen, werde ich das für Sie erledigen. Ich weiß zwar nicht, *was* Sie am Bahnhof gemacht haben, aber ich weiß, *dass* Sie am Samstagabend um Viertel nach elf in unmittelbarer Nähe des Neuen Bahnhofsviertels waren, wo sich zur gleichen Zeit Ihre Tochter aufgehalten hat. Ich glaube, Sie haben Monja an dem Abend gesehen, nachdem sie das *Bijou* verlassen hat. Sie haben Ihre Tochter angesprochen und sie gefragt, ob sie nicht mitfahren will, und irgendwann ist Monja zu Ihnen ins Auto gestiegen. Aber dann kam es mal wieder zu einem Streit. Vielleicht weil Sie gemerkt haben, dass Monja betrunken war, vielleicht aus einem ganz anderen Grund, vielleicht auch ohne jeden Grund. Schließlich weiß jeder, dass Sie sich dauernd in den Haaren lagen. Aber diesmal ist das Ganze noch mehr eskaliert als sonst. Sie haben das Messer, das Sie nach eigenen Angaben zu Ihrem Schutz immer mit im Auto führen, genommen und Monja damit erstochen. Anschließend haben Sie sie in das Waldstück gebracht und sind dann nach Hause gefahren. Dort haben Sie festgestellt, dass Ihre Kleidung mit Walderde und dem Blut Ihrer Tochter verdreckt war. Deshalb haben Sie die Sachen in Ihrem Kaminofen verbrannt. Und so passt endlich auch alles zusammen.«

Höller starrte Marc an. »Das ist doch Schwachsinn!«, erwiderte er scharf. »Wo soll ich zum Beispiel die Rose herhaben, die bei Monjas Leiche gefunden wurde? Sie selbst waren es doch, der nachgewiesen hat, dass die Blume aus Bartels' Garten stammt. Einem Garten, den ich in meinem ganzen Leben nicht betreten habe.«

»Nein, Sie nicht, aber Monja. Ich habe einen entscheidenden Denkfehler begangen: Ich bin immer davon ausgegangen, dass der Mörder die Rose besorgt haben muss. Aber womöglich war es genau andersherum. Vielleicht hatte Monja die Rose bereits bei sich. Ich weiß, dass Ihre Tochter kurz vor ihrem Tod in Andreas Bartels' Garten war. Vielleicht hat sie bei der Gelegenheit eine Rose mitgenommen, einfach weil sie ihr gefallen hat. Als Sie die Leiche entsorgt haben, haben Sie die Blume gefunden und Monja als eine Art Entschuldigung in die Hand gedrückt.«

Höller schüttelte energisch den Kopf. »Nein, das stimmt nicht!«, beharrte er. »Ich habe Monja nicht mehr gesehen, nachdem sie mich am Abend des zweiten Juli um kurz vor acht verlassen hat.«

»Dann sagen Sie mir endlich, was Sie an dem Abend am Bahnhof gemacht haben, verdammt noch mal!«

Höller seufzte. »Ganz einfach. Ich habe Hunger bekommen und bei *McDonald's* noch etwas gegessen.«

»Ah, ist Ihnen jetzt auf die Schnelle doch noch etwas eingefallen«, höhnte Marc. »Aber dann haben Sie ja auf alle Fälle ein wasserdichtes Alibi. Denn ich weiß, dass die *McDonald's*-Filiale am Bielefelder Bahnhof videoüberwacht wird. Wenn Sie zu der Zeit, zu der Ihre Tochter verschwunden ist und umgebracht wurde, dort gegessen haben, sind Sie endgültig aus dem Schneider.«

Höller schüttelte den Kopf. »Ich glaube kaum, dass die jetzt noch die Videoaufnahmen von vor fast einem Jahr haben.«

Marc zeigte mit dem Zeigefinger auf ihn. »Das ist ein guter Punkt«, gab er ihm recht. »Aber als Sie vor einem Jahr festgenommen worden sind, waren die Aufnahmen noch vorhanden. Stellt sich für mich die Frage, warum Sie das damals nicht gesagt haben.«

»Weil … weil … weil ich damals nicht gewusst habe, dass es bei *McDonald's* Videokameras gibt.«

»Ach, kommen Sie, Herr Höller«, sagte Marc. »Das weiß jeder!«

»Ich nicht«, behauptete Höller. »Das müssen Sie mir schon glauben.«

Marc sah ihn lange an. »Nein, das muss ich nicht!«, sagte er. »Ich glaube nicht, dass Sie an besagtem Samstagabend um dreiundzwanzig Uhr zu Hause gesessen und auf einmal ein so großes Hungergefühl verspürt haben, dass Sie mit Ihrem Wagen zum Bahnhof gefahren sind und geparkt haben, um bei *McDonald's* zu essen. Warum sind Sie dann nicht zu der Filiale an der Eckendorfer Straße gefahren? Die ist von Ihrer Wohnung aus wesentlich schneller zu erreichen. Außerdem haben Sie gerade eben noch gesagt, dass Sie vollkommen pleite sind und es sich nicht leisten können, auszugehen.«

»Aber so war es!«, insistierte Höller. »Außerdem verstehe ich nicht, warum ich mich vor Ihnen rechtfertigen muss. Sie sind schließlich mein Verteidiger.«

»Ich bin vielleicht Ihr Verteidiger, aber ich bin auch nicht blöd. Und wenn ich merke, dass ich die ganze Zeit verarscht worden bin, reagiere ich nun mal etwas sauer.«

»Und?«, fragte Höller hämisch. »Was wollen Sie jetzt machen? Das Knöllchen der Staatsanwältin geben?«

»Ganz ehrlich? Ja, ich spiele mit dem Gedanken. Die Plädoyers sind zwar gehalten worden, aber Sie können immer noch verurteilt werden.«

»Das wagen Sie nicht! Sie unterliegen der Schweigepflicht!«

»Genau das Gleiche habe ich vor drei Jahren schon mal von einem Mandanten gehört. Einem Mandanten, der jetzt lebenslänglich im Gefängnis sitzt. Ich gebe zu, als ich meine anwaltliche Schweigepflicht das letzte Mal verletzt habe, hat das meinem beruflichen Ansehen sehr geschadet und schließlich sogar dazu geführt, dass ich meine Kanzlei verloren habe. Aber glauben Sie mir: Ich schlafe seitdem wesentlich besser. Und was soll mir schon groß passieren, wenn ich das Knöllchen an die Staatsanwaltschaft schicke? Gut, ich würde wahrscheinlich endgültig meine Anwaltszulassung verlieren, aber Mandanten habe ich ohnehin keine mehr. Also, sei's drum. Meine Lebensgefährtin verdient etwa dreihunderttausend Euro im Jahr. Davon können wir sehr gut leben, auch wenn ich den Rest meines Lebens keinen Cent mehr einnehmen sollte. Das Risiko, das ich eingehe, ist demnach äußerst gering. Und jetzt frage ich Sie zum letzten Mal, bevor ich aufstehe und gehe: Was haben Sie an jenem Samstagabend am Bahnhof gemacht?«

Höller starrte ihn unsicher an. »Also gut«, sagte er schließlich gedehnt. »Warten Sie bitte einen Moment. Ich muss Ihnen etwas zeigen.«

»Kein Problem«, meinte Marc. »Ich habe Zeit.«

Sein Mandant verließ den Raum. Marc lehnte sich zurück und fragte sich, was Höller ihm wohl präsentieren würde.

Nur wenige Sekunden später spürte er einen leichten Luftzug in seinem Nacken, als die Wohnzimmertür wieder geöffnet wurde. Marc wandte sich halb um. Noch bevor er reagieren konnte, sah er aus den Augenwinkeln, wie ein Baseballschläger auf ihn zukam. Im selben Moment schien sein Hinterkopf vor Schmerz zu explodieren. Dann wurde alles um ihn herum schwarz.

Kapitel 32

Marc drückte den Klingelknopf und wartete. Nahezu gleichzeitig meldete sich das Pochen in seinem Hinterkopf wieder. Er betastete vorsichtig die riesige Beule, die sich dort gebildet hatte.

Was war er nur für ein Idiot gewesen, dachte er. Er hätte mit so einer Reaktion rechnen müssen, als er Höller mit dem Knöllchen konfrontiert hatte. Marc fragte sich ernsthaft, was bei dem Schlag mehr verletzt worden war: sein Kopf oder sein Ego.

Als er aus der Bewusstlosigkeit erwacht war, war er allein in Höllers Wohnung gewesen. Anschließend hatte Marc sich sofort in ein Krankenhaus begeben und dort behauptet, ihm sei eine Kiste auf den Kopf gefallen. Er war sich nicht sicher, ob die Ärzte ihm geglaubt hatten, aber das war ihm egal. Immerhin hatten sie ihm nach diversen Untersuchungen versichert, er sei nicht ernsthaft verletzt und könne wieder nach Hause gehen.

Danach hatte Marc nicht gewusst, was er tun sollte. Er konnte mit dem Knöllchen unmöglich zur Polizei gehen. Schließlich war Höller noch immer sein Klient. Gut, er hatte vor drei Jahren schon einmal einen Mandanten bei der Staatsanwaltschaft verraten, aber bei dem Mann hatte es sich um einen gefährlichen Serienmörder gehandelt, von dem weitere schwere Straftaten drohten. Das war bei Höller nicht der Fall, auch wenn der stechende Schmerz in seinem Hinterkopf das Gegenteil zu beweisen schien.

Marc hatte seinen Mandanten am nächsten Tag noch einmal aufgesucht und minutenlang an seiner Tür geklingelt, bis ihm eine genervte Nachbarin mitteilte, Höller habe seine Wohnung mit zwei Koffern und einer großen Tasche verlassen. Das sah in der Tat nicht danach aus, dass sein Mandant gedachte, in nächster Zeit noch einmal nach Hause zurückzukehren.

In dem Augenblick hörte Marc endlich den Summer, drückte die Tür auf und erklomm die Stufen in den vierten Stock, wo er von Ilka in Empfang genommen wurde.

»Hallo, Marc!« Sie strahlte ihn aus ihren blauen Augen an. »Tut mir leid, dass es so lange gedauert hat, aber ich hatte in der Küche etwas Dringendes zu erledigen.« Sie schlang ihre Arme um ihn und gab ihm einen Kuss auf beide Wangen.

Wie immer sah sie auch heute hinreißend aus: Sie trug ein schwarzes schulterfreies Kleid und schwarze Seidenstrümpfe.
»Ist der für mich?« Sie deutete auf den Rotwein in Marcs Hand.
»Ja, ich hatte befürchtet, eine Flasche wäre unter Umständen nicht genug.« Er überreichte Ilka den Merlot, den er am Vormittag gekauft hatte. »Außerdem dürfte der Wein, den du letztes Mal aufgemacht hast, nicht mehr schmecken.«
»Danke, sehr aufmerksam! Aber jetzt komm doch erst mal rein. Das Essen ist praktisch fertig.«
Marc folgte dem Duft von gebratenem Fleisch und frisch gebackenem Brot durch den Flur bis ins Wohnzimmer, wo Ilka eingedeckt hatte. Auf dem Esstisch lag eine weiße Tischdecke, darauf standen drei brennende Kerzen.
»Ich bin gleich wieder da«, ließ Ilka ihn wissen und verschwand in der Küche.
»Kann ich dir helfen?«
»Nein, nicht nötig. Das heißt, vielleicht könntest du den Wein aufmachen. Der Korkenzieher liegt auf dem Tisch.«
Marc öffnete die Flasche und ließ die rubinrote Flüssigkeit in zwei Gläser fließen.
Kurz darauf kam Ilka mit zwei gefüllten Tellern zurück und stellte sie auf den Tisch. »Rinderfilet, wie bestellt«, sagte sie. »Dazu Rosmarinkartoffeln und Bohnen. Ich habe noch mehr in der Küche. Du kannst dich also richtig satt essen.«
»Danke, das klingt fantastisch. Ich habe einen Anruf von Melanie erhalten. Sie kommt am Montag zurück. Ab da ist für mich also wieder fleischlos angesagt.«
»Na, ein Grund mehr, den Abend zu genießen.« Ilka hob ihr Glas und Marc stieß mit ihr an.
»Noch mal vielen Dank für die Einladung«, sagte er. »Aber du hättest dir nicht so viel Mühe machen sollen.«

»Es war in der Tat ein bisschen anstrengend«, gab Ilka zu. »Ich musste zuvor noch bis vier in der Boutique arbeiten. Aber wie du siehst: Ich habe es geschafft. Und jetzt lass es dir schmecken.«

Marc aß den ersten Bissen. »Das ist hervorragend, wirklich«, verkündete er anerkennend. »Besser war es im *Puccini* auch nicht.«

»Vielen Dank. Außerdem ist die Gefahr, dass man uns zusammen sieht, hier wesentlich geringer.«

»Ja, wobei das zum jetzigen Zeitpunkt eh kein Problem mehr wäre. Das Urteil gegen deinen Exmann ist zwar noch nicht verkündet worden, aber es kann nur auf Freispruch lauten. Ich habe dich übrigens bei den Plädoyers vermisst.«

»Warum hätte ich kommen sollen?«, fragte Ilka. »Wie bereits gesagt, das Urteil ist doch nur noch eine Formsache. Außerdem musste ich mir wegen dieses Prozesses ohnehin schon dauernd freinehmen. Mein Chef ist ernsthaft sauer. Und das Einzige, was ich von diesem Prozess wollte, habe ich bekommen: Gerechtigkeit! Gerechtigkeit für Monja. Ihr Mörder ist überführt und hat sich selbst gerichtet. Und das ist fast ausschließlich dein Verdienst.« Sie hob ihr Glas und sah Marc tief in die Augen. »Vielen Dank, Marc.«

Er prostete ihr zu. »Ich habe nur meinen Job gemacht. Und der bestand darin, deinen Exmann zu verteidigen. Aber es freut mich natürlich, dass es mir auch noch gelungen ist, den wahren Täter zu überführen.«

Sie stießen erneut an und widmeten sich wieder ihrem Essen.

»Wie geht es jetzt eigentlich für dich weiter, Marc?«, erkundigte sich Ilka. »Soweit ich weiß, war das doch dein einziger Fall, oder?«

»Ja, das war er. Aber ich muss zugeben: Ich habe wieder Blut geleckt.«

»Das heißt, du willst wieder als Anwalt arbeiten? Das freut mich!«

»Ganz so leicht ist es leider nicht. Wie du ja weißt, habe ich meine Kanzlei vor zwei Jahren aufgegeben. Klar, ich könnte wahrscheinlich irgendwo als angestellter Anwalt unterkommen. Aber das ist einfach nicht das Gleiche. Wenn man jahrelang sein eigener Herr war, ist es schwer, sich wieder an einen Chef gewöhnen zu müssen. Außerdem gibt es da ja noch das Problem mit meiner Freundin. Sie verlässt sich darauf, dass ich mich den ganzen Tag um Lizzy kümmere. Wenn Melanie zurückkommt, müssen wir reden. Aber ich befürchte, es wird schwer werden, sie davon zu überzeugen, dass wir unsere Vereinbarung auch wieder ändern könnten.«

Ilka nickte verstehend. »Was meint Lizzy dazu?«

»Ich glaube, ihr wäre es egal. Sie braucht mich ohnehin kaum noch. Heute übernachtet sie auch bei einer Freundin.«

Ilka legte den Kopf schief, wickelte sich eine Haarsträhne um die Finger und strahlte. »Das heißt, sie würde dich nicht vermissen, wenn du morgen früh nicht zu Hause wärst?«

Marc erwiderte das Lächeln. »Nein, das würde sie nicht. Und um ehrlich zu sein, habe *ich* Lizzy gefragt, ob sie nicht mal wieder bei Cassandra übernachten will.«

Sie nippten an ihrem Wein und grinsten sich an.

»Wie sieht es bei dir aus?«, wollte Marc wissen. »Wenn der Prozess nächste Woche vorbei ist, endet ja auch ein Abschnitt in deinem Leben.«

»Ja, definitiv. Seit einem Jahr denke ich nur noch an dieses Verfahren. Ich hoffe, ich kann mit dieser Sache dann endgültig abschließen. Wobei einem das mit dem Tod seines Kindes natürlich nie wirklich gelingt.«

»Was hast du konkret vor?«

»Ich möchte erst mal ein oder zwei Wochen Urlaub machen. Wie es danach weitergeht, weiß ich noch nicht. Wahrscheinlich so wie bisher. Ich arbeite in der Boutique und muss sehen, dass ich irgendwie zurechtkomme.« Sie seufzte. Dann fragte sie: »Noch einen Nachschlag?«

Marc rieb sich den Bauch. »Um Himmels willen, nein! Ich bin pappsatt.«

»Wie sieht es mit Dessert aus?«

»Wirklich nicht! Ich bekomme echt keinen Bissen mehr herunter!«

Ilka grinste. »Ich habe gehofft, dass du das sagst. Nachtisch habe ich nämlich nicht mehr geschafft.«

»Was hättest du gemacht, wenn ich Ja gesagt hätte?«

»Hast du ja nicht. Aber zur Not hätte ich dir noch einen Apfel schälen können.«

»Das erinnert mich an Adam und Eva. Du hast doch nicht etwa vor, mich zu verführen?«

Ilka lächelte. »Wer weiß, Marc. Wer weiß?« Sie reckte sich. »Hilfst du mir, den Tisch abzuräumen?«

Marc stand auf und gemeinsam trugen sie die Teller in die winzige Küche.

Ilka holte eine neue Flasche Wein aus dem Schrank. »Ich habe auch für Nachschub gesorgt«, verkündete sie. »Zum Glück. Der Wein, den du mitgebracht hast, ist schon so gut wie leer.«

Als sie ins Wohnzimmer zurückkehrten, verlegten sie ihren Sitzplatz vom Esstisch auf die Couch. Marc schenkte ihnen zunächst etwas von dem Merlot ein. Dann ließ er sich mit seinem Glas auf das Sofa fallen.

Als Ilka sich neben ihn setzte, knisterten ihre schwarzen Seidenstrümpfe. »Auf einen wunderschönen Abend«, sagte sie.

»Ja, auf einen wunderschönen Abend.« Er trank einen Schluck, dann stellte er sein Glas auf dem kleinen Tisch ab. »Und auf einen wunderschönen Urlaub. Weißt du schon, wo du hinwillst?«

Ilka zuckte die Achseln. »Ich habe kein bestimmtes Ziel«, meinte sie. »Irgendwohin, wo es schön ist.«

»Wie wäre es mit der Schweiz?«, schlug Marc vor. »Vielleicht an einen See. Oder in die Berge.«

Ilka sah ihn merkwürdig an. »Wie kommst du ausgerechnet auf die Schweiz?«

Marc zuckte mit den Achseln. »Nur so ein Gedanke. Es soll da wunderschön sein, im Sommer wie im Winter. Man muss nicht allzu weit fahren und es wird auch noch deutsch gesprochen.«

Ilka lächelte zustimmend.

»Und es gibt dort nette Männer«, ergänzte Marc. »Apropos, ich soll dich von Urs Steiner grüßen.« Er sah, wie Ilkas Lächeln gefror und ihr Gesicht sich verdunkelte. »Wir haben vor drei Tagen miteinander telefoniert«, fuhr Marc fort. »Scheint ein netter Typ zu sein.«

Endlich hatte Ilka ihre Sprache wiedergefunden. »Woher weißt du von Urs Steiner?«, fragte sie scharf.

Die romantische Atmosphäre war von einer Sekunde auf die andere verschwunden, als wäre kalte Luft durch das Zimmer geweht.

»Von Hannah«, erklärte Marc leichthin. »Hannah Süllwald. Monjas Freundin.«

»Ich weiß, wer Hannah Süllwald ist«, fauchte Ilka. »Aber woher kennst du sie?«

»Ich habe sie erst vor ein paar Tagen kennengelernt. Meine Tochter hat sich ein wenig mit ihr angefreundet.«

»Ich nehme an, das war kein Zufall.«

»Nein, war es nicht. Ich hatte Lizzy gebeten, sich ein wenig an ihrer Schule umzuhören, um mehr über Monja zu erfahren. Als ich das Mandat übernommen habe, wusste ich schließlich kaum etwas über sie. Monja hat Hannah erzählt, dass du dich mit dem Fahrer eines gelben Ferrari aus der Schweiz getroffen hast. Es war nicht ganz einfach, seinen Namen herauszufinden, aber mit der Hilfe meiner Sekretärin und eines Schweizer Kollegen ist es mir gelungen. Glücklicherweise gibt es in der ganzen Schweiz nur elf gelbe Ferraris, deren Halter ich der Reihe nach angerufen habe. Ich habe ihnen erzählt, ich sei Anwalt und suchte Zeugen für einen Verkehrsunfall in Bielefeld im Juni letzten Jahres. Mein Mandant habe erst jetzt erfahren, dass ein Mann und eine Frau in einem gelben Schweizer Ferrari den Unfall beobachtet haben sollen. Die ersten drei Schweizer, die ich angerufen habe, gaben an, nicht einmal zu wissen, wo Bielefeld liege, aber schon bei dem vierten auf der Liste hatte ich Glück. Urs Steiner hat sofort zugegeben, in Bielefeld gewesen zu sein, allerdings habe er nichts von einem Unfall mitbekommen. Als ich ihn nach seiner Begleiterin gefragt habe, hat er deinen Namen genannt. Voilà!«

Ilka schüttelte fassungslos den Kopf. »Das glaube ich jetzt einfach nicht«, sagte sie mehr zu sich selbst. Dann sah sie Marc direkt in die Augen. »Was soll das, Marc?«, fragte sie mit schneidender Stimme. »Warum schnüffelst du mir hinterher? Was gehen dich die Leute an, mit denen ich mich treffe?«

»Das ist nicht ganz so leicht zu beantworten«, erwiderte er. »Ich könnte jetzt natürlich behaupten, dass du im Fall Höller eine Rolle spielst und dass mich dein Umgang deshalb interessiert hat. Aber das wäre nicht ehrlich. Die Wahrheit ist schlicht und einfach, dass ich auf diesen Ferrari-Typen ein wenig eifersüchtig war. Ich wollte wissen, wer das ist und ob du dich immer noch mit ihm triffst.«

Ilka nickte verstehend. »Und? Bist du jetzt schlauer?«

»Allerdings. Als Steiner mir am Telefon gesagt hat, er sei mit einer Ilka Höller unterwegs gewesen, habe ich ganz überrascht getan. Das sei ja ein Zufall, ich sei ein alter Bekannter von dir. So sind wir ins Plaudern gekommen und dein Freund Urs war auf einmal richtig in Redelaune. Er hat mir erzählt, dass ihr euch vor etwa fünfzehn Monaten über eine Partneragentur im Internet kennengelernt habt. Steiner ist ja schon sechzig, aber er hat immer noch keinen Erben für sein Unternehmen. Deshalb hat er eine Frau bis maximal Mitte dreißig gesucht, mit der er noch einen Sohn zeugen kann. Eigentlich gehörtest du also gar nicht mehr zu der richtigen Zielgruppe, aber als er dein Foto gesehen und ein paarmal mit dir gechattet und telefoniert hat, hat er sich ziemlich schnell in dich verliebt. Und du dich auch in ihn, wie er mir versicherte. Allerdings blieb sein Primärziel immer noch, einen Erben für sein Unternehmen zu bekommen. Deshalb hat er von dir einen Fruchtbarkeitstest verlangt. Erst als du ihm einen positiven Nachweis geliefert hast, dass du noch Kinder bekommen kannst, war er dazu bereit, sich mit dir zu treffen. Etwa zwei Wochen vor Monjas Tod hat er dich das erste Mal in Bielefeld besucht. Dein Pech war nur, dass deine Tochter dich dabei gesehen hat. Und das Ganze geschah zu einer Zeit, als du eigentlich noch mit Andreas Bartels zusammen warst.«

Ilka seufzte. »Ja, es stimmt«, sagte sie. »Aber ich habe mich mit Andreas schon lange nicht mehr wohlgefühlt. Wahrscheinlich wäre es ehrlicher gewesen, wenn ich ihm gleich reinen Wein eingeschenkt und die Beziehung zu ihm beendet hätte. Aber dazu war ich wohl zu feige.«

»Und was ist mit mir?«, fragte Marc. »Mir hast du auch nichts von Urs Steiner erzählt, obwohl du ihn immer noch regelmäßig alle drei oder vier Wochen in der Schweiz besuchst. Er kann ja schlecht von dort weg, weil er sein Unternehmen leiten muss. Er hat mir sogar noch mehr erzählt. Er meinte, ihr wärt seit über einem Jahr ein Paar und wolltet bald heiraten. Glückwunsch, scheint mir eine sehr gute Partie zu sein.«

Ilka verdrehte genervt die Augen. »Ich wüsste nicht, warum ich mich vor dir rechtfertigen müsste.«

»Nun, immerhin haben wir uns ein paarmal getroffen und auch geküsst. Und jetzt sitze ich wieder auf deinem Sofa und trinke mit dir Wein bei Kerzenschein.«

»Na und, du bist schließlich auch liiert.« Sie hielt inne. Die Wut in ihrem Blick wich der Sorge. »Hast du Urs von uns erzählt?«, fragte sie. »Oder von Andreas?«

»Nein, warum sollte ich? Wie du schon sagtest: Es geht mich ja im Grunde genommen nichts an, mit wem du dich triffst.«

Ilka entspannte sich merklich. »Ich wäre dir sehr verbunden, wenn es dabei bleiben könnte«, sagte sie. »Urs ist wirklich sehr wichtig für mich. Und wenn du dich jetzt fragst, warum ich mich dann auch mit dir treffe: Nach Monjas Tod konnte ich monatelang nicht mehr schlafen, ich konnte nicht mehr essen, ich konnte eigentlich gar nichts mehr tun. Ich habe mich kaum noch mit Andreas getroffen und Urs habe ich auch nur selten gesehen. Ich habe mich schrecklich einsam und allein gefühlt. Dann standest du auf einmal vor meiner Tür und plötzlich war alles so vertraut. Ich dachte wahrscheinlich, es könnte wieder so unbeschwert sein wie 1993. Aber man kann die Zeit wohl nicht zurückdrehen.«

»Nein, das kann man wahrscheinlich nicht«, stimmte Marc ihr zu. »Aber ich hätte eigentlich wissen müssen, wie du tickst. Du bist schließlich schon vor vierundzwanzig Jahren zweigleisig gefahren. Wobei ... zuletzt ja sogar dreigleisig: Bartels, Steiner und ich. Respekt. Und ich frage mich ernsthaft, ob es da nicht noch mehr Männer gibt.«

Ilka warf ihm einen vernichtenden Blick zu. »Jetzt hörst du dich nicht mehr an wie ein eifersüchtiger Gockel, sondern wie ein Sittenwächter der Taliban. Ich habe dir eben schon gesagt, dass ich mich vor dir nicht rechtfertigen muss. *Gerade* vor dir nicht! Fährst du nicht auch zweigleisig? Ich lebe mein Leben so, wie ich es für richtig halte, und da lasse ich mir von niemandem reinreden. Auch nicht von dir, Marc! Und ich hasse es, wenn man mir nachspioniert!«

Marc nickte langsam. »Okay, das war vielleicht nicht ganz richtig«, gab er zu. »Aber eines verstehe ich nicht: Was hält dich hier? Warum ziehst du nicht zu deinem Urs in die Schweiz? Er hat mir erzählt, dass er dir das schon mehrfach angeboten hat.«

»Es besteht nun mal ein gewisses Risiko, wenn ich meine Zelte in Bielefeld abbreche und in die Schweiz gehe«, antwortete Ilka. »Es kann mir schließlich niemand garantieren, dass es mit Urs und mir klappt. Hier habe ich immerhin einen Job. Gut, meine Arbeit in der Boutique ist vielleicht nichts Besonderes, aber ich mag sie nun mal. Außerdem wollte ich erst den Prozess gegen Rainer abwarten, der sich jetzt ja leider schon eine Ewigkeit hinzieht. Und dann ist da noch etwas: Monja! Ich besuche ihr Grab fast jeden Tag. Das wird natürlich nicht mehr möglich sein, wenn ich in der Schweiz lebe.«

»Du könntest Monja doch in die Schweiz überführen«, schlug Marc vor. »Dann könntest du sie weiterhin regelmäßig besuchen.«

»Ja, vielleicht. Ich werde darüber nachdenken.«

»Das glaube ich nicht.«

Ilka starrte ihn an. »Was glaubst du nicht?«

»Ich glaube nicht, dass du vorhast, Monjas Leiche in die Schweiz zu überführen.«

»Und wieso nicht?«

»Das weißt du doch ganz genau: weil Urs Steiner von Monjas Existenz überhaupt nichts wissen soll. Er ist aus allen Wolken gefallen, als ich ihm gesagt habe, dass du eine sechzehnjährige Tochter hattest, die letztes Jahr getötet wurde. Steiner hatte auch keine Ahnung von dem Prozess gegen deinen Exmann. In der Schweiz wurde darüber nicht berichtet und du hast es offenbar auch nicht für nötig gehalten, ihm davon zu erzählen. Ich hingegen weiß, warum du ihm Monja verschwiegen hast. Steiner hat mir erzählt, er habe ausdrücklich eine Frau gesucht, die keine Kinder hat. Diesbezüglich wollte er auch keinerlei Kompromisse eingehen. Er hat da wohl ganz schlechte Erfahrungen gemacht, die sich auf keinen Fall wiederholen sollten. Er meinte, du hättest ihm schon bei eurem ersten Kontakt versichert, dass du keine Kinder hast.«

Ilkas Augen glitzerten vor Wut. »Warum tust du das, Marc? Willst du meine Beziehung zu Urs unbedingt zerstören? Was habe ich dir getan?«

»Entschuldige, aber als ich mit Steiner über Monja gesprochen habe, bin ich selbstverständlich davon ausgegangen, dass er über deine Tochter Bescheid weiß.«

Ilka betrachtete ihn mit geneigtem Kopf, als müsse sie eine Entscheidung treffen. Schließlich seufzte sie. »Ja, es stimmt, ich habe Urs angelogen, was Monja betrifft. Wir hatten uns ineinander verliebt und ich wollte unsere Beziehung nicht gefährden. Deshalb habe ich behauptet, ich hätte keine Kinder, weil er da offenbar Wert drauf gelegt hat.«

»Und wie sollte eure ›Beziehung‹ weitergehen? Spätestens bei eurer Hochzeit hätte er doch wohl erfahren müssen, dass du eine Tochter hast.«

»Ja, natürlich hätte ich ihm irgendwann von Monja erzählt. Aber ich dachte, wenn wir uns erst näher kennen, wird er mich irgendwann so lieben, dass es ihm unmöglich sein wird, mich zu verlassen, obwohl ich ihn angelogen habe. Und als Monja ermordet wurde, habe ich keine Veranlassung mehr gesehen, ihm von ihr zu erzählen.« Sie sah Marc an. In ihrem Gesicht spiegelte sich Angst. »Wie hat Urs reagiert, als du ihm gesagt hast, dass ich eine Tochter habe?«

»Er war darüber natürlich überhaupt nicht erfreut. Er hat mir gesagt, damit sei die Beziehung zu dir beendet und er wünscht auch keinerlei Kontakt mehr zu dir.«

»Dann hast du ja erreicht, was du wolltest!« Ilkas Stimme wurde schrill. »Du hast deinen Nebenbuhler aus dem Feld geschlagen! Genieß deinen kleinen Triumph ruhig. Aber freu dich nicht zu früh! Wenn du denkst, dass aus uns noch etwas werden kann, hast du dich geschnitten!«

Marc lachte auf. »Du glaubst im Ernst, ich würde Wert darauf legen, mit einer Mörderin zusammen zu sein?«

Nach diesem Satz herrschte sekundenlange Stille.

»Was hast du gesagt?«, brachte Ilka schließlich mühsam beherrscht hervor.

»Du hast mich schon verstanden.«

»Du glaubst allen Ernstes, ich hätte Monja getötet?«

»Nicht nur getötet, Ilka. Das war ein geplanter, heimtückischer Mord! Urs Steiner war die letzte Chance deines Leben. Die letzte Chance, nicht so zu enden wie deine Mutter. Denn das war es, wovor du immer am meisten Angst hattest. Und jetzt schau dich um. Weißt du, wie es hier aussieht? Fast genauso wie in der Wohnung deiner

Mutter vor einem Vierteljahrhundert. Du bist wieder in dem gleichen Loch gelandet, aus dem du gekommen bist. Und du merkst, dass dein einziges Kapital, deine Schönheit, die dich hier vielleicht wieder rausbringen kann, langsam verblüht. Du weißt, dass du nur von deinem Aussehen lebst, denn du weißt auch oder ahnst zumindest, dass es tief drinnen in dir aussieht wie die schwärzeste Nacht. Dein ganzes Leben hast du nur ein Ziel gehabt: Du hast einen Mann gesucht, mit dem du eine erfolgreiche Geschäftsbeziehung eingehen kannst. Das war bei mir so, das war bei Rainer Höller so und bei Urs Steiner ebenfalls. Bartels hingegen war nur ein Zwischenschritt, ein nützlicher Idiot, der dich vor deinem Exmann beschützen sollte. Aber für diese Bestimmung war er als Polizist natürlich ideal. Du hast dir deine Männer immer nur nach Funktionen ausgesucht. Und jetzt hast du endlich das Nonplusultra gefunden: Urs Steiner. Einen Multimillionär, der sich tatsächlich in dich verliebt hat. Wenn da nur nicht dieser eine Haken gewesen wäre: Monja! Und deshalb musste sie weg.«

Ilka sah Marc lange an. Mit einem Blick, den er nicht richtig deuten konnte. Als Marc bereits anfing zu zweifeln, ob sie überhaupt jemals wieder sprechen würde, öffnete Ilka langsam den Mund. Und sagte mit einer schneidenden Stimme, die keinen Widerspruch duldete: »Zieh dich aus!«

Kapitel 33

Marc starrte sie an. »Was hast du gesagt?«

»Du sollst dich ausziehen!« stieß sie kalt hervor. »Wenn du nicht willst, dass dieses Gespräch beendet ist, solltest du das tun.«

Marc war immer noch verwirrt, aber dann verstand er. »Du denkst, ich sei verkabelt? Nun, ich kann dir versichern, dass das nicht der Fall ist.«

Ilka schüttelte unwillig den Kopf. »Zieh dich einfach aus«, forderte sie Marc erneut auf. »Und vergiss deine Armbanduhr nicht!«

Er überlegte noch ein paar Sekunden, dann stand er langsam auf und begann, ein Kleidungsstück nach dem anderen abzulegen.

»Die Unterhose auch.«

»Aber ...«

»Tu es einfach!«

Marc zog seinen Slip aus und stand jetzt vollkommen nackt vor ihr. »Zufrieden?«, fragte er.

»Nicht ganz. Bring deine Sachen in Monjas Zimmer.«

Marc begriff. Ilka wollte auch das letzte Risiko ausschalten, für den Fall, dass irgendwo in seiner Kleidung eine Wanze befestigt war.

Also tat er, was sie von ihm wollte, kehrte anschließend splitterfasernackt, wie er war, ins Wohnzimmer zurück und setzte sich wieder auf die Couch. »Ich komme mir ziemlich blöd vor«, gestand er.

»Stell dich nicht so an«, erwiderte Ilka ungerührt. »Ich weiß, wie du nackt aussiehst. Auch wenn du früher erheblich schlanker warst. Und jetzt würde ich gerne wissen, ob du schon jemandem von deiner abstrusen Theorie erzählt hast.«

»Nein, habe ich nicht. Ich wollte erst hören, was du dazu zu sagen hast.«

»Ah, ganz der Jurist. Du willst erst die andere Seite hören. Dann pass mal auf: Das ist alles ein ausgemachter Bullshit! Ich bringe doch nicht einfach meine eigene Tochter um, nur um einen Mann nicht zu verlieren!«

»Nicht irgendeinen Mann!«, widersprach Marc. »Den Mann, den du dir immer gewünscht hast. Deinen Robert Redford aus *Ein unmoralisches Angebot*. Deine letzte Chance, hier rauszukommen. Deshalb hast du Monja ermordet!«

»Das kannst du nicht ernsthaft glauben«, entgegnete Ilka. »Ich habe dir eben schon gesagt, dass Urs Monja letztendlich garantiert akzeptiert hätte, wenn ich ihm von ihr erzählt hätte. Urs liebt mich! Also hatte ich keinen Grund, Monja zu töten.«

»Genau das glaube ich eben nicht! Steiner wollte auf keinen Fall eine Frau mit Anhang. Da gab es für ihn keine Kompromisse und das hat er dir auch sehr deutlich zu verstehen gegeben. Und Monjas reine Existenz war ja auch nicht dein einziges Problem. Da war ja auch noch Monjas Charakter. Oder besser gesagt, ihre gestörte Persönlichkeit. Als Monja von Steiner erfahren hat, hat sie dir gesagt, sie werde alles tun, um euch auseinanderzubringen. Da du sie kanntest und wusstest, wie sie mit Andreas Bartels umgesprungen ist, wusstest du auch, dass sie ihre Drohung in die Tat umsetzen würde. Eine Tochter hätte Steiner dir zuliebe vielleicht noch akzeptiert, aber niemals ein Biest wie Monja. Sie war das Einzige, was deiner Zukunft mit Urs Steiner noch im Wege stand. Zudem ist Monja ohnehin entbehrlich geworden, nicht wahr? Letztlich war auch dein Verhältnis zu ihr nur eine rein wirtschaftliche Beziehung. Du hast jahrelang versucht, aus Monja ein erfolgreiches Model zu machen, aber am Ende musstest du einsehen, dass auch dieser Geschäftsentwurf zum Scheitern verurteilt war. Monja wollte bei alledem nicht mehr mitspielen, also würde sie auch nie Gewinn abwerfen. Sie war für dich nur so lange interessant, wie die Aussicht bestand, dass du mit ihr Geld verdienen kannst. Als sich das zerschlagen hatte und sie dann auch noch begann, deine Beziehung zu Steiner zu bedrohen, wurde sie zum Problem. Und zwar zu einem, das beseitigt werden musste.«

Ilka nickte langsam. »Und das kannst du natürlich auch alles beweisen«, sagte sie.

»Nein, das kann ich nicht«, musste Marc zugeben. »Aber so passen alle Puzzleteile zusammen: Du hast beschlossen, dass Monja sterben muss. Und es sollte am zweiten Juli geschehen. Du wusstest, dass Monja sich an diesem Abend mit Freunden im Neuen Bahnhofsviertel verabredet hat. Sie sollte um dreiundzwanzig Uhr zu Hause sein, aber dir war auch klar, dass sie wie immer zu spät sein würde. Also hast du sie um kurz nach elf angerufen, die besorgte Mutter gespielt und sie gefragt, wo sie bleibt. Danach hast du dich sofort in dein Auto gesetzt und bist den Weg abgefahren, den sie üblicherweise nach Hause nimmt. Dort hast du sie abgefangen und ihr angeboten, sie nach Hause zu bringen. Stattdessen hast du sie jedoch erstochen und im Wald abgelegt. Du hast eine Ausbildung als Krankenschwester, das heißt, du kennst dich mit Anatomie aus und weißt, wie man einen Menschen mit einem einzigen Stich ins Herz tötet. Dann hast du die Leiche mit der Rose so drapiert, dass der Verdacht auf deinen Exmann fiel. Eigentlich hätte ich schon viel früher darauf kommen müssen. Weißt du, wann?«

»Du wirst es mir mit Sicherheit gleich verraten.«

»Während der Verhandlung, als ich nachgewiesen habe, dass die besagte Rose aus Bartels' Garten stammt. Als Bartels das gehört hat, ist er aus allen Wolken gefallen. Er hat dich angestarrt und langsam mit dem Kopf geschüttelt. Aber nicht, weil er dich angefleht hat, das nicht zu glauben, wie ich diese Szene interpretierte, sondern weil er in dem

Moment begriffen hat, dass du Monja ermordet hast. Denn eines wusste er mit Sicherheit: Er hatte mit Monjas Tod nichts zu tun und als Mörder kam nur eine Person in Betracht, die Zugang zu seinem Garten hatte. Du warst am Morgen des zweiten Juli zum Frühstücken bei ihm und hast bei der Gelegenheit die Rose mitgenommen. Als Bartels die Zusammenhänge verstanden hat, muss eine Welt für ihn zusammengebrochen sein. Er wusste nicht, wie er mit der Situation umgehen sollte, weil er dich geliebt hat. Also machte er, was wahrscheinlich jeder in seiner Situation getan hätte: Er hat versucht, Zeit zu gewinnen und über alles nachzudenken. Deshalb ist er abgehauen. Als er sich nach ein paar Tagen etwas beruhigt hatte, hat er beschlossen, mit dir zu reden. Er hat sich mit dir in Verbindung gesetzt und ihr habt ein Treffen vereinbart. Das war sein Todesurteil. Du hast zu dem Treffen das Messer mitgebracht, mit dem du auch Monja getötet hast. Daraufhin hast du Bartels ermordet und es wie einen Selbstmord aussehen lassen. Auf diese Weise hast du zwei Dinge gleichzeitig erreicht: Zum einen konnte Bartels nicht mehr gegen dich aussagen und zum anderen sah es so aus, als ob er die Schuld für die Tat auf sich genommen hat. Jetzt musstest du nur noch das Ende des Prozesses gegen deinen Exmann abwarten und dann hättest du in aller Ruhe in die Schweiz ziehen können. Alles hat wunderbar geklappt, nicht wahr? Wenn ich nicht aus Eifersucht auf die blöde Idee gekommen wäre, Urs Steiner anzurufen.«

Ilka lachte laut auf. »Du hast eine blühende Fantasie, Marc, wirklich! Woher willst du das denn alles wissen? Du sprichst zum Beispiel dauernd von einem geplanten Mord! Selbst *wenn* ich Monja erstochen *hätte*, woher willst du wissen, dass ich sie nicht in einem Streit getötet habe?«

»Das weiß ich aufgrund der Rose. Die Rose, die du in Monjas Hände gesteckt hast, beweist, dass es sich um einen vorsätzlichen Mord gehandelt hat. Du wolltest die Blüte von Anfang an bei der Leiche zurücklassen, um den Verdacht auf deinen Exmann zu lenken. Denn es gab für dich sonst keinen Grund, die Rose aus Bartels' Garten mitzunehmen. Du hasst Blumen, das ist mir bekannt, seitdem ich dich 1993 das erste Mal besucht habe. Und daran hat sich bis heute nichts geändert. Schau dich doch einfach in deiner Wohnung um: Es gibt hier keine einzige Pflanze.«

Ilka nickte langsam. »Das sind trotzdem alles nur Vermutungen, nicht wahr? Du hast dafür nicht den Hauch eines Beweises.«

»Ja, aber ich weiß, dass ich recht habe. Du kannst es ruhig zugeben. Was kann dir schon passieren? Ich sitze hier vollkommen nackt vor dir. Alles, was du mir erzählst, bleibt unter uns. Und ich verspreche dir eines: Wenn du jetzt die Wahrheit sagst, werde ich niemandem etwas davon erzählen. Was hätte ich denn davon? Mein Mandant wird auch ohne dein Geständnis freigesprochen und Monja wird nicht mehr lebendig. Außerdem habe ich dich einmal sehr geliebt. Und du hast deine persönliche Höchststrafe doch schon bekommen: Deine Beziehung mit Steiner ist zu Ende! Wenn du allerdings dabei bleibst, nichts mit Monjas Tod zu tun zu haben, werde ich morgen zu Staatsanwältin Ritter gehen und ihr meine Theorie vortragen. Auch wenn ich keine Beweise habe, wird sie die Ermittlungen wieder aufnehmen. Denn bisher standest du nie unter Verdacht, weil jeder glaubte, du hättest kein Motiv, Monja zu töten. Aber das hat sich jetzt ja geändert, nicht wahr? Die Polizei wird erstmals gezielt gegen dich ermitteln. Sie werden in deinem Auto, in deiner Wohnung und an deiner Kleidung nach Blutspuren suchen.

Die Tat ist zwar schon ein Jahr her, aber kannst du dir wirklich sicher sein, dass sie nicht doch noch etwas finden? Da kannst du geputzt haben, wie du willst, Blut kann man nicht mehr vollständig entfernen. Heutzutage reichen selbst mikroskopisch kleinste Spuren aus, um daraus DNA gewinnen zu können. Vielleicht werden sie auch Leichenspürhunde in deinem Auto suchen lassen. Diese Tiere haben wirklich eine ungemein feine Nase. Und wer weiß? Wenn die Ermittlungen gegen dich erst mal richtig losgehen, meldet sich vielleicht eine Nachbarin, die gesehen hat, wie du am Abend des zweiten Juli vorigen Jahres deine Wohnung verlassen hast. Oder ein Rentner, der noch mit seinem Hund draußen war, hat gesehen, wie Monja an dem Abend in dein Auto gestiegen ist. Willst du dieses Risiko wirklich eingehen?«

Ilka schaute ihn mit einem seltsamen, beinahe manischen Lächeln an. Marc hatte auf einmal das Gefühl, vor ihm sitze eine vollkommen fremde Frau, die er niemals wirklich gekannt hatte.

»Das macht dir richtig Spaß, was?«, sagte sie. »Du willst mich am Boden sehen! Und das alles nur aus einem einzigen Grund: weil ich dich vor vierundzwanzig Jahren verlassen habe! Das hast du nie verwunden. Merkst du nicht selbst, wie armselig das ist? Dabei habe ich wirklich mal geglaubt, wir könnten ein gutes Team werden. Ich dachte, du seiest ein cleveres Kerlchen, das mal eine Menge Geld verdient. Mit der ersten Vermutung lag ich richtig. Aber nachdem ich ein paar Wochen mit dir zusammen war, ist mir klar geworden, dass dir bei aller Intelligenz eine Charaktereigenschaft vollkommen fehlt: Ehrgeiz! Du hast nicht einen Funken Ehrgeiz in dir. Null, nada, niente. Da wusste ich, dass du es in deinem ganzen Leben nie zu etwas bringen wirst. Und ich habe recht behalten. Schau dich doch an, Marc. Schau, was aus dir geworden ist: ein Loser, der sich von seiner Freundin aushalten lässt!«

»Deshalb hast du dich damals von mir getrennt und dir den nächsten Mann gesucht und schließlich auch gefunden. Einen Mann mit Ehrgeiz.«

»Ja. Rainer war sicherlich nicht so clever wie du, aber ich habe gleich gewusst, dass er den richtigen Biss hat, etwas aus seinem Leben zu machen. Und ich habe wieder recht behalten.«

»Was den Ehrgeiz angeht, ja. Aber dann hat er angefangen zu trinken, zu spielen, dich zu schlagen und dich zu bedrohen. Deshalb brauchtest du den nächsten Mann: Andreas Bartels.«

»Ja, Andreas hat mich vor Rainer beschützt. Ich habe ihn gemocht, wirklich. Aber auch ihm hat etwas gefehlt.«

»Lass mich raten: Bartels hatte kein Geld.«

»Jedenfalls nicht genug für eine Frau wie mich. Ich wusste immer, dass ich mehr verdiene als nur einen einfachen Polizisten.«

»Dann hast du schließlich doch noch den perfekten Mann für deine Bedürfnisse gefunden: Urs Steiner. Bis Monja gedroht hat, ausgerechnet den zu vergraulen.«

»Monja, genau.« Ilkas Gesicht verzog sich zu einer hässlichen Grimasse. »Dieses Mädchen hat mir eigentlich immer nur Sorgen bereitet, von ihrer Geburt an. Ich wollte eigentlich keine Kinder, zumindest nicht so früh. Ich wollte mein Leben genießen, aber Rainer hat einfach nicht lockergelassen. Also habe ich schlussendlich nachgegeben. Das war wahrscheinlich der größte Fehler meines Lebens. Dieses Kind hat mich von seinem ersten Atemzug an terrorisiert. Sie war der Teufel, sah jedoch aus wie ein Engel. Deshalb habe ich lange gedacht, man könne aus Monja etwas machen.

Aber mit dem Modeln hat es dann nicht geklappt und irgendwann hat sie mir gesagt, sie wolle damit nichts mehr zu tun haben. Vollkommen unerträglich wurde sie schließlich, als ich mich von Rainer getrennt habe. Ich wäre fast durchgedreht und war mehrfach kurz davor, Monja in ein Heim zu geben. Aber ich habe mich immer wieder zusammengerissen.«

»Bis du Urs Steiner kennengelernt hast.«

»Ja. Urs wollte sowieso keine Frau mit Kind. Aber als Monja mir dann auch noch damit gedroht hat, meine Beziehung zu ihm zu zerstören, musste sie aus meinem Leben verschwinden.«

Marc hielt für einen Moment den Atem an. »Das war ein Geständnis, das ist dir doch klar, oder?«

Ilka zuckte gleichgültig die Achseln. »Na, und? Ich habe nicht vor, das jemals zu wiederholen. Es würde also Aussage gegen Aussage stehen. Außerdem hast du mir versprochen, nicht zur Polizei zu gehen. Du bist zwar ein Loser, aber ich glaube nicht, dass du mich jemals angelogen hast.«

»Nein, das habe ich nie getan. Und ich werde mich auch diesmal an mein Versprechen halten. Ich habe eigentlich nur noch eine Frage: Warum hast du dich wieder mit mir eingelassen? Mit dem Loser von damals? Und jetzt erzähl mir bloß nicht, du seiest einsam gewesen oder hättest den alten Zeiten nachgetrauert!«

»Willst du das wirklich wissen, Marc? Okay, jetzt ist es sowieso egal. Es gab für mich nur eines, was in meinem Leben zählte: eine gemeinsame Zukunft mit Urs. Aber dazu reichte es nicht, dass Monja weg war. Ich brauchte noch etwas anderes: ein Kind mit Urs, ein Kind, an das er sein Unternehmen übergeben konnte. Ich habe wirklich alles dafür getan, dass er seinen Stammhalter bekommt. Ich war im letzten Jahr so oft in der Schweiz, wie es ging, aber es hat einfach nicht geklappt. Ich wurde und wurde nicht schwanger. Mit mir war alles in Ordnung, das wusste ich aufgrund des Tests, den Urs verlangt hat. Also musste es wohl an ihm liegen. Deshalb habe ich angefangen, mit anderen Männern zu schlafen. Ich hatte weiterhin Sex mit Andreas Bartels und außerdem mit möglichst vielen Männern, die ich irgendwo für einen One-night-Stand aufgegabelt habe. Und einer dieser Männer warst eben du. Hast du wirklich geglaubt, ich hätte noch Gefühle für dich?« Sie lachte laut auf. »Nein, es ging nur um eines: endlich schwanger zu werden und ein Kind zu bekommen.«

»Ein Kind, das du dann Urs Steiner untergejubelt hättest.«

»Ja. Urs war so verliebt in mich, dass er nie auf die Idee gekommen wäre, seine Vaterschaft zu überprüfen.« Sie hielt einen Moment inne, bevor sie weitersprach. »Ich hatte alles genau geplant. Das Einzige, was ich nicht eingeplant hatte, war, dass du dich wieder in mich verliebst und versuchst, einen vermeintlichen Nebenbuhler ausfindig zu machen. Aber ich gebe nicht auf! Früher oder später werde ich den Mann finden, der mir das gibt, was ich verdiene.«

»Das dürfte vom Gefängnis aus schwer werden«, meinte Marc.

Ilka starrte ihn an. »Was soll das, Marc? Du hast mir versprochen, nicht zur Polizei zu gehen. Und selbst wenn du es tun solltest, werden die Beweise nicht ausreichen, um mich verurteilen zu können.«

»Mag sein. Trotzdem bin ich davon überzeugt, dass du wegen Mordes an deiner Tochter Monja und an deinem Lebensgefährten Andreas Bartels verurteilt werden wirst.«

Ilka lächelte spöttisch. »Ach ja? Und woher willst du das wissen?«

»Ganz einfach: Ich kann in die Zukunft sehen.«

Ilkas Lächeln wurde noch breiter: »Und wie sieht sie aus, diese Zukunft?«

»Nun, es wird zum Beispiel jede Sekunde jemand an deiner Tür klingeln.«

»Aha. Wer wird mich denn besuchen?«

»Staatsanwältin Ritter. Und sie kommt nicht allein. Sie wird mehrere Beamte mitbringen, die dich wegen dringenden Mordverdachts festnehmen werden.«

»Ohne jeden Beweis?«

»Es gibt einen Beweis. Du hast soeben ein Geständnis abgelegt. Als ich dir gesagt habe, ich würde nicht zur Polizei gehen, war das die Wahrheit. Ich war nämlich schon da. Vorgestern, um genau zu sein, direkt nach meinem Gespräch mit Urs Steiner. Und stell dir vor: Die Polizisten haben mir geglaubt. Genauso wie Frau Ritter. Allerdings war sie wie ich der Auffassung, dass es keine ausreichenden Beweise gegen dich gibt. Deshalb hat sie bei Gericht eine Genehmigung beantragt, deine Wohnung abhören zu dürfen, und diese Genehmigung wurde auch erteilt. Als du heute Nachmittag gearbeitet hast, hat eine ganze Horde Kriminaltechniker deine Wohnung verwanzt. Es war also gar nicht nötig, mich zu verkabeln. Jedes deiner Worte ist kristallklar direkt an einen Polizeiwagen unten auf der Straße übertragen worden, in dem Staatsanwältin Ritter unser Gespräch mitgehört hat. Nachdem du jetzt ein Geständnis abgelegt hast, kann sie kommen und dich abholen.«

Marc machte eine Pause und lauschte mit einem Lächeln, das allerdings zusehends unsicherer wurde, als nichts passierte. Die Zeit schien wie in Zeitlupe abzulaufen.

Ilka starrte mit angehaltenem Atem in Richtung Tür. Schließlich wich ihre besorgte Miene einem Grinsen: »Bravo,

Marc. Das war ein gelungener Bluff. Für eine Sekunde hätte ich dir fast ...«

In diesem Moment schellte es.

Kapitel 34

»Und dann stand tatsächlich die Staatsanwältin vor der Tür?« Lizzy hatte seiner Erzählung wie gebannt gelauscht.

»Ja, wie ich es Ilka prophezeit hatte«, sagte Marc. »Staatsanwältin Ritter und drei Polizisten. Sie haben Ilka gleich mitgenommen. Jetzt wartet sie in derselben JVA auf ihren Prozess, in der vorher ihr Exmann gesessen hat.«

»Du warst echt die ganze Zeit nackt?«

Marc hob die Hände. »Was hätte ich denn machen sollen? Ich musste Ilka schließlich davon überzeugen, dass wir nicht abgehört werden.«

Sofort verspürte er wieder einen Hauch schlechten Gewissens. Als er Lizzy von seinem Gespräch mit Ilka berichtet hatte, hatte er ihr zwar erzählt, dass Ilka darauf bestanden hatte, dass er sich auszieht. Ansonsten hatte er die pikanten Teile der Geschichte jedoch ausgelassen und insbesondere nicht erwähnt, dass er nur aus Eifersucht in der Schweiz angerufen hatte. Und natürlich hatte er Lizzy auch den Kuss mit Ilka verschwiegen.

»Hat Frau Höller die Morde an Monja und Bartels denn inzwischen gestanden?«, wollte Lizzy wissen.

»Zuerst nicht. Aber als man ihr die Aufnahme aus ihrer Wohnung vorgespielt hat, hat sie schließlich alles zugegeben, auch bei ihrer Vernehmung durch den Richter. Vielleicht hofft sie ja doch noch darauf, mit weniger als lebenslänglich davonzukommen. Aber da sehe ich schwarz für sie. Nicht zuletzt dank deiner Hilfe. Wenn du keinen Kontakt zu Hannah Süllwald aufgenommen hättest, hätte ich nie von Urs Steiner erfahren. Vielen Dank noch mal, Lizzy. Ohne dich wäre der Mord an Monja vielleicht nie aufgeklärt worden.«

Lizzy glühte vor Stolz. »Ja, und deshalb will ich auch Strafverteidigerin werden.«

»Mach dir nur nicht allzu viele Illusionen«, warnte Marc. »Die allermeisten Menschen, die angeklagt werden, stehen zu Recht vor Gericht. Wenn du als Strafverteidigerin über die Runden kommen willst, wirst du also auch Schuldige verteidigen müssen.«

»Das könnte ein Problem werden«, gab Lizzy zu. »Ich weiß nicht, ob ich Monjas Vater hätte verteidigen können, wenn ich gewusst hätte, dass er es getan hat. Wie kommst du damit klar?«

»Indem ich mir immer eines vor Augen halte: Es geht nicht darum, mit meinem Mandanten gemeinsame Sache zu machen, sondern einem verzweifelten Menschen in einer Situation beizustehen, in der er ganz allein ist. Darauf hat jeder Angeklagte einen Anspruch, egal, ob er schuldig ist oder nicht. Und wer weiß? Vielleicht wirst du eine derartige Unterstützung ja auch einmal brauchen. Jeder kann in so eine Situation geraten.«

Lizzy dachte darüber nach. »Ja, wer weiß«, meinte sie. »Aber es ist auf jeden Fall schade, dass du deine Kanzlei geschlossen hast. Sonst hätte ich die nämlich eines Tages übernehmen können.«

Marc machte ein geheimnisvolles Gesicht. »Tja, vielleicht gibt es da ja doch noch eine Möglichkeit. Kimberly Schwuch hat mich vor zwei Stunden angerufen. Du weißt schon, die Sekretärin und Geliebte von Rechtsanwalt Vogel. Vogels Testament ist eröffnet worden. Zu Kimmys Erstaunen hat er sie sehr großzügig bedacht und ihr seine Kanzlei vermacht. Alleine kann Kimmy damit natürlich nichts anfangen. Deshalb hat sie mich gefragt, ob ich nicht als Anwalt bei ihr einsteigen will. Sie hat nur eine Bedingung: Ich muss sie weiter als meine Sekretärin beschäftigen.«

»Aber das ist ja super!«, freute sich Lizzy. »Was hast du ihr gesagt?«

»Dass ich mir das überlegen werde. Außerdem muss ich natürlich mit deiner Mutter sprechen. Wir hatten ja eigentlich eine andere Vereinbarung getroffen.«

»Von mir aus kannst du ruhig wieder als Anwalt arbeiten«, beteuerte Lizzy. »Ich brauche keine Aufsicht mehr.«

»Ich hoffe, dass Melanie das genauso sieht. Na ja, sie kommt ja heute Abend, dann können wir das alles besprechen.«

»Du musst das unbedingt machen!« bettelte Lizzy. »Zumindest noch so zehn Jahre. Wenn ich mein Juraexamen in der Tasche habe, kannst du ja wieder aufhören.«

Marc musste lächeln. »Warten wir mal ab, ob deine Begeisterung für Strafverteidigung nicht nur ein Strohfeuer bleibt.«

»Ganz bestimmt nicht.« Lizzy warf einen Blick auf ihr Handy. »Oh, schon so spät. Jetzt muss ich mich aber fertig machen.«

»Fertig machen? Wofür?«

»Sag ich nicht. Aber ich kann auch in die Zukunft schauen: In der nächsten halben Stunde wird es an unserer Tür klingeln.«

»Aha, und wer wird dort sein?«

»Lass dich einfach überraschen. Ich geh ins Bad. Kannst du für mich aufmachen?«

Mit diesen Worten verschwand Lizzy und Marc streckte sich lang auf dem Sofa aus. Er dachte an Kimmys Angebot.

Er war tatsächlich kurz davor, es anzunehmen. Allerdings gab es mehrere Risiken, die im Vorfeld schwer einzuschätzen waren: Er hätte dann zwar wieder eine Kanzlei, aber ob Vogels Mandanten wirklich bei ihm blieben, stand natürlich in den Sternen. Marc konnte nur hoffen, dass das Gedächtnis der Menschen nicht sonderlich ausgeprägt war und sie den Verrat, den er drei Jahre zuvor an einem seiner Mandanten begangen hatte, mittlerweile vergessen hatten.

Und dann war da ja noch Melanie … Marc hatte keinen Zweifel daran, dass es zu einem Streit kommen würde, wenn er ihr von Kimmys Vorschlag erzählte. Melanie war der festen Ansicht, dass Lizzy noch ein Kind war, das ständiger Betreuung bedurfte, und er würde sie nur schwerlich vom Gegenteil überzeugen können. Wahrscheinlich würde Melanie eher ihren Beruf aufgeben, als Lizzy – wie sie meinte – im Stich zu lassen. Aber abgesehen davon, dass sie in erhebliche finanzielle Schwierigkeiten geraten würden, wenn Melanie nicht mehr arbeitete, wusste Marc auch, dass seine Freundin ihren Beruf liebte und ohne ihn unglücklich werden würde. Dann hätten sie dasselbe Problem wie jetzt, nur unter umgekehrten Vorzeichen.

Marc seufzte. Er verspürte Melanie gegenüber ein schlechtes Gewissen wegen seiner Treffen und des Kusses mit Ilka. Er hatte inzwischen zwar begriffen, dass er nur einsam gewesen war und sich nicht wirklich in diese Frau verliebt hatte, trotzdem konnte er nur beten, dass Melanie nie von dieser Geschichte erfuhr.

In dem Moment klingelte sein Handy.

»Hagen.«

»Hallo, Marc. Hier ist Melanie.«

»Hi. Wo bist du?«

»Noch in London.«

»Jetzt sag bitte nicht, dass etwas dazwischengekommen ist und du nicht nach Hause kannst.«

»Nein, nein, es ist alles in Ordnung. Ich bin gerade bei *HMV* und sehe, dass es eine Deluxe-Edition des *Lexicon of Love* gibt. Du bist doch ein so großer *ABC*-Fan. Ich bin mir nur nicht sicher, ob du diese Ausgabe der CD schon hast. Soll ich sie dir mitbringen?«

Marc wusste vor Freude kaum, was er sagen sollte. »Oh ja, super, das wäre fantastisch! Danke! Vielen, vielen Dank!«

»Nun mach mal halblang! Ist doch nur eine CD.«

»Nein, das ist nicht irgendeine CD. Es ist *die* CD. Es …« Er unterbrach sich abrupt, als ihm einfiel, dass er ein ähnliches Gespräch schon einmal vor vierundzwanzig Jahren mit Ilka im *Da Michele* geführt hatte. Für ein paar Sekunden kehrten die Erinnerungen zurück und Marc merkte, wie die Emotionen ihn zu überrollen drohten. Doch dann wurde er unvermittelt in die Gegenwart zurückgeschleudert, weil er ein Schellen hörte. »Da ist jemand an der Tür«, sagte er. »Ich muss aufmachen.«

»Wir waren ja sowieso fertig, mehr wollte ich gar nicht wissen. Ach, Marc?«

»Ja?«

»Ich freue mich auf dich.«

»Ich freue mich auch auf dich.« Marc beendete das Gespräch und grinste. Dann ging er mit schnellen Schritten zur Haustür und öffnete. Vor ihm stand die Person, mit der er am wenigsten gerechnet hatte. »*Sie?*«

Rainer Höller schaute betreten zu Boden und fixierte einen Punkt irgendwo zwischen seinen Schuhspitzen.

»Ich … ich habe gehört, dass Ilka den Mord an Monja gestanden hat und festgenommen worden ist. Stimmt das?«

»Ja, das ist korrekt. Sind Sie deshalb gekommen?«

»Äh ... ja, auch«, druckste Höller verlegen herum und deutete vage auf Marcs Kopf. »Vor allem wollte ich mich aber bei Ihnen entschuldigen. Das war wirklich nicht meine Absicht.«

»Ah, Sie wollen behaupten, dass Sie mich ganz zufällig mit einem Baseballschläger getroffen haben?«

»Ja ... das heißt natürlich nein. Ich bin einfach in Panik geraten.« Er linste an Marc vorbei ins Innere der Wohnung. »Darf ich kurz reinkommen?«, fragte er. »Dann kann ich Ihnen alles erklären.«

Marc zögerte einen Moment, dann gab er die Tür frei. »Also gut.«

Im ersten Stock hörte er Lizzys Stimme aus dem Badezimmer. »Hat es geklingelt?«, wollte sie wissen.

»Ja, war aber nicht für dich.«

Marc führte Höller in sein Arbeitszimmer, wo er ihn auf einem Freischwinger Platz nehmen ließ. »Bitte«, forderte er ihn dann auf.

Höller sah sich unbehaglich um. Ihm war offensichtlich nicht ganz wohl in seiner Haut. »Wie gesagt, es tut mir entsetzlich leid. Das war eine Kurzschlussreaktion. Aber als Sie mich wegen des Knöllchens so unter Druck gesetzt hatten, wusste ich mir nicht mehr anders zu helfen, als Sie niederzuschlagen und zu verschwinden. Können Sie mir verzeihen?«

»Vielleicht. Wenn Sie mir endlich sagen, was Sie an dem Abend von Monjas Tod wirklich im Neuen Bahnhofsviertel gemacht haben.«

Höller atmete tief durch. »Also gut. Aber Sie müssen mir schwören, dass Sie nichts davon weitergeben.«

»Versprochen. Außerdem bin ich immer noch Ihr Anwalt. Aber ich habe eine Bedingung: Das, was Sie mir erzählen, muss die Wahrheit sein.«

Höller nickte erschöpft. »Ich war im *Casino Royal*«, erklärte er mit niedergeschlagenem Blick. »Das ist eine Spielhalle in der Nähe des Bahnhofs. Ich ...«

»Herr Höller!«, fiel Marc seinem Mandanten scharf ins Wort. »Sie wollten mir doch die Wahrheit sagen! Jeder, zumal ein Spielsüchtiger wie Sie, weiß, dass jede Ecke einer Spielhalle rund um die Uhr videoüberwacht wird. Wenn Sie den Abend also tatsächlich in einem solchen Etablissement verbracht hätten, hätten Sie das der Polizei problemlos mitteilen können und somit ein wasserdichtes Alibi gehabt.«

»Lassen Sie mich ausreden!«, fauchte Höller. »Ich war in der Spielhalle! Aber ich habe nicht gespielt!«

Marc schüttelte ungeduldig den Kopf. »Auch wenn Sie da nur rumhängen, werden Sie von den Überwachungskameras erfasst.«

»Das mag sein, aber man hätte mich nicht erkannt. Zumindest nicht auf den ersten Blick.«

Marc sah ihn ausdruckslos an. »Das verstehe ich nicht«, sagte er. »Wieso hätte man Sie nicht erkannt?«

Höller seufzte schwer. »Mein Gott, Sie sind doch sonst nicht so begriffsstutzig. Ich sah halt nicht so aus, wie ich sonst aussehe. Ich ... Ich hatte eine Skimaske mit Sehschlitzen auf dem Kopf.«

Marc brauchte noch eine Sekunde, dann fiel bei ihm endlich der Groschen. »Sie haben die Spielhalle überfallen!«

Höller klatschte sarkastisch in die Hände. »Bravo. Ja, das habe ich getan. Ich war mal wieder hoffnungslos pleite und brauchte Geld. Das war übrigens auch nicht mein erster Coup – ich habe vorher schon fünf Spielhallen in ganz Ostwestfalen überfallen. Und Sie haben recht: Wenn ich der Polizei nach meiner Festnahme gesagt hätte, was ich an dem Abend wirklich gemacht habe, hätte ich für die Tat an Monja ein Alibi gehabt. Aber was hätte mir das gebracht? Vogel hat mir versichert, dass ich für den Totschlag an Monja maximal sechs Jahre bekomme. Ich habe mich im Knast mal unauffällig nach den ›Preisen‹ erkundigt, und mir wurde von mehreren Mitgefangenen gesagt, für sechs Raubüberfälle wandere man mindestens acht Jahre in den Knast. Der Rest war eine einfache Rechenaufgabe.«

Marc lehnte sich fassungslos zurück. »Eine einfache Rechenaufgabe, so sehen Sie das also? Warum haben Sie dann mein Angebot nicht angenommen und gestanden, Monja in alkoholisiertem Zustand getötet zu haben, nachdem die Sie aufs Blut gereizt hat? Dafür hätten Sie maximal vier Jahre bekommen.«

»Weil ich immer noch gehofft habe, gar nicht verurteilt zu werden. Schließlich wusste ich, dass ich Monja nicht getötet habe. Außerdem wollte ich, dass der wahre Täter gefasst wird. Wenn ich ein falsches Geständnis abgelegt hätte, wäre die Wahrheit nie ans Licht gekommen.«

Marc blickte ihn lange an. »Eine Sekunde«, sagte er dann. Er fuhr seinen Laptop hoch. Dann gab er einige Suchbegriffe ein, erhielt auf Anhieb mehrere Treffer und klickte den ersten an. Es handelte sich um den Bericht einer Bielefelder Lokalzeitung. Die Spielhalle *Casino Royal* war an jenem Abend kurz vor Mitternacht tatsächlich von einem maskierten Mann überfallen worden. Der Täter hatte die Aufsicht mit einem Messer bedroht und etwa zweitausend Euro erbeutet. Der Überfall war von mehreren Überwachungskameras aufgezeichnet worden. Demnach war der Täter etwa ein Meter neunzig groß und mit einer Jeans und einem roten Sweatshirt bekleidet. Die Polizei teilte mit, der Räuber werde verdächtigt, in den letzten Monaten weitere fünf Spielhallen in Ostwestfalen-Lippe überfallen zu haben.

Darauf deuteten nicht nur die gleiche Statur des Täters und die ähnliche Kleidung, sondern auch die nahezu identische Tatausführung mit einem Messer hin.

»Nun ist mir auch klar, warum Sie Ihre Kleidung verbrannt haben«, sagte Marc.

»Ja. Ich hatte kurz vor dem Überfall auf die Spielhalle einen Bericht im Fernsehen gesehen, laut dem es der Polizei gelungen ist, einen maskierten Bankräuber nur anhand eines Überwachungsvideos und seiner Kleidung zu identifizieren, obwohl der Typ Massenware getragen hat. Jedes Kleidungsstück, insbesondere Jeans, aber auch ein Sweatshirt, hat aufgrund des Faltenwurfs, unterschiedlicher Abnutzung und Beschädigungen einen individuellen Charakter, der so einmalig ist wie ein Fingerabdruck. Deshalb wollte ich die Sachen so schnell wie möglich loswerden.«

Marc nickte langsam. »Jetzt glaube ich Ihnen.«

Höller atmete hörbar durch. »Gott sei Dank«, sagte er. Und nach einer kurzen Pause: »Wie geht es denn nun mit meinem Verfahren weiter, nachdem Ilka den Mord gestanden hat?«

»Damit ist der Prozess gegen Sie natürlich noch nicht automatisch beendet. Aber Sie werden selbstverständlich freigesprochen werden.«

»Bekomme ich dann endlich die Haftentschädigung? Entschuldigen Sie bitte, dass ich das ausgerechnet jetzt anspreche, aber ich sitze finanziell wirklich auf dem Trockenen.«

»Das weiß ich. Doch mal ehrlich: Sie sollten Ihre Haftentschädigung spenden, finden Sie nicht auch?«

Höller starrte Marc an. »Wieso das denn?«

»Haftentschädigungen stehen Menschen zu, die unschuldig im Gefängnis gesessen haben. Das trifft auf Sie nun wirklich nicht zu.«

»Aber ich habe Monja nicht getötet!«

»Nein, Sie haben Spielhallen überfallen. Wie wäre es denn mit einer großzügigen Spende an den *Weißen Ring*? Der kümmert sich um Verbrechensopfer.«

Höller schüttelte verwirrt den Kopf. »Was für Verbrechensopfer?«

»Zum Beispiel traumatisierte Spielhallenmitarbeiter. Überlegen Sie es sich einfach. Aber warten Sie nicht zu lange. Sonst könnte es nämlich sein, dass das Knöllchen und eine Kopie des Zeitungsartikels über den Überfall doch noch irgendwann bei der Polizei landen.« Mit diesen Worten erhob sich Marc und führte Höller zur Haustür.

Als er sie öffnete, stand dort ein schlaksiger, an die zwei Meter großer Junge, der gerade Anstalten machte, auf die Klingel zu drücken. Als er die beiden Männer erblickte, bekam er einen knallroten Kopf.

»Ja?«, fragte Marc misstrauisch.

»Äh ... ich wollte zu Lizzy«, stotterte der Junge.

»Einen Moment.« Marc wandte sich Höller zu. »Wir hatten dann ja alles besprochen, nicht wahr? Und denken Sie gut darüber nach, was ich Ihnen gesagt habe.« Nachdem sein Mandant das Grundstück verlassen hatte, widmete sich Marc wieder dem Jungen. »Und dein Name ist?«

»Daniel. Daniel Schneider.«

»Ach?« Marc trat vor Erstaunen einen halben Schritt zurück. »Dich hatte ich mir ganz anders vorgestellt. Du willst also zu Lizzy?«

»Ja ... äh ... sie hat mich eingeladen.«

»Schön, das auch mal zu erfahren. Ich bin übrigens Lizzys Vater. Rechtsanwalt und passionierter Jäger. Aber komm doch rein.« Er bedeutete dem Jungen, ihm zu folgen, und führte ihn ins Wohnzimmer, wo er ihm einen Platz auf der

Couch anbot. »Ich sage Lizzy Bescheid, dass du da bist«, ließ er Daniel wissen und ging in das obere Stockwerk. Dort klopfte er an die Badezimmertür.

»Komm rein«, sagte Lizzy. »Ich bin fast fertig.«

Marc öffnete die Tür und betrachtete seine Tochter, die in den Spiegel schaute und sich die langen Haare kämmte. »Dein Besuch ist da«, verkündete er. »Wenn ich mich nicht verhört habe, heißt er Daniel Schneider. Gehe ich recht in der Annahme, dass das der Daniel Schneider ist, der absolut nicht dein Typ ist?«

»Korrekt. Ich habe Daniel eingeladen.«

»Aha. Und wieso lädst du jemanden ein, der nicht dein Typ ist?«

»Weil du neulich vielleicht gar nicht so falsch gelegen hast: Man erkennt den Richtigen daran, dass man zuerst denkt, es sei der Falsche.«

Marc verdrehte die Augen. »Du musst nicht alles glauben, was ich sage«, meinte er. »Außerdem wäre es nett gewesen, wenn du mir seinen Besuch vorher angekündigt hättest.«

»Wieso? Ich habe dich doch auch nicht gefragt, ob ich Hannah Süllwald einladen darf, und du hast dich nie darüber beschwert.«

»Das ist richtig. Es gibt da allerdings einen kleinen, aber feinen Unterschied. Falls es dir noch nicht aufgefallen sein sollte: Daniel Schneider ist ein Mann!«

»Na und? Ich bin kein kleines Kind mehr.«

»Das ist, ehrlich gesagt, genau das, was mir ein wenig Sorgen bereitet.«

»Du musst dir keine Sorgen machen. Ich nehme die Pille.«

Marcs Herz setzte vor Schreck mehrere Schläge aus. »Du nimmst ... was? Wieso weiß ich davon nichts? Wie kann dir ein Frauenarzt die Pille verschreiben, ohne ...« Er unterbrach sich, weil Lizzy sich vom Spiegel abwandte und ihn direkt ansah.

»Ach, Marc«, sagte sie in einem unendlich nachsichtigen Tonfall.

In dem Moment hatte er zum ersten Mal das Gefühl, nicht mehr in das Gesicht eines Kindes, sondern in das einer jungen Frau zu sehen.

Drei Frauen, drei Generationen, ein Mord

Christiane Antons
**Yasemins Kiosk –
Zwei Kaffee und eine Leiche**
ISBN 978-3-89425-582-4
Auch als E-Book erhältlich

Ein Toter im Altpapiercontainer –
und das ist nicht Yasemins einziges Problem …

In einem Mehrfamilienhaus in Bielefeld treffen drei Frauen
aufeinander, deren Biografien kaum unterschiedlicher sein könnten.
Vermieterin Dorothee Klasbrummel hat seit fünfzehn Jahren die
eigenen vier Wände nicht verlassen, sich ihr heiteres Gemüt aber
trotzdem bewahrt. Polizistin Nina Gruber verbringt ihr Sabbatjahr
nicht wie geplant an malerischen Stränden, sondern pflegt ihre
schwierige Mutter. Die junge Kioskbesitzerin Yasemin Nowak
liebt das Leben und lässt in der Liebe nichts anbrennen, allerdings
bereiten ihr die zunehmend unheimlicher werdenden Briefe eines
heimlichen Verehrers Sorge.

Als im Altpapiercontainer des Kiosks eine Leiche gefunden wird,
tun die drei ungleichen Frauen sich zusammen und ermitteln auf
eigene Faust. Primär, um sich von den eigenen Problemen
abzulenken. Doch diese Rechnung geht nicht auf …

Ein warmherziger Krimi mit Charme und Raffinesse!

grafit

Eine junge Anwältin und mächtige Gegner

Olaf R. Dahlmann

Das Recht des Geldes

ISBN 978-3-89425-467-4
Auch als E-Book erhältlich

Sie will nur ihren Job machen.
Doch sie soll eine Marionette sein.
Also beginnt sie ihr eigenes Spiel …

Ein ermordeter Anwalt in Liechtenstein, verschwundene Steuerdaten und ein handlungsunfähiger Chef: Katharina Tenzer absolviert ihr Referendariat in der angesehenen Hamburger Kanzlei Friedemann Hausner und soll unverhofft die Unternehmerfamilie Koppersberg gegenüber der Steuerfahndung vertreten. Doch Hausner sagt seiner jungen Mitarbeiterin nicht alles.
Als Katharina begreift, worum es wirklich geht, ist es schon zu spät. Längst verfügt sie über Wissen, das sie eigentlich nicht verheimlichen darf. Und das sie zum nächsten Ziel des Mörders macht …

»Dahlmann ist ein Insider, er weiß, was alles möglich ist in der Welt der Steuerzahler, und das macht seinen Krimi sogar noch ein bisschen gruseliger. Das Thema Steuern kann also richtig spannend sein.« Anja Keber, Bayern 2

»Ein echter Pageturner. Weglegen geht nicht vor der letzten Seite.« Benedikt Stubendorff, NDR Welle Nord

**Geklaute Steuerdaten, riskante Selbstanzeigen
und die Folgen: hochspannend, topaktuell,
von einem Insider geschrieben**

Möchten Sie regelmäßig über neue spannende
Geschichten informiert werden?

Dann abonnieren Sie unseren Newsletter,
wir halten Sie auf dem Laufenden!

www.grafit.de